ERICA SPINDLER

Et vous serez châtiés

Roman

MIRA

Titre original :
BREAKNECK
publié par SAINT MARTIN'S PRESS, NEW YORK

Traduction de l'américain par PHILIPPE MORTIMER

Mira® est une marque déposée par le groupe Harlequin

Photo de couverture
Trou : © ROYALTY FREE DIVISION / MASTERFILE
Réalisation graphique couverture : V. ROCH

83-85 boulevard Vincent-Auriol 75646 PARIS CEDEX 13.
www.harlequin.fr
ISBN 978-2-2808-0888-0 — ISSN 1765-7792

1.

Rockford, Illinois
Dimanche 11 janvier 2009
3 h 5

Le jeune homme écarquilla les yeux. *Matt Martin, vingt et un ans, pirate informatique raté.* En un instant, son visage passa d'une confusion ensommeillée à une prise de conscience horrifiée : il y avait un intrus dans sa chambre. Et cet intrus lui plaquait le canon d'un revolver entre les deux yeux, juste au-dessus de l'arête du nez.

Celui qui se nommait Breakneck affichait un sourire amer.

— Bonjour, mon garçon.

Les muscles du jeune homme se relâchèrent sous l'effet de la terreur. Il ouvrit la bouche mais ne put articuler aucun son.

— L'arme que j'appuie contre ta tête n'a rien de sophistiqué. Un vieux calibre .38 démodé, semi-automatique. Mais encore tout à fait utilisable.

Breakneck parlait à voix basse, d'un ton apaisant.

— Ce qui est vraiment unique, dans cette situation, c'est évidemment la proximité de l'arme avec sa cible : ton cerveau. Quand j'appuierai sur la détente, la balle jaillira du canon pour se loger dans ta boîte crânienne. En réaction, ta cervelle explosera à l'arrière de ton crâne.

Il raffermit son étreinte sur la crosse de son arme.

— Le son sera étouffé car le canon est en contact avec la cible. Les débris de ta cervelle seront absorbés par l'oreiller, la literie et le matelas.

Le jeune homme maigrichon se mit à trembler. L'odeur de son urine se répandit dans la pièce. Indifférent à l'effroi du garçon, Breakneck poursuivit :

— Je vais te poser quelques questions. Ta vie dépend des réponses que tu me fourniras.

Les yeux du garçon brillèrent de larmes.

— Je sais qui tu es et ce que tu fais. Je veux récupérer ce que tu m'as volé.

— Je vois pas de quoi…

— Où est mon fric ?

— Quoi ? Je ne sais… Qui êtes-vous ?

— Je suis le type que tu n'aurais pas dû arnaquer. Je veux tout savoir. Et je veux mon argent.

Il serra encore plus fermement la crosse du pistolet. Le jeune homme lâcha un gémissement.

— Alors, mon garçon ? On la joue comment ? Cool ou gore ?

— Cool, murmura le jeune homme.

— Tu as piraté quelques données. Et de l'argent. Cinq cent mille dollars.

Une lueur de discernement vacilla dans le regard terrifié du jeune homme.

Forcément. Difficile d'oublier le détournement d'une telle somme d'argent.

Surtout quand on était un minable comme ce petit merdeux.

— Je vois qu'on est sur la même longueur d'onde. Bien.

— C'est pas moi qui ai pris votre argent.

— Alors, c'est qui ?

— Je sais pas…

Il ajouta d'une voix plus forte :

— … personne !

Son regard fuyant indiquait clairement qu'il mentait. Breakneck pouvait presque lire dans ses pensées. Le jeune homme cherchait désespérément une issue, évaluant les différentes options : *Fournir les informations que Breakneck lui réclamait ? Mais tout déballer suffirait-il à sauver sa peau ? Valait-il mieux en dire le moins possible ? Aurait-il le courage de mentir ? Ou de résister ? Fallait-il implorer la pitié de Breakneck ? Comment celui-ci allait-il réagir ?*

Tous les animaux réagissent ainsi face à la menace d'un prédateur, Breakneck le savait bien. La lutte pour la survie. Par tous les moyens disponibles. Au fil des ans, il avait pu le constater à maintes reprises.

Certains prédateurs, cependant, étaient si rusés, si habiles que toute résistance était aussi vaine que pitoyable.

— Je ne veux pas te faire de mal, Matt. Mais tu m'y obliges. Je vais compter jusqu'à trois avant d'appuyer sur la détente. Un…, dit-il doucement. Deux…

— D'accord, c'est moi qui l'ai trouvé, ce compte, mais c'est pas moi qui l'ai vidé !

— Alors, c'est qui ? Donne-moi un nom.

— Je sais pas… Tout ce que je connais, c'est une adresse e-mail : marioman@yahoo.com. Vérifiez par vous-même… Sur mon ordinateur portable. Je suis Gunner35. Mon mot de passe est 121288. Avec ça, vous saurez tout. Je vous le jure… Vérifiez, vous verrez. Tout est là.

La voix du jeune homme s'était faite plus vive tandis qu'il parlait. Breakneck plaqua une main gantée sur sa bouche pour le faire taire.

— Tu as bien répondu, Matt. Très bien. Merci.

D'un geste vif, il cassa net le cou du jeune homme avant que celui-ci ne réalise ce qui lui arrivait. Et Matt Martin rendit l'âme en émettant un bref gargouillis.

2.

Mercredi 14 janvier
2 h heures

Le clair de lune baignait la chambre d'un bleu métallique. L'inspecteur Mary Catherine Riggio se glissa hors du lit et enfila sa robe de chambre avant de traverser la pièce jusqu'à la fenêtre. La pleine lune avait changé cette nuit d'hiver en une sorte de crépuscule — un paysage surréel, entre lumière du jour et obscurité.

— Tout va bien ?

Elle se tourna pour regarder en direction du lit. En direction de l'homme qui s'y trouvait. Elle sourit, savourant sa présence et la façon dont il la regardait.

— Très bien. Je n'arrive pas à dormir, c'est tout. Désolée de t'avoir réveillé.

— Je ne dormais pas non plus.

— Menteur.

Elle se tourna vers la fenêtre et ajouta :

— C'est vraiment beau.

— C'est toi qui es vraiment belle.

Elle n'avait jamais pensé à elle en ces termes. Elle, le garçon manqué qui avait tant bataillé pour ne pas être étouffée par ses cinq machos de frères. Mais cet homme-là lui donnait l'impression d'être belle. Féminine.

Depuis que Dan Gallo était entré dans sa vie, elle s'était mise à croire en toutes sortes de choses qui l'avaient jusque-là laissée indifférente.

— Epouse-moi.

Elle lui jeta un coup d'œil.

— Très drôle.

— J'ai l'air de plaisanter ?

M.C. scruta son regard sérieux. Elle exprima la première pensée qui lui vint à l'esprit :

— Tu délires.

— Pourquoi ?

— On se connaît à peine.

— Six mois.

— C'est trop court.

— Quand ça marche avec quelqu'un, on le sait. Avec toi, ça marche, M.C.

Il soutint son regard sans ciller. Elle pinça les lèvres, tandis que la panique la gagnait. Les six mois qui venaient de s'écouler avaient été les plus heureux de sa vie. C'était son cousin Sam qui l'avait présentée à ce séduisant psychologue, encouragée à accepter l'invitation à dîner de ce dernier.

Elle se souvenait encore des arguments de son plus jeune cousin.

— Où est le problème, M.C. ? Il est mignon, célibataire… et italien, par-dessus le marché. Que demander de plus ?

« Pas un flic, en tout cas. Ni un criminel psychotique. » Ça, elle avait déjà donné.

Ça avait l'air trop beau pour être vrai, mais elle était allée au rendez-vous. Le premier d'une longue série. Et au bout de quelques semaines, ils s'étaient retrouvés à passer ensemble tout leur temps libre.

Il n'empêche que l'idée de s'engager plus sérieusement la terrifiait. Mais la perspective de le perdre la terrifiait encore davantage.

— Et toi, Mary Catherine ? demanda doucement Dan. Tu sens que ça marche bien entre nous ?

Elle ferma les yeux. « Oui, Dan, je le sens moi aussi. » Il se redressa, et la couverture glissa, révélant ses épaules et son torse nus.

— J'ai acheté une bague.

— Je ne te crois pas.

Le petit sourire coquin qu'elle aimait tant se forma sur la bouche de Dan.

— C'est pourtant vrai. Mais je ne te la montrerai pas avant que tu m'aies dit oui.

Elle brûlait de lui dire oui. Mais elle était flic. Elle avait vécu des expériences traumatisantes et n'était pas du genre insouciant.

Elle ouvrit la bouche pour demander un peu plus de temps pour réfléchir… Mais ce fut un « oui » qu'elle prononça. C'était tellement agréable qu'elle le redit en riant :

— Oui, je t'épouserai !

Dan laissa échapper un cri de joie et bondit hors du lit. Elle se jeta dans ses bras et bascula avec lui sur le lit, où ils s'affalèrent en mêlant rires et baisers. Ils chuchotaient comme des gamins partageant le plus précieux des secrets.

— Tu veux ta bague ? demanda-t-il. Histoire d'officialiser la chose…

— Y a intérêt, le taquina-t-elle. Sinon, je reprends ma liberté.

— Sale gosse.

Il l'embrassa de nouveau puis sortit du lit. Quelques instants plus tard, il était de retour avec un petit écrin en cuir.

D'une main tremblante, elle ouvrit l'écrin. Un solitaire taille émeraude, sans chichi. Il lui glissa la bague au doigt ; elle allait parfaitement. Elle *lui* allait parfaitement. Les larmes lui montèrent aux yeux.

— Si elle ne te plaît pas, le bijoutier a dit que tu pouvais l'échan…

— Je l'adore, dit-elle en plongeant son regard dans les yeux de Dan.

— Tu en es sûre? Je tiens à ce que tu portes une bague qui te plaise…

— Je t'aime, murmura-t-elle avant de presser ses lèvres contre les siennes et de l'attirer sur elle.

Et elle lui montra à quel point il lui avait fait plaisir.

3.

Mercredi 14 janvier
5 h 40

L'appel avait tiré Mary Catherine des bras de Dan avant que le soleil n'embrase l'horizon.

Un homicide. Dans le centre-ville. Aux Rock River Towers.

Adieu, les rêves de réveil en douceur, pensa-t-elle trente minutes plus tard en s'arrêtant devant un groupe d'immeubles résidentiels. Les Rock River Towers avaient longtemps été considérées comme l'un des lieux de résidence les plus huppés de la ville. Quatorze étages. Les équipements collectifs les plus modernes. Une vue imprenable sur le fleuve. Elles avaient toutefois perdu un peu de leur lustre, au fur et à mesure que la ville elle-même avait perdu de sa prospérité, mais il en restait quelque chose.

Se préparant à affronter le vent glacial, M.C. coupa le moteur et sortit d'un bond de son SUV. Elle pensait être habituée au froid, ayant vécu dans le nord de l'Illinois toute sa vie, mais les matins tels que celui-là la faisaient fantasmer sur un déménagement en Floride.

Frissonnant sous son manteau, M.C. jeta un coup d'œil aux alentours. Quatre voitures de patrouille, la Taurus de sa partenaire Kitt, les gars du bureau de l'identification. Elle aborda un des policiers en uniforme.

— Ce vieux Grazzio, dit-elle pour saluer l'agent chevronné, un type rondouillard. Comment va ?

— Froidement, répondit-il. Et j'ai faim. Je commence à me faire trop vieux pour ces conneries.

— Mettez-moi au courant, dit-elle. Comment ça se présente ?

— D'après son permis de conduire, il s'agit d'un certain Matt Martin, domicilié appartement 510. C'est le nom qu'on a trouvé sur la boîte aux lettres numéro 510.

— Quoi d'autre ?

— Etudiant à temps partiel à Rock Valley. En informatique. C'est un voisin qui m'a renseigné.

Rock Valley était le nom de l'une des facs locales, qui accueillait des étudiants du premier cycle.

— Qui l'a trouvé ?

— Un voisin a appelé pour se plaindre de l'odeur.

— Des indices apparents ?

— Oui. La victime est morte depuis un bon bout de temps.

M.C. ne prit pas la peine de demander depuis quand exactement. C'était au médecin légiste et à l'équipe de l'Identification de le déterminer.

L'ascenseur la mena au cinquième étage. Dès qu'elle sortit de la cabine, l'odeur la prit à la gorge. Elle sortit un flacon de pommade mentholée de sa poche, en appliqua un peu sous ses narines et longea le couloir.

Cette puanteur avait dû être plus discrète avant qu'on ouvre la porte de l'appartement. Elle lui rappelait le jour où le congélateur était tombé en panne dans la cave de la maison familiale. Personne ne s'en était douté jusqu'à ce que son frère Max ouvre l'appareil. La maison en avait été empuantie pendant plus d'un mois.

Les voisins de Martin allaient être fortement incommodés pendant un bon moment.

M.C. atteignit la porte 510 et salua le policier en faction. Il lui tendit le formulaire d'intervention sur scène de crime. Elle le signa et le lui rendit.

— Le bureau du coroner a été prévenu ?

L'homme marmonna une réponse positive tandis qu'elle pénétrait dans l'appartement. Il y régnait une chaleur étouffante, et elle sentit son pull en laine la démanger.

Sa partenaire, l'inspecteur Kitt Lundgren, pointa la tête hors de la chambre. Jeune quinquagénaire et membre expérimenté de la brigade criminelle, Kitt avait subi les pires épreuves que la vie peut infliger — et elle en était sortie plus forte. Lorsqu'on les avait obligées à faire équipe pour enquêter sur le célèbre « tueur d'anges »[1], M.C., jugeant Kitt finie, avait commencé par contester cette décision.

A présent, elle n'imaginait plus faire ce boulot sans sa partenaire.

— Le corps est par ici, dit Kitt.

M.C. hocha la tête et la rejoignit en se frayant un chemin parmi les détritus qui jonchaient le sol.

— Le thermostat est réglé sur quelle température ? Vingt-sept degrés ?

— Ça va nous aider à déterminer la date et l'heure du décès. Il a peut-être été tué avant que la température extérieure ne remonte. Il faisait combien, le week-end dernier ?

— Dans les moins douze degrés. On peut aussi envisager que le meurtrier ait voulu accélérer le processus de décomposition du corps.

Lorsqu'elle entra dans la pièce, l'inspecteur Rich Miller, du bureau de l'identification, l'accueillit en s'exclamant :

— Toujours la dernière à se joindre à la fête !

Le bureau de l'identification remplissait des tâches de police scientifique sur les scènes de crime. Les tâches de ses membres étaient multiples : ils recueillaient et analysaient les indices, relevaient les

1. Voir *Le tueur d'anges*, du même auteur, collection Best-Sellers, juillet 2009 (NdE).

empreintes digitales, photographiaient les lieux du crime — et prélevaient même les insectes sur les cadavres.

Bobby Jackson, le dernier arrivé dans l'équipe, la prit en photo et lui sourit.

— Pauvre Mary Catherine, que le devoir a tirée de son lit douillet…

« S'il savait ! » pensa-t-elle en souriant, et en se demandant combien de temps Kitt mettrait à repérer la bague. Elle mourait d'envie de crier son bonheur au monde entier, tout en souhaitant le garder secret encore un peu.

— Si ça ne vous dérange pas, dit M.C., j'aimerais que nous nous concentrions sur M. Martin.

Sans attendre de réponse, elle dirigea son attention vers la victime. Martin était allongé sur le dos dans son lit, une couette couvrait son corps jusqu'à la poitrine et sa tête était inclinée de manière anormale. L'un de ses bras était plaqué contre son torse sous la couette tandis que l'autre pendait sur le côté. Il ne semblait pas avoir opposé de résistance à son agresseur — en apparence du moins.

Il était grand et maigre. Ses cheveux en bataille étaient décolorés en blond peroxydé. Dans la chambre comme dans le salon, des emballages graisseux de fast-food jonchaient le sol. Une demi-douzaine de canettes vides de sodas énergétiques encombraient les deux tables de nuit. Le Red Bull paraissait avoir été sa boisson favorite.

Le regard de M.C. s'attarda quelques instants sur ces canettes. Les boissons énergétiques étaient à la mode parmi les jeunes. Trop, à son goût. Dans les médias, de nombreux articles et reportages décrivaient cette mode, ainsi que les abus constatés dans leur utilisation.

M.C. se demanda si Martin se servait de ces boissons bourrées de caféine pour rester éveillé ou pour étudier. Ou était-ce à d'autres fins ?

— Pas de sang, dit Kitt.

M.C. examina la main qui reposait sur la couette.

— Les ongles ont l'air propres.

— Regarde ça, dit Kitt en désignant un petit hématome sur le front de la victime, entre les deux sourcils.

Parfaitement rond. Comme le centre d'une cible de tir.

— Qu'est-ce que ça peut bien être ? demanda M.C.

— Cette victime, inspecteurs, se trouvait dans une position pour le moins délicate.

M.C. et Kitt se tournèrent vers l'homme qui venait d'entrer : Francis Xavier Roselli, le meilleur médecin légiste du bureau du coroner. C'était un petit bonhomme méticuleux — et un fervent catholique : en arrivant sur une scène de crime, il commençait par faire le signe de croix en murmurant une prière pour l'âme du défunt et pour demander l'assistance de saint Luc.

— Pardon ? dit Kitt.

— Il avait le canon d'une arme de poing pressé contre son front.

Le médecin légiste enfila une paire de gants en latex.

— Pressé avec beaucoup de fermeté, à en juger par la couleur de cet hématome…

Voilà pourquoi Martin n'avait pas cherché à lutter.

— … qui, par ailleurs, est d'une parfaite netteté. Le meurtrier était déterminé, sa main ne tremblait pas.

M.C. désigna une tache jaunâtre sur la couette aux tons pastel.

— Pauvre gamin, il s'est pissé dessus tellement il avait peur…

— Et puis le meurtrier l'a tué, murmura Kitt. Froidement.

— Mais il ne lui a pas tiré dessus, ajouta M.C. C'est intéressant.

Francis les rejoignit.

— A première vue, on dirait que le meurtrier lui a brisé le cou… J'en saurai plus après une autopsie complète.

— Quand ?

— Demain, à midi.

Le médecin se mit au travail en silence. Pendant qu'il examinait la victime, M.C. et Kitt entreprirent de fouiller le reste de l'appartement.

Ce n'était pas précisément une chambre d'étudiant typique. M.C. promena son regard dans l'intérieur spacieux du logement. C'était un appartement plutôt luxueux, doté de tout le confort — même si le jeune homme l'avait quelque peu dégradé par sa négligence. Des canettes vides et des emballages graisseux garnissaient toutes les tables. Des vêtements sales jonchaient la moquette et pendaient aux meubles. M.C. dut enjamber un paquet de chips de maïs entamé. Si Martin possédait un aspirateur, il ne s'en était jamais servi.

Le mobilier présentait une variété de styles plutôt hétéroclite, mais il était de bonne qualité : un canapé et un fauteuil en cuir, une armoire imposante et ornementée, une table à plateau de marbre, pour les repas.

— T'imagines à quoi doit ressembler la salle de bains, dit Kitt.

— Je préfère pas, merci.

M.C. ramassa une tasse contenant un liquide noirâtre à l'aspect répugnant. Elle la renifla et fit la grimace.

— C'est quoi, cette cochonnerie ?

Kitt jeta un coup d'œil.

— Du tabac à chiquer.

M.C. reposa la tasse.

— Ça va chercher dans les combien, le loyer d'un appartement comme celui-là ?

— Je sais pas, moi. Sept cents dollars par mois, peut-être plus.

— Sûrement plus.

— Il avait les moyens, pour un étudiant…

— Plutôt, oui.

M.C. inspecta la penderie. Elle palpa quelques vestes et manteaux, ainsi qu'un blouson d'aviateur en cuir et un pardessus. Un pardessus en cachemire, à en juger par l'extrême douceur de l'étoffe.

Elles se rendirent ensuite dans la cuisine. Le réfrigérateur et le congélateur étaient pleins. Deux bouteilles de vin rouge étaient rangées dans un casier. Des bouteilles de luxe.

De celles qui coûtaient au moins vingt dollars.

Des bouteilles que M.C. n'aurait pas eu les moyens de s'offrir.

Elle jeta un coup d'œil à Kitt, qui était en train de feuilleter une pile de lettres posée sur le comptoir.

— Ce garçon avait un boulot, pour payer ses études ?

— Peut-être que ses parents ont les moyens.

— Peut-être. Ou alors il avait un boulot bien payé…

— Comme le trafic de drogue…

— Ça m'en a tout l'air.

— Ce qui pourrait expliquer pourquoi il s'est fait assassiner.

— Exactement.

M.C. se passa la main gauche sur le visage.

— Bon, on va commencer par interroger les membres de sa fam…

— C'est quoi, ça ?

— Quoi, *ça* ?

Kitt lui prit la main et s'exclama :

— C'est une bague !

M.C. éclata de rire et tendit la main.

— Tu l'as depuis quand ?

— Hier soir. Je pensais que Dan t'en avait peut-être parlé…

— Pas un mot.

Kitt croisa le regard de M.C. et ajouta :

— Et tu as dit oui ?

— On dirait que ça t'étonne, dit M.C. en fronçant les sourcils.

— Vous vous connaissez à peine…

— Ça fait quand même six mois.

Ça lui fit un drôle d'effet de se défendre en employant les arguments que Dan avait utilisés pour la convaincre.

— Suffisamment en tout cas, ajouta-t-elle, pour être certaine qu'il me rend heureuse.

Kitt ouvrit la bouche comme pour ajouter une nouvelle objection, mais la referma en secouant la tête.

— Félicitations, finit-elle par articuler.

— Tu allais dire autre chose ?

— Je veux seulement être sûre que tu as pris ta décision pour de bonnes raisons. Et pas pour oublier Lance et tout ce qui s'est passé…[1]

— Non, ça n'a rien à voir.

— Ou c'est peut-être que tu arrives à la trentaine et que tu crois qu'il est temps de…

— Me marier ? Parce que ma mère m'a bourré le crâne avec ça ?

Elle adressa un regard exaspéré à Kitt et poursuivit :

— Jusqu'à présent, je n'ai jamais agi en fonction des désirs de ma mère. Ce n'est pas maintenant que je vais commencer.

Kitt se mit à rire.

— Elle va être folle de joie, en tout cas.

— On verra. Après tout, Dan n'est qu'*à moitié* italien.

— Inspecteurs ?

C'était Francis qui les appelait, debout dans l'embrasure de la porte de la chambre.

— J'en ai terminé, dit-il en ôtant ses gants.

— Des surprises ? demanda Kitt.

— Aucune. Pas de signes visibles d'usage de stupéfiants, même si seul l'examen toxicologique nous apportera des réponses définitives à ce sujet.

— Vous avez un avis, pour la date du décès ?

— Il fait une sacrée chaleur dans cet appartement. Ça a pu

1. ibid

accélérer le processus… D'après mon estimation, dans la nuit de samedi à dimanche.

M.C. savait de longue date que les estimations de Francis étaient toujours très proches de la réalité. Invariablement modeste, le médecin se flattait d'être simplement « compétent ». Mais M.C. le trouvait génial.

— Je vois qu'il faut que je vous félicite, inspecteur.

Génial, et observateur, de surcroît.

— Oui, merci.

— Qui est l'heureux élu ?

Elle le lui dit en se sentant rougir. Quelques instants plus tard, tandis qu'elles quittaient les lieux, Kitt se pencha vers elle.

— Je n'aurais jamais cru qu'une dure à cuire comme M.C. Riggio puisse rougir comme une adolescente effarouchée.

M.C. se retint de rire et fit semblant de jeter un regard mauvais à sa partenaire.

— La ferme, Lundgren.

4.

Mercredi 14 janvier
10 h 30

Informer les proches d'une victime de son décès était une besogne pénible et éprouvante. M.C. aurait bien aimé se décharger de cette corvée sur quelqu'un d'autre. Mais c'était impossible. La grande majorité des meurtres étaient en effet commis par des proches, et être porteur de la mauvaise nouvelle permettait d'être le premier à observer leurs réactions — chose précieuse pour un enquêteur.

Kitt et elle sortirent de la Taurus de cette dernière. A en juger par cette maison des quartiers ouest, la famille Martin semblait appartenir à la petite bourgeoisie. Un monospace gris métallisé était garé dans l'allée, à l'ombre d'un panier de basket-ball défraîchi.

— C'est moi qui leur annonce, ou toi ? demanda Kitt tandis qu'elles approchaient de la porte d'entrée.

Une décoration de Noël ornait encore celle-ci — un Père Noël aux yeux tristes entouré de clochettes argentées usées par le temps.

— Vas-y, toi.

Kitt hocha la tête et elles franchirent le perron. Face à Kitt, les mères réagissaient mieux. M.C. supposait que c'était parce que Kitt avait été mère — et qu'elle avait perdu son enfant.

Elles sonnèrent à la porte. Un chien se mit à aboyer. Une minute plus tard, une femme en survêtement de velours rose vint ouvrir.

Elle leur jeta d'abord un regard soupçonneux par la lucarne.

M.C. lui présenta son badge, aussitôt imitée par Kitt.

— Police, annonça cette dernière.

La femme examina soigneusement les badges avant d'actionner le verrou. Elle ouvrit la porte en grand et dévisagea les visiteuses d'un air méfiant.

— Madame Martin ? demanda Kitt.

— Oui ?

— Inspecteurs Riggio et Lundgren, de la police de Rockford.

— Justin est vraiment malade, inspecteurs. Je sais qu'il a beaucoup manqué l'école et, croyez-moi, je suis la première à m'en plaindre.

Elle les prenait pour des fonctionnaires chargées de lutter contre l'absentéisme scolaire.

— Nous sommes de la police de Rockford, madame Martin. Nous ne sommes pas venues au sujet de Justin.

— Alors pourquoi… Qui…

Il n'y avait pas de manière agréable d'annoncer une telle nouvelle. La meilleure technique, comme M.C. l'avait appris au fil des ans, était de la dire sans détour — aussi doucement, mais fermement, que possible.

— Vous avez un fils nommé Matt ? demanda Kitt.

— Matthew, oui, dit Mme Martin.

L'angoisse se lut soudain dans son regard.

— Qu'est-ce qui se passe ?

— Nous avons une mauvaise nouvelle, malheureusement. Votre fils est mort, madame Martin. Je suis vraiment désolée.

La femme la regarda fixement, comme incapable de comprendre ce que Kitt lui disait.

— Mort ? Je ne comprends pas…

— Il a été assassiné.

— Je lui ai parlé, il y a peu. Il allait très bien.

— C'était quand, madame Martin ?

— Hier… Non, avant-hier. Vous devez vous tromper de Martin.

— Je suis désolée, dit Kitt tout doucement.

— Maman ? Tout va bien ?

Un autre fils. Certainement celui qu'elle venait de mentionner, ce Justin que la maladie éloignait de l'école. A voir sa taille, il était à peine plus jeune que Matt.

Il les rejoignit à la porte et posa son bras sur l'épaule de sa mère. A l'évidence, c'était lui, l'homme de la maison — même avec un nez rougi par le rhume et des yeux brillants de fièvre.

— Elles disent que ton frère… Que Matt…

La femme se mit à sangloter.

Kitt lui vint en aide.

— Votre frère est mort. Je suis vraiment désolée.

De nouveau, un regard incrédule, ahuri. La prise de conscience progressive, le déni, puis l'horreur.

Le jeune homme cligna des yeux.

— Je… Non, c'est pas possible…

— Vous en êtes sûre ? demanda la femme d'un ton suppliant. C'est peut être une erreur ?

— On pourrait peut-être s'asseoir ?

La femme hocha la tête et les conduisit dans un salon exigu mais impeccablement tenu. Sans dire un mot, tous s'assirent.

— C'est arrivé dans son appartement, dit Kitt. Bien que les raisons exactes de sa mort n'aient pas encore été définitivement établies, il s'agit à l'évidence d'un meurtre. Je déteste faire ce que je suis en train de faire, mais il est de la plus haute importance de faire avancer l'enquête le plus vite possible. Je dois donc vous poser quelques questions. Vous êtes en état de répondre ?

Justin répondit le premier :

— Moi, oui.

— Quel âge avez-vous, Justin ?

— Dix-huit ans.

— Et Matt avait vingt et un ans ?

— Oui

— Vous étiez très proches ?

Il hocha la tête, gorge serrée.

— Je devais habiter avec lui après mon bac, à la fin du printemps…

— Son appartement est agréable, dit Kitt doucement. Ça fait longtemps qu'il y habitait ?

— Six mois, je dirais…

Il consulta sa mère du regard, qui confirma la réponse d'un geste.

— Il allait à la fac ?

Le jeune homme hocha la tête.

— A Rock Valley. Il était en troisième année d'informatique.

— Il avait une petite amie ?

— Non, c'était un vrai fana d'informatique…

— Et des amis ? Il en avait beaucoup ?

— Ouais, il en avait quelques-uns, des amis. La plupart comme lui. Fanas d'ordinateurs. Jeux vidéo, internet, tout ça…

— On aimerait leur parler. Ils pourront peut-être nous aider.

Justin se leva.

— Je vais vous écrire leurs noms. Enfin, les noms de ceux que je connais…

Il sortit de la pièce, et Kitt reporta son attention sur la femme.

— Matt avait un emploi ?

— Il réparait des ordinateurs. En travailleur indépendant. Son appartement lui servait de base pour son travail.

Elle prit un mouchoir en papier et entreprit de le lacérer nerveusement.

— J'étais si fière de lui. Il ne me demandait jamais un centime.

M.C. enregistra cette information dans un coin de sa tête.

Intéressant, vu son pouvoir d'achat apparent. La réparation d'ordinateurs devait donc être une activité hautement lucrative.

Ou alors, Matt Martin avait une autre source de revenus.

— Votre fils a déjà eu des ennuis ? poursuivit Kitt.

— Jamais. C'était un gentil garçon. Très tranquille.

— Aucun problème de drogue ?

— Non. Absolument pas.

Justin revint et tendit à M.C. un bout de papier sur lequel il avait inscrit une demi-douzaine de noms. A la suite de deux d'entre eux, il avait ajouté un numéro de téléphone.

— Matt ne touchait pas à la drogue, confirma-t-il. Jamais. Il ne fumait pas, non plus.

— On a remarqué qu'il y avait beaucoup de canettes de boissons énergétiques dans son appartement.

— Il en buvait pour rester éveillé. Pour étudier. Et jouer en ligne.

— Il n'a jamais aimé dormir, ajouta la mère. Même quand il était tout petit.

— Vous voyez une raison pour que quelqu'un ait eu envie de le tuer ?

Justin eut soudain l'air affligé. Ses yeux se remplirent de larmes, sa gorge se mit à palpiter. Il secoua la tête.

— Madame Martin ?

— Non, murmura-t-elle. Je n'arrive toujours pas à croire qu'il est mort.

Quelques instants plus tard, M.C. et Kitt échangeaient leurs impressions dans la rue, devant la berline de Kitt.

M.C. fronça les sourcils.

— Je n'ai pas vu d'ordinateur dans l'appartement de Martin. Et toi ?

— C'est bizarre, un fana d'informatique sans ordinateur.

Pendant que Kitt composait le numéro de Jackson et de Miller, M.C. retourna chez les Martin. Justin lui ouvrit avant qu'elle n'ait eu le temps de frapper à la porte.

— J'ai une autre question à vous poser, dit-elle. Quel genre d'ordinateur votre frère avait-il ?

— Un Dell portable.

— Il lui arrivait de le prêter ou de…

— Non, ça non. Même moi, il ne me laissait pas m'en servir.

M.C. rejoignit Kitt qui était en train d'achever sa conversation téléphonique.

— Alors, que disent Jackson et Miller ? demanda-t-elle.

— Ils sont encore sur la scène du crime. Pas d'ordinateur dans son appartement, ni dans son véhicule.

5.

Mercredi 14 janvier
11 h 45

— Bonjours, inspecteurs ! lança la secrétaire de Sal d'un ton enjoué tandis que M.C. et Kitt entraient dans le bureau de leur supérieur. Vous n'avez pas chômé, à ce qu'on m'a dit.

M.C. haussa les sourcils. La secrétaire, toujours aimable certes, se montrait étrangement affable.

— Vous allez bien, Nan ?

— Très bien, merci.

Elle se tourna vers Kitt et ajouta :

— Vous avez trois messages, inspecteur.

Elle les tendit à Kitt, puis s'adressa en rougissant à M.C. :

— Et deux pour vous, inspecteur Riggio.

Elle lui tendit les deux enveloppes en précisant :

— Et il y en a aussi un autre qui vous attend sur votre bureau. Et quand vous aurez fini de consulter vos messages, Sal voudrait un rapport.

Alors qu'elles sortaient du bureau, la femme insista :

— Tous vos messages, inspecteur Riggio… Y compris celui qui vous attend sur votre bureau.

— Apparemment, elle tient à ce que tu inspectes bien ton box, ironisa Kitt.

— Et moi, je me demande si elle n'a pas bu un petit coup pour être d'aussi bon poil…

Les mots moururent sur ses lèvres. Un vase de roses trônait sur son bureau. Rouges et blanches. Pleinement écloses. Parfumées.

De la part de Dan, fatalement.

Elle se pencha pour en respirer la fragrance, puis ôta la carte de son support et lut :

« Tu as fait de moi le plus heureux des hommes. Je t'aime, Dan. »

M.C. sentit les larmes lui monter aux yeux. Kitt se pencha par-dessus son épaule pour lire la carte.

— Cette fois, tu es tombée sur un type bien, partenaire. Si j'étais à ta place, je ferais tout pour le garder. A part ça, je crois que tu as médit de cette pauvre Nan : elle est à jeun. Mais elle a dû lire la carte…

M.C. voulut répliquer par quelque chose de drôle et de léger. Au lieu de cela, elle ouvrit son téléphone et composa le numéro de Dan.

— J'ai reçu les fleurs, dit-elle lorsqu'il décrocha. Elles sont superbes.

— Pas autant que toi. Je n'arrête pas de penser à toi. Et je n'arrête pas de sourire.

Si elle avait surpris un homme et une femme en train d'échanger de telles mièvreries, elle les aurait trouvées grotesques. Mais voilà, ce n'étaient pas d'autres gens qui parlaient — et elle ne parvenait pas à cacher ses émotions.

— Moi aussi, dit-elle.

— Tu en as parlé à ta famille ? demanda-t-il.

— Pas eu le temps. Et toi ?

— J'en ai parlé à Erik.

Erik Sundstrand, son confrère et meilleur ami.

— Qu'est-ce qu'il a dit ?

— Que j'étais un sacré veinard, mais, ça, je le savais déjà. Et qu'il aurait cru que tu avais plus de jugement que ça.

Elle éclata de rire. Kitt tapota sur sa montre et désigna le bureau du chef.

— Il faut que je file, dit M.C. Ce soir, c'est le soir de la *pasta*, je leur annoncerai la nouvelle pendant le repas.

— Ça tombe bien ! On va penser que j'ai calculé mon coup… Rappelle-moi un peu plus tard.

Il raccrocha. Elle conserva l'appareil contre son oreille encore un instant avant de le refermer.

Elle s'aperçut que Kitt lui souriait.

— Quoi ? Qu'est-ce qu'il y a ?

— Tu sais très bien quoi, répliqua Kitt. Promets-moi seulement de ne pas te transformer en fiancée obsessionnelle… Tu sais, celles qui ne pensent plus qu'à leur mariage et sont incapables de parler d'autre chose. Et si tu pouvais réduire au strict minimum les mièvreries sentimentales…

M.C. le lui promit en riant. Elles se dirigèrent vers le bureau de Sal. La porte était ouverte. Kitt tapota contre le chambranle et Sal leur fit signe d'entrer.

— Je n'ai pas beaucoup de temps, dit-il. Mettez-moi au courant.

Salvador Minelli, adjoint du patron de la brigade criminelle, était un type du genre carré et ultraréglo. Dur mais juste, il savait lâcher la bride de ses subordonnés, tout en veillant à ce qu'ils ne prennent pas de risques inconsidérés susceptibles de leur nuire, à eux ou à la brigade — surtout à la brigade.

M.C. aimait travailler sous ses ordres, parce que avec lui, on savait toujours à quoi s'en tenir.

— La victime se nomme Matt Martin, commença Kitt. Vingt et un ans, étudiant en informatique à temps partiel. Il a été tué pendant le week-end. Pas de trace de combat ou d'effraction.

— Son cou a été brisé, dit M.C. Pas de blessures de défense. Juste un hématome circulaire entre les deux yeux.

— Causé par… ?

— Le canon d'une arme de poing.

— Et pourtant le meurtrier ne lui a pas tiré dessus. Intéressant.

— Sa mère et son frère affirment qu'il ne se droguait pas, mais ce meurtre n'a pas l'air d'être un acte gratuit, dit Kitt. Ce garçon devait être impliqué avec quelqu'un de pas net ou dans quelque chose de louche…

— On pense à un trafic, l'interrompit M.C.

— … qui aurait entraîné son assassinat.

— La drogue ? demanda Sal.

— C'est l'hypothèse qui vient tout de suite à l'esprit. Par ailleurs, j'ai demandé à deux de nos gars de faire une enquête de voisinage : personne n'avait de problème avec lui.

M.C. consulta brièvement la note que les policiers lui avaient remise et reprit :

— Un garçon sans histoire. Il recevait très peu. N'organisait pas de fête. Et aucun voisin n'a remarqué quoi que ce soit de bizarre au cours des derniers jours.

Kitt prit le relais.

— J'ai avisé la fac où il étudiait, et obtenu une liste de ses profs. On envisage d'en interroger le plus possible cet après-midi, pour voir si on peut reconstituer son emploi du temps des vingt-quatre dernières heures avant sa mort.

— Vous voulez que je demande à Baker et Canataldi de s'en occuper ?

— Certainement pas ! dit M.C. Pourquoi ça ?

— Parce que vous avez toutes les deux d'autres chats à fouetter. Vous, inspecteur Lundgren, vous partez en congé au Mexique dans une quinzaine de jours.

— Plus que quinze jours à attendre avant le paradis, dit-elle en souriant. Juste Joe et moi, et la plage. Pas de téléphone portable.

Kitt et son ex-mari œuvraient prudemment à leur réconciliation. Leur mariage s'était brisé après la mort de leur fille unique et la chute de Kitt dans la dépression et l'alcoolisme. Ils avaient passé les six derniers mois à renouer progressivement, mais dans l'appréhension d'être de nouveau blessés.

Ils avaient décidé que la prochaine étape consisterait à passer de vraies vacances ensemble — pas de travail, rien que du bon temps. Tous les deux, en amoureux.

— Quant à vous, dit Sal en s'adressant à M.C., vous aurez sans doute la tête ailleurs… Certain développement récent dans votre vie affective devrait vous empêcher de vous concentrer pleinement sur une enquête de ce genre.

— Aveuglée par l'amour, approuva Kitt. En pleine métamorphose à l'idée de convoler.

M.C. fit mine d'ignorer ces taquineries.

— Comment savez-vous ? demanda-t-elle à Sal.

— Les fleurs. Nan a lu la carte qui allait avec. Et puis, ajouta-t-il en souriant, difficile de ne pas remarquer un diamant de cette taille…

A la fin de la journée, M.C. et Kitt s'étaient déjà entretenues avec chacun des professeurs de Martin, sauf un. Elles avaient appris que Martin était calme au point de passer pour asocial et qu'il était un élève moyen, sans plus. Les enseignants ne lui connaissaient pas d'amis — ni d'ennemis.

— Le dernier prof, dit Kitt après avoir consulté sa liste, s'appelle Doug Deadman[1]… Il enseigne les sciences informatiques.

— Tu plaisantes ?

1. *Dead man* : homme mort, en anglais (NdE).

— Pas du tout. Je te parie un *caffè latte* que Deadman veut dire « mortellement ennuyeux » en latin…

— Tope là !

Elles trouvèrent le professeur en train de fermer son bureau, ayant sans doute terminé sa journée. Il ne correspondait en rien à l'idée qu'elles s'étaient faite de lui. C'était un jeune trentagénaire, beau garçon et bien bâti. Son bronzage subtil évoquait la vitalité et la vie au grand air. Sa manière de s'habiller était cool et moderne.

Kitt devait un *caffè latte* à M.C.

— Professeur Deadman, dit M.C. en lui montrant son badge, je suis l'inspecteur Riggio. Et voici ma partenaire, l'inspecteur Lundgren. Pouvez-vous nous accorder quelques minutes ?

Il fronça légèrement les sourcils.

— Puis-je vous demander pourquoi ?

— Matt Martin.

Il se détendit.

— Ah, oui, bien sûr. Excusez-moi.

Il déverrouilla la porte de son bureau.

— Entrez, je vous en prie. J'aurais dû faire le rapport tout de suite, dit-il pendant qu'elles s'asseyaient. Mais je ne m'attendais pas à ce qu'on ait besoin de mon témoignage.

— Nous essayons d'interroger tous ceux qui ont connu Matt et l'ont côtoyé récemment.

Il hocha la tête

— En quoi puis-je vous être utile ?

— Martin était un de vos élèves ?

— Le semestre dernier, en effet.

Il se frotta les tempes, arbora une expression sinistre en ajoutant :

— Tout le monde est un peu bouleversé, ici. La direction de la fac va proposer un soutien psychologique à quiconque en a besoin.

Le doyen nous a demandé de ménager nos étudiants et d'alléger leur travail pendant une quinzaine de jours.

Son regard alla de l'une à l'autre de ses interlocutrices. Il se cala dans son fauteuil ; son blouson s'entrouvrit sur son T-shirt sur lequel était imprimé : « La logique floue, ça vous tente ? »

— Que pouvez-vous nous dire au sujet de Matt ? demanda M.C.

— Gentil garçon. *Vraiment* branché sur l'informatique.

— Ça veut dire quoi « *vraiment* branché sur l'informatique » ?

— Les ordinateurs rythmaient sa vie. Ou, plutôt, ils étaient sa vie.

— Une petite amie ?

— Non. Enfin, pas à ma connaissance.

— Elève brillant ?

— Dans la matière que j'enseigne, oui. Pas une lumière dans les autres.

— Vous sauriez dire pourquoi ?

— Certainement. Il m'en avait parlé. Il est venu me demander mon avis avant d'abandonner certaines matières qu'il trouvait ennuyeuses.

— Et qu'est-ce que vous lui avez conseillé ?

— De tenir bon. De ne pas lâcher ces cours.

Il se pencha et ajouta d'une voix fervente :

— Je lui ai dit qu'il avait besoin d'un diplôme pour être compétitif sur le marché du travail. Mais vous savez comment sont ces mordus d'informatique…

— En fait, non, justement, on ne sait pas. Décrivez-les-nous, tracez-nous un profil.

— D'accord. Mais n'oubliez pas que ce ne sont que des généralités.

— C'est ça un profil, Doug. Des généralités fondées sur des faits.

— Les mordus d'informatique ou *geeks* sont brillants mais inaptes à la vie en société. Ils dorment le moins possible, se gavant de boissons énergétiques pour rester connectés toute la nuit. Ce mode de vie est difficilement compatible avec notre société, rythmée par des horaires diurnes et réguliers. Les *geeks* n'ont de rapports avec leurs semblables qu'en ligne et évitent au maximum les contacts en chair et en os. Ils ne sont pas sportifs. On les appelle parfois « cyberpatates ».

— C'est amusant.

— J'en ai plein dans ma classe. Ce ne sont pas des adolescents, mais des « adolécrans ». Dans un groupe, le plus doué en informatique, le plus compétent techniquement est le « geek alpha », le sujet dominant. Pour désigner tout ce qui est imprimé, livres et documents sur papier, ils utilisent le néologisme « *treeware* », autrement dit « produits de l'arbre », forgé sur le modèle de *software*, pour les logiciels, et de *hardware*, pour le matériel électronique. Quant à vous, inspecteur Riggio, dans leur jargon, ils vous appelleraient une « 404 ».

— Ah bon ? Et qu'est-ce que ça veut dire ?

— C'est le numéro d'erreur qui s'affiche à l'écran quand un serveur est introuvable sur internet. Ce qui signifie en clair que vous êtes inculte en matière technologique.

Et en effet, elle était une 404.

— Comment le savez-vous ?

— Vous avez l'air de passer plus de temps au grand air qu'enfermée… Vous n'avez pas le « bronzage télé »…

Voyant l'expression perplexe de M.C., il dut lui expliquer qu'un « bronzage télé » désignait le teint blafard et terreux des gens qui passent tout leur temps devant un écran.

— Et puis, votre profession n'est vraiment pas *geek*.

— J'y vois un compliment.

— C'en était un.

Kitt s'éclaircit la gorge.

— C'était Martin, le *geek* alpha ?

— Pas dans notre groupe, en tout cas.
— Alors, qui c'était… ?
— Moi, bien sûr, dit-il en arborant un grand sourire. C'est pour ça qu'on me paie royalement.
Kitt intervint de nouveau :
— A vrai dire, professeur… vous-même, vous ne correspondez pas au profil.
— On n'arrête pas de me le dire. Ma mère me disait déjà tout le temps que j'étais un rebelle.
— Et Martin, il aurait pu se livrer au trafic de drogue, selon vous ?
Il haussa brusquement les sourcils.
— Matt ? Non, je ne crois pas. Non, ce n'est pas la bonne piste.
— Quelle serait la bonne piste, à votre avis, professeur ? demanda Kitt.
— Je ne peux pas affirmer qu'il avait une activité illégale. Je n'en sais rien. Mais, si un garçon comme lui devait verser dans l'illégalité, il serait *cracker.*
— Comment ça ?
— Un pirate informatique. Un *hacker* délinquant, pour le dire autrement.
Il se pencha vers elles et précisa :
— Le mot hacker désigne un geek particulièrement atteint, devenu expert en programmation. Mais les médias en ont fait par erreur un synonyme de cracker.
Un sourire naquit sur les lèvres de M.C. Il avait l'air plus que sincère, il était indigné par l'amalgame. C'était lui-même un *geek* après tout.
— Un pirate informatique, répéta-t-elle. Vous voulez parler des gens qui usurpent des identités…
— Et qui volent des données, toutes sortes de données. Nous

vivons dans un monde informatisé, inspecteur. Toute notre vie, ce que nous possédons se trouve sur fiche, quelque part, attendant simplement d'être volé. Pour un pirate, il suffit d'avoir des compétences techniques et la volonté d'enfreindre la loi.

— Merci, professeur.

Elles se levèrent, gagnèrent la porte et s'immobilisèrent.

— Au fait, où étiez-vous ce week-end ?

— Je faisais du ski. Je ne suis rentré en ville que ce matin.

Ce qui expliquait le hâle de son visage. Et, en fonction de l'heure du décès qu'allait déterminer Francis, pouvait lui fournir un alibi.

— Je croyais que les cours reprenaient aujourd'hui ?

Il fronça légèrement les sourcils.

— J'aurais dû revenir samedi. Mais tous les vols en provenance de Denver ont été annulés.

Elles le remercièrent de nouveau, lui remirent chacune leur carte, l'engagèrent à les appeler s'il venait à songer à quelque nouvel élément pouvant les aider dans leur enquête.

— Le piratage informatique..., dit Kitt alors qu'elles traversaient le parking de la fac. Ça colle bien, et ça expliquerait l'absence de l'ordinateur.

— Ça me semble une bonne piste. Je vais demander un mandat pour accéder au dossier bancaire de Martin.

— Moi, je vais vérifier l'alibi du Pr Deadman. Ensuite, pendant que tu te gaveras de pâtes et que tu te feras féliciter par ta famille, je verrai ce que je peux apprendre sur les *crackers*.

6.

Mercredi 14 janvier
19 h 45

Dan se gara devant la maison où M.C. avait grandi, une ancienne ferme rattrapée par la banlieue. Ses frères étaient déjà arrivés. M.C. vit leurs voitures garées dans l'allée et le long du trottoir.

M.C. sourit en songeant à ses cinq frères. Elle les adorait et leur avait attribué à chacun un surnom affectueux : Michael était Superman car, en devenant chiropracteur, il avait comblé les espérances de sa mère en lui permettant de se vanter d'avoir un fils médecin ; Neil était le Fayot, car il avait donné à la Mamma un petit-fils ; et Tony, Max et Frank étaient les trois Lèche-cul, qui avaient complaisamment nommé la chaîne de restaurants « Mamma Riggio ».

M.C. était seule à passer pour une brebis galeuse aux yeux de la Mamma — elle avait été la source de toutes les déceptions maternelles. Jusqu'à ce soir, du moins. C'était inhabituel pour elle, se rendit-elle compte. Car, pour la première fois, elle entrait dans cette maison en se disant qu'elle n'allait pas être la cible des récriminations de sa mère.

M.C. sentit que Dan la regardait et se tourna vers lui.

— Prête ? demanda-t-il.

— Parfaitement. Et toi ? le taquina-t-elle. Nerveux ? Impossible de reculer, à présent…

— Ce n'est pas mon genre.

Il sourit du coin des lèvres et ajouta :

— Même si ta mère est toujours un peu imprévisible…

— Un peu ?

M.C. laissa échapper un petit rire et se pencha pour l'embrasser.

— Ne t'inquiète pas. Ce soir, tu seras un héros. Fais-moi confiance.

Ils sortirent de la berline et remontèrent l'allée. La vieille maison, avec son vaste porche d'entrée, s'était agrandie de manière anarchique au cours des ans. Et c'était une bonne chose : elle avait abrité cinq garçons, bagarreurs et casse-cou — et une fille qui avait fait de son mieux pour les surpasser tous les cinq.

Ce soir-là, le porche était désert. Même Michael et Neil, qui aimaient à s'y attarder en toute saison, en avaient été chassés par le froid glacial. D'habitude, par tous les climats, il se serait trouvé quelqu'un sous le porche pour l'accueillir à son arrivée. Le badinage et les taquineries auraient commencé là avant de se poursuivre à l'intérieur.

Ils franchirent la porte d'entrée et pénétrèrent dans la maison. La bonne odeur qu'exhalait la cuisine traditionnelle de Mamma Riggio leur chatouilla les narines — viandes rôties et légumes, aromates et sauce tomate à l'italienne. L'odeur de la famille, pensa M.C.

Michael fut le premier à s'apercevoir de sa présence.

— Petite sœur ! mugit-il en l'étreignant comme un ours. En retard, comme d'habitude.

— Fiche-lui la paix, dit sa belle-sœur Melody en l'embrassant à son tour. Elle était en train de rendre les rues plus sûres pour les honnêtes gens.

Ils se mirent à saluer Dan tandis que Max, Frank et Tony émergeaient du salon en se chamaillant — comme souvent. Comment avaient-ils réussi à créer ensemble une entreprise de plus en plus prospère, sans s'entretuer ? Cela demeurait un mystère pour M.C.

Nouveaux saluts, nouvelles embrassades. Neil fut le suivant à apparaître, mais, avant qu'il ait pu prononcer le moindre mot, son fils âgé de cinq ans, Benjamin, aperçut sa tante.

— Tatie Gâteau ! cria-t-il en fonçant vers elle et en se hissant dans ses bras.

— Tu es trop grand, maintenant, pour faire ça. Et si je te laissais tomber ?

Elle fit semblant de le lâcher et il poussa un cri de plaisir strident, s'agrippant fermement au cou de M.C.

Il l'appelait Tatie Gâteau parce qu'elle avait pris l'habitude de lui donner des biscuits en forme d'animaux. Les frères adoraient ce sobriquet et encourageaient le petit garçon à en faire usage, mais avec une légère déformation : « Non, Ben, Tatie est *gâteuse*, pas gâteau. »

C'est d'ailleurs ce qu'ils ne manquèrent pas de faire en cet instant avant de s'esclaffer. Dan se joignit de bon cœur à leur hilarité.

— Très drôle, dit-elle en faisant mine de le regarder furieusement. Je ne m'attendais pas à ce que tu prennes le parti de ces

Leur mère pointa la tête hors de sa cuisine.

— Mary Catherine, Dieu merci, te voilà. Il faut que je te cause.

Son regard se posa sur Dan avant qu'elle n'ajoute :

— Seule.

— Il y a du drame dans l'air, ce soir, dit Melody doucement. Mais elle n'a pas voulu m'en parler. Désolée, je n'ai pas eu le temps de te prévenir.

Imperturbable, M.C. sourit à sa belle-sœur. Ce soir, même sa mère ne pouvait laisser éclater sa joie.

Dan se pencha vers elle et lui chuchota à l'oreille :

— Vas-y, chérie, à toi de jouer.

Un instant plus tard, elle refermait la porte de la cuisine derrière elle et saluait sa mère.

— Bonsoir, maman, qu'est-ce…

— Cette nuit, j'ai rêvé que tu mourais.

Elle traversa la cuisine pour lui prendre les mains et les serrer très fort.

— Et tu sais que mes rêves sont prémonitoires. La veille de la crise cardiaque foudroyante de ton père, j'ai rêvé qu'on allait le perdre.

— Oui, pendant un match des Cubs[1].

— C'était symbolique.

— Et moi aussi, je mourais pendant un match des Cubs ?

— Ce n'est pas drôle, Mary Catherine. Dans mon rêve, tu étais à la maison, dans ton lit. Seule et morte.

Et là, elle dit son inquiétude qu'un bandit ou un maniaque ait la peau de sa fille.

— Tu es sûre que je ne dormais pas, tout simplement ?

— Tu étais morte, répéta Mamma. M-O-R-T-E. Les mères ne s'y trompent pas.

Elles maîtrisent aussi à merveille l'art de rendre dingues leurs enfants adultes. Mais M.C. décida de garder cette remarque pour elle-même.

Plutôt que d'entamer une dispute, elle ôta ses mains des doigts crispés de sa mère.

— Maman, j'ai une grande nouvelle. Regarde.

Sa mère s'immobilisa, fixa la main gauche de sa fille et poussa un petit cri aigu.

— La Sainte Vierge a répondu à mes prières ! hurla-t-elle.

Ce tapage attira toute la famille dans la cuisine. La mère annonça la nouvelle, qui fut suivie d'embrassades, de rires et de grandes tapes dans le dos. Benjamin se joignit aux réjouissances, même s'il ne comprenait goutte à ce qui se passait.

1. Club de base-ball de Chicago (NdE)

Un peu plus tard, à table, après que les plats eurent été passés et les assiettes remplies, la Mamma dit :

— Il faut que nous commencions les préparatifs dès maintenant. A quelle date est prévu le grand jour ?

M.C. consulta Dan du regard.

— Nous n'en avons pas encore discuté.

Il lui prit la main.

— Le plus tôt sera le mieux, en ce qui me concerne, dit-il. Même si rien ne presse, en fait.

Soulagée, la mère se signa pour remercier la Providence : cette absence d'empressement signifiait que sa fille n'était pas enceinte.

— Il faut que la cérémonie ait lieu à Sainte-Bernadette, décréta-t-elle.

Elle regarda Dan en plissant les yeux, soupçonneuse soudain.

— Un brave garçon italien comme vous... Vous êtes catholique, n'est-ce pas ?

Il hocha la tête, et le regard de la Mamma se fit radieux.

— Oui, bien sûr que vous êtes catholique...

En matière de croyances religieuses, la mère de M.C. appartenait à la vieille école. Elle avait piqué une crise lorsque Neil s'était fiancé avec Melody qui venait d'une famille protestante, mais elle lui avait pardonné dès que celle-ci avait accepté de se convertir au catholicisme. M.C. décida de ne pas gâcher la soirée en révélant que Dan ne pratiquait plus depuis des années ou en rappelant à sa mère qu'il n'était qu'à moitié italien.

Ce soir, elle avait décidé de pratiquer le consensus.

— Vous prévoyez un grand mariage, bien sûr.

— On n'en a pas encore parlé...

— Il faut réserver le club italo-américain dès demain.

Du coin de l'œil, M.C. vit Michael étouffer un rire.

— Maman, je ne crois pas...

— J'ai hâte de rencontrer votre famille, dit-elle à Dan.

— Papa et maman se sont installés en Floride l'année dernière. Mais ils viendront au mariage, bien sûr.

— Et vos frères et sœurs ?

— Je suis fils unique.

Le silence se fit aussitôt autour de la table. M.C. pouvait presque entendre sa mère penser : « Quelle famille catholique respectable n'a qu'un seul enfant ? Et des Italiens, en plus ! »

— J'ai eu une sœur, se justifia Dan. Elle est morte en bas âge et mes parents ne pouvaient plus avoir d'autres enfants.

La compassion et la sympathie illuminèrent les traits de la Mamma.

— Les voies du Seigneur sont impénétrables, dit-elle. Je suis sûre que Mary Catherine et vous leur donnerez une ribambelle de petits-enfants.

M.C. s'étouffa en avalant une gorgée d'eau. Michael ne put plus se retenir et éclata de rire tandis que Max, Frank et Tony ricanaient à l'unisson.

— Maman, tu anticipes un peu, là. On n'a même pas encore parlé d'avoir des enfants.

Dan lui pressa la main et intervint :

— Mais je suis sûr qu'on en voudra une bonne dizaine.

Lorsque l'ultime *cannolo* eut été avalé et que la table eut été débarrassée, sa mère avait déjà planifié une fête de fiançailles pour le week-end suivant. Réservée à la famille et aux plus proches amis, elle se tiendrait dans l'un des restaurants de ses frères, situé au centre-ville, l'Old Town Mamma Riggio.

Beaucoup plus tard, alors que M.C. était allongée, somnolente et satisfaite, dans les bras de Dan, elle lui sourit.

— Merci d'être si patient avec ma mère.

Il passa ses doigts dans la chevelure de M.C.

— Ta mère est super.

— Tu parles ! C'est un rouleau compresseur…

Il se mit à rire.

— Elle est d'accord. C'est déjà très bien.

M.C. pressa sa joue contre la sienne.

— Ça ne changerait rien si elle s'y opposait, dit-elle. C'est toi que j'ai choisi.

Il l'embrassa de nouveau.

— Alors, je crois bien qu'il ne nous manque plus rien.

7.

Jeudi 15 janvier
9 h 5

— Bonjour, partenaire, dit Kitt en posant un grand *caffè latte* sur le bureau de M.C. Dette de jeu, dette d'honneur.

M.C. prit la tasse en souriant.

— Tu es vraiment épatante, tu sais ?

Kitt dit qu'elle le savait et s'assit sur un coin du bureau de sa collègue.

— Comment ça s'est passé, hier soir ?

— Comme prévu. Maman est en train de préparer un mariage somptueux et compte déjà les petits-enfants qu'on va lui donner. Au fait, si vous êtes libres samedi soir, Joe et toi, elle organise une petite fête de fiançailles.

— On y sera.

Kitt farfouilla dans son vaste sac à main. Un instant plus tard elle ouvrait une canette de V8.

M.C. sirota son café en fronçant les sourcils.

— Du jus de légumes ? Qu'est-ce que ça veut dire ?

— Cas de force majeure. Je n'ai plus que treize jours avant de me montrer en maillot de bain. Un maillot de bain que j'ai acheté samedi.

M.C. fit une grimace. Le cauchemar de toutes les femmes, quels que soient leur silhouette ou leur tour de taille. Une visite chez le gynéco doublée d'une séance chez le dentiste était moins traumatisante que l'achat d'un nouveau maillot de bain.

— Ne prends pas la peine de me rassurer ou de me débiter des platitudes creuses. Je sais déjà que Joe m'adore comme je suis et que je suis vraiment en forme pour une femme de 51 ans. Mais c'est difficile de ne pas se comparer à toutes ces maudites pubs dans les magazines.

— Des platitudes creuses? J'allais te plaindre, au contraire, protesta M.C. en avalant une gorgée de café au lait. Je ressens exactement la même chose quand j'achète un maillot.

Kitt se frotta le bout du nez.

— Je me demande pourquoi j'ai accepté que Joe me traîne jusqu'au Mexique. Pourquoi pas New York en janvier? Ou Boston?

— Parce qu'on s'y gèle les fesses. Parce que être allongée au soleil sur une plage avec celui qu'on aime, en sirotant des margaritas, ça ressemble à une description du paradis terrestre, à mon humble avis.

— Et c'est là que la dure réalité vient s'en mêler.

Elle considéra sa canette de jus de légumes avant de jeter un regard sinistre à M.C.

— Je ne suis pas un top model, M.C.

Elle dit cela avec un tel sérieux que sa collègue éclata de rire.

— Tu t'en remettras, partenaire. Personne ne l'est. Parlons plutôt de Martin.

Kitt semblait heureuse de changer de sujet et d'oublier un moment ses problèmes de maillot de bain. Elle lui fit part de ce qu'elle avait appris.

— L'année dernière, la cyberdélinquance a coûté plus de cinquante milliards de dollars aux entreprises et cinq milliards aux consommateurs. Et ces chiffres sont en hausse continuelle. Non seulement beaucoup de jeunes se laissent tenter par l'appât d'un gain facile, mais ils n'ont pas conscience de transgresser la loi. Il est difficile pour la police de les retrouver…

— Tentant, en effet.

— De plus, c'est un crime fédéral. Tu sais ce que ça veut dire…

M.C. se cala sur sa chaise et laissa échapper un long soupir.

— Je m'en doutais, mais j'espérais pouvoir l'ignorer officiellement le plus longtemps possible. Si les gars du FBI s'en mêlent, nous, on sera exclues de l'enquête. Ou alors on en sera réduites à jouer les sous-fifres aux ordres d'une bande de types qui se sont fait virer de l'école maternelle parce qu'ils refusaient de jouer gentiment avec leurs petits camarades.

Kitt sourit.

— Personnellement, je serais heureuse de leur refiler cette enquête-là. Ça ferait un tracas de moins avant nos vacances au Mexique.

Elle finit son jus de légumes et jeta la canette dans la corbeille à papier.

— Eh oui, reprit-elle. Voilà ce que j'en pense.

— Là, je ne reconnais plus ma chère vieille Kitt Lundgren.

— Il va falloir t'habituer. Cette chère vieille Kitt, celle qui avait des troubles obsessifs-compulsifs et qui était un bourreau de travail ? Elle n'existe plus. Tu as devant toi la nouvelle Kitt. Celle qui prend des vacances. Qui est décontractée. Qui prend chaque jour comme il vient, sans se poser de questions. Et qui ne s'invente pas de corvées à accomplir pour tromper l'ennui.

M.C. ne put s'empêcher de rire.

— Ça, il faudra que je le voie pour le croire. Et si on allait bavarder un peu avec Sal ?

Sal leur conseilla de contacter sans tarder le service du FBI chargé de combattre la cybercriminalité. Si Martin était impliqué dans une forme quelconque de piratage informatique, ces gens-là s'en mêleraient de toute façon à un stade ultérieur. Autant profiter le plus vite possible de leur capacité à rassembler rapidement des informations.

Même si cette perspective ne plaisait guère à M.C., elle n'avait pas le choix.

L'agent spécial du FBI qui chapeautait le service local de lutte contre la cybercriminalité à Rockford se nommait Jonathan Smith. Il leur proposa d'éviter un déplacement si elles pouvaient attendre jusqu'à midi pour le rencontrer, et de venir les retrouver.

Il arriva à 14 heures. Il était grand, ses traits étaient agréables, son sourire, sympathique et sa poignée de main, ferme. Ses cheveux noirs commençaient à grisonner et son costume bleu marine aurait eu besoin d'être repassé. Ce n'était pas exactement le genre d'agent du FBI, archisérieux et collet monté, auquel M.C. était habituée.

Elles lui serrèrent la main avant de le conduire dans l'une des salles d'interrogatoire.

— Alors, vous en êtes où ? demanda-t-il lorsque tous trois se furent assis.

— Pour l'instant, on n'a pas appris grand-chose.

M.C. lui passa le dossier en le faisant glisser sur la table. Il le feuilleta, parcourant son contenu pendant qu'il parlait.

— Matt Martin. Mordu d'informatique âgé de vingt et un ans. Assassiné pendant le week-end. Le médecin légiste estime que le décès remonte à la nuit du samedi au dimanche, dimanche matin au plus tard.

L'agent spécial examina les photos prises sur la scène du crime.

— Allez-y, je vous écoute…

— L'ordinateur est le seul objet qui manque. Il vivait très confortablement pour un étudiant sans emploi fixe.

— Sa famille…

— Pas d'aide financière de ce côté-là, dit Kitt. Ils croient qu'il réparait des ordinateurs à domicile. Jusqu'à présent, nous n'avons rien trouvé qui corrobore cette affirmation.

— On a interrogé ses professeurs. L'un d'eux a suggéré que la cyberdélinquance pourrait expliquer son niveau de vie élevé, ajouta M.C.

Jonathan Smith resta silencieux un instant, sans cesser d'examiner les photos, puis il leva la tête, son regard allant de l'une à l'autre de ses interlocutrices.

— Que sait-on des vingt-quatre dernières heures de son existence ?

— Une voisine l'a vu prendre son courrier vendredi après-midi, un peu après 16 heures, répondit M.C. Il était porteur d'un sac de fast-food Wendy's. Elle s'en souvient parce qu'il mangeait des frites dans l'ascenseur et qu'elle est au régime. Elle a déclaré qu'elle n'avait pu s'empêcher de penser à ces frites pendant tout le week-end. Elle a fini par faire une entorse à son régime en s'offrant une double portion de frites le dimanche après-midi.

Kitt prit la relève.

— Il a passé un ou deux coups de fil de son appartement. Il a commandé une pizza samedi, en se servant de sa carte de crédit pour payer. En fait, il ne quittait presque jamais son appartement.

L'agent Smith hocha la tête, les sourcils légèrement froncés.

— Il correspond au profil, aucun doute là-dessus. Il est dans la tranche d'âge. Marié avec son ordinateur… Pas de ressources financières apparentes…

Il tapota sur l'une des photos et ajouta :

— Même les boissons énergétiques et la nourriture de fast-food cadrent bien avec ce profil. On a reçu le rapport toxicologique ?

M.C. secoua la tête.

— En tout cas, on n'a pas trouvé d'attirail de drogué, ni de traces d'injection. Rien de ce genre.

L'agent se leva.

— Je vais me renseigner sur la situation financière de Martin. Tout ce que je trouverai, je vous le transmettrai. La cybercriminalité a beau être notre domaine réservé, ce meurtre a été commis sur votre territoire. Je comprends très bien ce que cela implique pour vous et je vous tiendrai au courant.

— Nous vous en sommes reconnaissantes, dit M.C. tandis qu'elle se levait elle aussi, ainsi que Kitt.

Elle désigna le dossier en disant :

— Vous pouvez garder ça, c'est une copie.

— Merci.

Elles le raccompagnèrent jusqu'à l'ascenseur

Lorsque les portes se refermèrent sur l'homme, Kitt échangea un regard avec M.C.

— Il était bien trop aimable pour être du FBI.

— Tout à fait d'accord. Pas étonnant qu'ils le laissent végéter dans un trou comme Rockford !

8.

Jeudi 15 janvier
17 h 47

En arrivant chez elle, M.C. trouva son jeune cousin Tommy, âgé de vingt-deux ans.

Sa Honda Element gris métallisé était garée dans l'allée, un panache de gaz toxique s'échappait du pot d'échappement.

Lorsqu'elle se gara à côté de lui, il éteignit le moteur et sortit de sa voiture.

— Salut, cousine, cria-t-il. Il était temps que t'arrives.

— Tu ne devrais pas laisser le moteur tourner comme ça, c'est mauvais pour l'environnement.

— J'avais froid.

— Il suffisait d'appeler avant.

Elle l'embrassa et ajouta :

— Ça fait plaisir de te voir. Qu'est-ce qui t'amène ?

— J'ai entendu dire qu'il va y avoir une fête ce week-end…

— Les bonnes nouvelles circulent vite.

— Les réseaux de communication dans la région sont complètement saturés, figure-toi…

Elle éclata de rire.

— Entre donc.

Il la suivit dans la maison.

— Je n’arrive pas à croire que ma cousine préférée s’est fait mettre le grappin dessus.

— Parce que tu as cru à tout ce baratin sur la célibataire endurcie ?

— Non, mais je te croyais plus cool.

— Bonne réponse. Tu veux une bière ?

— Une petite bière, ça fait toujours du bien.

Elle alla chercher deux canettes et ils s’installèrent sur le canapé.

La mère de M.C. avait deux sœurs, Bella et Catherine. Sa tante Catherine — qui était également sa marraine — avait deux fils, qui n’avaient que dix mois de différence d’âge. Tommy était l’aîné, le cadet se nommait Sam.

Pendant un moment, le seul bruit qui vint rompre le silence de la pièce fut le pschitt de l’ouverture des canettes. M.C. but une gorgée.

— Ça me paraissait meilleur quand j’avais ton âge.

— Eh oui, tu es vraiment en train de devenir vieille. Moi, je ne peux toujours pas m’en passer.

Un tel commentaire l’aurait agacée quelques semaines auparavant, lorsque s’annonçait son trentième anniversaire. Mais plus maintenant.

— Alors, quoi de neuf ? demanda-t-elle.

— Un nouveau semestre à la fac. Le dernier avant que je me mette à réviser pour l’examen de comptabilité supérieure. Ça me prend la tête.

Elle aussi s’en préoccupait. Elle avait souvent gardé ses deux cousins comme baby-sitter et les avait vus grandir.

— Comment va Sam ?

Il hésita, se raidit légèrement.

— Tu connais Sam. Des fois, il est vraiment crétin.

En plus d'être frères, ils étaient à la fois les meilleurs amis du monde et complètement différents.

— Essaie d'avoir cinq frères, répliqua-t-elle. Cinq grands crétins comme les miens…

Tommy ne dit rien, se contenta de la regarder fixement. Il y avait quelque chose dans son regard qui clochait.

— Il y a un problème ? Tu t'es disputé avec Sam ?

Il soutint son regard, ouvrit la bouche et la referma aussitôt. Il la rouvrit avant de secouer la tête en souriant d'un air crispé.

— Non. C'est cool entre Sam et moi. Si ce n'est qu'il passe son temps à foutre la zone dans ma piaule et à vider mon frigo.

Elle n'était pas convaincue.

— Tu sais que tu peux toujours compter sur moi, d'accord ? Pour parler, comme quand on était mômes.

Il hocha la tête et fit rouler la canette entre ses paumes.

— Sinon, ça s'arrange ? demanda-t-il d'un ton sérieux. Ta vie, je veux dire.

— J'aimerais pouvoir répondre à cette question.

Elle avala une nouvelle gorgée de bière et ajouta :

— Certains jours, ça va bien et même très, très bien. D'autres, beaucoup moins. Mais ça vaut le coup d'être vécu, crois-moi.

Il but le reste de sa bière. Sa mine, habituellement cordiale, se fit boudeuse.

— Ouais, faut croire.

— Faut croire ? Tu n'as que vingt-deux ans, combien de problèmes as-tu déjà eus, dans ta vie ?

— Tu serais étonnée de l'apprendre.

— Il faut que tu fasses de ton mieux, c'est tout.

Son téléphone se mit à vibrer.

— Une seconde, Tommy…

Elle vit que c'était Dan et répondit :

— Salut, chéri.

— Salut à toi. Je suis en train de m'engager dans l'allée. Tu as faim ?

— Je suis affamée.

Elle sourit à son cousin et reprit :

— Tommy est là. Il sera ravi de te voir.

— Demande-lui de se joindre à nous pour dîner. A tout de suite.

Elle raccrocha et revint à Tommy.

— Alors, vas-y, dis-moi ce que tu as sur le cœur. C'est quoi, ton problème ?

— Désolé, cousine, dit-il en se levant, mais il n'y a pas de problème, en fait.

M.C. se leva aussi.

— Si jamais il y en avait un, tu me le dirais, hein ?

— Tu as été notre baby-sitter, M.C. Qui c'est qui rapportait tout le temps ? Qui c'est qui ne savait pas garder un secret ?

— C'est toi, dit-elle en riant. Tu as dit à Sam que le Père Noël n'existait pas et tu m'as balancée la fois où je suis sortie en douce pour aller à une fête. Petit salopard.

Il sourit et se dirigea vers la porte. A ce moment Dan arriva.

— Pour mémoire, c'est Sam qui m'a dit que le Père Noël n'existait pas, et non l'inverse. Et pour la fête, tu as eu ce que tu méritais : tu étais censée rester avec nous, en tant que baby-sitter responsable.

— Et vous, vous étiez censés dormir, et la fête était à deux pas de chez vous.

— Je tombe mal, à ce que je vois, intervint Dan. Une querelle de famille ?

— Non, juste quelques réminiscences amicales.

Elle se mit sur la pointe des pieds pour l'embrasser avant de se tourner vers Tommy.

— Tu dînes avec nous ?

— Merci, mais vos trucs d'amoureux me couperaient l'appétit. Et puis j'ai du boulot à rendre pour demain.

Il se dirigea vers sa voiture.

— Si tu changes d'avis et que tu as besoin de te confier, dit-elle dans son dos, fais-le-moi savoir.

Il promit qu'il n'y manquerait pas, monta dans sa voiture et démarra en trombe.

9.

Samedi 17 janvier
19 h 30

Le téléphone n'avait pas arrêté de sonner de la journée. Cousins et amis l'avaient appelée pour la féliciter. La nouvelle s'était répandue comme une traînée de poudre et le nombre d'invités à ses fiançailles ne cessait d'augmenter.

Et, entre-temps, M.C. avait été frappée par une crise aiguë de doute.

Mais elle l'avait délibérément ignorée, et portait pour l'occasion une robe rouge neuve, achetée en hâte au centre commercial de Cherryvale quelques heures auparavant, après avoir décidé que la robe noire qu'elle avait choisi de mettre initialement lui donnait l'air d'être en deuil. C'était une fête, après tout.

Elle s'était appliquée à se coiffer et à se maquiller — ce qu'elle faisait rarement — et avait retrouvé Dan à la porte, arborant un sourire confiant.

Quelle comédienne… Car ce n'était plus le doute qui l'assaillait à présent — mais une vraie crise de panique.

— On est arrivés, dit Dan en se garant.

Elle respirait péniblement, de manière saccadée. Il la regarda d'un air inquiet.

— Ça va ?

— Oui… Non…

Elle lâcha un juron et ajouta :

— Je ne sais pas…

Il se pencha vers elle.

— Dis-moi tout.

Elle ouvrit la bouche, la referma, essaya de nouveau de s'exprimer.

— J'ai l'impression que ça va trop vite.

— Ce n'est qu'une réception.

— Non.

Elle secoua la tête, clignant des yeux pour contenir ses larmes.

— C'est aussi une bague… Une photo dans le journal. Une promesse faite devant tous les gens qui comptent pour moi.

Il demeura silencieux pendant un long moment. Elle savait que ce qu'elle disait le heurtait, mais elle se devait d'être franche. Il le méritait. Leur relation le méritait.

— Tu veux laisser tomber ? demanda-t-il doucement.

Elle n'eut pas besoin de réfléchir.

— Non !

— Bien. Alors, avale un grand bol d'air et sors ton joli derrière de cette voiture.

Elle rit.

— Pas étonnant que je sois amoureuse de toi : tu sais comment me parler…

— Je suis psy, tu sais.

Il ouvrit en grand sa portière.

— Attends.

Elle lui prit le bras et demanda :

— Tu m'aimes ?

— A la folie.

— Ça ne te dérange pas que je sois flic ? Je dors avec une arme,

Dan. J'ai des horaires de dingue. Je passe pas mal de temps à la morgue.

Il voulut répondre, mais elle ne lui en laissa pas le loisir et poursuivit :

— Ma famille est nombreuse et tapageuse. Ma mère est une emmerdeuse de première. On ne sera jamais seuls. Il y aura toujours quelqu'un pour fourrer son nez dans nos affaires. Les vacances seront un supplice.

Il sourit du coin des lèvres.

— Tu as fini ?

— Non.

Elle inspira profondément.

— Je ne suis pas une femme traditionnelle, et je ne serai jamais une épouse traditionnelle. Je n'ai pas cette vocation, Dan.

— Je suis tombé amoureux de toi, dit-il. D'une femme indocile, avec une famille de dingues. En connaissance de cause. Si j'avais voulu une épouse soumise et conformiste, je m'en serais trouvé une. Il faut me faire confiance.

— Je suis flic. Les flics ne font confiance à…

Il l'interrompit d'un baiser, et une grande sérénité naquit subitement en elle. Il écarta ses lèvres.

— Alors, prête à faire la fête ?

Elle hocha la tête. Ils sortirent de la voiture et traversèrent le parking plein à craquer. Ce restaurant du centre historique de Rockford avait été le premier que ses frères avaient ouvert à l'enseigne de Mamma Riggio. Il était resté celui que M.C. préférait. Ce quartier de petits commerces éphémères et pittoresques, aux devantures refaites à neuf, lui semblait si typique de Rockford — du moins, du vieux Rockford qu'elle avait connu dans son enfance, avant que les quartiers de l'est de la ville ne se développent à grande vitesse, avec leurs résidences pour cadres supérieurs et la prolifération simultanée de centres commerciaux flambant neufs et de restaurants de chaîne.

Ils entrèrent dans l'établissement. La salle comme le bar étaient combles, un fond sonore d'airs italiens peinait à couvrir le brouhaha des conversations. L'hôtesse d'accueil reconnut M.C., lui fit signe et la félicita.

— Ils sont tous dans la salle de réception, ajouta-t-elle.

En traversant la salle, Dan aperçut Erik au bar. Au même instant, ce dernier remarqua leur présence et leur fit signe de le rejoindre. Conduisant M.C. par la main, Dan fendit la foule avec elle.

M.C. trouvait l'amitié qui liait Dan et Erik un peu surprenante. Ils étaient si différents. Il y avait dix ans d'écart entre eux, et ils venaient de milieux complètement différents. Même physiquement, ils étaient l'opposé l'un de l'autre. Erik avait les traits d'une vedette de cinéma : des cheveux blonds striés de fils d'argent et une barbe naissante, une touche de négligé qui lui donnait un look à la fois sexy et inspiré.

Dan était plus jeune, plus rugueux. Des cheveux noirs et une belle gueule de mauvais garçon, dans la grande tradition des quartiers ouest de Rockford. Les garçons de ce district populaire de la ville vivaient dans la rue comme des poissons dans l'eau. Bagarreurs invétérés, ils mettaient un point d'honneur à ne jamais fuir le combat et pouvaient le prouver en exhibant leurs cicatrices. Elle en savait quelque chose car ses cinq frères correspondaient tous, à divers degrés, à cette description.

Mais les deux amis avaient aussi beaucoup de points communs. Tous deux étaient psychologues de profession et s'occupaient d'adolescents en difficulté. Ils s'étaient rencontrés à l'époque où Dan avait travaillé pour *Kids in Crisis*, l'institution psychiatrique qu'Erik avait fondée pour suivre et soigner les gamins dont les familles n'avaient pas les moyens de débourser cent cinquante dollars pour une heure de thérapie.

— Mon Dieu, dit Erik à M.C., vous êtes vraiment superbe.

Il l'embrassa sur la joue et se tourna vers Dan pour dire :

— Sacré veinard. Tu l'as toujours été.

C'était ironique, venant d'un homme que la Providence avait choyé dès la naissance, comme seule une fraction infime de la population l'avait été. Erik avait tout pour lui : la beauté, l'intelligence et l'argent.

Erik revint à M.C.

— Félicitations. Vous avez fixé une date ?

Elle rit.

— Non. Et je suis sûre qu'à la fin de la soirée la question m'aura été posée par une quinzaine de tantes.

— Vous pourriez vous enfuir pour vous marier tranquillement…

— C'est une bonne idée, dit Dan en posant son bras sur l'épaule de M.C. Qu'est-ce que tu en penses ?

— Ma mère n'y survivrait pas. Elle se tuerait. Ou elle te tuerait.

— C'est vrai. N'en parlons plus.

Erik régla sa boisson et ils se rendirent ensemble dans la salle de réception. Lorsque les convives s'aperçurent de leur présence, ils se tournèrent vers eux et les applaudirent. M.C. trouva la scène bizarre. Qu'avait-elle accompli pour mériter de tels applaudissements ? Tomber amoureuse ? Etre aimée en retour ?

Elle n'avait rien fait pour mériter ces acclamations. Elle avait simplement reçu un don merveilleux.

Ils firent le tour des invités, ensemble et séparément. Tommy et Sam étaient là. Tous deux la gratifièrent d'embrassades rugueuses et bafouillèrent, d'une haleine fleurant la bière, des salutations peu cohérentes.

— J'espère qu'aucun de vous deux ne conduit.

— Calme-toi, M.C. On est cool.

Ce n'était pas ce mot qu'elle aurait choisi pour décrire leur état, à en juger par leur air éméché.

— Je vois ça, dit-elle. Dois-je comprendre que vous avez réglé vos problèmes ?

Sam fronça les sourcils.

— J'ai jamais de problème avec mon frangin. C'est mon héros.

Ils s'esclaffèrent, comme le font parfois les jeunes gens quand ils ont bu une bière de trop. M.C. décida de passer à l'eau minérale. Elle ne tenait pas spécialement à être la conductrice attitrée, à ses propres fiançailles — mais il fallait bien que quelqu'un s'y colle.

Elle aperçut Dan et vit qu'il s'était déjà mis au Coca. Il croisa son regard et lui adressa un baiser. Ses cousins ricanèrent et elle leur lança un regard mauvais.

— Vous aussi, vous vous marierez un jour, et, ce jour-là, je me ferai un plaisir de vous rappeler combien vous avez été grossiers aujourd'hui.

— Mais on est contents pour toi, dit Tommy. On est heureux de savoir que tu vas te marier.

— Ouais, intervint Sam. On adore les mariages. Enfin, les réceptions de mariage… Avec toutes ces jolies femmes qui boivent du champagne et sont d'humeur romantique.

— Vous ne pensez vraiment qu'à ça, tous les deux !

A l'évidence, ils en étaient fiers. Tandis qu'elle les abandonnait à leur beuverie, Dan la rejoignit.

— Qu'est-ce qui se passe ?

Elle le mit brièvement au courant tandis que commençaient les toasts. Ceux-ci conduisirent à de nouvelles libations, qui menèrent à leur tour à de nouvelles mondanités. La soirée se déroulait pour le mieux jusqu'à ce que Dan et M.C. tombent sur sa cousine Gina DeLuca — poupée Barbie à l'italienne, vieille ennemie de M.C. et experte en coups bas.

— Salut, Mary Catherine.

Elle se tourna vers Dan et le salua d'un ronronnement rauque.

— Dan, ça fait tellement plaisir de te voir.

Il avait l'air contrarié. M.C. fronça les sourcils.

— Vous vous connaissez ?

— On a travaillé ensemble, dit-il, à *Kids in Crisis*.

— Je suis l'assistante personnelle d'Erik. Je suis venue avec lui, ce soir.

M.C. vit Dan se renfrogner et se dit qu'elle lui en reparlerait plus tard. Toute à ses mondanités, elle n'avait pas vu Erik et Gina ensemble.

— Ravie de t'avoir revu, Dan. Et toutes mes félicitations.

Ils la regardèrent s'éloigner, puis M.C. se tourna vers Dan.

— Ce n'est pas ma cousine préférée. Et cette animosité remonte à loin.

— Je m'en doutais.

Il s'interrompit et une seconde puis demanda :

— Tu veux en parler ?

Elle lui serra fortement le poignet.

— Pas ce soir. Je suis trop heureuse.

— Aux dernières nouvelles, elle était secrétaire de direction à *Kids in Crisis*.

— Ça m'étonne qu'Erik l'ait amenée ce soir. Elle ne semble pas être son genre.

— Toutes les femmes sont le genre d'Erik, dit Dan. Cela dit, je suis surpris, moi aussi.

Quelques moments plus tard, sa mère et ses tantes la prirent à part. Dan battit en retraite, prétextant qu'il devait « dire un mot à son futur témoin ».

Dès qu'il eut tourné le dos, ses tantes et sa mère se lancèrent dans un sermon à plusieurs voix, prônant les vertus d'un mariage somptueux.

— Tu n'as pas à t'inquiéter, lui dit sa mère. Je paierai pour tous les frais.

M.C. réagit aussitôt.

— C'est absurde, maman. Dan et moi gagnons notre vie correctement et…

— Ton père — que Dieu ait son âme — et moi avons préparé cet événement, Mary Catherine

— Préparé cet événement ?

— On a mis un peu d'argent de côté tous les mois.

La plupart des parents épargnaient pour financer les études de leurs rejetons ; les siens avaient économisé pour un mariage.

— Je ne sais que dire, maman.

— Les parents de la mariée offrent leur fille et paient la noce, c'est la tradition.

— Et comme elle a dû économiser *longtemps*, dans *ton* cas, dit tante Bella, tu pourras avoir un mariage de princesse.

— Un mariage inoubliable, ajouta tante Catherine.

— Dan et moi n'avons pas encore parlé du genre de cérémonie que nous…

Elle vit Dan en train de bavarder avec Gina, la tête penchée vers la sienne, puis Gina poser une main sur le bras de Dan.

Tante Catherine revint à la charge.

— Je suis ta marraine, il faut m'écouter. Ta mère a attendu trente ans cet événement… Ce ne serait pas bien de ne pas en profiter.

M.C. fronça les sourcils. Elle songea que le vieil argument « C'est mon mariage, c'est moi qui décide » paraîtrait non seulement ingrat, mais aussi terriblement conventionnel. Tandis que sa tante énumérait avec enthousiasme les multiples avantages d'un grand mariage, le regard de M.C. revint se poser à l'endroit où elle avait vu Dan et Gina bavarder. Ils n'y étaient plus.

Elle fouilla des yeux la foule des convives qui commençait à s'éclaircir, mais ne vit ni l'un ni l'autre. Sa nuque se mit à la picoter, et elle s'en voulut de réagir ainsi. Ce n'était pas parce qu'elle ne les voyait plus qu'ils étaient ensemble. Il lui avait paru évident que Dan n'appréciait guère sa cousine. Non sans éprouver un léger soulagement, elle se rendit compte qu'elle ne voyait plus Erik non plus.

— Mary Catherine ? Tu m'écoutes ?

— Bien sûr, répondit-elle en souriant à sa tante. Si tu trouves ça mieux, c'est d'accord. Je vois que certains de mes invités sont en train de prendre congé. Excusez-moi, il faut que j'aille leur souhaiter une bonne nuit.

C'était un prétexte, mais ce n'était pas un mensonge. Elle retrouva Dan au bar en compagnie de Kitt et de Joe. Gina n'était nulle part en vue. M.C. dut admettre qu'elle se sentait un peu parano.

— Ah, mon chou, dit Dan en la prenant dans ses bras et en l'attirant vers lui, te voilà. Tu me pardonnes ?

Une fois de plus, le picotement dans la nuque. Une fois de plus, elle surmonta sa réaction épidermique.

— Pour quelle offense ?

— T'avoir laissée seule avec ta mère et tes tantes, comme ça. Ça n'a pas été trop affreux ?

— Abominable. Tu me revaudras ça, beau gosse.

Kitt et Joe profitèrent de l'occasion pour annoncer leur départ. Moins de trente minutes plus tard, la plupart des invités étaient partis eux aussi. Main dans la main, M.C. et Dan traversèrent le parking et tombèrent sur Tommy, Sam et tante Catherine qui se disputaient au sujet des clés de la voiture de Tommy.

— Je peux conduire, insistait Tommy. Je ne laisse pas... mon bébé ici, ajouta-t-il en caressant le capot de sa Honda. Pas question.

— Tu es ivre, dit sa mère.

Son regard furieux passa de Tommy à Sam.

— Vous êtes tous les deux ivres.

— Il est plus ivre que moi, dit Sam d'un ton bravache avant de sourire bêtement à Tommy. Je tiens mieux l'alcool que toi.

— La ferme, débile.

M.C. intervint.

— Désolée, les gars. Aucun de vous deux ne conduit ce soir. Faut-il que je vous montre mon badge ? Les clés, s'il vous plaît.

Elle tendit la main. Tommy fit d'abord mine de vouloir négocier lorsqu'une irrépressible envie de vomir l'en empêcha. Heureusement, il eut le réflexe de se précipiter un peu plus loin derrière la voiture pour se soulager.

Tante Catherine avait l'air inquiète.

— Il a bu à s'en rendre malade. Ça ne lui ressemble pas. Sam, oui… Mais pas mon Tommy.

M.C. adressa un regard contrit à Dan. Il sourit et proposa :

— Pour être parfaitement tranquille, Catherine, vous n'avez qu'à raccompagner Tommy. Je conduirai sa voiture jusqu'à chez lui. M.C. nous suivra dans la mienne. C'est sur le chemin.

M.C. récupéra les clés de la Honda et regarda Sam et Dan installer Tommy dans la voiture de sa mère. Lorsqu'ils furent partis en toute sûreté, Dan tendit ses propres clés à M.C.

— Qu'est-ce que tu disais, tout à l'heure, à propos de ta famille ?

— Bienvenue dans mon petit monde, Dan. Tu veux changer d'avis ?

— Plutôt crever.

Elle se dressa sur la pointe des pieds et l'embrassa.

— On se retrouve devant chez Tommy.

Elle le suivit des yeux tandis qu'il roulait hors du parking, puis se hâta de monter dans la berline de Dan. Une minute plus tard, elle avait bouclé sa ceinture et roulait vers l'appartement de son cousin.

Elle y parvint sans encombre car la circulation était fluide. Dan était là, assis tranquillement dans la voiture de Tommy. Elle se gara non loin de lui et attendit qu'il la rejoigne. Mais il ne sortit pas de la Honda.

Elle ouvrit la portière et se dirigea vers lui, intriguée. S'était-il endormi ? Il était calé dans son siège, la nuque appuyée sur le repose-tête, les yeux clos. Elle tapota sur la vitre.

— Dan ?

Il ne bougea pas. Elle entendit le hurlement de plusieurs sirènes de voiture de police, qui vint amplifier les lourds battements de son cœur. Subitement prise de panique, elle ouvrit en grand la portière et saisit Dan par l'épaule. Son torse bascula vers l'avant, son visage heurta le volant.

Une odeur de poudre lui monta aux narines. Elle ôta sa main, constata qu'elle était humide et poisseuse. Du sang. Elle regarda fixement sa main pendant qu'un hurlement naissait au fond de sa gorge. Les voitures de police arrivèrent, au nombre de trois, leurs gyrophares balayant les alentours. Un policier la bouscula pour porter secours à Dan.

Comme dans un film au ralenti, elle se laissa tomber sur les genoux, une main sur le ventre, l'autre sur la bouche. Elle regarda, horrifiée, les policiers s'efforcer vainement de le ranimer, les entendit jurer lorsqu'ils durent s'avouer vaincus.

— Annulez le SAMU, cria l'un d'eux dans sa radio. Prévenez la police criminelle et le bureau du coroner. Nous nous apprêtons à sécuriser la zone.

10.

Dimanche 18 janvier
2 h 15

Kitt sortit en trombe de sa Taurus.

— Où est l'inspecteur Riggio ? cria-t-elle au premier policier en uniforme qu'elle croisa.

— Dans cette voiture de patrouille, répondit-il en indiquant laquelle.

Kitt se dirigea vers le véhicule en question, le cœur battant la chamade, les pensées se bousculant dans sa tête. L'appel l'avait tirée d'un profond sommeil. Elle n'avait pas tout de suite compris ce que sa collègue lui avait annoncé et avait dû lui demander de répéter.

Le fiancé de M.C. était mort. Abattu d'une balle dans la tête. M.C. était encore sur les lieux du crime.

Elle trouva sa partenaire. M.C. était assise, recroquevillée, à l'avant de la voiture de patrouille. La portière était ouverte, et Kitt vit que M.C. était emmitouflée dans une couverture.

Elle regardait fixement devant elle, immobile — à ce détail près : elle ne cessait de triturer nerveusement sa bague de fiançailles.

— Partenaire, dit Kitt d'une voix douce en s'accroupissant devant elle, je suis venue dès qu'on m'a prévenue.

M.C. leva les yeux vers Kitt, mais ne souffla mot. L'angoisse que

Kitt lisait dans le regard de son amie lui brisa le cœur. Les paroles étaient inutiles et dérisoires. Or elle n'avait que ça à lui offrir.

— Je suis vraiment désolée, M.C.

Des larmes coulaient lentement le long des joues de sa partenaire.

— Je ne comprends pas comment c'est arrivé, murmura M.C.

— Je sais…

Elle prit les mains glacées de M.C. dans les siennes et se mit à les frictionner.

— Nous étions ensemble… Il est parti à peine une minute avant moi… Je ne comprends pas… Pourquoi Dan ? Pourquoi lui ?

Les yeux de Kitt se gonflèrent de larmes. Combien de fois avait-elle entendu ces mots dans la bouche des proches d'une victime ? Combien de fois avait-elle prononcé des paroles de réconfort qui lui paraissaient si dérisoires aujourd'hui, face au drame que vivait son amie ?

— Je ne sais pas, dit Kitt doucement. Ce que je sais, c'est qu'on trouvera celui qui a fait ça, M.C. Et on trouvera pourquoi. Je te le promets.

Quelqu'un avait appelé Michael pour qu'il vienne s'occuper de sa sœur. Kitt s'aperçut qu'il était déjà sur place. Il avait l'air effondré. Elle lui fit signe d'approcher.

— Michael est là, dit-elle en serrant le poignet de M.C. d'un geste de réconfort. Il faut que je fasse mon boulot, maintenant. Mais je te tiens au courant. Je reviens le plus vite possible.

Elle croisa le regard inquiet de Michael. Il hocha la tête et, tandis qu'elle se levait, prit sa place au côté de M.C.

La gorge nouée, Kitt se promit de tenir sa promesse. Quoiqu'il puisse lui en coûter, elle trouverait celui qui avait fait ça et ferait en sorte qu'il le paie cher.

11.

Lundi 19 janvier
10 heures

Kitt se gara devant la petite maison en brique de M.C., tenant un grand *caffè latte* dans sa main gantée. En soupirant, elle sortit de son véhicule. Le meurtre de Dan avait tout l'air d'un acte de violence gratuite, un tragique concours de circonstances : Dan avait eu le tort de se trouver au mauvais endroit au mauvais moment. L'une des locataires avait vu un inconnu dans l'immeuble. Elle avait crié au travers de sa porte qu'elle allait appeler la police. Ce qu'elle avait fait sans tarder.

Dan s'était garé en face d'une sortie de secours. La balle avait traversé le pare-brise, l'atteignant entre les deux yeux. Il avait été tué sur le coup.

Les inspecteurs auxquels l'enquête avait été confiée estimaient que le meurtrier avait quitté précipitamment l'immeuble par la sortie de secours, tombant sur Dan qui devenait témoin de sa fuite. Il l'avait tué et avait détalé.

Aucun des appartements n'avait subi d'effraction, grâce à la prompte réaction de la citoyenne au regard acéré. C'était son intervention qui, selon toute vraisemblance, avait indirectement provoqué le meurtre de Dan.

Comment Kitt allait-elle annoncer à sa meilleure amie que l'homme de sa vie s'était tout simplement trouvé au mauvais endroit au mauvais moment? Comment allait-elle pouvoir lui dire que « ces terribles coups du sort arrivent parfois » ou que « les voies du Seigneur sont impénétrables »?

Kitt inspira profondément et gravit les marches du perron de la maison. Contre la porte d'entrée se trouvaient une enveloppe et un petit bouquet de fleurs, du genre qu'on peut trouver dans n'importe quel magasin. Sans doute laissés là par quelqu'un qui compatissait de tout cœur avec M.C. mais n'avait pas le courage de faire face à son chagrin.

Kitt ramassa le bouquet et l'enveloppe et sonna à la porte. Les gens de la famille de M.C. se relayaient à ses côtés et Sal lui avait accordé un congé illimité, même si Kitt connaissait suffisamment bien son amie pour se douter que cette situation ne tarderait pas à lui taper sur le système.

Aujourd'hui, c'était Melody qui veillait sur M.C. Elle avait les yeux rougis par les larmes. Kitt lui remit le bouquet et l'enveloppe.

— J'ai trouvé ça devant la porte.

Melody hocha la tête.

— Entrez et donnez lui l'enveloppe. Je vais mettre ces fleurs dans un vase.

— Comment va-t-elle aujourd'hui? demanda Kitt.

— A peu près pareil. Elle ne parle pas et n'a pas mangé.

— Ça va prendre du temps, chuchota Kitt. Je passais par là.

Melody hocha la tête.

— Elle sera contente de vous voir.

Melody s'occupa des fleurs pendant que Kitt allait frapper à la porte de M.C.

— C'est moi. Tu es assez bien réveillée pour avoir de la visite?

Kitt entra dans la chambre où flottait un parfum de fleurs. Assise en tailleur sur son lit, M.C. était habillée d'un pantalon de jogging et d'un sweat-shirt trop ample et tout froissé. Kitt remarqua que ce dernier était aux couleurs de Notre-Dame, l'université où Dan avait étudié. M.C. avait l'air hagard.

— Je t'ai apporté un *latte*…

— Merci.

Elle avala une petite gorgée et le posa sur la table de nuit.

— J'ai des nouvelles pour toi.

Kitt lui relata alors où en était l'enquête, exactement comme elle l'aurait fait pour n'importe quelle famille de victime, sans emphase — les faits et seulement les faits.

Pendant une bonne minute après que Kitt eut terminé son récit, M.C. se contenta de la regarder. Puis elle secoua la tête.

— Je n'arrive pas à y croire… Tu es en train de me dire que je l'ai perdu à cause de… la malchance ? Tu es en train de me dire que s'il s'était garé un peu plus loin, il serait en vie. Que si je lui avais donné un autre baiser ou s'il avait dû s'arrêter à un feu rouge de plus, il serait vivant à l'heure qu'il est ? Tu veux que je me contente de ça ? Tu crois que ça peut me consoler ?

— Je suis désolée, M.C. Je n'ai fait que te répéter ce que l'enquête a pu déterminer jusqu'à présent.

— A savoir *rien*.

Ce n'était pas grand-chose en effet. Kitt s'éclaircit la gorge.

— L'enterrement de Martin a lieu aujourd'hui. Le FBI s'occupe de la vidéosurveillance et nous donnera un accès complet à leurs enregistrements. Je vais y aller avec cinq ou six autres policiers.

M.C. ne fit aucun commentaire, au point que Kitt se demanda si elle l'avait écoutée. Son regard tomba sur un flacon de pilules sur la table de nuit. Elle le ramassa.

— C'est quoi, ça ?

— Des somnifères.

— Ça te fait du bien ?

— J'en ai pris une fois. Je ne recommencerai pas.

Elle redressa le menton, comme pour la mettre au défi de la contredire.

— Je ne veux pas dormir. Pas de cette façon, en tout cas. Ces maudits cachets me font tout oublier. Et c'est justement tout ce qu'il me reste : mes souvenirs.

Kitt sentit les larmes lui piquer les yeux. Elle savait exactement ce que ressentait son amie. Elle avait connu cela lorsque sa fille Sadie était morte — cette volonté de se raccrocher coûte que coûte au souvenir de son enfant, malgré l'enfer de l'absence.

— Ça va aller mieux. Je sais que tu n'y crois pas, mais…

— La vie continue, compléta M.C. avec amertume.

— Oui, dit Kitt.

Elle s'interrompit avant d'ajouter :

— Tu veux qu'on parle de lui ?

La gorge de M.C. se serra. Elle secoua la tête et se mit à fixer le vide.

Les secondes passaient lentement. Kitt se souvint de l'enveloppe.

— J'ai failli oublier. J'ai trouvé ça contre ta porte d'entrée. Avec un bouquet de fleurs.

— Je n'en veux pas. Lis-le, toi.

— C'est un mot de condoléances, c'est sûr.

M.C. ne réagit pas et Kitt ouvrit l'enveloppe, en sortit une carte à deux volets. L'image d'un coucher de soleil magnifique, une citation de la Bible sur l'amour de Dieu.

Kitt la tendit à M.C.

— Tu es sûre que tu veux que je la lise ? La personne qui a laissé ça se soucie de toi. Ça pourrait te faire du bien.

M.C. lui prit la carte des mains, lut la citation puis ouvrit la carte. Kitt vit le visage de son amie se déformer subitement, en proie à une incrédulité horrifiée.

— Oh, mon Dieu !
— Quoi ?
Kitt ôta la carte des doigts inertes de M.C. Elle y lut ceci :

C'est peut-être mieux comme ça. Ce n'était pas un mec bien.

12.

Lundi 19 janvier
18 h 30

Kitt s'arrêta devant la maison de Joe, un pavillon de bois peint, de style californien — le foyer qu'ils avaient partagé pour le meilleur et pour le pire quand ils étaient mariés. Elle contempla un instant la lumière douce et accueillante des fenêtres.

Même si Joe et elle ne s'étaient pas remis à vivre ensemble, ils avaient établi une routine : il préparait leur repas du soir ; elle débarrassait la table ensuite. Lorsqu'elle entrait dans la maison, une odeur de cuisine familiale venait lui chatouiller les narines ; elle annonçait d'un cri joyeux son arrivée et se rendait tout droit dans la cuisine, où l'attendait un verre d'eau minérale aromatisée au citron vert. Ils s'embrassaient tendrement, puis sirotaient leur boisson tout en échangeant les nouvelles et les potins du jour.

Certains soirs, elle préférait ne pas parler de sa journée. Elle désirait seulement passer un peu de temps en compagnie de Joe, sans parler de son travail. Mais pas ce soir-là. Ce soir-là, elle avait besoin de s'épancher, de partager la tristesse que les malheurs de M.C. faisaient naître en elle et qui ravivaient la blessure de son propre deuil.

Kitt coupa le contact, rassembla ses affaires et sortit de la voiture. Quelques instants plus tard, elle posait sa clé sur la table de l'entrée et humait l'arôme d'un plat épicé — mélange de bœuf, de tomates, de piments et d'oignons.

— Joe, lança-t-elle, je suis là ! Tu es où ?

— Dans la cuisine, répondit-il.

Dans un passé lointain, elle aurait été accueillie par sa fille et son mari, tout sourires. Cela lui manquait — ainsi qu'un million de ces petits riens qui tissent le quotidien d'une famille.

Mais Joe et elle étaient en train de se construire une nouvelle « normalité », se rappela-t-elle. Ils tentaient de créer un « maintenant » douillet et affectueux, en adoptant de nouvelles habitudes. Cela avait commencé en beauté par une gigantesque gerbe de fleurs accompagnée d'un mot où Joe jurait de faire de son mieux si elle voulait encore de lui.

C'était ça, le vrai but du voyage au Mexique. Trouver leur voie, essayer de reconstruire leur relation, pour dépasser la mort de Sadie et la dépression dans laquelle Kitt avait plongé ensuite et qui les avait menés au divorce. Essayer de vivre avec la nostalgie de ce qu'ils avaient perdu tout en appréciant ce qu'il leur restait.

M.C. en était encore aux premiers pas de ce long parcours hors du deuil, et Kitt souffrait pour elle.

Elle se rendit dans la cuisine. Joe était debout près de l'évier, appuyé contre le bar, et lisait les pages sportives du *Register Star*. La lumière déclinante filtrait à travers les rideaux de la fenêtre au-dessus de l'évier, adoucissant le tracé des rides qui sillonnaient son visage, lui donnant un je-ne-sais-quoi de séduisant qui reflétait sa force de caractère.

— Mmmmm, ça sent bon, dit-elle.

Il leva la tête et sourit. Le cœur de Kitt eut un drôle de petit sursaut. Après tant d'années, cet homme n'avait qu'à sourire et elle se sentait fondre. Disposer d'un tel pouvoir sur autrui aurait dû être interdit par la loi.

— *Carne asada*. En l'honneur de notre prochain voyage.

Il posa son journal sur le comptoir, traversa la cuisine et embrassa Kitt.

— Plus que neuf jours au compte à rebours, ajouta-t-il.

Elle redressa la tête et le contempla. Ses yeux paraissaient encore plus bleus que le jour où ils s'étaient rencontrés. Elle avait quinze ans et lui dix-sept. Ils étaient si jeunes!

Elle caressa ses cheveux clairs.

— Tu grisonnes...

— C'est la vie.

— Je ne me plains pas, dit-elle en souriant. Mon renard argenté.

Il lui sourit et constata :

— C'est drôle, tu es toujours aussi blonde, toi.

— C'est un miracle.

Il éclata de rire et relâcha son étreinte.

— Comment s'est passée la journée? Du progrès dans l'enquête sur le meurtre de Dan?

Il lui tendit un verre d'eau minérale.

— Non, malheureusement. Ce meurtre a de plus en plus l'air d'être dû au hasard.

Elle but une gorgée puis posa son verre.

Elle se colla contre Joe et passa les bras autour de sa taille.

— C'est toujours absurde, la mort, je sais, mais là... C'est un choc terrible pour M.C.

Il posa le menton sur l'épaule de Kitt.

— Je sais bien que ça a dû être dur pour toi aussi. Que ça fait remonter à la surface le choc de la mort de Sadie. Je sais comme c'est douloureux...

Et ça faisait toujours mal. Elle ferma les yeux et se concentra sur la chaleur du corps de Joe, sur le rythme de sa respiration. Sur le sentiment de gratitude qu'elle éprouvait en étant dans ses bras de nouveau.

Au bout d'un moment, elle le regarda dans les yeux.

— Elle a reçu une horrible carte anonyme aujourd'hui, qui prétendait que Dan n'était pas un type bien. Et que ça irait mieux pour M.C. sans lui.

— Mon Dieu !

— Un truc de malade. Cruel. Qui a pu faire ça ?

Il n'avait pas de réponse, bien sûr, et la laissa poursuivre.

— Je ne savais pas quoi dire ni faire. C'était vraiment atroce.

Il lui frotta doucement le dos.

— Elle a réagi comment ?

— Ça l'a mise en colère et elle a déchiré la carte.

Elle étouffa un sanglot, s'éclaircit la gorge.

— Ensuite elle m'a demandé de partir. Elle voulait être seule.

Il se détacha d'elle, sans la quitter des yeux.

— Asseyons-nous un peu. Je crois qu'il faut que nous parlions.

Il éteignit la cuisinière et alla chercher une bière. Ils s'assirent à la table de la cuisine, l'un en face de l'autre.

Il se lança avec hésitation :

— Je sais que tu es très proche de M.C. Et tout ce que vous avez vécu ensemble… Et je… Je te connais bien.

Elle attendit.

— Notre voyage… Quitter M.C. si peu de temps après cette tragédie… Ça te pose un problème ?

Kitt s'était posé la même question. Elle l'avait examinée sous toutes les coutures. Elle le lui dit.

— Quelque chose en moi me pousse à annuler le voyage. Mais la raison me dit qu'il ne faut pas. Le chagrin de M.C. ne va pas disparaître de sitôt. Certainement pas pendant nos quelques jours de vacances. Et M.C. peut compter sur une vaste famille, sur des gens qui l'aiment et la soutiennent.

— Mais elle n'a qu'une seule partenaire.

— Elle aura encore besoin de moi à mon retour, dit Kitt doucement.

Sa décision ne lui causait pas de remords.

— Peut-être même davantage, ajouta-t-elle.

Joe fouilla le regard de Kitt.

— Tu en es sûre ? Si tu sens que tu dois rester, dis-le-moi maintenant…

Un sourire contrit naquit sur ses lèvres.

— … pour que j'aie le temps de digérer ma déception.

— J'en suis certaine.

Elle lui sourit, tendit la main au-dessus de la table pour prendre la sienne.

— Dans neuf jours, toi et moi, on est partis pour le Mexique.

13.

Mercredi 21 janvier
11 heures

Le jour des obsèques de Dan était lumineux et glacial. Ses parents étaient venus en avion de Floride. C'était un vieux couple plein de charme, et M.C. se dit qu'elle aurait aimé les avoir pour beaux-parents. Même si elle ne les avait jamais rencontrés auparavant, elle et eux avaient en partage un amour pour Dan qui constituait un lien solide. Chaque fois qu'elle les regardait, elle ne pouvait s'empêcher de penser aux paroles de sa mère lorsqu'elle avait émis le vœu de voir Dan et M.C. leur donner une ribambelle de petits-enfants.

Entourée de sa mère et de ses frères, M.C. resta pétrifiée de douleur tout au long du service religieux. Elle craignait, si elle cédait aux larmes, de ne plus pouvoir s'arrêter de pleurer.

Dan ayant souhaité être incinéré, il n'y aurait pas d'enterrement au cimetière, pas de bise glaciale brûlant les joues, pas d'odeur de terre fraîchement retournée.

Les parents de Dan avaient apporté des photos qu'ils avaient disposées avec amour. Dan bébé, Dan faisant ses premiers pas, Dan écolier. Dan bachelier et Dan diplômé de l'Université. Dan, le jour où il avait reçu son doctorat, le bras sur l'épaule de sa mère, souriant d'un air radieux à l'objectif. M.C. y avait ajouté la photo de leurs fiançailles, disposée dans un superbe cadre que sa mère lui avait offert.

Avoir ces photos sous les yeux lui était presque insupportable.

Erik vint lui parler après la cérémonie. Il l'embrassa sur la joue et exprima sa profonde sympathie.

— Si je peux faire quelque chose pour vous aider, dit-il, n'hésitez pas à m'appeler.

Elle ne savait pas pourquoi, mais, venant d'Erik, cette offre toute simple — que tant d'autres avaient d'ailleurs formulée au cours des jours précédents — la toucha tout particulièrement. Elle en eut les larmes aux yeux. Elle parvint à grand-peine à hocher la tête et à lui presser la main en guise de remerciement.

A présent, quelques heures plus tard, elle était assise dans l'obscurité de sa chambre, la photo encadrée de Dan et d'elle dans les mains. Elle portait un sweat-shirt qui lui avait appartenu et était encore imprégné de son odeur, même si cette odeur semblait s'atténuer de jour en jour.

Epuisée, elle ne parvenait pourtant pas à trouver le sommeil. Ses pensées fourmillaient de bribes de phrases entendues au cours des jours précédents et qui repassaient inlassablement dans sa tête :

Au mauvais endroit au mauvais moment… Si je peux vous aider… Peut-être que c'est mieux ainsi, pour toi… Qui pourrait être aussi méchant, aussi cruel… Je suis de tout cœur avec vous dans cette épreuve… dans cette épreuve… de tout cœur…

M.C. se frotta les yeux. Il fallait qu'elle arrête de nourrir des idées noires. Sinon, elle allait sombrer dans la folie.

La photo plaquée contre sa poitrine, elle bondit hors du lit et se mit à marcher. La maison était plongée dans un calme absolu. Elle avait congédié tout le monde, éconduit tous ceux qui avaient proposé de lui tenir compagnie. Elle n'avait pas besoin d'être maternée, et ne voulait pas l'être.

Elle traversa le salon à pas mesurés puis pénétra dans la cuisine.

Le réfrigérateur était bourré de nourriture, mais elle n'avait pas d'appétit. Il lui restait la ressource de s'assommer avec de l'alcool ou avec les cachets qu'Erik lui avait prescrits.

M.C. alluma le plafonnier et son regard se posa sur le casier à bouteilles de vin. Etait-ce ainsi que cela avait commencé pour Kitt ? se demanda-t-elle. Après la mort de Sadie, s'était-elle mise à boire pour apaiser la souffrance ? Pour s'engourdir l'esprit, pour étouffer les tourments de l'introspection, les « et si j'avais fait ceci ou cela ? »

Elle tourna le dos aux bouteilles de vin et revint précipitamment dans le salon. Là, elle alluma une autre lampe, dans l'espoir que la lumière artificielle suffirait à chasser ses idées noires.

Elle entendit alors le vrombissement d'un moteur, suivi d'un crissement de pneus.

Elle réalisa que ce démarrage pétaradant venait de devant sa maison et fonça vers la porte d'entrée. Elle l'ouvrit vivement et sortit sur le perron, mais il était trop tard : elle ne put distinguer davantage que des feux arrière disparaissant dans la nuit noire.

« Ce n'est rien », se dit-elle. Des jeunes qui stationnaient là, effrayés lorsqu'elle avait allumé la lumière. Elle se tourna pour rentrer puis se figea, le cœur battant.

Un bout de papier était fixé à sa porte par une punaise. Une feuille pliée. Elle l'arracha et la déplia.

Le message, laconique, avait été saisi sur un traitement de texte et se composait de caractères de diverses tailles et polices de caractères. Cela ressemblait à une étrange parodie de lettre anonyme à l'ancienne, faite de caractères découpés dans les journaux. Elle lut le message :

Connaissais-tu vraiment tout de Daniel Gallo ?

Elle fut prise de nausée, ses mains se mirent à trembler. Qui donc pouvait bien faire cela ? Qui la détestait à ce point ? Elle résista à une violente envie de déchirer le message, comme elle l'avait fait lorsqu'elle avait reçu le premier message anonyme.

Au lieu de cela, elle fixa longuement les lettres et sentit la colère monter en elle, la colère… puis la rage. De cette rage naquit peu à peu une résolution inflexible. Et, avec elle, un calme absolu.

Elle allait trouver le salaud qui la harcelait de la sorte. Et quand elle en aurait fini avec lui, il regretterait amèrement d'avoir décidé de jouer à ce jeu-là.

14.

Jeudi 22 janvier
9 h 30

M.C. décida de commencer par contacter Erik. Non seulement il connaissait bien Dan, mais c'était un psy : il pourrait peut-être lui permettre de comprendre quel type de personne était susceptible de commettre de tels actes. Elle l'appela et apprit qu'il travaillait chez lui. Il l'invita à venir quand bon lui semblerait.

Elle se gara dans son allée et coupa le moteur. La maison familiale des Sundstrand était connue de tous à Rockford et avait valu à son créateur un prix d'architecture. Erigé au bord de la Rock River, le bâtiment, tout en verre et angles saillants, s'avançait en porte-à-faux au-dessus des eaux du fleuve.

Erik ouvrit lui-même la porte. Il avait l'air fatigué et elle se demanda s'il avait autant de problèmes d'insomnie qu'elle.

— Merci de m'accorder un peu de votre temps.

— Si je peux vous être utile… Entrez.

L'intérieur de la demeure était impressionnant. En toute autre circonstance, elle se serait intéressée au moindre détail autour d'elle. Pas aujourd'hui.

Il la conduisit dans un vaste salon qui donnait sur le fleuve.

— Quand la maison a été construite au début des années cinquante, elle était considérée comme un fleuron de l'avant-garde, dit-il. Maintenant on appelle ça du classique contemporain. Allez savoir.

— On peut s'asseoir, Erik? Je voudrais vous montrer quelque chose.

— Bien sûr.

Il lui indiqua le canapé. Un ordinateur portable était ouvert sur la table basse. Il le ferma, rassembla les documents épars qui entouraient la machine et les rangea dans sa serviette.

Elle lui tendit le message.

— Quelqu'un m'a laissé ça. C'est le deuxième de ce genre.

Elle l'observa pendant qu'il dépliait la feuille et déchiffrait la phrase malveillante. Il haussa les sourcils.

— C'est troublant. Je suis désolé qu'on vous inflige de tels tourments, surtout en ce moment.

— C'est pour ça que je suis venue, dit-elle.

Elle se pencha légèrement vers lui et ajouta :

— Qui a pu faire une chose pareille?

— Je suppose que cette question n'est pas de pure forme.

— En effet.

— Parlez-moi du premier message.

— C'est une carte de condoléances que j'ai reçue deux jours après le meurtre de Dan. Il y était écrit ceci : « Peut-être que c'est mieux ainsi, pour toi. Ce n'était pas un mec bien. »

— Le premier message anonyme est donc arrivé avant les obsèques…

— Et celui-ci, juste après. A 2 heures du matin, pour être précise.

Il hocha la tête et frotta son menton mal rasé.

— La question est la suivante : qu'est-ce qui peut bien motiver l'auteur de ces messages? La jalousie? La haine? Un besoin de revanche ? Ou n'est-ce pas, plus simplement, une mauvaise plaisanterie, l'œuvre d'un cerveau malade ?

— Chacune de ces réponses est possible, n'est-ce pas ?

— Oui, je pense. Comment ces messages vous sont-ils parvenus ?

— Ils ont été déposés sur mon perron.

— Donc, non seulement l'auteur connaît vos fiançailles avec Dan, et les circonstances de sa mort, mais il sait où vous habitez.

— C'est donc quelqu'un de proche…, dit-elle.

— Quelqu'un de votre entourage. Quelqu'un qui appartient à votre univers personnel.

— Vous raisonnez comme un flic.

— Mon boulot est un peu le même. Tout comme un flic, le psychiatre cherche à découvrir la vérité. A comprendre le pourquoi des choses. La grande différence, c'est que nous cherchons, nous, la vérité émotionnelle, et que notre but est d'aider l'individu une fois que cette vérité, ou cette motivation, nous apparaît.

Elle n'y avait jamais pensé ainsi, mais la comparaison se tenait.

— Alors que le flic, dit-elle, vise à aider la *société* tout entière en mettant hors d'état de nuire certains individus, en faisant en sorte qu'ils se retrouvent derrière les barreaux.

Erik examina une nouvelle fois le message.

— La personne qui a fait ça a pris un gros risque. En le déposant sur votre perron, elle pouvait non seulement de se faire prendre sur le fait, mais aussi de laisser des traces telles que des empreintes digitales et ADN. Surtout que vous êtes un policier. En outre, le second message a été mûrement pensé, prémédité. Il n'a pas été écrit sur un coup de tête.

— Ce qui voudrait dire qu'on a affaire à un individu hautement motivé.

Il hocha la tête.

— Et ce n'est pas une motivation intellectuelle. C'est émotionnel. Et très, très personnel.

Ce qui ouvrait certaines pistes et en fermait d'autres.

— Merci, Erik.

Elle se leva et ajouta :

— Je ne vais pas vous faire perdre plus de temps.

— Mais ça ne me dérange pas du tout. Je reste à votre disposition.

Il la raccompagna. Lorsqu'ils furent arrivés devant la porte, il regarda M.C. dans les yeux.

— Il y a quelque chose que vous ne m'avez pas demandé, dit-il. Et ça m'étonne un peu.

— Quoi donc ?

— Vous ne m'avez pas demandé s'il y avait du vrai dans ces messages.

Elle n'hésita qu'une fraction de seconde.

— J'aimais Dan, chuchota-t-elle sans détourner les yeux. Je lui faisais toute confiance. Si je n'ai pas posé cette question, c'est que j'en connaissais la réponse.

15.

Jeudi 22 janvier
10 h 25

En se remettant au volant de sa voiture, M.C. crispa ses doigts tremblants sur ses cuisses. Pourquoi Erik lui avait-il posé cette question ? Pour la tester ? Pour semer le doute dans son esprit ? Ou bien n'était-ce que l'une de ces questions tordues qu'affectionnent les psys ?

Vous ne m'avez pas demandé s'il y avait du vrai dans ces messages.

Qu'il aille au diable ! Si elle retournait le voir tout de suite pour lui demander pourquoi il doutait d'elle ainsi, il comprendrait qu'elle était beaucoup moins sûre d'elle que son attitude ne le laissait croire.

Elle inspira longuement, recouvra son sang-froid et démarra. En sortant de l'allée en marche arrière, elle s'efforça de penser à ce qu'elle avait appris de ce rendez-vous. Erik avait soulevé certaines hypothèses qu'elle avait déjà envisagées, mais dont elle avait craint de tirer des déductions hâtives, étant donné son état émotionnel.

La personne qui lui adressait ces messages faisait partie de son entourage. Et elle était extrêmement motivée.

Il était temps de mettre Kitt au courant. M.C. saisit son téléphone posé sur le tableau de bord et l'ouvrit. Elle vit qu'elle avait raté un appel de Tommy qui avait laissé un message. Elle activa la messagerie.

« C'est Tommy. Je sais que tu dois me détester… Je suis vraiment,

vraiment désolé… Si je n'avais pas bu comme un trou… Dan ne serait pas… Il ne… »

Sa voix se brisa, puis le silence se fit. Un moment plus tard, il reprit : « Je n'ai pas cours aujourd'hui… Je suis chez moi. Si tu veux bien me parler, appelle-moi. D'accord ? »

M.C. sentit les larmes lui monter aux yeux. Ainsi, Tommy se sentait responsable de la mort de Dan. Et, à dire vrai, elle aussi le tenait-elle pour responsable. Tout au fond de ses tripes et dans un coin secret de son cœur, elle l'avait accusé rageusement. Elle l'avait détesté, exactement comme il le supposait dans son message.

Elle s'arrêta le long d'un trottoir. Tommy n'était qu'un gamin. Les gamins font des bêtises — même ceux qui sont stables et dignes de confiance comme Tommy. La seule personne qui méritait sa haine était le salaud qui avait pointé une arme vers Dan et appuyé sur la détente.

Elle rappela Tommy, tomba sur le répondeur de sa messagerie vocale. Elle allait laisser un message lorsqu'elle changea d'avis et décida d'appeler Kitt.

Sa partenaire décrocha aussitôt.

M.C. ? Tout va bien ?

— Je vais bien, je voulais juste te mettre au courant.

Ses paroles furent accueillies par un silence étonné. M.C. comprit pourquoi : elle venait de parler comme parlait l'ancienne M.C., celle d'avant le meurtre de Dan. Comme si rien n'était arrivé et que c'était une journée de travail comme les autres.

— J'ai encore reçu un de ces charmants messages anonymes, cette nuit. A 2 heures du matin. Le salaud l'avait punaisé sur ma porte. Cette fois-ci, il me demande si je connaissais vraiment bien mon fiancé.

— Apporte-moi ça, dit Kitt avec compassion. Je m'en charge. Je vais montrer ce message aux gars de l'Identification, pour voir ce qu'ils peuvent…

— Merci, partenaire, mais je vais m'occuper de cette affaire moi-même. J'ai déjà rendu une petite visite à Erik. Il m'a confirmé ce que je pensais, à savoir que la personne qui me harcèle doit être motivée par la haine ou la jalousie, et qu'elle appartient sans doute au cercle de mes amis ou de ma famille.

— Ça paraît logique, dit Kitt, même si c'est dur à croire.

— Je ne te le fais pas dire. Je me rends chez Tommy en ce moment même. Il se sent responsable de la…

Elle ne put articuler le mot.

— En tout cas, reprit-elle, je ne veux pas qu'il soit rongé par le remords.

— Je sais que je te l'ai déjà demandé, mais tu es sûre que tout va bien ?

M.C. réfléchit un instant avant de répondre :

— Ça dépend ce que tu entends par aller bien, partenaire. Si ça veut dire avoir le cœur brisé et la rage au ventre, alors, oui, je vais très bien. Si ça inclut le fait de refuser de se transformer en victime larmoyante, alors, oui, là aussi, je vais très très bien.

De nouveau Kitt resta silencieuse. Lorsqu'elle parla enfin, M.C. crut discerner du soulagement dans le ton de sa voix.

— Là, tu marques un point : je te retrouve telle qu'en toi-même, partenaire.

16.

Jeudi 22 janvier
10 h 55

Les mains moites, le cœur cognant dans sa poitrine, M.C. mesura combien il lui était douloureux de revenir sur les lieux où Dan avait été assassiné. Elle dut résister au besoin quasi physique de faire demi-tour et de partir en courant. Et rassembler toute sa volonté pour entrer dans le parking, trouver une place libre, se garer. Couper le moteur.

Mais, malgré tous ses efforts, elle ne put s'empêcher de poser les yeux sur l'endroit où Dan était mort. Une autre voiture y était garée, comme si rien n'était arrivé. La vie continuait.

Tiens bon, Riggio. Tu vas y arriver.

Elle inspira profondément et sortit de son 4x4. Les yeux rivés sur l'entrée de l'immeuble, elle traversa le parking, atteignit la porte et pénétra dans le hall d'entrée. C'était un bâtiment ancien mais récemment rénové, si bien qu'il conjuguait le meilleur de deux époques : le charme d'une vieille bâtisse et le confort d'un immeuble moderne.

Une porte d'appartement à sa droite, une autre à sa gauche, et devant elle une cage d'escalier et un ascenseur. Tommy habitait au premier étage; elle choisit l'escalier. Arrivée devant sa porte, elle frappa. Voyant qu'il ne répondait pas, elle sonna.

— Tommy, appela-t-elle, c'est M.C.

Toujours pas de réponse. Elle frappa de nouveau, plus fort. La porte s'ouvrit en grinçant.

Prise d'un soudain picotement à la nuque, elle sortit son Glock de son holster. L'arme au poing, elle donna à la porte un petit coup du bout du pied, puis pénétra dans l'appartement.

Elle entendit de l'eau couler. La douche, comprit-elle. Cet idiot avait laissé la porte ouverte pendant qu'il se lavait. Elle la referma derrière elle et parvint en quelques enjambées à la salle de bains.

Elle frappa doucement à la porte.

— Hé, jeune homme, c'est M.C. On t'a jamais appris à t'enfermer avant de te mettre tout nu pour prendre un bain ?

Pas de réaction. Elle frappa plus fort contre la porte qui s'ouvrit en grand.

— Tommy, tu vas bien ?

Comme il ne répondait toujours pas, le cœur de M.C. se mit à battre à tout rompre.

— J'entre !

Elle perçut la panique dans sa propre voix. Elle s'efforça de se contrôler et de se convaincre, dans la fraction de seconde qu'elle mit à traverser la salle de bains pour atteindre la douche, que tout allait bien. Qu'elle était en train de créer une situation aussi embarrassante pour elle que pour son cousin. Que, dans vingt ans, il raconterait encore comment sa cousine flic lui était tombée dessus pendant qu'il prenait sa douche.

Elle écarta d'un coup sec le rideau. Tous les petits scénarios rassurants qu'elle venait d'échafauder s'évanouirent comme le dernier soupir d'un mourant par une nuit glaciale. Tommy n'était plus qu'une masse inerte sur laquelle ruisselait l'eau, froide à présent. Ses lèvres étaient cyanosées. Au-dessus du pommeau fixe, le carrelage était barbouillé de rouge. Du sang. Des débris de cervelle.

Elle recula en hurlant, trébucha.

Jamais plus Tommy ne lui ferait de confidences.

17.

Jeudi 22 janvier
11 h 25

M.C. tomba à genoux. Les bras repliés sur son ventre, elle se balançait d'avant en arrière, laissant échapper de petits gémissements gutturaux.

Non… c'est impossible… Sainte Marie mère de Dieu… C'est un rêve… Priez pour nous pauvres pêcheurs… Réveille-toi, Mary Catherine, chasse ce rêve… Maintenant et à l'heure de notre mort…

Mais elle ne dormait pas. Et ce n'était pas un cauchemar. Elle leva la tête.

Mon Dieu, comment était-ce possible ? Deux personnes qu'elle aimait, mortes. D'abord Dan. Et maintenant, Tommy.

Tous deux arrachés à son affection. Tous deux tués d'une balle dans la tête.

Dan. Tommy. Elle se redressa, prit pleinement conscience de la réalité. Tous deux morts. Tués à peu près au même endroit. De la même manière.

Il ne s'agissait pas d'un crime gratuit. Ce n'était pas un hasard tragique.

Et si ce qu'elle ne pouvait s'empêcher de penser était vrai… si Dan avait été confondu avec Tommy ? Les pensées se bousculaient dans sa tête. Quelqu'un avait repéré un intrus dans l'immeuble et avait appelé aussitôt la police. Or Dan se trouvait dans la voiture de Tommy, attendant M.C. Le tireur était sorti de l'immeuble et avait dû penser qu'il était tombé sur sa cible. Après s'être aperçu de sa méprise, il était revenu quelques jours plus tard pour supprimer celui qu'il avait cru tuer.

Restait un problème. Et de taille. Pourquoi Tommy aurait-il été la cible d'un assassin ?

Quelque chose semblait le perturber ces derniers temps. Il avait essayé de lui en parler. Il s'était soûlé, ce qui n'était pas dans son caractère.

Et si ce quelque chose avait causé sa mort ?

Se ressaisissant, elle s'approcha lentement du bac à douche. Prenant garde à ne rien toucher ni déplacer, elle examina le corps, arrêtant son regard sur la blessure. Apparemment, une seule balle avait suffi à provoquer la mort. Elle avait perforé la tempe gauche et était ressortie par la droite.

Elle examina ensuite les avant-bras et les mains de Tommy. Aucune blessure de défense n'était visible. De toute façon, le flot de la douche aurait probablement détruit d'éventuels indices physiques tels que des résidus organiques sous les ongles.

Il fallait appeler Kitt. Faire venir les collègues de l'Identification.

Elle entendit dans la pièce attenante la porte d'entrée grincer en s'ouvrant, puis des bruits de pas. M.C. se faufila sans un bruit jusqu'à la porte de la salle de bains. Là, elle attendit, aux aguets. Le bruit des pas se rapprocha, puis cessa.

Le cœur battant à tout rompre, elle attendit, comptant silencieusement jusqu'à trois. *Un... deux...*

— Tommy, t'es là, mon vieux ?

Sam. Elle abaissa son arme et émergea de l'embrasure de la porte. Elle s'efforçait de ralentir les battements de son cœur, sa respiration.

— Salut, Sam.

— M.C. ?

Sam vit le Glock et leva aussitôt les yeux vers M.C.

— Qu'est-ce que tu fais là ?

Son frère était mort. Assassiné.

Comment allait-elle le lui apprendre ?

18.

Jeudi 22 janvier
12 h 10

Kitt retrouva M.C. et Sam, qui l'attendaient assis dans le hall de l'immeuble de Tommy. Sam était livide, ses yeux rougis luisaient de larmes.

Un bras posé sur l'épaule de son cousin, M.C. avait l'air calme. Son regard exprimait une détermination farouche.

Deux voitures de patrouille étaient arrivées avec Kitt. Un policier en uniforme gravit précipitamment les marches de l'escalier pour commencer à sécuriser le périmètre intérieur. Un autre policier se chargeait, au niveau de la rue, du périmètre extérieur.

— Sam, je te présente l'agent Thomas, dit Kitt. Si tu as besoin de quoi que ce soit, adresse-toi à lui.

M.C. se leva.

— Il faut que j'y retourne, avec Kitt. Ça va aller ?

Il hocha la tête et, le front contre les genoux, se recroquevilla sur le banc.

Kitt saisit M.C. par le bras.

— Tu es sûre que tu vas y arriver ? demanda-t-elle doucement. Je peux prendre la relève, maintenant.

— Je suis opérationnelle. Absolument.

Elle avait l'air parfaitement sûre d'elle — la M.C. d'avant, celle que rien ne saurait décourager. Kitt la regarda droit dans les yeux, puis fit un geste en direction de la porte.

M.C. la précéda.

— Ce matin, dit-elle, Tommy a laissé un message sur mon portable. Il voulait me parler, précisant qu'il n'avait pas cours aujourd'hui et restait chez lui. Quand je l'ai rappelé, je suis tombée directement sur la messagerie. J'y suis quand même allée, puisqu'il m'avait dit qu'il serait là.

— Il a appelé à quelle heure ?

Elle ouvrit son téléphone, consulta l'historique des appels.

— 8 h 36. J'ai frappé à la porte, sonné. N'obtenant aucune réponse, je me suis mise à frapper plus fort. La porte s'est ouverte.

Elles atteignirent la salle de bains.

— J'ai entendu la douche couler. Je pensais qu'il…

Elle s'éclaircit la gorge et poursuivit :

— Il lui arrivait souvent d'être distrait. Trop confiant, aussi. Les verrous et les systèmes d'alarme ne faisaient pas partie de son univers.

— Que s'est-il passé ensuite ?

— J'ai appelé. Comme il ne répondait pas, j'ai eu un pressentiment… Tu vois ce que je veux dire…

Kitt connaissait bien, en effet, cette intuition de mauvais augure.

— J'ai frappé à la porte de la salle de bains, je l'ai appelé. Comme il ne répondait toujours pas, j'ai pointé la tête à l'intérieur. J'ai remarqué qu'il n'y avait pas de vapeur, alors que l'eau coulait. C'est là que je l'ai trouvé.

Kitt écarta soigneusement le rideau de douche. Son cœur se serra à la vue du corps. Elle pouvait à peine imaginer le choc que M.C. avait dû éprouver. Elle se tourna vers son amie et dit :

— Je suis vraiment désolée.

Pendant une fraction de seconde, l'expression de M.C. se relâcha sous l'effet du chagrin, avant de se durcir de nouveau.

— J'ai vérifié son pouls, coupé l'eau. C'est au médecin légiste de le confirmer, mais on dirait qu'il n'a reçu qu'une balle.

Cela en avait tout l'air, en effet. Kitt referma le rideau.

— Des objets manquants ? demanda-t-elle.

— Pas vérifié.

M.C. inspira profondément et ajouta :

— Tu as compris ce que ça voulait dire, hein ? Le meurtre de Dan n'était pas dû au hasard. Celui qui l'a tué croyait que c'était Tommy.

Kitt prit un air pensif, passant en revue dans sa tête les données du problème.

— C'est possible. Mais je crois qu'il serait prématuré d'appeler ça une certitude…

— Je sais que c'est vrai. Je le sens.

— Mais pourquoi aurait-on voulu tuer Tommy ?

— Je ne sais pas. C'est ça qu'il faut découvrir.

Kitt entendit Sorenstein et Miller pénétrer dans la pièce voisine.

— Les types de l'Identification sont arrivés, dit-elle calmement. Pendant qu'ils s'affairent, si on jetait un coup d'œil à cet appartement ?

Les deux hommes les rejoignirent dans la salle de bains et vinrent saluer M.C.

— Riggio, dit Sorenstein sans oser la regarder vraiment droit dans les yeux, je suis au courant. C'est vraiment un coup dur.

— Merde, M.C., ajouta Miller d'un air gêné, si je peux faire quelque chose pour toi, je suis à ta disposition.

La situation était embarrassante, pour eux. Ils comprenaient la peine de M.C., mais ils ne pouvaient se permettre de partager pleinement son chagrin. Franchir ce pas avait quelque chose de terrifiant. Car, une fois franchi, il n'était pas de retour possible.

— Oui, vous pouvez faire quelque chose pour moi, répliqua M.C. Aidez-moi à coincer le salaud qui a fait ça.

Comme Kitt le constata aussitôt, ce langage leur était plus familier. Action. Justice. Et châtiment.

— Tu peux compter sur nous, dit Sorenstein en consultant Miller du regard pour approbation. On l'aura, ce salaud, t'inquiète pas.

Kitt et M.C. entreprirent de fouiller le salon. Kitt balaya la pièce bien rangée du regard. Tommy ne vivait pas comme la plupart des étudiants qui ont quitté le cocon familial. Pas de cageots en guise d'étagères ni de canapé acheté d'occasion.

Bien au contraire, le mobilier paraissait neuf. De chez Pottery Barn, songea Kitt. Ou Rooms To Go. Un style net, contemporain et confortable.

— Ça faisait longtemps que Tommy habitait ici ? demanda-t-elle.

— Six, sept mois.

— Jolie piaule.

Elle vit sa partenaire se renfrogner légèrement, comme si elle lisait dans ses pensées : *Où trouvait-il l'argent pour se meubler comme ça ?*

— Tommy travaillait, dit M.C. pour anticiper la question. Il faisait des travaux de comptabilité et de l'expertise fiscale, en indépendant. Pour la famille et les amis. Des petites entreprises et des artisans qui ne peuvent pas se permettre de payer un employé rien que pour ça ou s'offrir les services d'un cabinet d'experts-comptables.

Elles passèrent du salon dans la cuisine. Kitt remarqua quelques assiettes qui gisaient dans l'évier. Elle scruta la pièce. Certaines portes de placards étaient entrouvertes. Elle les fouilla rapidement du regard.

— Tout semble en ordre ici, dit-elle.

— Ici aussi, dit M.C. en refermant le garde-manger.

Kitt porta ensuite son attention sur le réfrigérateur. La porte était ornée de diverses photos. Sur l'une d'elles, Sam et Tommy souriaient ensemble à l'objectif, entourant une jolie fille dont les cheveux bruns balayaient les épaules.

Elle prit la photo et la retourna. Tommy n'y avait pas écrit de légende, mais elle était datée de novembre de l'année précédente, deux mois auparavant.

Kitt replaça la photo sous son aimant et ouvrit le réfrigérateur. Il était chichement pourvu, et uniquement de produits de première nécessité : de la bière, une brique de lait, un reste de pizza, du poulet frit et des cartons d'un mets qui avait été asiatique dans une autre vie mais était maintenant vert et mousseux.

Elle inspecta ensuite le congélateur. Lequel ne contenait que des crèmes glacées et des sorbets sans sucre. Ainsi qu'une boîte remplie de ce qui avait vaguement l'air d'être un reste de lasagne.

— On passe à la chambre à coucher ? demanda M.C.

Elles se dirigèrent vers la chambre. De nouveau, une pièce bien rangée. Le lit fait. Les vêtements soigneusement pendus dans le placard. Pas un grain de poussière sous le lit.

Sur la commode se trouvait le portefeuille de Tommy, ainsi qu'un peu de monnaie. Kitt l'ouvrit. Quarante dollars. Une carte de crédit. Le vol n'était donc pas le mobile.

Kitt fronça les sourcils, réalisant soudain qu'il manquait quelque chose.

— Tu m'as bien dit que Tommy t'avait appelée ?

— De son portable. Il n'avait pas de téléphone fixe.

— Il est où, ce portable ? Je l'ai pas vu.

— Il se servait de la seconde chambre à coucher comme bureau, répondit M.C. Il y est peut-être.

— Regardons d'abord dans les poches de son blouson et de son pantalon ; ensuite, on ira visiter son bureau.

Le téléphone ne se trouvait dans aucune de ses poches, pas plus que dans le bureau. Mais ce n'était pas le seul objet manquant.

— Où est son ordinateur ? demanda Kitt.

Elle désigna la table de travail.

— Il y a plein de matériel électronique, et même une imprimante, mais pas d'ordinateur…

— Inspecteur Lundgren ?

L'agent Thomas pointa sa tête dans la pièce.

— La voisine de M. Mariano est dans le hall. Elle dit avoir vu une fille sortir en courant de l'appartement de Tommy, il y a environ une heure.

19.

Jeudi 22 janvier
13 h 6

La voisine, Mme Roselyn Newhaus, occupait l'appartement qui faisait face à celui de Tommy, de l'autre côté du couloir. Kitt se présenta, ainsi que M.C. Elle demanda à la femme si elle pouvait leur accorder quelques instants. Le regard de Mme Newhaus se posa sur Sam, toujours recroquevillé devant la porte d'entrée.

— Entrez, dit-elle.

Lorsqu'elle eut refermé la porte derrière elle, elle se mit à dévisager M.C.

— Vous, je vous ai déjà vue quelque part…

— L'inspecteur Riggio connaissait Tommy Mariano, expliqua Kitt.

— Connaissait ? Comment ça… ? Tommy est…

Elle désigna l'agent Thomas et reprit :

— Il n'a rien voulu me dire.

— Tommy Mariano est mort, dit Kitt tout doucement.

La voisine posa une main sur sa gorge.

— Oh ! mon Dieu ! Encore… Je veux dire, il y a quelques jours à peine, ce jeune homme… Tué sur le parking…

Kitt l'interrompit.

— L'agent Thomas nous a dit que vous aviez vu quelqu'un quitter l'appartement de M. Mariano en courant.

— Je revenais de faire les courses, dit-elle en vérifiant machinalement sa mise en plis. Une fille est arrivée en courant, elle a failli me renverser au passage. Elle ne s'est même pas excusée et elle a filé.

— Vous pourriez la décrire ?

— La vingtaine, je dirais. Mince, les cheveux longs jusqu'aux épaules. Elle portait un blouson rose clair. Elle n'a même pas dit pardon, insista-t-elle. J'ai trouvé ça plutôt grossier, mais maintenant, je…

Elle ne put finir sa phrase. Kitt intervint.

— Vous l'avez vue sortir de l'appartement de M. Mariano ?

La femme fronça les sourcils, comme si elle réfléchissait intensément.

— Oui… Enfin, non. En fait, je crois qu'à cause de son âge, j'ai pensé qu'elle venait voir Tommy.

— Mais elle aurait pu rendre visite à d'autres locataires, dans les étages supérieurs ?

— Oui.

— Vous la reconnaîtriez si vous la revoyiez ?

— Je n'ai pas eu le temps de voir son visage. Ses cheveux n'étaient pas attachés. Et, comme je vous ai dit, j'avais les bras chargés, et elle était en train de courir.

Merde. Kitt tendit sa carte à la femme.

— Si le moindre détail vous revient à la mémoire, n'hésitez pas à nous appeler. Ça pourrait être important.

Elle le promit. Kitt et M.C. prirent congé d'elle et revinrent dans le hall. Sam leva les yeux, l'air bouleversé.

— Qu'est-ce qu'elle a dit ?

— Tu es en état de répondre à quelques questions ? lui demanda Kitt.

— Je crois.

— Tommy avait une petite amie ?

— Non, pas vraiment.

Il se tourna vers M.C. et demanda :

— Pourquoi Tommy ? Comment un truc comme ça a pu arriver ? Comment ?

Kitt éprouva de la pitié pour lui. Il ne comprenait pas que, dans ce monde tordu, il pouvait arriver le pire aux meilleurs de ses habitants. Que la vie pouvait être injuste, laide et très cruelle.

Il ne le savait pas. Pas vraiment. Pas encore.

Kitt entendit M.C. s'efforcer de répondre calmement.

— Je ne sais pas pourquoi, dit celle-ci d'un ton égal. Et je ne sais pas qui. Mais j'ai bien l'intention… *nous* avons l'intention de le savoir.

Elle prit les mains de Sam et demanda :

— Tu peux nous aider ?

— Je vais essayer, murmura-t-il. Je ne sais pas si je peux, mais…

Il ne put finir sa phrase. Elle lui pressa les mains un peu plus fort.

— Tu étais la personne la plus proche de Tommy. Certaines choses que tu sais, mais qui peuvent te sembler insignifiantes, pourraient être la clé de ce meurtre. La clé qui nous permettrait de retrouver l'assassin. Tu comprends ?

Il hocha la tête et elle lui demanda :

— Tu n'as rien remarqué d'inhabituel au sujet de Tommy, ces derniers temps ?

Il secoua la tête.

— Non.

— Pas de nouveaux amis ?

Il répondit une nouvelle fois par la négative.

— Il avait l'air à cran ? Nerveux, agité ?

Il joignit les mains.

— Non, c'était toujours ce vieux Tommy.

— Aucun changement dans ses habitudes ?

— De quel genre ?

— Dans son alimentation, son sommeil ? Dans ses études ou ses rapports sociaux ?

— Non.

Elle insista :

— Tu en es bien sûr ? Réfléchis bien.

Il marqua une pause avant de répondre, comme s'il fouillait dans ses pensées.

— Non, il était égal à lui-même, dit-il. J'ai pieuté chez lui mardi dernier et, à part…

Sa voix se mit à trembler et il détourna brusquement le regard, luttant contre les larmes. Elle lui accorda un moment pour se remettre. Lorsqu'il se fut repris, elle insista :

— A part quoi, Sam ?

— Rien de spécial. Je suis arrivé chez lui vers 5 heures. Il était plongé dans ses livres, préparait ses examens. J'ai commandé des pizzas. On a mangé. Bu une ou deux bières. Après ça, il m'a dit qu'il avait encore du boulot. Mais pas pour la fac. Un peu de comptabilité, pour un client.

— Pendant qu'il travaillait, qu'est-ce que tu faisais, toi ?

— J'ai surfé sur internet. J'ai joué à la X-box 360.

— Personne n'a appelé, personne n'est passé ?

Il secoua la tête et elle poursuivit :

— A quelle heure a-t-il fini de travailler ?

— Vers 11 heures. On a bu une autre bière, causé un peu et on s'est pieutés.

Sa voix se remit à trembler.

— On se parlait souvent…

— Rien de spécial dans votre conversation de mardi ?

Il hésita un instant.

— On a parlé de… Dan. De ce qui s'était passé. Il avait vraiment mauvaise conscience… Il se sentait responsable.

M.C. tressaillit mais, lorsqu'elle reprit la parole, sa voix était calme.

— L'après-midi de la fête, il est passé me voir chez moi. Il voulait me parler de quelque chose. Et puis il a changé d'avis. Tu n'as pas une idée de ce qui aurait pu le tracasser ?

Il fronça les sourcils, secoua la tête, les yeux brillants de larmes.

— J'aimerais tant vous aider.

Kitt intervint, d'une voix plus douce.

— Deux autres questions, Sam. Tu crois que tu peux répondre encore à deux questions ?

Il hocha la tête.

— L'ordinateur de Tommy n'est plus dans l'appartement. Tu as une idée de l'endroit où il peut être ?

Il cligna des yeux, incrédule.

— Il n'est plus là ?

— Non. Il aurait pu le prêter ou le porter chez un réparateur ?

— Impossible qu'il l'ait prêté. Ce serait comme prêter sa brosse à dents ou son oreiller. Il n'aimait d'ailleurs pas que je m'en serve, surtout avec toutes les données de ses clients.

— Et un atelier de réparation ?

Sam inspira nerveusement.

— Un de ses amis était réparateur à domicile. Je crois que c'était un client de Tommy. Je l'ai rencontré une ou deux fois.

— Est-ce que tu vois une raison pour laquelle quelqu'un aurait eu envie de le tuer ?

— Mon Dieu, non ! Tommy était…

Il émit un sanglot et s'éclaircit la gorge avant de poursuivre :

— Il était… le meilleur.

Il s'effondra, sanglotant sans retenue. Kitt vit M.C. le prendre dans ses bras. Elle s'éclipsa pour retourner à l'appartement.

20.

Jeudi 22 janvier
13 h 56

Au bout d'un moment, Sam s'arrêta de pleurer, son corps cessa de frémir et sa respiration se fit régulière. Il se détacha de M.C., la regarda dans les yeux, l'air anéanti.

— Comment je vais dire ça à maman ? Comment…

Il ne put terminer sa phrase. Elle lui prit les mains et les serra fort.

— Je m'en charge, dit-elle doucement.

Ses yeux brillèrent de nouveau.

— Et moi, qu'est-ce que je fais, maintenant ? Je ne sais plus quoi faire…

Il voulait dire « en cet instant précis », mais aussi, elle le savait, « à partir de maintenant »… Et jusqu'à la fin de sa vie. Il avait perdu son frère, qui était aussi son meilleur ami.

— On va y aller doucement, toi et moi.

Elle lui lâcha les mains et ajouta :

— Il faut que je parle à Kitt. Ensuite, je te raccompagnerai chez toi. D'accord ?

— D'accord.

De retour dans l'appartement, elle trouva Kitt et Francis dans la salle de bains, en grande discussion. M.C. s'efforça de rependre contenance. D'effacer de ses traits la moindre trace de ses vrais sentiments.

Elle refusait d'être écartée de cette enquête. Elle ne voulait pas qu'on l'oblige à prendre davantage de congé. Elle trouverait un moyen de convaincre Sal de la laisser travailler sur cette affaire.

Lorsque Francis l'aperçut, son regard s'adoucit, se fit chaleureux. Il vint à elle et lui posa la main sur le bras.

— Désolé pour cette perte, inspecteur.

« Ces deux pertes, corrigea-t-elle mentalement. D'abord Dan. Et maintenant, Tommy. »

— Merci, Francis, dit-elle d'un ton étonnamment calme. Ça me touche. Quelles sont vos conclusions, à ce stade ?

Il hésita un instant, comme désarmé par le sang-froid de son interlocutrice.

— Concernant les causes de la mort, dit-il enfin, c'est évident. Une balle dans le lobe occipital. Il n'est pas vraiment mort sur le coup, mais ça n'a pas traîné.

« Heureusement », se dit-elle.

— Comme je l'ai dit à votre partenaire, vous aurez mon rapport à la première heure, demain matin.

Kitt vint les rejoindre.

— Regardez ça.

Elle leur montra une photo. On y voyait Sam et Tommy en compagnie d'une jolie fille aux cheveux châtains, vêtue d'un blouson *rose*.

La fille que la voisine avait vue fuir la scène du crime ?

— Elle était sur le frigo, dit Kitt. Je crois que je vais aller voir la voisine pour lui demander si elle peut identifier cette fille comme étant celle qui est partie en courant.

— Sam est encore là. Demandons-lui ce qu'il peut nous dire sur cette fille.

Kitt se renfrogna légèrement.

— Ecoute, c'est bien que tu nous files un coup de main, mais…

— Je ne suis pas en train de « filer un coup de main ». J'ai bien l'intention de travailler sur cette affaire.

— M.C., franchement, je ne crois pas que tu sois en état…

— Je suis redevenue moi-même, dit-elle d'un ton ferme. Je te le promets.

— C'est peut-être ce que tu penses, mais il te reste à surmonter le meurtre de Dan. Et maintenant, celui de Tommy…

— Il *faut* que je le fasse.

— Ta famille a besoin de toi, dit Kitt avec douceur. Reste aux côtés de tes proches.

M.C. ferma les yeux. Elle avait tout autant besoin d'eux, voire davantage. Elle aurait eu envie de se plaindre. De pleurer dans les bras d'un être aimé. Et puis de prendre un cachet ou de boire une bouteille de vin, de se glisser sous sa couette et d'y rester cachée.

Mais elle avait déjà essayé de s'y prendre ainsi. Et s'était sentie plus perdue encore.

Elle songea à sa tante Catherine, accablée de chagrin, inconsolable. Et à sa mère. Au reste de la famille.

Tous comptaient sur elle. Pour répondre à leurs questions, pour leur assurer que tout serait fait afin de retrouver le coupable.

Et ce n'était que dans son rôle de flic qu'elle pouvait y arriver. Et comme elle appartenait à la famille du défunt, il n'y avait qu'elle, parmi tous ses collègues, qui s'en souciait assez pour ne pas laisser tomber. Pour ne pas accepter les réponses faciles.

Une détermination inexorable naquit en elle, lui fournissant l'énergie nécessaire, une motivation, un objectif. La poursuite de cet objectif était l'unique moyen de faire son deuil. Seule l'action pouvait lui apporter une forme d'apaisement.

— Tu as raison, Kitt, ma famille a besoin de moi… C'est bien pour ça qu'il faut que je sois sur cette enquête.

Kitt soupira.

— Et Sal ?

— Quoi, Sal ?

— Même si je cède à ton caprice, tu crois vraiment qu'il va accepter, lui ?

— Voilà ce que je te propose, dit M.C. Tu cèdes à mon caprice, et je m'arrangerai avec Sal plus tard.

Kitt resta un long moment silencieuse, puis dévisagea M.C.

— C'est malsain. Je suis passée par là, moi aussi… Et j'ai choisi de réagir comme toi. Ça ne m'a menée nulle part.

— Je sais très bien ce que j'ai à faire pour dépasser cette épreuve.

Voyant que sa partenaire hésitait encore, M.C. la regarda droit dans les yeux et ajouta :

— C'est la seule façon pour moi d'être utile. La seule chose que je puisse faire. Ne me l'enlève pas. Je t'en supplie…

Elles restèrent un long moment les yeux dans les yeux, avant que Kitt ne finisse par céder.

— D'accord, mais au premier signe de dérapage, je te vire.

— Ça n'arrivera pas. Je te le promets.

Au moment même où elle faisait cette promesse, elle s'avoua que c'était un mensonge.

Désormais, elle se trouvait en terrain inconnu. En réalité, elle n'avait pas la moindre idée de ce qu'elle était capable — ou incapable — d'accomplir.

21.

Jeudi 22 janvier
14 h 36

Lorsqu'elles sortirent de l'appartement, l'agent Thomas leur apprit que Sam était dehors, en train de fumer une cigarette, ce qui les décida à montrer la photo à la voisine d'abord.

Celle-ci examina le cliché avant de secouer la tête.

— Ça pourrait bien être elle. Le blouson, les cheveux… Mais je ne pourrais pas en jurer.

Elle leur rendit la photo, d'un air désolé.

— Il aurait fallu que j'aie le temps de mieux la voir. Je m'excuse.

Elles la remercièrent et se mirent en quête de Sam. Elles le trouvèrent alors qu'il regagnait le hall, transi par le froid et sentant le tabac.

M.C. lui tendit la photo.

— C'est qui, cette fille, Sam ?

Son expression changea subtilement.

— Juste une fille.

M.C. haussa les sourcils d'un air incrédule.

— Elle pose avec toi et Tommy sur cette photo, qu'on a retrouvée collée au frigo de Tommy. Elle est datée de novembre. On peut en savoir plus, s'il te plaît ?

— Elle s'appelle Zoe, dit-il en farfouillant nerveusement dans ses poches. Elle aimait bien Tommy

— Elle l'aimait bien, répéta Kitt. Mais encore ?

— Elle le draguait un peu…

— Et qu'est-ce que Tommy ressentait pour elle ?

Sam se tourna vers M.C.

— Je ne crois pas que Tommy aimerait que je vous en parle.

— Tommy est mort, dit Kitt sans ménagement. Je suis sûre qu'il voudrait que tu nous dises tout ce qui pourrait mener à l'arrestation de son meurtrier.

— Mais c'est pas elle qui l'a tué…

— Vraiment ? T'en es vraiment sûr.

— C'est… une fille. Et elle était folle amoureuse de lui.

Kitt se pencha légèrement vers lui.

— Aussi étrange que ça puisse te paraître, Sam, de nombreux crimes sont commis au nom de l'amour.

Elle se tourna vers sa partenaire.

— Qu'est-ce que Tommy ressentait pour elle ? demanda M.C.

— Il n'était pas amoureux d'elle.

— Mais ils couchaient ensemble ?

Il se mit à se dandiner, ses oreilles rosirent.

— Pas régulièrement.

— Mais ils l'ont fait ? Ils ont couché ensemble ?

— Oui.

Prometteur, ça. Kitt jeta un coup d'œil à M.C. et comprit à son regard qu'elle pensait la même chose. Une fille qui fuit la scène du crime — une amoureuse éconduite. Pas besoin d'être un génie pour additionner deux et deux. Mais ce scénario invalidait totalement sa théorie selon laquelle le meurtrier de Tommy avait abattu Dan par méprise.

— Combien de fois ?

— Deux ou trois fois. Enfin, trois ou quatre fois…

Le regard de Sam alla de l'une à l'autre.

— Il voulait rompre, ajouta-t-il.

De mieux en mieux.

— Qu'est-ce qui fondait leur relation ? Du point de vue de Tommy ?

— Le plaisir. Le côté… tu vois ce que je veux dire.

— Sexuel ? demanda Kitt.

— Oui. Et puis elle est devenue un peu bizarre.

— Bizarre ?

— Possessive. Elle appelait tout le temps. Elle le suivait partout. Elle pleurnichait. Tommy, ça ne lui plaisait pas du tout.

— Cette Zoe, il l'avait rencontrée à la fac ?

— Non.

— Il l'a rencontrée où ?

— Au Spanky's.

Une boîte fréquentée par les étudiants.

— Et son nom de famille, c'est quoi ?

Il écarta les doigts.

— Je lui ai jamais demandé. Tommy me l'a jamais dit.

Pas si étonnant, au fond.

— Elle était étudiante ? Elle avait un boulot ? Tout ce que tu sais sur elle peut nous être utile.

— Etudiante, je crois. Mais je ne sais pas ce qu'elle étudie, ni dans quelle fac. J'en sais pas plus, sur elle. Vous pensez… qu'elle pourrait être le… la coupable ?

— C'est possible, Sam. Enfin, à ce stade, beaucoup de choses sont possibles…

— Mais elle… Elle avait l'air normal. Sûrement pas une dingue qui irait chercher un flingue pour…

— Loger une balle dans la tête d'un brave type, compléta Kitt. C'est ça, le vrai monde, Sam. Les méchants n'ont pas toujours l'air d'être les méchants.

22.

Jeudi 22 janvier
17 h 10

Kitt était assise au calme. La plupart de ses collègues étaient rentrés chez eux. Sal était dans son bureau, au téléphone. Lorsqu'il aurait terminé sa conversation, elle lui ferait son rapport sur les événements du jour.

Ses mains tremblaient encore. Elle serra les poings. M.C. et elle venaient de raccompagner Sam chez sa mère. M.C. avait insisté pour être présente, et expliqué à Kitt que l'annonce de l'horrible nouvelle serait moins dure pour tante Catherine venant d'un membre de la famille.

Mais rien ne pouvait adoucir ce genre de nouvelles, Kitt ne l'ignorait pas ; elle aurait voulu effacer à jamais de sa mémoire ces pénibles minutes. Les hurlements funèbres de cette mère affligée. La manière dont elle s'en était prise à M.C., à grand renfort de gestes accusateurs, l'accablant de reproches et la maudissant — avant de s'effondrer en larmes.

« Combien de chagrins une famille peut-elle endurer ? » se demanda Kitt. Combien de chagrin M.C. elle-même pouvait-elle endurer ?

Kitt s'inquiétait pour sa partenaire. Même si M.C. avait conservé son sang-froid, c'était d'une manière froide et désincarnée. Un pur mécanisme d'adaptation au réel, que Kitt connaissait bien. Elle avait déjà vécu cela.

Et elle comprenait parfaitement que M.C. ait besoin de participer à l'enquête. Tout en regrettant qu'il en soit ainsi.

Le tueur d'anges. Le désir de l'arrêter avait failli détruire Kitt.

Instruite par son expérience personnelle, elle savait qu'en ce moment, pour M.C., la frontière s'était estompée entre le bien et le mal, entre la logique et l'irrationnel. Et que, encore bouleversée par le deuil, M.C. allait se comporter, dans sa quête de justice, d'une manière anormale et imprévisible.

Kitt avait déjà exploré cette voie. Et c'était une impasse.

Kitt se frotta le visage, plongée dans ses souvenirs. Il n'y avait eu, alors, personne à ses côtés pour la prévenir, faire attention à elle. Son partenaire du moment était un type bien, un bon copain et un bon flic. Mais il ne percevait rien de ce qu'elle endurait. Il ne soupçonnait pas jusqu'où elle irait pour obtenir ce qu'elle recherchait.

Tous les risques qu'elle était prête à prendre pour apaiser sa souffrance.

Sadie mourante. Un fou tuant des filles de l'âge de Sadie. Blondes aux yeux bleus, comme sa fille.

Kitt revivait son désespoir. L'implacable sentiment d'urgence qui l'avait tenaillée de jour comme de nuit.

Cette obsession qui avait anéanti son mariage et manqué abréger sa carrière. Et qui, avant d'être surmontée, avait failli lui coûter la vie.

Kitt baissa les yeux vers son bureau, se plongea dans le dossier Mariano. Elle se mit à le feuilleter. Des photos. De Tommy, effondré dans son bac à douche. Un côté de sa tête en partie pulvérisé. Spectacle atroce et bouleversant.

Et encore, elle, elle ne l'avait pas aimé de tout son cœur, comme M.C. l'avait aimé.

Sal n'allait pas autoriser M.C. à travailler sur cette affaire. La victime appartenait à sa famille. M.C. était déjà traumatisée par la mort de son fiancé, tué lui aussi d'une balle dans la tête.

Mais le veto de Sal ne suffirait pas à décourager M.C. Pendant des années, il n'avait pu empêcher Kitt de n'en faire qu'à sa tête. On pouvait même dire que cela avait stimulé sa détermination. Que cela l'avait enhardie.

Kitt jeta un dernier coup d'œil à la photo, qui l'affermit dans sa résolution. Elle savait ce qu'elle devait faire. Mais elle en paierait le prix. Cher, très cher.

Annuler ses vacances avec Joe. Prendre la direction de l'enquête. Convaincre Sal de permettre à M.C. d'y participer.

Sa gorge se crispa. Merde, quelle injustice ! Joe et elle les méritaient, ces vacances. Ils méritaient une deuxième chance.

Mais M.C. avait répondu présent lorsque Kitt avait eu le plus besoin d'elle. M.C. avait mis ses convictions et ses ambitions de côté pour venir en aide à Kitt.

Toutefois, dans le cas présent, il s'agissait non pas de mettre en danger sa carrière, mais sa relation avec Joe — cela touchait à la substance de sa vie même.

Mais il s'agissait aussi d'amitié. De confiance. De l'équipe qu'elle formait avec M.C.

Comment allait-elle expliquer cela à Joe ?

Elle soupira, et se leva pour se diriger vers le bureau de Sal. Il fallait qu'elle fasse ça maintenant, avant de changer d'avis.

La porte de son patron était légèrement entrouverte. Lorsqu'elle vit qu'il avait achevé sa conversation téléphonique, elle frappa.

Il lui fit signe d'entrer.

— Comment va Riggio ?

— Elle s'accroche. Elle encaisse bien.

Il la regarda un long moment avant de hocher la tête.

— Bon, où en est-on ?

— Les bonnes nouvelles d'abord, dit-elle. On a un suspect. Une amoureuse éconduite. Selon le frère de Tommy, elle le harcelait. De plus, une voisine a vu s'enfuir une personne correspondant à la description de cette jeune femme.

— Arrêtez-la.

— Ça, c'est la mauvaise nouvelle. A ce stade, on ne connaît que son prénom : Zoe. Mais on ne devrait pas tarder à l'identifier et à la localiser.

Il hocha la tête.

— Continuez.

— Le téléphone portable de Mariano n'a pas été retrouvé chez lui. Cette fille est peut-être la dernière personne qui l'ait appelé ou qui lui ait envoyé des textos. Nous la soupçonnons de l'avoir emporté dans le but de dissimuler son identité.

— Pas de ligne fixe dans l'appartement ?

— Non. Ce qui n'est pas si inhabituel, de nos jours. Il y a de plus en plus de gens qui n'ont plus que des téléphones portables, surtout parmi les jeunes. Mais ce n'est pas tout : l'ordinateur portable de Mariano a lui aussi disparu.

Sal fonça les sourcils.

— Ça me rappelle cette autre affaire récente. Il n'y avait pas un ordinateur manquant, là aussi ?

— Le meurtre de Matt Martin, en effet. J'ai étudié les possibilités de lien entre les deux affaires, mais je pense que la piste de l'amoureuse éconduite est plus sûre. D'autant qu'on a le témoignage d'une voisine qui a croisé une jeune femme quittant précipitamment les lieux du crime.

— Je suis d'accord. Quoi d'autre ?

— Nous avons une photo de la fille. Nous envisageons d'interroger les professeurs et les condisciples de Tommy, au cas où l'un d'entre eux la reconnaîtrait.

Il lui lança un regard étonné.

— Qui ça, « nous » ?

— Je demande la permission d'être assistée par Riggio.

— La victime appartenait à sa famille, dit-il. Et elle est encore sous le choc de la mort de son fiancé. Il n'en est pas question.

— Ce n'était qu'un vague cousin, répliqua Kitt. Et puis je crois que ça va aller vite. On arrête la petite amie, c'est elle qui a le téléphone de Tommy, c'est elle qui a son ordinateur, et c'est fini.

— Vous croyez vraiment que je vais laisser Riggio enquêter sur cette affaire ? Mais vous êtes cinglée !

Sans se laisser décourager, elle insista.

— Enquêter, non. M'assister, seulement. M'accompagner, guère plus.

— Et le Mexique ? Vous devez partir dans…

— Mes projets ont changé.

Il haussa les sourcils, incrédule.

— Pardon ?

— Le voyage a été annulé.

— Depuis quand ?

— Quelques minutes.

Il se renfrogna.

— Je vois bien ce que vous essayez de faire, et c'est une erreur.

— Je ne pense pas.

— J'admire votre dévouement pour votre partenaire, mais je ne peux pas vous laisser faire ça.

— C'est déjà fait.

Kitt se pencha vers lui.

— M.C. en a besoin, Sal. Elle a besoin de travailler. Elle a besoin d'avoir l'impression de faire quelque chose.

— Je vais lui donner du travail de bureau. Ou la mettre en tandem avec White.

— Vous savez que ça ne suffira pas. Je la surveillerai. A la moindre défaillance, au moindre écart, je l'éjecte de l'enquête.

Elle leva la main pour l'empêcher de répondre et ajouta :

— Vous avez ma parole.

— Et Joe, dans tout ça ?

La question était trop personnelle, ça ne le regardait pas. Mais elle connaissait Sal depuis longtemps. Il s'était toujours montré amical avec elle. Si amical que, sans lui, elle n'aurait sans doute plus son badge à l'heure actuelle.

— Il comprendra, dit-elle en priant pour que ce soit vrai. Le Mexique, c'était juste des vacances. Ça, c'est…

— Juste une autre enquête, compléta-t-il.

— Pas pour M.C. Elle a besoin de moi.

— Vous en êtes sûre ?

— Absolument.

— Si je donne mon accord, l'inspecteur principal Haas et moi-même, on ne vous lâchera pas, on surveillera vos faits et gestes.

— Allez-y, ne vous gênez pas. Au premier truc pas clair de Riggio, je l'écarte.

Sal la dévisagea un long moment.

— Je ne sais pas. Je n'aime pas beaucoup ça. Je n'ai vraiment pas envie de voir une de mes subordonnées craquer en plein boulot.

— Vous me devez un service, dit-elle le cœur battant. Pour le tueur d'anges… Renvoyez-moi l'ascenseur.

Il plissa les yeux. Kitt retint son souffle. Salvador Minelli était un personnage influent. Apprécié de tous et pourvu d'un carnet d'adresses bien fourni. Et elle avait des états de service lacunaires, marqués par une instabilité notoire. Le retour de manivelle pouvait être terrible, pour elle.

— J'ai cru entendre une menace, dit-il doucement.

— Non, monsieur. Un simple constat.

— Une seule connerie, et vous regretterez amèrement de ne pas être partie au Mexique.

Elle le regrettait déjà.

— Oui, monsieur.

— Et refermez la porte derrière vous.
— Oui, monsieur. Merci, monsieur.
Elle allait sortir lorsqu'il l'interpella :
— Inspecteur !
Elle se retourna vers lui.
— Ne me refaites jamais un coup comme ça. Plus jamais, compris ?

23.

Jeudi 22 janvier
18 h 35

Kitt attendait Joe. Ils avaient décidé de se retrouver pour dîner tranquillement au Mary's Market Bakery and Café, l'un de leurs lieux de rendez-vous préférés. On y servait des soupes maison, des sandwichs confectionnés avec du pain tout juste sorti du four, des salades variées et toutes sortes de pâtisseries et de desserts succulents.

Situé près de chez Joe, Mary's avait d'abord constitué un lieu de rencontre pour le couple : un terrain neutre où reprendre contact afin de tester, non sans de prudentes hésitations, leurs chances de réconciliation. Et au fur et à mesure que cette réconciliation prenait corps, ils se mirent à y aller ensemble plutôt que de s'y donner rendez-vous. Souvent, ils roulaient hors du lit, enfilaient sans tarder leurs jeans, se coiffaient d'une casquette de base-ball et se mettaient en route vers l'établissement, parfois à vélo.

C'était dans ce café, autour d'un repas léger, qu'était née l'idée du voyage au Mexique. Ironie du sort, c'était là aussi qu'ils devaient y renoncer.

Ce n'était que partie remise, se disait-elle. Un simple report. Joe serait déçu, mais il s'en accommoderait. Ils s'en accommoderaient tous les deux.

Il arriva, la repéra parmi les clients et se fraya un chemin vers sa table. Un instant plus tard, il se penchait pour l'embrasser.

— Tu as commandé ?

Elle répondit par l'affirmative et il s'installa sur une chaise face à Kitt. Il tendit les mains par-dessus la table pour prendre les siennes.

Elle avait appelé plus tôt dans la journée, pour lui annoncer la mort de Tommy.

— C'est mauvais signe, confiait-elle à présent à son homme. M.C. se blinde et la joue Robocop à fond. Je m'inquiète pour elle.

— Il y a de quoi…

Du pouce, il frottait en cadence les phalanges de Kitt.

— Je n'arrive pas à croire que Sal n'insiste pas pour qu'elle prenne un congé.

— Elle a besoin d'être dans le coup. Je la comprends, Joe. Pense à tout ce qu'elle subit en ce moment. Je suis passée par là, moi aussi. Je me suis déjà retrouvée dans cet état, à ne plus pouvoir penser à autre chose qu'à mon enquête.

Il pressa ses doigts contre les siens.

— C'était une sale période, Kitt, très malsaine. Ça nous a coûté notre mariage, ça a failli foutre en l'air ta carrière. Ça a failli te coûter la vie, même.

— Je sais tout ça… Même si, à l'époque, je n'avais aucune objectivité. J'ai bien peur que M.C. soit en train de vivre quelque chose de similaire.

— Je suis désolé pour elle. J'aimerais pouvoir l'aider d'une manière ou d'une autre.

— Il y a bien un moyen.

Il ne réagit pas, et elle poursuivit :

— Si je dirige l'enquête, Sal est d'accord pour qu'elle me file un coup de main.

— Alors fais-le. Et quand on partira pour le Mexique, tu refileras l'enquête à un autre inspecteur.

— Ça ne marche pas comme ça.

Elle inspira profondément, expira lentement et ajouta :

— Il faut annuler, Joe. Je ne peux pas y aller. Je voudrais, mais…

— Si tu voulais vraiment venir, tu viendrais.

— M.C. a besoin de moi. Sans moi, elle sera exclue de l'enquête.

— Et ça serait peut-être mieux comme ça. Pour elle comme pour l'enquête.

La serveuse leur apporta leurs tourtes au poulet. Elle parut percevoir la tension qu'il y avait entre eux et s'éclipsa sans les salutations d'usage.

Joe poussa son assiette de côté.

— Tout au long de l'affaire du tueur d'anges, tu as vécu la situation qu'affronte M.C. en ce moment. Tu sais combien il est dangereux pour un flic de perdre son objectivité.

— C'est pour ça qu'elle a besoin de moi. Je la connais par cœur. Je serai objective pour deux.

— Quelles conneries ! Dix jours, Kitt… Merde, tu peux pas lâcher ton badge pendant dix petites journées ?

— La gestion du temps est cruciale dans une enquête sur un meurtre, tu le sais bien. Sal a accepté que M.C. y participe à condition que je la surveille de près.

Une révélation se lut sur le visage de Joe, la colère empourprait ses joues.

— Tu n'es pas vraiment en train de me demander, hein ? Tu as déjà pris ta décision.

— Essaie de comprendre

— Ce voyage, c'était pour nous. Toi et moi. Et voilà que tu décides de l'annuler sans même me consulter. Sympa, Kitt…

— Tu ne perdras pas tout le prix du voyage, il y a une assu…

— Je me fous de l'argent ! s'exclama-t-il.

A cet éclat, leurs voisins de table se tournèrent vers eux. Il baissa la voix.

— Ce qui m'intéresse, c'est nous. Tu avais promis.

— Comment aurais-je pu prévoir ce qui est arrivé ? D'abord le meurtre de Dan, ensuite celui de Tommy. Joe, ce n'est pas la vie d'une inconnue qui vient d'être bouleversée. C'est arrivé à M.C. Mon amie. Ma partenaire.

— Je croyais que tu voulais que ce soit moi, ton partenaire, Kitt. Ton partenaire dans la vie.

— Je le voulais. Et je le veux encore.

— Il y a trois jours, je t'ai demandé si tu ne préférais pas annuler. Tu as dit non. Tu avais l'air sûre de toi.

— Les choses ont changé.

Elle tendit la main vers lui.

— Je t'en supplie, essaie de comprendre…

Il secoua la tête.

— Mais je comprends très bien : tu places ton boulot avant ton couple.

— Il s'agit d'une situation exceptionnelle.

Elles le sont toutes, Kitt. Cette fois, c'est M.C. qui a besoin de toi. La dernière fois, c'étaient les petites filles. La prochaine fois, ce sera Sal. Ou quelqu'un d'autre.

Kitt sentit le feu lui monter aux joues.

— C'est si facile pour toi… Tu ne travailles pas dans le meurtre, toi, mais dans le bâtiment. Est-ce que les murs ont été montés dans les délais ? Est-ce que le couvreur a commandé le bon coloris pour les bardeaux ? Et les tuiles, elles sont bien alignées ?

— Sadie était ton seul lien avec la vie de tous les jours. Et elle est partie.

— Ne te sers pas d'elle comme ça.

— Je n'évoquerais jamais le souvenir de Sadie pour te faire du mal. Mais c'est vrai, Kitt. C'est un fait.

— Tu es injuste, dit-elle doucement. Tu ne cherches même pas à comprendre. On pourra partir en vacances plus tard.

— Mais cela n'arrivera jamais, hein ?

Il lâcha un long soupir et ajouta :

— C'est toi, Kitt, qui n'es pas juste avec moi. C'est toi qui ne veux pas comprendre.

Ils se dévisagèrent, à la fois furieux et blessés, l'un et l'autre intraitables. Comment auraient-ils pu ressentir la même chose en cet instant, alors que leurs positions étaient diamétralement opposées ?

Or, en fin de compte, dut-elle admettre, ils voulaient tous deux la même chose. Il fallait qu'elle trouve un moyen de le convaincre de ça.

— Joe, je…

Son portable se mit à vibrer. Elle jeta un coup d'œil au cadran, vit que c'était un appel de la brigade.

Elle hésita et il rit d'un air crispé.

— Vas-y, réponds !

Elle ouvrit l'appareil.

— Quoi ?

C'était Miller, de l'Identification.

— J'ai comparé la balle retrouvée chez Mariano avec celle qui a tué Dan. Elles ont été tirées par deux armes différentes.

Voilà qui mettait à mal la théorie de M.C. — l'hypothèse d'un seul et même tueur.

— Je me suis dit que tu aimerais le savoir.

— Merci, Miller. Merci beaucoup.

— J'ai fait ça à la demande de Riggio.

Il parlait comme s'il avait la bouche pleine.

— Elle a insisté pour que je le fasse au plus vite, précisa-t-il.

Sa partenaire ne se trouvait donc pas au sein de sa famille en deuil, à l'abri. C'était exactement ce que Kitt avait prévu : l'implication de M.C. s'intensifiait, elle prenait des décisions sans la consulter.

— Quand est-ce que tu lui as parlé pour la dernière fois ?
— Il y a deux heures.
— Je transmettrai l'information.
Un instant plus tard, elle replaça le téléphone dans son étui. Elle regarda Joe.
— Il faut que j'y aille.
— Bien sûr.
Son ton sarcastique piqua Kitt au vif.
— Joe, je t'en prie…
— Pas la peine d'en dire plus, Kitt. Allez, vas-y.
Elle rassembla ses affaires, se leva.
— Je t'aime.
Il la fixa un instant d'un air affligé et dit d'un ton glacial :
— Je t'aime aussi.

24.

Jeudi 22 janvier
20 h 55

M.C. arpentait son salon, trop agitée pour rester immobile. Le sang lui battait aux tempes, ses pensées s'emballaient. D'abord Dan. Et maintenant Tommy.

Le souvenir des sanglots de tante Catherine et de ses gestes accusateurs lui emplissait la tête. Petit à petit, la famille tout entière était venue remplir la modeste maison de sa tante. M.C. avait dû affronter les questions incessantes de ses frères, le désespoir de sa mère, l'incrédulité vibrante de colère des autres membres de la famille. Tout cela lui avait paru dirigé contre elle.

Comment cela avait-il pu arriver ? Pourquoi ? Qu'est-ce qu'on fait, maintenant, M.C. ?

Elle s'arrêta de marcher et se frotta les bras, subitement froids. Tous comptaient sur elle. En quête de réponses. Et elle avait promis de leur apporter ces réponses. De s'occuper de tout.

Elle refoula ses larmes. Mais comment faire ? En cet instant, elle se sentait brisée.

Brisée. Son regard se porta sur l'entrée de sa chambre. Elle s'imagina en train de franchir cette porte et de se diriger vers la table de nuit pour y prendre le flacon de somnifères. Qui pourrait la blâmer de s'accorder quelques heures d'oubli ? Quelques heures sans angoisse, sans éprouver l'atroce souffrance d'avoir perdu à la fois l'homme qu'elle aimait et un jeune cousin qui avait été pour elle comme un autre frère…

Elle se raidit, détourna les yeux. Etre faible n'était pas une alternative. Pas en ce moment.

Son téléphone portable se mit à vibrer et elle décrocha promptement, dans l'espoir que c'était Sorenstein qui appelait pour lui annoncer des nouvelles reliant entre eux les meurtres de Tommy et de Dan.

— Riggio à l'appareil.

— T'es réveillée ?

Kitt.

— Tu rigoles. Je crois que je ne dormirai plus jamais…

— Fais gaffe à ce que tu dis, partenaire. Tu es sous observation.

— C'est-à-dire ?

— Je suis devant chez toi. Il faut qu'on cause.

Quelques instants plus tard, Kitt et M.C. se faisaient face autour de la table de la cuisine.

— Tu tiens vraiment à travailler sur cette enquête ?

— Putain, ouais. J'y tiens.

— Bien. Je me suis arrangée avec Sal. Il t'autorise à y participer. Enfin, disons plutôt d'assister à son déroulement sans prendre d'initiative sans m'en référer… C'est avec cette restriction qu'il a accepté.

M.C. fouilla le regard de Kitt, remarquant pour la première fois que ses yeux étaient rougis et gonflés, son visage marbré.

Elle avait pleuré. M.C. fronça les sourcils.

— Qu'est-ce qui t'est arrivé pour que tu sois dans cet état ?

— J'ai annulé mon voyage au Mexique. J'ai accepté de rester pour t'avoir à l'œil.

Pendant plusieurs secondes, M.C. la fixa en silence. Puis elle secoua la tête.

— Mais toi et Joe… Ce voyage était si important…

Elle ne put terminer sa phrase, se rendant compte de ce que Kitt avait sacrifié pour elle.

— Je ne sais pas quoi dire. Tu n'aurais jamais dû faire ça pour moi.

— Ecoute-moi, avant d'en dire plus. L'accord que j'ai passé avec Sal… je suis bien décidée à le respecter.

Kitt se pencha vers sa partenaire. M.C. vit qu'elle tremblait.

— J'ai connu ce que tu es en train de vivre, M.C. J'avais le cœur brisé, moi aussi, et je cherchais dans le boulot, ou la vengeance, une échappatoire. Cette voie ne mène à rien de bon, crois-moi. J'ai perdu cinq années à errer sur cette voie-là. J'y ai perdu mon mari et le respect de mes collègues. Ne compte pas sur moi pour te laisser commettre les mêmes erreurs que moi.

— Ça n'arrivera pas. Je te le promets.

— Je ne vais pas tourner autour du pot. Je vais te parler comme je le fais toujours, même si tu trouves ça brutal. Tu ne vas sans doute pas aimer ce que je vais te dire, mais je vais le dire quand même.

— Je me sentirais insultée si tu ne me parlais pas franchement.

— Tu dis ça maintenant, mais…

M.C. leva une main pour l'interrompre et dit :

— Je serai à la hauteur.

Sa partenaire l'observa en silence avant de hocher la tête.

— D'accord. On est ensemble dans cette affaire.

Les larmes aux yeux, M.C. tendit la main par-dessus la table pour effleurer celle de Kitt.

— T'es sûre que tu veux faire comme ça ? Ce voyage avec Joe était si important. Si tu veux changer d'avis, je…

— C'est fait. Et je ne vais pas changer d'avis.

— Qu'est-ce que je dois faire ?

— Garder ton sang-froid. Obéir aux instructions. Etre franche. Si tu sens que tu déconnes, me prévenir.

— En d'autres mots, ne pas donner à Sal de raisons de te tomber sur le râble…

— Dans cet état d'esprit, il faut que tu arrêtes les requêtes spéciales auprès de l'Identification, par exemple. Tout doit passer par moi.

— A propos, les résultats balistiques sont arrivés ? demanda M.C.

— Deux armes différentes. Désolée…

M.C. eut l'impression de prendre une grande claque. Elle avait été tellement persuadée que les balles venaient de la même arme. Elle laissa échapper un long soupir.

— D'accord. Je surmonte. Qu'est-ce qu'on fait maintenant ?

— Le meurtre de Tommy, quelles sont les pistes ?

— Le vol est peu probable, vu les circonstances. Pareil pour un acte de violence gratuit.

— Un meurtre lié aux gangs ou à la drogue ?

— Possible, mais improbable.

— Ce qui nous laisse l'amante délaissée. « L'enfer est moins furieux qu'une femme dédaignée… »[1]

— Zoe, fit M.C. Elle lui tire dessus, s'empare du téléphone portable et de l'ordinateur avant de prendre la fuite.

— Pourquoi ?

— Elle espère effacer des traces. Je pense qu'il devait y avoir un paquet de mails compromettants sur l'ordinateur. Elle a même peut-être menacé Tommy. Idem pour la messagerie du téléphone et les textos.

— Il faut tenir compte d'une autre approche. Matt Martin. Un autre étudiant âgé d'un peu plus de vingt ans, tué, lui aussi, dans son appartement. Et dont l'ordinateur a également disparu.

M.C. y réfléchit un instant.

— Cela voudrait dire que Tommy était mouillé dans une activité louche qui lui a coûté la vie.

1. Vers tirés de la tragédie de William Congreve, *L'Epouse en deuil* (1697) (NdT).

— Comme le piratage informatique.

M.C. se frotta les tempes du bout des doigts, s'efforçant de feindre l'indifférence. Difficile pour elle d'imaginer que son cousin ait pu être un délinquant, cela ne cadrait pas avec le jeune homme qu'elle avait connu et apprécié.

— Si c'est trop difficile, pour toi...

— Non, c'est... C'est que ça ne ressemble pas du tout à Tommy. C'était un garçon entier. Toujours. Un gros bosseur. Un type honnête. Toujours prêt à proposer son aide.

— Il avait les moyens, pour un étudiant.

Tout comme Martin.

— Il travaillait dur. Il faisait de la comptabilité en indépendant.

— L'Identification a récupéré des dossiers de clients dans son bureau, dit Kitt. En venant ici, je me suis arrêtée au bureau et j'ai jeté un coup d'œil à ces dossiers. J'ai fait une liste.

Kitt la sortit de son sac et la tendit à M.C.

— Ton cousin avait vingt-cinq clients. Des petites boîtes, uniquement. Des petits artisans et commerçants employant un ou deux salariés, pas plus. A l'exception de Mamma Riggio. Une grande preuve de confiance de la part de tes frères.

— Tommy a commencé comme serveur pour eux quand ils ont ouvert leur premier restaurant. D'ailleurs, si on ne peut pas faire confiance aux membres de sa famille, à qui se fier ?

— Bella's Biscotti ? lut Kitt.

— La petite entreprise de pâtisserie de mes tantes Bella et Catherine.

— Match Point ?

— Un magasin d'articles de tennis.

— Rent-a-Geek ?

— Le technicien dont Sam nous a parlé, je parie.

Kitt continua son énumération. Il y avait, entre autres, deux petits traiteurs, une entreprise de garde d'enfants à domicile, deux blanchisseries et le salon de beauté d'une de ses cousines.

— En plus de ces clients, dit Kitt, il s'occupait des déclarations fiscales d'une petite quarantaine de particuliers, parmi lesquels ta mère et toi.

M.C. examina la liste en fronçant les sourcils. Tommy se livrait-il au piratage informatique à des fins crapuleuses ? Elle ne parvenait pas à s'en persuader.

— Personnellement, je préfère la piste de la petite amie. C'est plus clair, plus évident.

— Moi aussi, bien sûr. Mais je propose quand même de demander un mandat pour examiner les finances personnelles de Tommy, au cas où la piste de la petite amie ne donne rien.

— C'est toi qui commandes.

— Et si Tommy était sur Myspace ? Ou sur Facebook ? Zoe est peut-être sur sa liste d'amis, elle a pu laisser des messages.

— Ça m'étonnerait qu'il n'ait pas été au moins sur l'un de ces deux sites. Je vais vérifier ça, ce soir.

Kitt se leva et prit son manteau sur le dossier de sa chaise.

— J'ai également la liste des professeurs de Tommy. Commençons donc par là, dès demain matin. Je viendrai te chercher à 8 heures.

Elle se dirigea vers la porte. M.C. la suivit.

— Super : me voilà pourvue d'un baby-sitter et d'un chauffeur…

— Je t'ai bien dit que je t'aurais à l'œil.

Kitt sortit dans la nuit noire et froide, puis se tourna vers son amie.

— Je veux juste que tu sois préparée, M.C. Tu pourrais en apprendre de belles sur ton cousin… Et même sur Dan, d'ailleurs… Des choses que tu n'aurais pas aimé savoir.

25.

Vendredi 23 janvier
8 heures

M.C. était déjà fin prête, presque impatiente, lorsque Kitt klaxonna devant sa porte. M.C. avait l'air d'avoir passé une nuit blanche, même si Kitt était mal placée pour en juger, car elle non plus n'avait pu fermer l'œil de la nuit.

Elle n'avait cessé de se retourner dans son lit, songeant à Joe, à leur relation. Repensant sans cesse au ton glacial de sa voix lorsqu'ils avaient pris congé l'un de l'autre au restaurant. Priant pour qu'elle n'ait pas anéanti le peu de chances qu'ils avaient de se retrouver durablement.

— Je n'ai pas pu accéder aux pages Myspace et Facebook de Tommy, dit M.C. Elles sont « privées », ce qui veut dire qu'il faut être un « ami » pour y accéder. Je me suis dit que Sam pourrait m'aider, mais il n'a pas répondu à mes appels et je lui ai laissé un message.

Kitt hocha la tête tandis qu'elle tournait dans Easton Parkway, l'allée qui mène au Rockford College, une petite fac spécialisée dans les arts libéraux, réputée pour la qualité et la rigueur de ses enseignants.

— J'ai appelé pour prévenir de notre arrivée. La doyenne nous attend. Elle a suggéré que nous voyions le conseiller pédagogique de Tommy en premier.

— Le Pr Rick Taylor, lut M.C. sur la liste que Kitt avait dressée. Le parking des visiteurs, c'est par là.

— C'est là qu'on va, dit Kitt.

Elle suivit les panneaux indicateurs, se gara et les deux femmes sortirent de la voiture.

Elles traversèrent le parking en direction du Scarborough Hall, où le conseiller pédagogique de Tommy avait son bureau, fendant la foule des étudiants dont certains leur jetaient des regards intrigués. Kitt supposa que M.C. et elle n'avaient pas vraiment l'air d'être des professeurs ou des étudiants.

Elles atteignirent le bâtiment. A l'intérieur, après avoir consulté le registre à l'accueil, elles allèrent tout droit au bureau du professeur. M.C. frappa à la porte vitrée. Un petit homme presque chauve, avec de grands yeux et une barbe bien taillée, apparut de l'autre côté de la porte.

— Professeur Taylor ?

M.C. brandit son badge.

— Inspecteurs Riggio et Lundgren.

Il lui rappelait un mélange de hobbit et d'elfe, et tandis qu'il ouvrait la porte, elle dut se retenir de regarder ses pieds pour voir s'il avait des sabots fourchus.

— Bonjour, inspecteurs.

— Merci de prendre le temps de nous recevoir ce matin.

— Malheureusement, je ne peux vous accorder qu'un petit moment. Il faut que je termine de préparer une conférence avant 9 heures. Je n'étais pas en ville ces deux derniers jours.

Son regard alla de l'une des policières à l'autre, puis il demanda :

— En quoi puis-je vous être utile ?

— Nous enquêtons sur la mort de…

— Tommy Mariano, je sais. Mais en quoi puis-je vous aider, moi ?

— On nous a dit que vous étiez son conseiller pédagogique.

Il hocha la tête.

— C'était un bon étudiant. Sérieux vis-à-vis de ses études, de son avenir. Je travaille avec trop de jeunes qui s'en foutent complètement. Papa et maman s'attendent à ce qu'ils obtiennent leur diplôme, et ces petits cons s'attendent à ce qu'on le leur donne, sans efforts de leur part.

Kitt cacha la surprise que ces propos très directs lui causaient. Elle se serait attendue à ce qu'un professeur d'université use d'un langage plus académique. Et certainement plus châtié…

— Tommy n'était pas comme ça, reprit le professeur. Il ne pensait pas que le fait de payer ses études lui donne automatiquement le droit à un diplôme. Il travaillait bien et ne perdait jamais de vue son objectif. Cela me changeait agréablement de certains de ses condisciples.

— Et, à votre avis, quel était son objectif?

— Avoir son diplôme. Etre engagé par l'une des grandes firmes de comptabilité de Chicago. Se faire plein de fric. Ce n'est pas seulement mon avis. C'est un fait. C'est ce qu'il m'a dit.

Kitt vit que M.C. fronçait légèrement les sourcils.

— Quand est-ce que vous lui avez parlé pour la dernière fois?

— Jeudi dernier.

— Vous avez parlé de quoi?

— Rien de spécial. Cette fac est de taille humaine et nous nous efforçons de faire le point régulièrement avec nos étudiants. Je voyais Tommy au moins une fois par semaine.

Il marqua une pause, l'air pensif, et ajouta :

— Récemment, il y avait quelque chose qui le tracassait. Il était inattentif. Lointain.

— Depuis quand?

— Une ou deux semaines.

Il s'interrompit comme pour fouiller dans sa mémoire.

— Oui, c'est ça, Deux semaines.

— Vous avez l'air de très bien connaître vos étudiants.

— Qu'est-ce que vous insinuez ?

L'homme dégageait une sorte d'arrogance qui agaçait Kitt.

— Rien du tout. Je ne fais que constater ce qui semble être un fait. Qu'est-ce qui vous a mis la puce à l'oreille au sujet de ses tracas ? Ses notes étaient en baisse ? Un de ses profs est-il venu vous voir, ou… ?

— Son comportement, inspecteur. Je travaille étroitement avec les étudiants que je suis chargé de suivre, et, quand quelque chose ne va pas, je m'en aperçois tout de suite.

— Vous avez essayé de lui parler ?

— Oui. Il m'a dit que tout allait bien. Qu'il était seulement un peu fatigué.

— Mais vous n'y avez pas cru, n'est-ce pas ?

— Non.

— Vous reconnaissez la fille, sur cette photo ?

Kitt lui tendit le cliché trouvé sur le réfrigérateur. Il l'examina un moment puis la lui rendit.

— Oui. Je l'ai vue traîner dans le coin, une ou deux fois.

— Avec Tommy ?

— Oui. Et avec l'autre garçon de la photo. C'est le frère de Tommy, si je ne me trompe. Sam.

Elle confirma d'un hochement de tête et Taylor reprit :

— Je vous ai bien dit que je mettais un point d'honneur à suivre de près mes étudiants. Tommy était un mec bien.

— Vous connaissez le nom de la fille ?

— Non, navré. Mais son frère doit le savoir, lui. Demandez-lui.

Kitt revint à la charge.

— Qui étaient les meilleurs amis de Tommy ?

— Il n'avait pas beaucoup d'amis. Je le classerais dans la catégorie des solitaires.

— Pardon, mais..., intervint M.C. d'une voix tendue. Tous les gens qui nous en ont parlé nous ont dit...

— Il était cordial. Très aimable. Mais pas très sociable.

— Vous pensez qu'il se droguait ?

En posant cette question, Kitt sentit le regard désapprobateur de M.C. mais passa outre et insista :

— Est-ce que ça pourrait expliquer son changement de comportement ?

— Vous cherchez une raison pour expliquer sa mort.

L'homme se caressa la barbe, l'air songeur.

— Tout est possible, reprit-il. Croyez-moi, à force d'enseigner, j'en ai vu de toutes les couleurs. Mais là, à vrai dire, je suis sceptique. Pas Tommy Mariano. A votre place, je m'intéresserais plutôt à la petite amie follement éprise.

— La petite amie follement éprise, répéta M.C. Qui vous a dit que c'était une piste ?

Il haussa les sourcils.

— Je ne suis pas idiot, inspecteur. Un gentil jeune homme est assassiné et vous me montrez la photo d'une fille que vous recherchez. Ce n'est vraiment pas sorcier.

Kitt intervint avant que M.C. ait le temps de répliquer.

— Vous êtes un malin, professeur Taylor.

— Certes, en effet.

Connard arrogant.

— Vous nous avez dit que vous n'étiez pas en ville, ces deux derniers jours ?

— Oui. Un séminaire pédagogique à l'université de Chicago. Consacré à l'économie politique.

— Ça a l'air palpitant.

— Parfaitement.

— C'était un séminaire de deux jours et vous avez passé la nuit là-bas ?

— Oui.

— Quel hôtel ?

Il se renfrogna.

— Un hôtel ? Non, je suis allé dormir chez un ami. Il enseigne à l'université. Littérature européenne.

— Quel est son nom ? Le nom de votre ami ?

— Excusez-moi…

— Le nom de votre ami. Vous le connaissez, quand même ?

Il se hérissa.

— Bien sûr. Mais pourquoi en avez-vous besoin ? Je n'en vois pas l'intérêt.

Comme elle ne réagissait pas, il regarda Kitt dans les yeux. Elle soutint son regard sans ciller.

Il finit par lâcher un petit soupir irrité.

— Je ne veux pas qu'il soit impliqué dans cette affaire.

— Dans quelle affaire ?

Il rougit.

— Cette affaire… Cette enquête.

— Mais pourquoi serait-il impliqué ? Je ne comprends pas.

Jouer les imbéciles était une tactique policière qui remontait à la nuit des temps. Et qui avait le pouvoir d'agacer au plus haut point les gens de l'acabit de Taylor.

— Mon ami n'a rien à voir là-dedans.

— Et vous ? Ou bien y a-t-il une autre raison qui vous empêche de nous donner le nom de votre ami ?

— Danny Stephanopolis.

— Histoire européenne ?

— Littérature, corrigea-t-il. Université de Chicago. Vous êtes contente ?

— Contente ? répéta Kitt. Nous menons une enquête sur le

meurtre d'un jeune homme brillant, qui avait toute la vie devant lui. Vous croyez que ça nous fait sauter de joie ?

Un peu plus tard, elles sortirent du bâtiment et se dirigèrent vers Nelson Hall, en suivant les indications du professeur. La doyenne était la prochaine sur la liste des personnes à interroger.

— Qu'est-ce que tu en penses, de ce Taylor ? demanda M.C.

— Un crétin pontifiant…

— On a touché une corde sensible en demandant le nom de son ami. Qu'est-ce que tu en déduis ?

— Ça pourrait être pour plein de raisons. Entre autres, qu'il nous a menti sur son emploi du temps du week-end.

— C'est facile à vérifier.

— Mais pourquoi nous aurait-il menti ?

M.C. fronça les sourcils.

— Ce qu'il nous a dit sur Tommy ne cadre pas… Son unique but, selon Taylor, aurait été de se faire plein de fric en travaillant pour une grosse firme de Chicago. Or Tommy était attaché à sa ville natale et à sa famille. Il a toujours été comme ça.

— La bonne nouvelle, c'est qu'il a reconnu la fille.

Elles remontèrent l'allée piétonne bordée d'arbres qui menait à Nelson hall.

— La doyenne Johnsen prétend qu'elle est capable de mettre un nom sur tous les visages du campus. On aura peut-être plus de chance avec elle.

Le bureau de la doyenne se trouvait au premier étage. Kitt ouvrit la porte pour lasser passer M.C. Elles furent accueillies par la secrétaire de la doyenne, une petite bonne femme aux allures de grand-mère et au sourire chaleureux.

— Vous devez être les inspecteurs. Moi, c'est Connie, la secrétaire de la doyenne Johnsen.

— Salut, Connie, répondit M.C. en lui rendant son sourire. C'est très aimable à la doyenne de nous accorder un peu de temps.

— Mais bien sûr ! Quelle horrible affaire ! Tommy était si charmant…

Les yeux humides, elle ajouta :

— J'en ai pleuré quand j'ai appris la nouvelle.

— Vous le connaissiez bien ?

— Je connais tous les garçons et toutes les filles, ici. Et je les aime tous.

Elle s'éclaircit la gorge avant d'ajouter :

— Ça fait trente ans que je travaille dans cette fac. Je prends ma retraite en mai.

— Félicitations.

— J'aurais préféré continuer à travailler, en fait. Mais je vous remercie quand même. J'ai bien l'intention d'en profiter.

— Dites-moi, Connie, vous voyez pourquoi on aurait pu en vouloir à Tommy Mariano ?

— Oh ! ben non, alors ! Comme je vous ai dit, c'était un garçon charmant.

— Quand est-ce que vous l'avez vu pour la dernière fois ?

— La semaine dernière. A l'Antre du Lion. C'est le local de l'association étudiante. Il était en train de manger des frites.

— Il était seul ?

— Non. Il était avec une fille.

Le cœur de Kitt se mit à battre un peu plus vite.

— Une petite amie ?

— Peut-être. Ils avaient l'air de bien se connaître, en tout cas.

Elle se pencha légèrement pour ajouter :

— Ça se voyait dans leur attitude.

— C'est-à-dire ?

— Ils ne se tenaient pas la main, ne s'embrassaient pas, mais leurs têtes étaient collées l'une contre l'autre.

— C'était une étudiante de cette fac ?

— Non.

— C'était quel jour ? demanda Kitt.

Connie plissa le front, creusant sa mémoire, avant de répondre :

— Mercredi dernier. Ils étaient en grande conversation. Quelque chose de vraiment personnel.

La veille de sa mort.

— Vous lui avez parlé ? Vous avez entendu ce qu'ils se racontaient ?

Elle secoua la tête.

— Alors comment pouvez-vous affirmer que leur conversation était « vraiment personnelle » ?

— Leur attitude, encore une fois. Elle avait posé une main sur le bras de Tommy, et on aurait dit qu'elle le suppliait.

Elle le suppliait. Et vingt-quatre heures plus tard, il est mort.

— C'était cette fille ? demanda Kitt en lui montrant la photo.

— Je crois. Oui.

— Sûr et certain ?

Connie se mordit la lèvre inférieure, semblant hésiter pour la première fois.

— Je n'ai pas pu bien regarder son visage, mais j'en suis sûre à quatre-vingt-dix pour cent.

— Vous l'aviez déjà vue ?

— Non. Je vous ai déjà dit que ce n'est pas une étudiante d'ici.

Son expression s'adoucit sous l'effet de la détresse.

— De tels événements n'arrivent jamais à Rockford. Surtout pas à nos étudiants.

— Elle a raison, inspecteurs. Ce campus est très sûr. Il y règne une atmosphère familiale.

Kitt et M.C. tournèrent les yeux vers la brune pleine de dignité qui venait de faire son entrée, la main tendue.

— Vous devez être la doyenne Johnsen ?

— Oui. Madeline Johnsen.

M.C. lui serra la main.

— Inspecteur Riggio. Ma partenaire, l'inspecteur Lundgren.

— Venez dans mon bureau.

Elle désigna une porte intérieure, regarda sa secrétaire.

— Connie, vous ne me transférez aucun appel.

Kitt scruta la pièce. Toute en lignes claires. Fonctionnelle et pragmatique, à l'image de la femme qui était assise à son bureau et leur faisait à présent face.

— Cette nouvelle nous a porté un coup terrible. C'est vraiment horrible… Une telle tragédie. Si nous pouvons vous aider d'une manière ou d'une autre…

— Merci, madame la doyenne. Est-ce que cette fille suit des cours ici ?

Kitt lui tendit la photo. La femme l'examina un moment avant de la lui rendre.

— Non, je ne la reconnais pas.

— Vous êtes sûre qu'elle n'est pas inscrite ici ?

— Absolument certaine. Nous avons moins de sept cents étudiants ici et nous nous enorgueillissons d'être le meilleur choix pour ceux qui veulent sortir du lot.

— Vous l'avez déjà vue sur le campus ?

— Non, pas davantage.

Elle avait l'air sincèrement désolée de ne pas pouvoir les aider.

— Vous avez essayé Rock Valley ? s'enquit-elle. Elle y est peut-être étudiante ?

— Merci du conseil. C'est ce qu'on va faire.

Kitt remit la photo dans la poche de son blouson.

— Il nous faudrait l'emploi du temps universitaire de Tommy, et la liste des étudiants qui suivaient les mêmes cours que lui.

— La liste des étudiants ? répéta-t-elle.

— Nous aimerions interroger ses condisciples.

La voyant hésiter, Kitt ajouta :

— Il y a une minute, vous nous avez promis de nous aider par tous les moyens.

— Et c'est ce que je vais faire. Cependant, notre politique de protection de la vie privée ne me permet pas de vous fournir la liste de nos étudiants.

— Nous pourrions obtenir une réquisition judiciaire. Mais ça prend du temps. Et c'est le temps qui nous manque le plus. Et si un autre de vos étudiants était assassiné à son tour ?

La femme pâlit.

— Mais, enfin, vous ne croyez pas… Vous croyez que c'est possible ?

— On ne peut rien exclure. La mort d'un autre étudiant, ça ferait une drôle de publicité pour votre établissement.

M.C. intervint.

— Il suffit d'une nouvelle tragédie et chacune de vos décisions sera passée au crible et critiquée. Souvenez-vous de Virginia Tech…[1]

Kitt insista.

— Et je n'aimerais pas voir ce genre de choses arriver par chez vous…

— Laissez-moi consulter le président de la faculté. C'est à lui de prendre la décision.

Kitt comprit le jeu : se refiler la patate chaude, une tradition bien éprouvée. S'il se passait quelque chose de grave, c'était toujours le joueur suivant qui servait de bouc émissaire.

— Vous pouvez l'appeler tout de suite ?

— Il est en réunion, ce matin.

Elle avait dit cela trop vite… Si vite que M.C. était sûre que c'était un mensonge. Mais elle ne releva pas.

— Je vais lui envoyer un e-mail immédiatement, et ensuite j'appellerai sa secrétaire.

1. Le 16 avril 2007, une fusillade a eu lieu dans cette université de l'Etat de Virginie, faisant une trentaine de morts (NdT).

Autre tradition éprouvée : se défausser par écrit, en prenant la précaution de conserver un double.

Elle se leva. M.C. fit de même.

— Quand allez-vous pouvoir lui en parler ?

— Avant midi.

— J'espère que vous nous contacterez bientôt. Merci de nous avoir reçues.

26.

Vendredi 23 janvier
21 heures

M.C. tourna dans sa rue, longea sans se presser les maisons de ses voisins, plongées dans l'obscurité. Douze heures s'étaient écoulées et elles n'avaient fait aucun progrès dans leurs efforts pour identifier la fille de la photo. M.C. serra les doigts sur le volant, ressentant une forte lassitude. Une profonde frustration. Kitt et elle avaient passé la journée tout entière à interroger des gens qui avaient connu Tommy. La plupart, hormis une poignée, avaient entendu parler de son assassinat et en étaient choqués ou affligés — ou les deux à la fois.

Et pas un seul n'avait pu mettre un nom sur la fille de la photo, même si certains, à l'instar du Pr Taylor, l'avaient vue « traîner dans le coin ».

Kitt et elle avaient également montré en vain la photo de Martin aux amis et voisins de Tommy, ainsi qu'à tante Catherine. Elles avaient vérifié par recoupement les registres des écoles, clubs et associations qu'avaient fréquentés les deux jeunes gens, cherchant vainement une connexion entre eux.

Demain, il y aurait l'enterrement de Tommy. Involontairement, les doigts de M.C. se crispèrent un peu plus sur le volant.

De nouvelles obsèques. Pour la deuxième fois en deux semaines, elle allait devoir dire adieu à un être aimé. L'image de Dan lui emplit la tête et, l'espace d'un instant, sa nostalgie fut si vive qu'elle en eut le souffle coupé.

Elle s'efforça de surmonter ce moment douloureux, les yeux dévorés par les larmes. *Concentre-toi sur demain, Riggio. Le boulot t'attend. Attrape ce fils de pute.*

M.C. avait examiné le plan dans tous ses détails. Des caméras seraient disposées à toutes les entrées du funérarium. Des inspecteurs devaient surveiller la mise en terre au cimetière. Des photos de Zoe avaient été distribuées à tous les policiers mobilisés pour l'enterrement.

La présence d'un meurtrier aux obsèques de sa victime n'avait rien d'inhabituel. Les raisons qui incitaient les assassins à s'y rendre étaient aussi variées que les mobiles des meurtres eux-mêmes. Certains y étaient poussés par le remords ou par le désir de rendre hommage à leurs victimes, aussi tordu que cela puisse paraître. D'autres venaient pour revivre les sensations fortes éprouvées lors de leur crime. Et d'autres encore satisfaisaient simplement une curiosité morbide.

Zoe y serait-elle ? Et si elle ne venait pas, qu'est-ce que cela pourrait bien signifier quant à son innocence ?

En s'approchant de sa maison, M.C. aperçut une jeep Cherokee jaune vif garée dans son allée. La voiture de Sam.

Il avait réapparu. Finalement. Elle avait essayé de le joindre à trois reprises pendant la journée, sans succès. Même tante Catherine n'avait pas réussi à le contacter.

Elle s'engagea dans l'allée, se gara à côté de la jeep et sortit de sa voiture. Sam était assis sur le perron, prostré. Il leva la tête lorsqu'elle parvint à son niveau. Il avait pleuré. Une bouteille, fourrée dans un sac en papier, était posée sous le porche.

— Tu es ivre, dit-elle.

— Je ne savais pas où aller…

Il avait l'habitude de se réfugier chez Tommy, *avant*, se souvint-elle non sans un serrement de cœur.

En proie à une atroce impression de déjà-vu, elle tendit la main.

— Tes clés de voiture, s'il te plaît.

Il les sortit de sa poche et les lui tendit. Elle les glissa dans son sac et s'assit à son côté.

— Ça fait longtemps que tu es là ?

Il haussa les épaules.

— Quelle importance ?

— Il fait un froid de canard.

— Je suis bien.

— T'en as de la chance. Mais moi, je n'ai pas le ventre plein de gnôle pour me tenir chaud.

Elle se leva.

— Entre. T'as faim ? Je vais faire à manger.

— Ouais, peut-être.

Il avait un peu de mal à articuler.

Ils entrèrent dans la maison et il la suivit dans la cuisine. Elle jeta un coup d'œil dans le réfrigérateur, puis à son cousin.

— J'ai un reste de cannellonis au fromage. Ou je peux te faire un sandwich au beurre de cacahuètes.

— Va pour le sandwich.

— Bon choix. Un verre de lait ?

— Une bière, plutôt.

— Je ne crois pas, non. Un petit café ?

— Tu te trompes, cousine. Je n'ai pas l'intention de dessoûler.

— Alors, t'es venu au mauvais endroit. Et, là, t'es coincé. Je te tiens.

Il grogna.

— T'es une vraie garce autoritaire.

Elle sourit.

— Pour moi, c'est un compliment.

— Ça m'étonne pas.

Elle gloussa et se mit à l'ouvrage. Il resta assis, effondré sur la table de la cuisine, pendant qu'elle confectionnait les sandwichs. Elle avait été leur baby-sitter, à lui et à Tommy, quand elle était ado et qu'ils étaient des gamins insupportables. Elle savait comment il aimait son sandwich : du beurre de cacahuète généreusement étalé et couvert de rondelles de banane. Ou de petits marshmallows bien moelleux. Elle opta pour la banane : il avait assez de sucre comme ça dans l'organisme pour la nuit.

Elle disposa les sandwichs sur la table.

— Finalement, je boirais bien un verre de lait, dit-il de mauvaise grâce.

— Bien pensé.

Elle lui donna son verre et alla s'en verser un autre dans la cuisine. Lorsqu'elle revint un instant plus tard, il avait déjà englouti l'un de ses deux sandwichs.

— Tu veux causer ? demanda-t-elle avant de mordre dans le sien.

— Pas vraiment.

— Alors, pourquoi t'es venu ?

— Je te l'ai dit, je n'ai nulle part où aller…

— Je t'en prie, on sait tous les deux que c'est faux. Tu as une maison, un lit. Des amis avec qui boire un coup.

— Des mecs foireux, comme moi.

Là, la conversation prenait un tour plus instructif.

— Tu crois que t'es un raté ?

— Tout le monde le sait. Ne fais pas semblant de penser le contraire.

— Ecoute, Sam…

Elle fit passer une bouchée de sandwich avec une gorgée de lait et reprit :

— Tu as vingt et un ans. Tu es un mec. Et tu es italien. C'est normal que tu sois un mec foireux, plaisanta-t-elle.

— Tommy était tout ça, aussi, et c'était pas un raté.

Vrai. Tante Catherine disait en blaguant que Tommy avait été calme et sérieux même dans son ventre car, enceinte, elle n'avait pas souffert de nausées matinales. Ensuite, son accouchement s'était passé presque sans douleur. Et il avait commencé à faire ses nuits dès la troisième semaine de son existence.

S'agissant de Sam, en revanche, elle avait été tourmentée par des nausées pendant presque toute sa grossesse. Les douleurs de la naissance avaient été terriblement éprouvantes et, pour couronner le tout, il avait longtemps été un bébé à coliques. Pour autant que M.C. puisse s'en souvenir, il ne dormait toujours pas régulièrement à l'âge de deux ans.

— Tommy était… un cas à part.

— Evidemment, dit-il d'un ton amer. C'est moi qui aurais dû me faire tuer.

— Ne dis pas ça. C'est absurde.

— Mais tu l'as dit, c'était un cas à part.

— Je voulais dire qu'il n'était pas dans la norme. Y a pas de mal à être un gamin normal, Sam.

— J'ai vingt et un ans. Je ne suis plus un gamin.

M.C. se retint de sourire. Elle savait qu'il y verrait de la condescendance et que ça le rendrait furieux.

— C'est vrai. Disons un jeune homme normal, alors. On fait tous des erreurs. On se bat tous pour trouver notre place dans le monde.

Les yeux de Sam se gonflèrent de larmes.

— Pourquoi ce coup du sort ? Pourquoi je suis pas resté dormir chez Tommy l'autre soir ? Peut-être… Peut-être que j'aurais pu le sauver.

La bouchée que M.C. était en train d'ingérer resta bloquée dans sa gorge. Elle s'efforça de l'avaler, en proie à son propre sentiment de culpabilité. Les yeux rougis, elle tendit les mains par-dessus la table pour couvrir celles de son cousin.

— Tu crois que je n'ai pas pensé la même chose ? Que je n'ai pas regretté de ne pas avoir répondu à ses appels ? De ne pas être passée chez lui plutôt que chez Erik Sundstrand ?

— Tu peux pas comprendre…

— Ah bon ? rétorqua-t-elle d'une voix brisée. Et pour Dan ? Je me demande tous les jours pourquoi il est mort. Je me dis : « Si seulement j'avais pris le volant de la voiture de Tommy. Ou si j'avais été juste derrière lui… Ou si j'avais retardé son départ. » De cinq petites minutes, Sam. Et Dan serait vivant.

Le visage de Sam était déformé par le chagrin.

— Tommy, c'était mon frère, mon meilleur ami. Il me manque trop. J'arrive pas à croire qu'il est plus là…

Il s'effondra, tout sanglotant. Elle fit le tour de la table, le redressa et le prit dans ses bras. Elle le serra bien fort pendant qu'il pleurait, incapable elle-même de retenir ses propres larmes.

Elle se jura de retrouver la personne qui leur avait fait tant de mal. Il le fallait. Pour tourner la page. Sans cela, elle sentait qu'ils allaient sombrer tous deux dans la dépression.

— Ça ira, marmonna-t-il en se dégageant de l'étreinte de M.C. et en détournant la tête.

— Ne te sens pas gêné, dit-elle doucement d'une voix chargée d'émotion. Y a pas de mal à pleurer.

— Peut-être, mais je n'aime pas ça. Et puis je ne me sens *pas* gêné.

Elle n'insista pas.

— Il faudrait que tu dormes un peu. Demain, une rude journée nous attend.

— Je n'irais pas à l'enterrement, dit-il. Je ne peux pas.

— Tu étais son frère. Il faut que t'y ailles.

— Non, pas du tout. Tommy me comprendrait.

— Il est temps de grandir, mon pote. Ta mère a besoin que tu sois à ses côtés.

— Il y aura plein de gens pour la réconforter.

— Mais elle n'a qu'un fils.

Elle se rendit compte qu'il était prêt à se quereller. Mais il se retint.

— Allez, viens, dit-elle. Viens m'aider à préparer le canapé.

Préparer le canapé consistait à y jeter un oreiller et une couverture. Elle lui trouva une brosse à dents neuve et lui conseilla de s'en servir.

— Je pars tôt demain matin. Tu veux que je te réveille ?

— Ouais. Mais attention, je peux être un peu effrayant, le matin.

Elle éclata de rire.

— Je suis une Riggio. Tu ne peux pas me faire peur. Allez, au dodo !

Elle allait appuyer sur l'interrupteur lorsqu'il arrêta son geste d'une question.

— M.C. ?

Elle le regarda dans les yeux.

— Merci, ajouta-t-il.

Elle se rendit compte alors que c'était elle qui lui était reconnaissante. Elle était rentrée chez elle, tendue, se préparant à une nuit d'insomnie. A présent, elle était prise d'une telle somnolence qu'elle pouvait à peine garder les yeux ouverts et se sentait irrésistiblement attirée par son lit.

Le chagrin de Sam l'avait arrachée à celui qu'elle éprouvait.

— Je suis heureuse que tu sois venu me voir, Sam. Dors bien.

27.

Samedi 24 janvier
8 h 10

A la grande surprise de M.C., Sam était déjà levé lorsqu'elle se rendit dans la cuisine le lendemain matin. Il avait réussi à comprendre le fonctionnement de la machine à café et regardait le breuvage filtrer. Ses cheveux étaient humides. Son ordinateur portable était grand ouvert sur la table de la cuisine.

— Salut, dit-elle. Tu t'es déjà douché ?

— J'espère que ça ne te dérange pas.

Tu plaisantes ? Excuse-moi de te parler franchement, mais tu puais…

— Ce n'était pas mon corps que tu sentais, c'était mon haleine.

Elle pouffa.

— J'espère que tu t'es occupé de ça aussi.

— T'en fais pas. Tu veux sentir mon haleine ?

Le café était enfin passé et elle traversa la cuisine pour prendre la verseuse.

— Je te crois sur parole.

— J'ai eu ton message au sujet de la page Myspace de Tommy.

Il désigna l'ordinateur et ajouta :

— Je voulais faire ça hier soir, mais, franchement…

— T'étais trop soûl pour te rappeler ton mot de passe ?

Elle versa le café et lui tendit sa tasse.

Il la prit, esquissant un sourire penaud.

— Ouais, quelque chose dans ce genre…

— Tu veux des céréales ?

Elle prit un paquet dans le garde-manger et le secoua.

— Fibres de blé et boulettes d'avoine.

— Ce truc a un goût de carton.

— Oui, mais c'est bon pour la santé.

— Y a pas de riz soufflé au chocolat ?

— Pas un gramme. Il y a un bol de sucre dans le placard, juste au-dessus de la machine à café.

Pendant qu'elle leur versait à tous deux des céréales, il alla chercher le sucre. Amusée, elle le regarda en déposer une couche de trois centimètres sur le contenu de son bol, avant de murmurer son approbation.

— Au fait, ta mère sait que t'es là ?

— Je l'ai appelée hier soir, juste avant que tu rentres. Je lui ai dit que je dormais chez toi. Heureusement que tu ne m'as pas fermé ta porte, hein ?

Elle lui adressa un regard sévère.

— Ouais, heureusement.

Il s'assit à la table, face à l'ordinateur, laissant son bol de céréales à bonne distance. C'était préférable, en effet. Au sein de la famille, Sam Mariano avait longtemps été surnommé « Cochonou ».

Il avala une bouchée, tapa sur le clavier un identifiant puis un mot de passe, navigua un peu avant d'orienter l'ordinateur vers M.C.

— Et voilà !

La page Myspace de Tommy.

Elle fixa l'écran, où s'affichaient deux portraits de Tommy. Sur l'un, il faisait le pitre devant l'objectif. Sur l'autre, il était avec Sam, bras dessus bras dessous, tous deux torse nu et souriants.

Une boule se forma dans sa gorge. Deux frangins. Les meilleurs amis du monde. Insouciants et heureux.

Elle jeta un coup d'œil à Sam, avant de le regretter aussitôt. Il avait l'air complètement accablé.

Son regard passa des deux photos au profil qui s'affichait à côté sur l'écran. Une petite bio titrée *Présentation : Tommy.* Un autre encadré était consacré à ses goûts et hobbies : groupes de musique, livres et films préférés. Un autre encore était intitulé *Détails.* Là, il avait mis en ligne des éléments tels que son apparence physique, son signe du zodiaque et son orientation sexuelle.

Elle fit dérouler la liste jusqu'à tomber sur la rubrique *Amis.* C'était une collection de photos, chacune légendée d'un nom.

— La voilà, dit Sam. Zoe. Clique sur son nom.

M.C. s'exécuta, ce qui les mena sur la page de Zoe. Elle se faisait appeler *Z-girl.* La rubrique *Présentation* était vide. Et les informations contenues dans les autres encadrés étaient inutilisables. Elle était du signe du Verseau. Célibataire. Mais il n'y avait rien en face de « profession », pas plus que d'indication d'adresse, d'école et ainsi de suite.

Merde, marmonna M.C. Qu'est-ce que ça veut dire, ça ?

— On ne met généralement pas son nom de famille, c'est interdit, en fait. Ni son adresse. On peut se faire virer du site en mettant ce genre d'info en ligne, même si pas mal de gens le font quand même.

— Cette page a été nettoyée.

— Nettoyée ? répéta Sam. Comment ça ?

— Expurgée. Tout ce qui aurait pu nous permettre de retrouver sa trace a été supprimé. Regarde, sa bio est vide. Il y a un accès caché ? demanda-t-elle.

— Aux informations la concernant ?

— Ouais, une base de données où on trouve des informations personnelles.

— C'est vrai qu'il faut fournir toutes sortes de renseignements quand on s'inscrit…

Il lui faudrait donc un mandat pour y accéder.

— J'ai bien réfléchi, M.C., dit Sam. Je veux t'aider à attraper le type qui a fait ça. Je crois que je peux.

Sans lui donner le temps de réagir, il poursuivit :

— Je me charge des clubs et des cafés. Zoe va forcément s'y pointer. Dès que je la retrouve, je t'appelle et je la perds pas de vue jusqu'à ton arrivée.

— Sam…

Il l'interrompit.

— Avant de dire non, dis-toi bien que si j'interroge des clients de ces clubs, ils seront beaucoup plus sincères avec moi, étant donné que je ne suis pas flic, moi.

Elle repoussa son bol de céréales pâteuses. Comment lui expliquer que c'était justement parce qu'il n'était pas flic qu'il ne fallait pas qu'il s'en mêle ?

— Sam, dit-elle doucement, c'est sympa de vouloir m'aider. Je sais que Tommy apprécierait, lui aussi. Mais il faut que tu nous laisses nous en occuper, Kitt et moi.

— Je sais que je peux y arriver !

— Moi aussi. Mais ça ne veut pas dire que tu devrais le faire. Tu as pensé que ça pourrait être dangereux ?

— Dangereux ? Allez, M.C., ne dramatise pas.

— Dramatiser ? Il y a quelqu'un, peut-être cette Zoe que tu veux retrouver, qui a tué Tommy de sang-froid. Qui nous dit que cet assassin ne va pas recommencer ?

— Comment ça ?

— Tuer de nouveau, dit-elle. Te tuer. Pour se protéger.

Son expression perdit son ardeur de jeune chiot. A l'évidence, il n'y avait pas pensé sous cet angle-là.

Merde, ce qu'il était jeune.

— De plus, cette affaire ne concerne peut-être pas que Tommy.

Elle alla chercher la photo de Matt Martin et la lui tendit.

— Tu as déjà vu ce gars-là ?

Il fronça les sourcils.

— Pourquoi ?

— Contente-toi de répondre à la question. Tu le reconnais, ou pas ?

Pendant un long moment, il fixa la photo en silence avant de secouer la tête.

— C'est qui ?

— Matt Martin de son nom. Matthew. T'as déjà entendu ce nom-là ?

Il prit un air pensif.

— Ça me dit vaguement quelque chose, mais sans plus. C'est un nom très courant.

— T'as déjà entendu Tommy mentionner ce nom, peut-être ?

— Non.

— T'en es absolument certain ?

— Ouais, ouais. Mais, bon, « absolument », c'est un peu fort comme terme.

— Réfléchis bien. C'est important.

Il resta silencieux quelques instants avant de la regarder dans les yeux.

— Je n'ai jamais entendu Tommy prononcer ce nom. Absolument. Pourquoi ?

— Ce type a été assassiné. Une semaine environ avant Tommy.

— Assassiné, répéta-t-il. Oh, putain…

Elle vit toutes sortes d'émotions se succéder sur son visage, à l'exception de l'entendement.

— Tu crois, demanda-t-il, que celui qui a tué Tommy a aussi tué ce gars ?

— Pas forcément, mais il y a des similitudes entre les deux crimes, donc il faut voir s'il n'y a pas de recoupements.

— Tu cherches un rapport entre les deux meurtres. Genre, s'ils étaient amis ou camarades de classe ?

— Oui. Et si on en trouve un, ça fiche en l'air la théorie de la petite amie meurtrière. Et ça ouvre d'autres perspectives.

Le voyant déconcerté, elle expliqua :

— Par exemple, ça pourrait signifier que Tommy était impliqué dans quelque chose de louche qui lui a coûté la vie. Ou qu'il y a un tueur en série dans le secteur. Qui cible les jeunes hommes.

Comme Tommy. Et comme Sam.

Il fixa la photo de nouveau.

— C'était qui ? demanda-t-il d'une voix tremblante. Pas son nom, mais ce qu'il…

— Un étudiant en informatique à Rock Valley. Je ne peux pas t'en dire plus. Désolée.

Ils partirent peu après, allant chacun de leur côté. M.C. lui jeta un dernier coup d'œil avant de monter en voiture.

Il avait l'air d'un petit garçon perdu.

28.

Samedi 24 janvier
11 heures

L'air était froid et humide, le soleil caché par des nuages bas, sombres et grisâtres. Une journée à enterrer un fils assassiné. Un jeune homme qui avait toute la vie devant lui.

M.C. et ses frères se tenaient près de la tombe, épaule contre épaule, se soutenant mutuellement. Elle leva la tête pour observer la foule qui s'était rassemblée — la masse compacte des habits noirs ou sombres, parsemée de mouchoirs blancs. Elle percevait les gémissements, la voix puissante du prêtre.

« ... *Par le péché de l'homme la mort est entrée dans le monde...* »

Son regard se posa sur tante Catherine. La souffrance qu'elle lisait sur ses traits était un spectacle insoutenable. Sam tenait sa mère par le bras, impassible. Figé.

« ... *Nous Te demandons de veiller sur cette tombe et de la bénir...* »

Le service funèbre s'était déroulé dans une église pleine à craquer. La famille. Les amis d'enfance et ceux de la fac. Des professeurs, de jadis et de maintenant. De vagues relations et des curieux, aussi. Tommy avait été unanimement apprécié de ceux qui l'avaient approché.

« … Nous confions à la terre le corps de Ton serviteur, Thomas Anthony Mariano… »

Le service funèbre avait été épuisant. M.C. avait été tiraillée entre son chagrin personnel et sa conscience professionnelle. Elle s'était surprise à observer ses collègues présents sur place, à épier leurs moindres gestes. S'il se passait quelque chose, elle tenait à être prête à l'action.

« … Nous Te le demandons par le Christ, Notre Seigneur… »

— Amen, répondit M.C.

On commença à descendre le cercueil dans la fosse. Tante Catherine s'affaissa contre Sam en poussant un cri d'angoisse strident que le vent répandit alentour. Sam aida sa mère à se redresser, le visage déformé par le chagrin.

« … Nous confions le corps de Tommy à la terre, car poussière nous sommes et nous retournerons à la poussière… »

Michael, qui se tenait à droite de M.C., lui prit la main et la serra fort. Elle s'aperçut alors qu'il pleurait en silence. A sa gauche, son frère Neil s'agrippait à Melody, les yeux luisants. M.C., quant à elle, avait tant pleuré ces quinze derniers jours que ses larmes avaient tari — et ses yeux étaient secs.

Pourquoi ? se demanda M.C. Elle aurait apprécié la délivrance qu'apportent les pleurs. La consolation qu'on trouve à s'effondrer en larmes. Au lieu de cela, le chagrin refoulé stimulait sa détermination. Dan lui avait été arraché. Et maintenant Tommy.

Et les deux enquêtes piétinaient. Celle sur le meurtre de Dan était au point mort. Mais pas pour longtemps. Elle allait retrouver les assassins, elle allait les amener devant la justice.

Le désir de vengeance était un péché. Encore plus en ce moment sacré, face à Dieu. Elle le savait, mais cette envie rageuse de représailles lui rongeait les entrailles.

Le meurtrier de Tommy — que ce soit Zoe ou quelqu'un d'autre — était-il présent dans la foule ? Si c'était le cas, que pensait cet assassin en ce moment ? Souriait-il secrètement ? Cette idée la rendit furieuse. Ses joues s'empourprèrent sous l'effet de la colère.

A son côté, Michael se tourna vers elle. Elle sentit son regard, son inquiétude.

— C'est terminé, dit-il doucement.

En effet. Les petits groupes de proches commençaient à se disperser. Sam menait tante Catherine vers la limousine des pompes funèbres. Mamma avait mis sa maison à la disposition de la famille et des amis pour qu'ils se retrouvent après les obsèques. Elle avait passé, avec d'autres cousines, les derniers jours à préparer un buffet.

Ses frères avaient proposé que leur chaîne de restaurants, Mamma Riggio, se charge de cet aspect des choses. Mais la nourriture, préparée avec amour de leurs propres mains et de tout leur cœur pour être partagée en famille, faisait partie intégrante de la vie de ces femmes dévouées. Dans la joie ou dans le chagrin, pour exprimer l'amour ou le respect.

— Ça va, toi ? demanda Michael.

— Oui, répondit-elle par automatisme d'une voix qui parut robotique à ses propres oreilles. Je vais très bien.

Il fouilla son regard.

— Tu n'as pas l'air d'aller très bien.

— Je n'arrive toujours pas à m'y faire. A leur disparition, à tous les deux.

— Tu peux compter sur moi, tu sais. Ne l'oublie pas.

Elle se dressa sur la pointe des pieds pour déposer un baiser sur sa joue.

— Je sais bien, Michael. Merci.

— Inspecteur Riggio ?

Elle se tourna. L'agent spécial Jonathan Smith se tenait juste derrière elle.

— Mes condoléances, dit-il.

— Merci.

Elle attendit. Smith jeta un coup d'œil en direction de Michael avant que son regard ne revienne à M.C.

— Je peux vous voir une minute ?

Elle appuya sur le poignet de son frère.

— Je vous rejoins dès que possible. Préviens Mamma et tante Catherine.

Il hocha la tête, se pencha pour l'embrasser.

— A tout à l'heure.

Elle le regarda s'éloigner avant de se tourner vers l'agent Smith.

— En quoi puis-je vous être utile ?

— C'était votre frère ? demanda-t-il.

— L'un d'eux. J'en ai cinq.

— Une grande famille. C'est sympa. Moi, je suis fils unique.

— J'ai du mal à croire que vous vouliez me parler en privé pour échanger des banalités, agent Smith. Surtout en de telles circonstances et en un tel lieu.

— J'ai des informations. Au sujet de votre cousin.

Elle lui lança un regard étonné.

— Mon cousin Tommy ?

— Oui. Au sujet de son meurtre. Des éclaircissements qui peuvent s'avérer utiles.

— Attendez, je contacte ma partenaire.

M.C. scruta la foule du regard. Elle repéra sans mal Kitt et s'aperçut que celle-ci avait déjà remarqué la présence de Smith. Elle répondit d'un hochement de tête à M.C. lorsque celle-ci lui fit signe de les rejoindre.

Un instant plus tard, Kitt se trouvait à leurs côtés.

— Agent Smith, dit-elle. Quelle surprise !

— Il dit qu'il y a du nouveau sur le meurtre de Tommy.

— Des informations qui pourraient nous aider à y voir plus clair, corrigea-t-il.

M.C. leur fit signe de la suivre à l'écart des oreilles indiscrètes. Puis elle se tourna vers Smith.

— J'écoute.

— Votre cousin m'a contacté il y a trois jours.

M.C. ne savait pas trop à quoi s'attendre, mais sûrement pas à ça.

— Tommy vous a contacté ?

— Nos bureaux. Le service de répression de la cybercriminalité.

M.C. fronça les sourcils.

— Continuez.

— Tommy prétendait qu'un « ami » à lui était impliqué dans une association de cybercriminels. Cet « ami » voulait se retirer de la bande. Mais le chef refusait de le laisser faire et le menaçait.

— Le menaçait de quoi ?

— De dommages corporels.

Smith s'éclaircit la gorge.

— Alors, il s'est adressé au FBI pour nous demander notre aide.

Il avait besoin d'aide, c'est pour ça qu'il était venu la voir, l'après midi avant la réception de fiançailles. Mais il s'était dégonflé. Ensuite, après le meurtre de Dan, le sentiment de culpabilité l'avait empêché de s'adresser à elle.

Kitt intervint.

— Quel genre d'aide, précisément ?

— Il voulait savoir si, au cas où cet « ami » fournirait des preuves contre la bande et son chef, le FBI pourrait lui éviter d'être inculpé.

— Et quels étaient les vols commis par cette bande de crackers ?

— Ils se procuraient des numéros de cartes de crédit. Des numéros de comptes en banque et des mots de passe. Et d'autres données personnelles de ce type. Mais je ne sais pas exactement dans quel genre d'informations ils étaient spécialisés. Et je ne connais pas les méthodes qu'ils employaient pour se les procurer. Chaque bande à ses méthodes.

L'agent s'éclaircit de nouveau la gorge.

— Certaines de ces bandes sont vraiment minables, poursuivit-il. D'autres sont de véritables cartels internationaux, aussi ramifiés et élaborés que la mafia.

— Mais plus durs à attraper, dit Kitt.

— Oui. A cause de la nature de leurs délits. L'information est piratée, puis transférée par voie électronique d'un compte à l'autre. Il faut attendre que des marchandises soient acquises grâce aux numéros piratés pour que nous ayons des traces matérielles de ces manipulations. Et, à ce stade, nous ne mettons la main que sur des sous-fifres : des intermédiaires et des « fourmis » chargées du blanchiment d'argent. Comme ces délits sont électroniques, les gars qui tirent les ficelles sont introuvables. Parfois, ils n'existent même pas.

— Ils n'existent pas ? répéta M.C. Comment ça ?

Smith se frotta les mains. M.C. se demanda pourquoi il ne portait pas de gants par une journée aussi froide.

— Ou plutôt, ils se servent d'ordinateurs piratés qui servent de « bots » pour recevoir et envoyer des données. Je pense que la bande à laquelle Tommy, ou son « ami », appartenait était composée de jeunes gens. Le chef est sans doute plus âgé et exerce une sorte d'influence sur eux.

— Comment font ces gamins pour pirater un ordinateur ? demanda Kitt.

— Il y a mille façons. Par exemple en se baladant en voiture dans un quartier, avec un simple ordinateur portable, en quête d'un réseau hertzien ouvert et non sécurisé. Quand ils en trouvent un, ils se connectent et se servent de logiciels spéciaux pour télécharger les secrets des particuliers ou des entreprises.

— Et si on n'a aucun secret qui vaille la peine d'être piraté par ces crackers ?

— Nous avons tous nos petits secrets, inspecteur Riggio. Les clés de nos royaumes, petits ou grands, sont les identifiants et les mots de passe. Les numéros de carte de crédit, les renseignements sur notre état civil…

Il marqua une pause avant de reprendre :

— C'est si facile, de nos jours. Des logiciels espions sont dissimulés dans des pièces jointes reçues par courriel, ou dans des logiciels gratuits et des cookies. Des e-mails trompeurs vous incitent à fournir des données personnelles en vous promettant monts et merveilles. Et puis il y a le coup du « jumeau maléfique ».

Kitt lui lança un regard ébahi.

— Le jumeau maléfique ?

— Le cracker s'installe quelques heures dans un endroit public très fréquenté, comme un café ou un aéroport, un « point névralgique ». Son ordinateur est équipé d'un logiciel idoine, qui lui permet de surpasser un fournisseur d'accès légitime, et de se substituer à lui provisoirement. Quand le client, qui ne se doute de rien, croit se connecter via une borne Wi-Fi gratuite sur son fournisseur d'accès, il se connecte en fait sur le « jumeau maléfique » et lui donne accès à toutes ses données personnelles.

— Dire que j'utilise tout le temps la Wi-Fi dans les lieux publics, dit Kitt. Joe aussi.

— Les clés du royaume, répéta Smith. Ces arnaqueurs peuvent même lire vos e-mails.

M.C. fronça les sourcils en pensant à la famille qui l'attendait chez sa mère, tandis que les minutes passaient.

— Quand est-ce qu'il vous a appelé, Tommy ?

— Mercredi après-midi. Il a refusé de nous rencontrer. Il a dit qu'il voulait d'abord que je lui garantisse l'impunité, avant de se concerter avec son « ami » et de me rappeler. Et, juste après, j'apprends qu'il est mort.

M.C. jeta un coup d'œil à Kitt. Elle sentit qu'elle aussi songeait à Matt Martin.

— L'ordinateur de Tommy a disparu, dit Kitt. Ainsi que son téléphone portable. On suivait une autre piste, mais ce que vous venez de nous apprendre change tout.

— L'« ami » dont parlait Tommy pourrait avoir été Martin, suggéra M.C.

— C'est possible, admit l'agent spécial. Mais il y a une autre explication, inspecteur Riggio : il n'y avait pas d'« ami » et c'était en fait Tommy lui-même qui était lié à cette bande de crackers. Ils l'ont tué parce qu'il voulait se retirer. Ou peut-être même parce qu'ils ont su qu'il avait contacté le FBI.

M.C., qui s'était préparée à entendre cette hypothèse, se raidit.

— Si Tommy a dit qu'il appelait de la part d'un ami, c'est que c'était vrai.

Le regard de Smith se fit compatissant.

— Je comprends, inspecteur. Il n'est jamais facile de découvrir subitement les défauts de ceux qu'on aime.

— Je connaissais Tommy, moi. Contrairement à vous.

Il soutint son regard un long moment.

— Vous avez peut-être raison. Ça ne change rien au fait qu'il m'a contacté à propos d'une bande de cybercriminels. Et qu'il a peut-être été tué à cause de cette démarche.

Smith marqua une pause.

— Je veux arrêter cette bande. Vous voulez arrêter l'assassin de Tommy. Si on démantèle cette bande, on obtient tous les deux ce qu'on recherche.

— Une coopération mutuelle ? demanda Kitt.

— Absolument.

Il lui adressa un petit sourire du coin des lèvres.

— Pensez-y, ajouta-t-il. Vous avez ma carte, appelez-moi quand vous aurez pris le temps d'y réfléchir.

29.

Samedi 24 janvier
15 heures

Kitt s'assit face à son ordinateur. Après l'enterrement, elle était revenue au bureau pour examiner les enregistrements vidéo de la cérémonie. Elle attendait le retour de M.C.

Les révélations faites par l'agent Smith tombaient à pic. Elles leur fournissaient un mobile pour le meurtre de Tommy comme pour celui de Martin. Ce lien entre les deux affaires ouvrait de nouvelles perspectives à l'enquête.

Mais alors quel rôle avait joué la jeune fuyarde dans ce scénario ? Etait-ce elle l'« ami » que Tommy avait essayé d'aider ? Un tel « ami » avait-il jamais existé, comme semblait en douter l'agent Smith, et n'était-ce pas Tommy lui-même qui avait frayé avec des cyberdélinquants ?

Elle aurait préféré cette dernière hypothèse. Elle était plus claire. Plus proche de la vie, aussi cynique que cela puisse paraître. Dans la vraie vie, celui que tout désignait comme étant coupable l'était presque toujours. En outre, peu de gens étaient susceptibles de venir en aide à un ami ayant des ennuis — surtout des ennuis aussi graves, pouvant attirer les foudres de la justice.

M.C. s'opposerait à cette hypothèse et refuserait de croire que son cousin ait pu être mêlé à des activités illégales. Elle était trop proche de lui pour avoir un regard objectif.

C'est là que Kitt devait intervenir.

Elle jeta un coup d'œil à la pendule, ses pensées allant soudain à Joe. Il était venu aux obsèques. Comme elle était en service, ils n'avaient pas échangé un mot. Elle avait prévu de lui parler juste après l'enterrement, mais il s'était éclipsé sans lui adresser la parole.

Sa poitrine se serra. Ce silence l'avait blessée. Elle se sentait encore meurtrie. Elle avait l'impression qu'une partie d'elle-même lui avait été arrachée.

La meilleure partie, peut-être.

— Salut.

Kitt leva la tête vers sa partenaire. Elle avait troqué son tailleur noir pour un pantalon plus confortable.

— Salut à toi. Ça va ?

— Ouais.

— Ça s'est bien passé ?

— Aussi bien que possible. Un jeune homme qui s'apprêtait à briller dans le monde en a brutalement été arraché.

— Tu aurais pu te reposer le reste de la journée.

— Pas question. Surtout maintenant.

Les révélations de l'agent Smith.

Ton avis ? demanda Kitt.

— Tommy n'était pas impliqué. Il aidait un ami, comme il a dit.

— T'en es sûre ?

— Je connaissais bien Tommy. Je sais bien ce qu'il était capable et incapable de faire.

— Et ce n'était pas un voleur ?

— Absolument pas. Point final.

— Mais pourtant, cette hypothèse tient debout, dit Kitt sans hausser le ton. Tu t'en rends compte, non ? Tu vois en quoi c'est un grand pas en avant dans notre enquête ?

— Ouais, je sais tout ça. Je ne suis pas complètement aveuglée par mon affection pour Tommy.

Elle se pencha vers Kitt et lui lança un regard farouche.

— Tommy disait la vérité. Tenter d'aider un ami qui a un pépin, ça, c'était bien son genre. Il était comme ça. Un brave type avec un cœur en or. C'est de cette situation qu'il brûlait de me parler, juste avant mes fiançailles.

Kitt ne pouvait s'empêcher de penser au bel appartement de Tommy, à celui de Matt Martin. Aux revenus élevés qu'il faut percevoir pour se permettre un tel confort. Elle garda ses pensées pour elle. Temporairement.

— D'accord, chuchota Kitt. Nous savons désormais quel aurait pu être le mobile de ces meurtres. Un ami se confie à Tommy. Un ami qui a des ennuis. De gros ennuis. Il a commis quelque chose de stupide, d'illégal. Et il veut se retirer. Mais les autres refusent de le laisser prendre ses distances. C'est là qu'intervient Tommy. Il appelle le FBI. Le chef de bande apprend qu'il est au courant, qu'il a appelé les flics… et le tue. Ou le fait tuer, ce qui expliquerait pourquoi ces crimes ont tous deux l'apparence d'une exécution.

— Une exécution, exactement comme celle qui a coûté la vie à Dan, dit M.C. Ça rouvre la possibilité que le meurtre de Dan ait pu être causé par une méprise sur la personne. Ça paraît logique.

Kitt eut un geste approbateur.

— Tu en as parlé à White ?

L'inspecteur White dirigeait l'enquête sur le meurtre de Dan.

— La dernière fois qu'on en a parlé, son enquête était dans une impasse. Je vais le mettre au courant, pour voir où ça peut le mener.

— Alors, quel rôle jouait Martin dans cette histoire ?

— C'est lui, l'ami. C'est évident.

M.C. se rabattit les cheveux en arrière et ajouta :

— Réfléchis, cela expliquerait la disparition des ordinateurs. Il y avait des données dans ces ordinateurs, des données qui menaient aux crackers.

— Mais si Tommy ne faisait qu'aider Martin, pourquoi prendre l'ordinateur de Tommy ?

M.C. fronça légèrement les sourcils.

— L'ami partageait certaines données avec lui. Ou les crackers pensaient que c'était le cas. Il en savait trop. C'était une précaution.

Kitt se cala dans son siège, passant en revue les possibilités tout en méditant sur la marche à suivre à partir de là.

— L'argent qui change de main est électronique. Il nous faut un mandat pour étudier les dossiers financiers de Martin et de Tommy.

— Absolument. Ensuite, on établit un rapport matériel entre Martin et Tommy. Jusqu'à présent, aucun témoin n'a reconnu Matt Martin comme étant un ami de Tommy.

— Ça veut rien dire. Il faut continuer à creuser.

Kitt réfléchit un instant avant d'ajouter :

— Il nous reste cette jeune femme qui a quitté précipitamment les lieux du crime. Et cette mystérieuse Zoe, la petite amie fraîchement plaquée.

— Qui sont peut-être une seule et même personne.

— Et l'agent Smith ? On coopère avec lui ?

M.C. hocha la tête.

— On n'a pas trop le choix. Je vais l'appeler.

Kitt posa la carte de l'agent spécial sur le bureau. M.C. ouvrit son téléphone portable et composa le numéro. L'homme répondit à la première sonnerie.

— Agent spécial Smith à l'appareil.

— Ici l'inspecteur Riggio.

— Alors, inspecteur ?

— J'ai réfléchi. Coopération mutuelle et pleine réciprocité ?

— Banco. A propos, je viens juste d'obtenir le dossier bancaire de Matin et je suis en train de me procurer celui de Mariano.

— J'espère que vous nous contacterez bientôt, alors.

Un instant plus tard, elle referma son téléphone et leva les yeux vers Kitt.

— Il a déjà obtenu le dossier bancaire de Martin et il va bientôt pouvoir consulter celui de Tommy.

— Je pense qu'on devrait demander notre propre commission rogatoire, pour qu'on puisse les consulter directement. La conception qu'a l'agent Smith de la coopération mutuelle et de la pleine réciprocité n'est peut-être pas la nôtre.

— Je te parie même que c'est le contraire. On a déjà travaillé avec le FBI dans le passé. Merde, je peux pas les blairer, ces gens-là.

— Il faut qu'on ait de l'avance sur lui, dit Kitt. Dès qu'il n'aura plus besoin de nous, il fera cavalier seul.

M.C. hocha la tête.

— A vrai dire, cette fois je me fous de savoir qui résout l'affaire et qui en retire tout le mérite. Je veux juste que le boulot soit fait.

— Tu veux en parler à Sal ?

— Désolée, partenaire, dit M.C. qui n'avait pas du tout l'air désolée. C'est ton enquête. C'est à toi de lui apprendre les bonnes nouvelles comme les moins bonnes…

— Et aussi les franchement mauvaises, compléta Kitt. J'en ai de la chance, dis donc.

30.

Lundi 26 janvier
9 heures

M.C. admettait volontiers qu'il y avait des désavantages à appartenir à une vaste famille. Le fait que tous les membres de la tribu se mêlaient de sa vie personnelle, qu'elle le veuille ou non, n'était pas le moindre. L'idée même d'avoir — ou de conserver — un secret paraissait risible.

Mais il y avait aussi des avantages.

Quand on avait des ennuis, on avait toujours quelqu'un vers qui se tourner. Quelqu'un qui ne se contentait pas d'écouter mais qui pouvait résoudre le problème. M.C. comptait dans sa famille un plombier et un électricien. Michael était chiropracteur. L'une de ses cousines était coiffeuse, une autre exerçait la précieuse profession de dentiste et une autre encore pratiquait l'art de l'épilation du maillot à la cire — M.C. n'avait jamais encore eu recours aux services de cette dernière. Elle pouvait compter sur des cohortes de tantes, d'oncles et de cousins pour l'épauler dans presque tous les aspects de la vie pratique.

Et il se trouvait justement que la fille aînée de sa tante Bella, Carla, était employée comme gestionnaire de crédit à la City Bank.

L'établissement où Tommy avait son compte.

M.C. se gara devant la succursale de la City Bank à l'angle de

West State Street et de Wyman Street. Elle sortit de sa voiture non sans avoir rabattu la visière pare-soleil latérale pour exhiber sa plaque de la police de Rockford.

A l'accueil, l'hôtesse appela Carla, qui lui demanda de conduire M.C. dans son bureau.

— Mary Catherine ! s'exclama-t-elle lorsqu'elle la vit entrer. Quelle bonne surprise !

Elle se leva pour aller l'embrasser.

— Tu n'as pas de compte chez nous, si je ne m'abuse.

Carla faisait partie de ces malheureuses qui ont cessé de grandir une fois atteint un mètre cinquante-cinq. En hauteur, du moins. Sa silhouette un peu ronde et dodue, si populaire quand elle était au lycée, évoquait à présent celle d'une barrique.

Or Carla venait d'une famille qui adorait la bonne bouffe, ce qui n'arrangeait rien. Elle était italienne, après tout. Cuisiner, manger et partager ses repas constituaient des valeurs en soi dans sa communauté, au même titre que la procréation et le baptême.

M.C. secoua la tête.

— Je suis venue pour te voir.

— C'est vraiment sympa.

Elle lui fit signe de s'asseoir, ferma la porte de son bureau et se rassit.

— Je n'ai pas pu te parler à l'enterrement de Tommy. Je n'arrive toujours pas m'y faire…

Elle fit le signe de la croix et ajouta :

— Pauvre tante Catherine. Et pauvre Sam…

Elle baissa la voix pour demander :

— Et toi, ça va ? Je suis désolée… Tout ça est vraiment affreux.

— Je m'accroche. Je me concentre sur la recherche des meurtriers de Dan et de Tommy.

— Si je peux t'aider…

— Tu peux, dit-elle doucement. J'ai besoin de ton aide, Carla.

— Tu peux compter sur moi.

Elle se pencha vers M.C., dans l'expectative.

— Tommy avait son compte ici, hein ?

— Je crois bien, oui.

— Bien. J'ai besoin que tu me rendes un service.

En prononçant cette phrase, M.C. se sentit un peu comme Marlon Brando dans le rôle du Parrain. Et, à en juger par le regard de sa cousine, celle-ci n'était pas loin de penser la même chose.

— Je ne vois pas très bien en quoi je peux t'aider, mais je ferai tout mon possible, bien sûr.

— On a demandé aux autorités judiciaires une commission rogatoire pour examiner le dossier bancaire de Tommy. Et on l'obtiendra, sans le moindre doute. Il s'agit d'une enquête sur un meurtre et on est dans notre droit.

— Alors, où est le problème ?

— Ça peut prendre jusqu'à quinze jours. Le grand jury doit se réunir pour approuver la délivrance du mandat. Ensuite, il faut compter sur les délais que ça prendra au niveau la banque. C'est trop long pour moi.

Carla hocha la tête.

— Je peux essayer d'accélérer la procédure ici, au niveau de la banque. Aucun problème pour ça.

— Je comptais sur quelque chose de plus immédiat.

Sa cousine se renfrogna.

— Je ne peux rien faire de plus, M.C. Je suis désolée, mais…

M.C. la coupa.

— Tu me dois un service, Carla.

Sa cousine jeta un coup d'œil à la porte, comme pour s'assurer qu'elle était bien fermée, puis se pencha un peu plus vers M.C.

— Sérieusement… Tu veux parler de cette vieille affaire, qui remonte à plus de dix ans ?

— Eh oui, désolée.

Alors qu'elle était encore simple agent en uniforme, elle avait tiré Carla d'un mauvais pas. Un type harcelait celle-ci et M.C. lui avait rendu une petite visite — en uniforme — et lui avait causé la peur de sa vie.

Carla baissa d'un ton.

— Je pourrais y perdre mon boulot.

— Ça n'arrivera pas.

— Comment peux-tu en être certaine ?

— Il y a dix ans, j'aurais pu perdre le mien.

Sa cousine se prit la tête à pleines mains et se mit à grogner.

— Fais-le pour Tommy, et pour tante Catherine.

Elle grogna de nouveau.

— Je me suis réveillée ce matin en me disant : « Quelle belle journée ! Qu'est-ce qui va me tomber dessus, comme tuile ? »

— Ecoute, tu vas juste me fournir des informations que j'obtiendrai quoi qu'il arrive. C'est juste histoire d'accélérer la procédure. Personne n'en saura rien. Pas même Kitt. Et puis, dis-toi bien que tu vas faire ça pour des raisons altruistes. Ce n'est pas comme si tu vérifiais l'état de la fortune d'un client avant de sortir avec lui.

Mieux que Google, il y avait le moteur de recherche Carla.

— Je suis toujours étonnée, reprit M.C., par la quantité d'informations personnelles dont disposent les établissements financiers.

Sa cousine lui jeta un coup d'œil à travers ses doigts.

— C'était il y a longtemps…

— J'ai une très bonne mémoire.

— Tu es une garce, tu sais ?

M.C. sourit, sachant qu'elle la tenait.

— En fait, oui.

Carla fit pivoter son fauteuil pour faire face à son écran. Ses doigts voltigèrent sur le clavier.

— C'est parti, dit-elle. Thomas Anthony Mariano, 444 Gramercy Drive. Un compte courant.

On avait retrouvé des relevés de compte courant dans son appartement en même temps que les états comptables destinés à ses clients. Toute cette paperasse était en train d'être examinée par un inspecteur spécialisé dans les chiffres.

Carla se remit à pianoter sur son clavier.

— Et le reste ? demanda M.C.

Elle tapa sur la touche validation et regarda M.C.

— Je fais une recherche par numéro de Sécurité sociale. Il détient peut-être d'autres comptes. Le dénominateur commun de ces comptes devrait être ce numéro.

Elle se concentra sur son ordinateur.

— Et voilà, dit-elle en fixant l'écran et en fronçant les sourcils. Ça risque de prendre un peu de temps. Il avait six comptes courants, en fait.

— Six, tu en es certaine ?

— Vois par toi-même.

M.C. se leva et se posta face à l'écran. C'était vrai. Elle parcourut la liste : TAM Enterprises, Mariano Brothers, Mariano's Inc., Mariano's Client Services, Tommy's Total Fitness. Et un compte à son nom, Thomas Anthony Mariano.

— Vérifie les adresses, ordonna-t-elle.

Carla s'exécuta. Seul son compte nominatif était domicilié à son adresse de Gramercy Street. Les autres renvoyaient tous à des boîtes postales. Toutes différentes.

Carla regarda M.C. par-dessus son épaule.

— Je ne voudrais pas t'alarmer, mais ceci est inhabituel.

M.C. parcourut la liste une fois de plus, non sans éprouver une sorte de malaise.

— Et toutes ces adresses différentes mais liées au même numéro de Sécu, ça n'a pas provoqué une alerte bancaire ?

— Il n'y a rien d'illégal dans le fait de se faire adresser son courrier à des adresses différentes. Ce sont des comptes approvisionnés. Ils sont reliés au numéro de Sécu de Tommy, donc le fisc n'y voit rien de répréhensible.

Tommy, qu'est-ce que tu fabriquais?

Pas ce que prétendait l'agent Smith, quand il insinuait que tu étais un cybercriminel. Appartenant à une bande d'escrocs. Impossible. Ce n'était pas le Tommy Mariano qu'elle avait connu.

Elle regarda Carla dans les yeux.

— En tant qu'établissement financier, est-ce que vous devez signaler les mouvements de fonds sur les comptes courants au fisc?

— Toutes les banques doivent se soumettre à la loi sur le secret bancaire. En gros, nous surveillons toutes les transactions et signalons les plus importantes ainsi que les activités suspectes.

— C'est quoi une transaction importante?

— A partir de dix mille dollars de valeur totale. Par jour.

M.C. fronça les sourcils.

— Ça fait beaucoup de fric, pour moi. Mais pour un milliardaire comme Donald Trump, j'imagine que c'est de l'argent de poche.

— Exactement. On se sert de logiciels sophistiqués qui reconnaissent les profils de transaction. Si le richissime Trump et toi étiez nos clients et si dix mille dollars étaient virés sur le compte de Mary Catherine Riggio, ça provoquerait un rapport d'activité suspecte, alors que sur celui de Donald Trump…

— Il n'en serait rien.

— Oui.

Carla reporta son attention sur l'écran. Elle fit dérouler plusieurs pages avant de regarder M.C.

— En termes de transactions, rien ne semble suspect.

— A part le fait que nous, on connaissait Tommy et on sait bien qu'il ne possédait aucune de ces sociétés.

— Oui.

— J'aurais besoin de sorties papier, pour tous ses comptes.

— M.C., je ne peux pas faire plus…

— C'est vraiment important, Carla. Je ne serais pas ici, si ce n'était pas de la plus grande importance.

Carla hésita, puis hocha la tête.

— Ça va me prendre deux heures. Je t'appellerai sur ton portable quand j'aurai fini.

31.

Lundi 26 janvier
12 heures

M.C. était assise à son bureau. Elle y avait étalé les sorties papier du compte de Tommy. Elle tombait des nues, peinant à croire ce qu'elle y avait lu, à ce que cela voulait dire. Il n'y avait pas eu d'« ami ». C'était bien Tommy qui avait été impliqué dans les activités illégales que l'agent Smith avait décrites.

Tommy avait détenu une demi-douzaine de comptes courants. Nulle en maths comme elle était, M.C. n'en voyait pas moins que les sommes qui transitaient par ces comptes dépassaient de beaucoup ce qu'il gagnait en louant ses services de comptable.

La plupart des versements étaient modestes, quelques centaines de dollars. Des sommes trop petites pour éveiller l'attention du logiciel de contrôle de la banque. Mais lorsqu'on les additionnait, le total atteignait un chiffre considérable.

La mise en garde de Kitt lui trottait dans la tête.

« Tu pourrais en apprendre de belles sur ton cousin… »

Non, elle n'y croyait toujours pas. Pas encore. Il *devait* y avoir une explication.

Prise de brûlures d'estomac, M.C. ouvrit sa boîte de cachets anti-acide, en avala deux. C'était donc ça, ce que Tommy avait essayé de lui dire ? Etait-ce la honte qui l'avait finalement dissuadé de se confier à elle ? Et qui l'avait poussé à prendre une telle cuite le soir des fiançailles de M.C. ?

Et qui avait provoqué, en fin de compte, la mort de Dan ?

La colère montait en elle. Rien d'étonnant à ce que Tommy se soit senti responsable. Rien d'étonnant à ce qu'il ait eu peur de parler à M.C. Petit con.

Elle serra les poings pour combattre son envie de hurler sa colère et sa frustration. De s'en prendre au premier venu, de tout casser dans son bureau. C'était trop injuste. Pourquoi Dan ? Il n'avait rien fait, son seul crime avait été de l'aimer.

Elle fixa les sorties papier d'un regard trouble, luttant pour reprendre contenance. «Concentre-toi, se dit-elle. Résous cette affaire. Découvre la vérité. » Qu'elle soit plaisante ou déplaisante, la vérité permettrait de tourner la page et lui apporterait enfin le réconfort.

Sa vision s'éclaircit. Après avoir pris congé de Carla, elle avait fait un peu de recherche sur la cybercriminalité. Ce qui était exposé sous ses yeux cadrait avec l'une des méthodes qu'utilisaient les escrocs pour contourner les lois antiblanchiment et les protocoles de sécurité : des comptes bancaires au nom de sociétés fictives, domiciliées à des boîtes postales ou à des adresses non moins fictives, souvent ouvertes avec des numéros de Sécurité sociale piratés.

Les facilités qu'offraient les banques en ligne aux consommateurs honnêtes avaient aussi rendu plus faciles les escroqueries en ligne.

Elle ouvrit son téléphone portable et composa le numéro de Sam.

— C'est M.C., dit-elle lorsqu'il décrocha. J'ai une question à te poser au sujet de Tommy.

— Pas de problème, M.C. C'est quoi ?

— Est-ce que Tommy avait d'autres sources de revenus que ses travaux de comptabilité ?

Pendant un moment, il ne répondit rien. Elle sentit qu'il était surpris.

— Pas que je sache, non. Pourquoi ?

— Tu n'as jamais remarqué que Tommy vivait plutôt bien, pour un étudiant ?

— Pas vraiment. Je veux dire, son business marchait bien, après tout. Et puis, comme j'habitais toujours chez mes parents et que je m'incrustais si souvent chez lui, je lui filais une petite pièce de temps en temps. Maman aussi.

— Vous lui donniez combien ?

— Quelques centaines de dollars par mois, en ce qui me concerne. Je sais pas ce que lui donnait maman.

Elle prit note de l'information et se dit qu'il faudrait appeler tante Catherine.

— Tu n'as rien trouvé de bizarre dans la conduite de Tommy ces derniers temps ?

— Rien. Y a du nouveau, M.C. ?

— Je ne peux pas t'en parler pour l'instant.

Elle rangea les sorties papier dans une chemise et ajouta :

— Merci, Sam. Je te rappelle bientôt.

Elle raccrocha et leva les yeux, découvrant la présence de Kitt dans l'embrasure de la porte de son box. Elle avait l'air soucieuse.

— Qu'est-ce qui se passe ?

— J'appelais Sam pour vérifier un ou deux trucs.

— Quel genre de trucs ?

M.C. hésita avant de faire glisser la chemise sur le bureau vers Kitt.

— J'ai trouvé quelque chose d'intéressant. Jette un coup d'œil là-dessus.

Kitt prit la chemise. M.C. l'observa tandis qu'elle prenait connaissance de son contenu et réalisait ce qu'il impliquait.

Au bout d'un moment, elle leva les yeux vers sa partenaire.

— Qui t'a donné ça ?

— J'ai promis de ne pas le dire.

— Tu te rends compte de ce que ces documents signifient, presque certainement ?

— Bien sûr.

Son téléphone fixe se mit à sonner. M.C. répondit.

— Inspecteur Riggio à l'appareil.

— Mary Catherine Riggio ? demanda une voix féminine. La cousine de Tommy Mariano ?

— Elle-même. Je peux vous aider ?

— J'étais une amie de Tommy. J'étais chez lui le matin où… Mais c'est pas moi qui l'ai tué.

M.C. claqua des doigts pour attirer l'attention de Kitt.

— C'est Zoe ? Hein ?

Son interlocutrice lâcha un petit soupir.

— Comment vous connaissez mon nom ?

M.C. vit que Kitt contactait le Bureau des Communications, pour trouver la source de l'appel.

— Tu n'as pas idée de ce qu'on sait déjà. Tu es dans une belle merde, Zoe.

— C'est pas moi qui l'ai tué ! cria-t-elle.

— Alors pourquoi tu as filé comme ça ?

— J'avais les jetons ! Je suis venue le voir pour lui parler et…

Elle ravala ses mots comme si elle se rendait compte qu'ils pouvaient se retourner contre elle.

— Oui. Je suis entrée dans l'appart… J'avais une clé… J'ai trouvé Tommy dans…

— Tu as emporté son téléphone portable pour dissimuler ton identité.

— Non ! Le téléphone était là… A côté du bac à douche et je… Je l'ai pris, je ne sais plus trop pourquoi… Une impulsion…

— Tu comprendras que j'aie du mal à te croire…

— Faut que je raccroche.

— Non, attends! Viens me voir, on causera toutes les deux. Ne raccroche…

La tonalité se mit à résonner dans son oreille.

— Et merde!

Elle se tourna vivement vers Kitt. Sa partenaire lui adressa un large sourire.

— On l'a repérée! Elle appelait du supermarché Woodman's. Au 3155, McFarland Road. Entre Spring Brook Road et Spring Creek Road. Des voitures de patrouille sont déjà en route.

Le Centre de sécurité public, qui abritait les locaux de la brigade, et le supermarché en question auraient pu aussi bien se situer aux antipodes l'un de l'autre. Il n'existait tout simplement pas d'itinéraire rapide et direct reliant ces deux endroits, même avec des gyrophares et des sirènes.

Lorsque M.C. et Kitt arrivèrent sur place, cinq voitures de patrouille étaient alignées devant l'entrée principale du magasin. Woodman's était un hypermarché franchisé, consacré au hard discount et quatre fois plus grand qu'un supermarché alimentaire normal. M.C. n'en ignorait rien, non pas pour y avoir fait ses courses, mais parce que sa mère en vantait souvent les prix bas.

Kitt et elle sortirent de la voiture de M.C. et se précipitèrent vers l'un des agents de police.

— On en est où? demanda Kitt.

— Des agents fouillent les lieux pour trouver la personne recherchée. Apparemment, il n'y a qu'un seul employé qui l'ait remarquée, et il n'a pas vu son visage.

— S'il n'a pas vu son visage, qu'est-ce qu'il a vu? demanda M.C. en entendant la frustration dans sa propre sa voix.

— Une jeune femme aux cheveux bruns, vêtue d'un blouson rose et qui utilisait le téléphone public.

— Et les caméras de surveillance?

— Si elle n'est pas allée dans les rayons du magasin, elle n'a pas pu être filmée. Il n'y a pas de caméra près de la cabine.

— Vous êtes allés dans les toilettes des femmes ?

— C'est fait.

— L'entrepôt ?

— Pareil.

— Merde !

Kitt jeta un coup d'œil à M.C.

— Qu'est-ce qu'elle t'a dit, au téléphone ?

— Qu'elle n'avait pas tué Tommy.

— Pourquoi était-elle dans son appartement ce matin-là ?

M.C. se frotta la tempe, s'efforçant de se souvenir de chacun des mots prononcés par la fille.

— Elle était venue pour voir Tommy, pour lui parler. Elle avait la clé de chez lui et elle est entrée sans sonner. Elle l'a trouvée dans le bac à douche.

— Et le téléphone manquant ?

— C'est elle qui l'a. Elle l'a pris, sur une impulsion, avant de s'enfuir.

— T'y crois ?

— Non. Mais pourquoi nous appeler ?

— Le sentiment de culpabilité… La curiosité…

— L'innocence, la peur.

M.C. marqua une pause et ajouta :

— Elle semblait surprise que je connaisse son nom. Ça l'a perturbée.

L'agent en uniforme intervint.

— Vous voulez que je reste ici ?

M.C. consulta Kitt du regard.

— Faisons venir un gars de l'Identification, dit-elle, pour relever les empreintes sur le téléphone. On sait jamais, ça pourrait donner quelque chose.

Le téléphone portable de M.C. se mit à vibrer et, pendant que Kitt donnait ses instructions à l'agent, elle décrocha.

— Riggio à l'appareil.

— Ici Smith. Je suis tombé sur quelque chose qui pourrait vous intéresser.

— Bravo, l'affaire est déjà résolue ?

L'homme eut un petit rire avant de répondre :

— Non, mais les bandes vidéo nous ont révélé un suspect potentiel. Un gars avec une drôle d'allure qui se trouvait à l'enterrement de Martin comme à celui de Mariano. Vous pouvez recevoir des e-mails sur votre téléphone portable ?

— Oui.

— Je vous envoie ça tout de suite. Voyez si vous reconnaissez ce type. Et rappelez-moi.

Il raccrocha. Un moment plus tard, l'image apparaissait sur l'écran de son téléphone.

M.C. examina la photo, minuscule et granuleuse. Elle le reconnaissait en effet. L'homme qui avait assisté aux obsèques des deux victimes était le conseiller pédagogique de Tommy, le professeur Rick Taylor.

32.

Lundi 26 janvier
15 h 30

Jusque-là, la vérification de l'alibi du Pr Taylor le jour de l'assassinat de Tommy n'avait pas semblé constituer une priorité. A présent, c'était à faire sur-le-champ.

Deux coups de téléphone plus tard, M.C. dit à Kitt :

— Ce fils de pute nous a menti. Il n'y a pas de professeur de littérature européenne nommé Danny Stephanopolis à l'université de Chicago. La personne que j'ai eue a vérifié sur la liste du personnel : en fait, il n'y a aucun employé de ce nom.

Kitt fronça les sourcils.

— Je ne l'aurais pas pris pour un tueur. Un mec vaniteux, imbu de lui-même, certes. Mais pas un tueur.

— Alors, pourquoi nous a-t-il menti ?

Kitt sourit.

— C'est ce qu'on va savoir. Allons-y.

Kitt prit le volant pendant que M.C. appelait l'agent Smith. Il décrocha immédiatement.

— Ici Riggio, dit-elle.

— Alors ?

— Le nom de l'homme est Rick Taylor. Il enseigne au Rockford College et était le conseiller pédagogique de Mariano. On a passé quelques coups de fil après avoir reçu la photo. Il s'avère qu'il a menti sur l'endroit où il se trouvait le jour où Tommy a été tué. Nous sommes en route pour la fac, en ce moment même.

— Tenez-moi au courant. Je vais essayer de trouver des renseignements sur ce Taylor.

Il raccrocha et M.C. regarda sa partenaire.

— Je crois qu'on assiste à une grande première, dit-elle.

Kitt lui jeta un coup d'œil en coin.

— Comment ça ?

— On a découvert un mec du FBI qui n'est pas une tête de con.

Kitt éclata de rire.

— Laisse-lui un peu de temps pour le devenir. Ça ne tardera pas.

Moins de vingt minutes plus tard, elles arrivaient sur le campus du Rockford College. En marchant vers Scarborough Hall, elles tombèrent sur Connie, la secrétaire de la doyenne.

— Bonjour, inspecteurs, dit-elle d'un ton enjoué. Quel plaisir de vous revoir !

— C'est réciproque, Connie, répondit M.C.

— Vous venez voir qui, aujourd'hui ?

Elle ne tourne pas autour du pot, cette Connie, elle va droit au but.

— Le Pr Taylor.

— Ah, oui. Il donne ses cours dans l'après-midi.

Elle consulta sa montre et précisa :

— Il devrait être dans son bureau, à cette heure. Si vous avez besoin de quoi que ce soit, vous savez où me trouver.

Elles la remercièrent et, quelques instants plus tard, M.C. frappait à la porte vitrée du bureau de Taylor.

Il n'était pas seul. Un étudiant, très beau garçon, se trouvait avec lui. Ils semblaient engagés dans une discussion très sérieuse.

Le professeur leur fit signe d'entrer, l'air agacé.

— Inspecteurs, quelle surprise!

M.C. ignora son ton sarcastique.

— Professeur, il faut qu'on vous pose quelques questions.

— Ce n'est pas vraiment le bon moment...

— Ça ne peut pas attendre.

— J'ai un cours dans cinq minutes.

— Vous serez en retard.

Il se tourna vers le jeune homme.

— Will, ça t'ennuierait de prévenir les autres? Je vous rejoins dès que possible.

— Pas de souci, dit le jeune homme en se levant vivement.

Il sourit aux policières.

— Bon, ben j'y vais.

— Et vous vous appelez...?

— Will Strong, répliqua-t-il. A plus tard.

M.C. le regarda s'éloigner un instant avant de se tourner vers Taylor.

— Un de vos étudiants?

— En troisième cycle, oui.

Il jeta un coup d'œil à sa montre avant de lever la tête vers M.C.

— Eh bien, inspecteurs, que puis-je pour vous?

— Une seule question : pourquoi nous avoir menti?

— Pardon? dit-il en se hérissant.

— Il n'y a personne à l'université de Chicago qui porte le nom de Danny Stephanopolis.

Il les dévisagea en pâlissant. Il ouvrit la bouche comme pour protester mais resta muet.

M.C. revint à la charge.

— Je répète : pourquoi nous avez-vous menti ?

— Ça vous dérangerait de fermer la porte ? demanda-t-il en désignant la porte de son bureau.

Lorsque Kitt l'eut fermée, il s'éclaircit la gorge.

— Me faut-il un avocat ?

— Vous êtes seul à pouvoir répondre à cette question, professeur, rétorqua Kitt. Est-ce le cas ?

Il hésita, avant de secouer la tête.

— J'ai inventé cette histoire parce que je ne voulais pas qu'on sache où j'ai vraiment dormi cette nuit-là.

— C'est-à-dire ?

— A l'hôtel Kalifornia.

— Et pourquoi donc ?

— Chicago est une grande ville cosmopolite. On y trouve plein de gens de toutes les couleurs et de toutes les croyances. Les modes de vie alternatifs y sont acceptés sans pudibonderie.

Kitt prit le relais.

— Et vous, professeur, vous êtes dans quoi, exactement ?

— L'hôtel Kalifornia est un établissement réputé pour être réservé aux homosexuels.

— Ce n'est pas un crime.

— Mais Rockford est une ville conservatrice, inspecteur. Et je travaille dans une institution conservatrice. Je dois protéger ma réputation.

M.C. se croisa les bras, sceptique.

— Etre homosexuel ne choque plus autant que dans les années cinquante, professeur.

— Ecoutez, je suis professeur titulaire.

— Tant mieux pour vous.

— En tant que tel, je dois obéir à un code de bonne conduite. Je dois montrer l'exemple.

Kitt intervint, changeant de sujet.

— Comment connaissiez-vous Matt Martin ?

Le regard de Taylor se porta sur Kitt.

— Qui ça ?

— Un jeune homme retrouvé mort dans son appartement. Assassiné. Un étudiant de Rock Valley.

— Pourquoi l'aurais-je connu ?

— A vous de nous le dire, professeur, dit M.C. Vous étiez à son enterrement.

Il blêmit.

— Je ne le connaissais pas. Mais il est vrai que je suis allé à son enterrement.

— Pourquoi donc ? demanda vivement Kitt.

Le regard de Taylor alla de l'une à l'autre ; à l'évidence, il était déconcerté par leur technique d'interrogatoire à deux voix.

— J'ai appris le meurtre dans la presse et… je me suis senti obligé de lui rendre hommage.

— Obligé, le mot est un peu fort, non ? murmura M.C.

Il la regarda en se renfrognant.

— Qu'est-ce que vous voulez dire par là ?

— Je ne suis pas professeur titulaire, mais, pour moi, « obligé » cela veut dire poussé par une puissante motivation.

— C'est ça qui vous a conduit à assister à cet enterrement ? demanda Kitt. Une puissante motivation ?

— Les jeunes gens sont toute ma vie. Je me consacre entièrement à eux. J'ai ressenti la mort de ce garçon comme une atroce aberration. De même que celle de Tommy. Et je proteste contre ce que vous semblez insinuer…

— C'est-à-dire, professeur ?

Il rougit.

— Vous trouvez étrange que je pleure le sort de ce pauvre garçon alors que je ne le connaissais pas. Vous devriez avoir honte.

— Je suis désolée que vous interprétiez mes propos de cette façon.

— Foutaises. C'est exactement la manière dont vous vouliez que je les interprète.

— Pourquoi êtes-vous en colère, professeur Taylor ?

— Parce que deux jeunes hommes sont morts. Vous devriez essayer de retrouver celui qui les a tués plutôt que de perdre votre temps à me harceler.

— Pourquoi pensez-vous que les deux garçons ont été tués par la même personne ?

L'homme la regarda d'un air stupéfait.

— Ça paraît logique.

— D'une manière plutôt tordue…

M.C. changea de nouveau de tactique, saisie d'une intuition.

— Avez-vous une relation avec un étudiant ?

Il en avait. Elle le vit à la façon dont il réagit, l'altération subtile de son expression et de son attitude corporelle. La panique à l'état pur qui traversait son regard.

— Vous vous dénoncez vous-même, professeur. Vous étiez avec lui, cette nuit-là, à Chicago ?

Il hésita à répondre, se dandina d'un air embarrassé.

— Oui.

Il trifouilla ses cheveux clairsemés. M.C. remarqua que sa main tremblait.

— Il est plus âgé que les autres. Il a l'âge légal pour faire ce qu'il veut de son corps. C'est un étudiant de troisième cycle.

M.C. se souvint du beau Will Strong. Elle avait perçu de l'intimité entre lui et son professeur.

— Je ne suis pas sûre que l'administration de la faculté verrait les choses ainsi.

— C'est pour ça que je vous ai menti.

— Son nom ? demanda Kitt.

— Ça, je ne vous le dirai pas.

— Pourquoi ?

— Je ne veux pas l'impliquer là-dedans.

M.C. aperçut le regard que lui lançait Kitt du coin de l'œil. Sa partenaire acquiesça d'un hochement de tête : il avait dit la même chose au sujet de son ami imaginaire à Chicago.

— Vous l'avez déjà impliqué, professeur. Et comme vous nous avez déjà menti une fois, cette fois nous n'attendrons pas si longtemps avant de vérifier vos dires.

— Son nom ? insista Kitt.

Il hésita de nouveau.

— Je ne vois vraiment pas pourquoi...

— Will Strong, peut-être ?

La sueur se mit à perler sur sa lèvre supérieure. Il ouvrit la bouche pour répliquer puis la referma.

M.C. adoucit le ton de sa voix pour préciser :

— Tout ce que vous nous direz est extrêmement facile à vérifier, professeur. Un simple coup de fil suffira. Ou un clic sur une souris.

— Bon, d'accord, c'est Will.

M.C. était dégoûtée. Taylor était un des professeurs de Tommy. Son conseiller. Et il se souciait davantage de sa réputation que de les aider à attraper l'assassin de Tommy.

Le plus triste, c'est que cela ne la surprenait même pas.

— Si vous nous aviez dit la vérité dès le début, nous ne serions pas ici aujourd'hui. Nous n'aurions pas perdu un temps précieux à vérifier vos conneries...

— Si ça se sait, je perdrai tout. Mon poste, ma réputation. Will perdra son job d'auxiliaire.

— Vous savez pourtant bien ce qu'on gagne en mélangeant sexe et travail ?

— Je vous en supplie... N'allez pas raconter tout ça à l'administration. Si cette liaison éclate au grand jour, je suis ruiné.

Tommy était mort. Matt Martin aussi. Elle aurait parié que l'un et l'autre auraient préféré être « ruinés ».

— Je ne peux rien vous promettre, dit M.C. En tout cas, nous ne vous couvrirons pas si ça doit compromettre notre enquête… Et là, ça sera pas de chance pour vous.

33.

Mardi 27 janvier
6 h 10

Le jour de son mariage. Dan, qui l'attend au pied de l'autel. Tout sourires, séduisant dans son smoking, il lui tend la main. Elle essaie de l'atteindre, mais il est hors de portée. Elle essaie en vain de le toucher… Elle crie son nom. A gorge déployée. Mais le son de sa voix se perd, couverte par le vacarme d'un moteur.

Ses yeux s'ouvrirent soudain en grand. La réalité lui tomba dessus brutalement. Ce n'était pas un moteur mais son téléphone portable, qui s'était mis à sonner sur la table de nuit. Son lit à moitié vide. Pas de Dan pour lui prendre la main. Plus jamais.

Le chagrin lui transperça le cœur. Ses yeux s'emplirent de larmes. Elle s'empara du téléphone, le colla contre son oreille.

— Riggio, parvint-elle à articuler d'une voix brisée par l'émotion.

— Inspecteur ? C'est Connie du bureau de la doyenne Johnsen.

M.C. s'efforça de refouler les sensations causées par son rêve et d'émerger des brumes du sommeil.

— Connie ? Je peux faire quelque chose pour vous ?

— Je suis désolée de vous appeler aussi tôt, mais j'ai un souci et je… Je crois qu'il le fallait.

M.C. s'assit péniblement sur son lit. Il faisait froid dans sa chambre. Elle se leva en frissonnant, prit son peignoir qui gisait sur la moquette et l'enfila.

— Vous avez bien fait. Qu'est-ce qui se passe ?

— Ce n'est sans doute pas grand-chose, mais… Hier, j'ai vu le Pr Taylor quitter la fac avec un gros carton.

— Un carton ? répéta M.C. d'un ton étonné.

— Oui, vous savez, comme un carton de déménagement. J'ai trouvé ça étrange. Will Strong était avec lui. Il portait un carton lui aussi. Vous connaissez Will ? Un étudiant de troisième cycle. Très attaché au Pr Taylor.

Elle savait que Taylor était homo. Elle connaissait sa liaison avec Strong.

— Il était quelle heure ? demanda M.C.

— Assez tard. 5 heures passées. J'avais dû rester pour terminer un rapport pour la doyenne.

Elle marqua une pause avant de reprendre :

— Je suis sûre que la doyenne n'aimerait pas que je vous le dise, mais… le Pr Taylor a eu quelques problèmes à son poste précédent. Des problèmes impliquant des étudiants et un groupe d'internautes. Des problèmes très délicats, paraît-il…

Bingo. M.C. ne laissa rien paraître de son émotion.

— Quel genre de groupe, Connie ?

— Je n'en sais rien. En vérité, je ne devrais même pas être au courant. Il se trouve que j'ai entendu par hasard des bribes de conversation. D'ailleurs, j'aimerais autant que vous ne répétiez pas que c'est moi qui vous ai mise au courant.

— Vous savez où je peux trouver le Pr Taylor, ce matin ?

— J'ai son emploi du temps sous les yeux, ainsi que son adresse.

Aussitôt que Connie eut raccroché, M.C. appela Kitt.

— On dirait que Taylor a fait un grand ménage dans son bureau hier soir. Avec l'aide de Will Strong.

— Ce salaud est en train de filer, dit Kitt.

— C'est ce que je pense aussi.

M.C. lui lut l'adresse, à River Oaks Lane, que Connie lui avait donnée.

— Je me mets en route dans cinq minutes.

— On se voit là-bas.

M.C. arriva la première. Le lotissement de maisons coquettes avait l'air accueillant, avec ses murs gris souris et ses portes rouges. Des jardinières ornaient les fenêtres, même si, en cette saison, elles étaient pleines de neige et non de fleurs.

Elle se gara devant la maison de Taylor et éteignit le moteur, remarqua la Lexus dernier modèle dans l'allée. Si Taylor avait tué Tommy, elle ne le laisserait pas s'en tirer. Elle le traquerait jusqu'au bout du monde si nécessaire.

Kitt arriva à son tour et se gara derrière elle. Elles sortirent en même temps de leurs véhicules.

— La voiture est là, c'est bon signe, dit Kitt en rejoignant sa partenaire.

Elles allèrent jeter un coup d'œil à la Lexus. M.C. l'inspecta du regard.

— Pas de carton. Pas de cadavre…

— Ça aussi, c'est bon signe.

Elles gravirent les marches du perron et sonnèrent à la porte.

Comme Taylor ne répondait pas, elles insistèrent. Elles frappèrent à la porte et M.C. cria :

— Professeur Taylor ? C'est l'inspecteur Riggio. On a quelques questions à vous poser.

Aucune réaction.

— Connie m'a dit que son premier cours était à 9 heures, dit M.C.

— Peut-être qu'il dort à poings fermés.

— Appelons-le sur son fixe.

M.C. fouilla dans sa poche pour y prendre le numéro. Kitt décrocha son téléphone portable et composa le numéro au fur et à mesure que M.C. le lui dictait.

— Ça sonne, dit Kitt.

Elle leva machinalement le doigt à chaque sonnerie, avant de refermer l'appareil.

— Un répondeur.

— Essaie le portable.

Kitt s'exécuta avant de se tourner vers M.C.

— Direct sur la messagerie.

— Un suspect se préparant à fuir…

— Absolument.

M.C. essaya d'ouvrir la porte et s'aperçut qu'elle n'était pas verrouillée. Elle regarda Kitt et dit :

— Notre cause est juste, partenaire. J'entre.

— Si Taylor est dans son lit, Sal nous fera passer un mauvais quart d'heure.

Le Pr Taylor était, en effet, allongé dans son lit. Mais il ne dormait pas.

34.

Mardi 27 janvier
6 h 50

— Je ne croyais pas avoir été si dure, murmura Kitt.

— Moi non plus.

M.C. traversa la chambre, se pencha sur le lit. On aurait dit que Taylor s'était tiré une balle dans la tête. Il était étendu sur le dos, les pieds pendant d'un côté. Sa main droite tenait un revolver, un Ruger SP101. Du sang et des débris de cervelle avaient éclaboussé le mur, la literie et le sol.

Quelle merde!

M.C. entendit Kitt appeler les collègues, requérant la présence des personnages habituels : médecin légiste, une équipe du bureau de l'identification, deux voitures de patrouille pour sécuriser et contrôler le secteur.

M.C. enfila une paire de gants, examina la victime. « Qu'est-ce que cela signifie ? » se demanda-t-elle. Avait-il eu peur de perdre son poste ? Ou de voir son homosexualité révélée ?

Ou bien avait-il des secrets plus sombres ? En rapport avec la cybercriminalité et le meurtre ?

Lors de leur première rencontre avec l'agent Smith, celui-ci avait dit qu'une bande de cyberdélinquants était généralement constituée de jeunes, mais que les activités délictuelles étaient souvent organisées et dirigées par une personne plus âgée. Quelqu'un qui était en contact avec des jeunes. Quelqu'un en qui ils avaient confiance.

Taylor avait-il été ce chef?

Kitt referma son téléphone.

— Taylor détenait un Ruger, dûment déclaré à son nom.

— Envoyons des collègues chercher Will Strong. C'est sans doute la dernière personne à avoir vu Taylor en vie.

— Je veux savoir ce qu'il y a dans ces cartons, ajouta M.C. en regardant Kitt par-dessus son épaule.

Elle s'aperçut que celle-ci fixait Taylor d'un drôle d'air.

— Ça va? demanda M.C.

Kitt cligna des yeux et hocha la tête.

— Ouais. J'ai eu Sal, aussi. Il est en route.

Les collègues commençaient à arriver. Les agents en uniforme, d'abord, bientôt suivis des types de l'Identification.

Ces derniers firent irruption précipitamment dans la maison, Miller en tête. Il vit M.C. et lança d'un air mauvais :

— Merde alors, Riggio! T'aurais pas pu nous laisser prendre notre petit déjeuner d'abord?

— T'as raison. Mais où avais-je la tête? On aurait dû attendre pour intervenir que tu aies fini tes pancakes et ta saucisse matinale.

Jackson se rendit auprès du lit et posa son sac plein de matériel.

— Putain! Ce mec s'est foutu en l'air! C'était qui?

— Un suspect. On avait des raisons de penser qu'il se préparait à fuir.

— On dirait qu'il y est arrivé. Mais il a pris le chemin le plus dur, à mon avis.

Jackson sourit à M.C. et demanda :

— Je peux prendre mes photos?

— Vas-y. Pendant ce temps-là, on va jeter un coup d'œil à cette baraque.

La maison était aménagée avec beaucoup de goût. Dans un style classique mâtiné de modernité. Le mélange était hasardeux, et néanmoins le résultat était réussi. Chaque objet était disposé judicieusement, pas un bibelot ne jurait avec le reste. Cela évoquait la couverture d'un magazine plutôt qu'une maison réellement habitée.

M.C. procéda à un bref inventaire de l'agencement des pièces. Construite sur trois niveaux, la maison avait trois chambres à coucher, deux salles de bains et une salle d'eau. L'une des deux autres chambres faisait office de bureau. L'ordinateur était allumé. Un Apple. Son frère Michael ne jurait que par cette marque. Ses autres frères le taquinaient en lui disant qu'il était comme un missionnaire essayant de convertir les utilisateurs de PC dès qu'il en croisait un.

Elle tapota sur la souris et l'écran s'illumina, faisant apparaître des images d'hommes ligotés de diverses manières. Certains pratiquaient des actes sexuels entre eux.

— Putain de merde, dit Sorenstein qui s'était placé juste derrière elle. C'est quoi ce bazar ? Miller, Jackson, venez voir ça, les mecs !

Cet appel n'amena pas que ses collègues de l'Identification mais aussi tous les policiers présents sur place. Ils entourèrent M.C. Certains demeuraient bouche bée et d'autres y allaient de leurs commentaires.

— Putain de tordu.

— Pas étonnant qu'il se soit flingué.

— T'as vu ça, ça doit faire mal !

— Je savais pas qu'on pouvait faire ça avec son corps…

— Ce mec était prof de comptabilité ?

Cette dernière remarque venait de Jackson. Tous les regards se tournèrent vers lui et ses joues se mirent à rougir jusqu'au cramoisi.

— Eh ben quoi ? C'est comme un gendre idéal qui serait en fait Jack l'Eventreur. On s'y attend pas.

— La fête est finie, dit Kitt d'un ton sec. Je crois que tout le monde s'est assez amusé comme ça.

Ils se dispersèrent, non sans maugréer.

— Qu'est-ce qui se passe ? demanda M.C. T'as l'air bizarre.

— Viens avec moi, dit Kitt. Viens voir la troisième chambre.

Située au deuxième étage, elle servait de salle de gym.

Mais ce n'était pas le genre de gym que pratiquait M.C.

Les murs étaient couverts de miroirs. Un meuble occupait le centre de la pièce : une sorte de croix qui tenait autant du fauteuil de dentiste que du chevalet de torture de l'Inquisition. Comme un lit d'exercice démoniaque.

Il y avait d'autres gadgets. Des plaques en acier fixées au mur, dans lesquelles étaient fichés de gros crochets métalliques. Une sorte de selle rembourrée trônait sur une estrade de bois, avec des sangles en cuir fixées de part et d'autre de l'estrade. Pour attacher les mains et les pieds, devina M.C.

— On dirait que le Pr Taylor ne nous a pas raconté tous ses secrets, dit Kitt.

— Pas étonnant qu'il ait été désespéré. Il ne prenait pas son pied comme tout le monde quand il faisait des galipettes.

Elles pénétrèrent dans la pièce. L'unique fenêtre était voilée d'un volet opaque et doublé d'un store de bois. Même si son petit lieu de plaisir était au deuxième étage, il avait pris soin de décourager les voyeurs.

Il y avait un placard, juste à gauche de la porte.

— La pièce n'était pas verrouillée ? demanda-t-elle à Kitt.

— Non.

M.C. tourna la poignée du placard. Il n'était pas verrouillé non plus. Son contenu était impeccablement rangé. Des fouets. Des entraves. Ce qui ressemblait à une bride. Un appareil photo numérique.

— Les collègues voudront récupérer l'appareil photo pour vérifier la carte mémoire.

— Aucune trace de crime violent. Ici, il ne cherchait pas à cacher ses penchants sexuels.

— Je crois qu'on a fait le tour, dit Kitt. Les photos nous révéleront sans doute s'il préférait donner ou recevoir.

Dominer. Ou être dominé. De tels goûts laissaient M.C. perplexe.

— T'entends ? Sal est arrivé.

Elles descendirent au premier étage. C'était bien la voix de Sal qu'elle avait entendue. Francis aussi était arrivé et les deux hommes conversaient près du lit.

Le médecin légiste les aperçut le premier.

— Avec vous, je ne chôme pas, leur lança-t-il.

— On croirait entendre Miller, dit M.C. Je suis désolée d'avoir tiré tout le monde du lit mais, nous aussi, on fait des heures supplémentaires en ce moment.

A l'autre bout de la pièce, Miller émit un grognement.

— La différence, c'est que vous êtes folles, toutes les deux.

Francis s'éclaircit la gorge.

— Comme je disais à Sal, voilà à quoi ça ressemble : notre défunt ami ici présent a placé le canon de son revolver dans sa bouche et a appuyé sur la détente. Il y a des traces de poudre sur ses doigts et, après un examen sommaire de l'endroit où elle est entrée et de celui où elle est ressortie, la trajectoire de la balle corrobore cette hypothèse. En outre, il n'y a pas de trace de lutte. J'ai vu pas mal de cas similaires au cours de ma carrière et celui ci cadre exactement avec un suicide par arme à feu.

M.C. se tourna vers Sal.

— L'arme était déclarée, à son nom.

— Il a laissé un message ?

— En quelque sorte, dit Kitt.

Elle désigna le bureau et précisa :

— Sur l'ordinateur.

Bien sûr, comprit M.C. Pas un message comme les désespérés en laissent dans pareil cas — non, des images de la vérité dans toute sa crudité. Afin qu'elles sachent bien qu'il s'était suicidé pour que ses secrets les plus sulfureux ne soient pas révélés de son vivant.

— Vous croyez que c'est le meurtrier.

— Non, dit Kitt. C'était juste un pervers, qui s'est cru acculé par des circonstances qui le dépassaient.

— C'est toi qui le dis, compléta M.C. en regardant sa partenaire d'un air surpris.

Sal fronça les sourcils.

— Je peux vous parler à part, toutes les deux?

Elles le suivirent dans un coin tranquille.

— Comment expliquez-vous votre présence ici?

— La secrétaire de la doyenne m'a appelée ce matin. Elle l'avait vu partir avec des cartons hier soir.

— Vous en avez déduit qu'il se préparait à fuir ou qu'il cherchait à dissimuler des preuves?

— Oui. Par ailleurs, elle nous a dit que Taylor avait eu des ennuis dans une autre faculté, quelque chose concernant des étudiants et un groupe d'internautes.

— Des pirates informatiques?

— C'est ce qu'on a tout de suite pensé, dit Kitt. Il n'a pas ouvert quand on a frappé à sa porte, ne répondait pas au téléphone. La porte n'était pas verrouillée et nous sommes entrées. Tout est conforme à la loi dans notre intervention.

— Tant mieux.

Son regard passa de l'une à l'autre.

— On dirait que vous avez des opinions divergentes au sujet de sa culpabilité.

— Il y a certes une petite chance pour que ce soit lui l'assassin, dit Kitt en regardant M.C. Mais mon intuition me dit qu'il savait que sa vie secrète allait être dévoilée et qu'il serait ruiné. Et que c'est pour ça qu'il s'est flingué. Que feriez-vous si vous étiez professeur titulaire ayant dépassé la quarantaine et qu'on vous privait de votre chaire ? Et qu'on révélait en outre que vous êtes un pervers sadomaso, ayant une liaison avec un étudiant ? Quelle université vous embaucherait près ça ?

De l'étage supérieur parvint un juron.

— Sacré nom de Dieu ! s'exclama Sorenstein.

Il avait trouvé la salle de jeu de Taylor.

— Kitt a peut-être raison, dit M.C. On peut certainement considérer que ce type était innocent, mais on n'en a pas la preuve pour l'instant. Et la théorie de Kitt tient la route.

Jackson appela du rez-de-chaussée.

— Il y a deux cartons d'emballage dans le coffre de la Lexus. Vous voulez jeter un coup d'œil ?

Ils descendirent tous trois et se dirigèrent vers le véhicule. Jackson avait précautionneusement ouvert le premier paquet et M.C. fouilla dedans tout aussi précautionneusement : des livres, des cahiers. Des photos encadrées. Des papiers. Le contenu du reste était similaire.

— Il a vidé son bureau.

— Il avait laissé les cartons dans son coffre, ce qui indique qu'il avait l'intention de mettre les bouts. Question : pourquoi a-t-il changé d'avis ?

— Je propose d'interroger le petit ami, dit Sal.

35.

Mardi 27 janvier
9 h 20

M.C. et Kitt trouvèrent Will Strong en train d'arpenter la salle d'interrogatoire n° 2. A l'instant où elles entrèrent dans la pièce, il pivota pour leur faire face.

— Je n'ai rien à voir avec ça!

— Avec quoi? demanda M.C.

— Je l'ai aidé à déménager ses affaires, c'est tout. Il flippait complètement.

— Je répète, monsieur Strong, vous n'avez rien à voir avec quoi?

— Avec son départ! Je lui ai dit de rester pour se défendre! Il n'a fait aucun mal à ces garçons… Il en était incapable!

— Le Pr Taylor prévoyait de partir?

— Oui, de disparaître.

— Pourquoi?

— Vous devriez le savoir, dit-il d'un ton amer. Il pensait qu'à force de fouiner dans sa vie et de le harceler vous finiriez par dévoiler notre relation… et qu'il se ferait virer.

— Le Pr Taylor est mort, dit M.C. sans ménagement. Je suis désolée.

Il la dévisagea, se décomposa sous le choc. Au bout d'un instant, il secoua la tête.

— C'est impossible.

— Il s'est suicidé, Will.

— Non !

Il secoua de nouveau la tête et s'exclama :

— Non, c'est pas juste !

— A quelle heure l'avez-vous quitté, hier soir ?

— Vers 7 heures.

— Vous disiez qu'il flippait complètement…

— Il était extrêmement perturbé.

Les mains du jeune homme s'agitaient en tous sens, évoquant le volettement d'un oiseau en cage.

— Mais, reprit-il, je n'aurais jamais pensé que…

Il les regarda d'un air coupable.

— J'aurais dû me méfier, pourtant. Il disait des trucs dingues.

Il se couvrit le visage des deux mains.

— J'aurais dû y penser. J'aurais dû me douter que c'était une possibilité.

M.C. fut prise de compassion pour le jeune homme. S'il mentait, c'était un formidable comédien.

— Parlez-nous des problèmes qu'il a eus dans la faculté où il enseignait avant.

— A Hanover ?

Kitt n'hésita pas.

— Oui.

— Ce n'était rien. Il a eu une liaison avec un étudiant. Parfaitement consentant. L'administration l'a su et il a perdu son poste.

— Et ce groupe d'internautes qu'il fréquentait ?

— Le forum de discussion gay ? Quelle affaire ! Et alors ? Nous n'avons pas le droit de converser entre amis ?

— A l'évidence, les dirigeants de Hanover n'étaient pas du même avis.

— C'est vrai, mais Rick a eu de la chance. La fac voulait garder l'affaire secrète. Ils lui ont donc donné une lettre de recommandation très favorable.

Pour se débarrasser sans scandale de lui. M.C. consulta Kitt du regard et celle-ci hocha la tête.

— Nous connaissons ses préférences… sexuelles, dit-elle. Nous avons vu sa salle de plaisir au deuxième étage.

Kitt intervint.

— Il aimait dominer, hein ? Et infliger de la douleur ?

— Vous ne savez rien de lui, dit-il.

Son amertume se muait en colère.

— Alors pourquoi ne pas nous en dire davantage ?

— Rick était incapable de faire du mal à une mouche. Il aimait être dominé, pas l'inverse.

— Et vous étiez son partenaire, dans ces jeux ?

— Je vois à quoi vous pensez. C'était totalement différent de votre vision des choses.

— C'est-à-dire, monsieur Strong ?

— Votre façon d'y penser est moche et tordue.

— Alors, dites-nous comment c'était réellement.

— C'était amusant. On jouait. Personne n'avait à en pâtir.

Il se tordit les mains.

— C'est lui qui m'a branché sur ces pratiques. Au début, je trouvais ça cool. Excitant. Quelque chose de différent, voyez-vous.

— Il vous a branché sur le bondage ? demanda Kitt.

Il hocha la tête et elle reprit :

— Vous venez de dire « au début ». Quand est-ce que ça s'est arrêté d'être cool ?

— Ça commençait à devenir lassant. Toujours la même chose.

Des fois, je préfère le sexe normal, si je puis dire. J'aime les câlins. Mais, lui, il ne se lassait jamais des jeux sadomaso.

— Vous êtes sûr que personne n'a jamais été blessé ?

— Oui. J'y étais chaque fois.

— Vous n'étiez que tous les deux. ?

— Oui. Je suis exclusif en amour, inspecteur. Tout comme Rick. On n'est jamais trop prudent, de nos jours.

Voilà un commentaire intéressant, songea M.C. Car, à bien y penser, ce qui passait pour prudent pour certains aurait paru plus que risqué aux yeux des autres.

— Est-ce qu'il lui arrivait de rencontrer d'autres jeunes gens grâce à internet ? De correspondre avec eux ? D'aller sur les forums gay ?

— Non, absolument pas. L'affaire de Hanover l'avait définitivement guéri.

— Est-ce que quelqu'un aurait pu découvrir son secret et le faire chanter ?

— Il m'en aurait parlé, j'en suis sûr.

Son regard passa de l'une à l'autre.

— Il aimait Tommy Mariano. Il pensait que c'était un type vraiment bien.

— Tommy était gay ? demanda Kitt.

— Non, malheureusement. Nous le taquinions parfois à ce propos.

— Tommy savait que vous étiez tous les deux homosexuels ?

Il haussa les épaules.

— Bien sûr. Ce n'est pas un crime.

— Il savait que vous aviez une liaison avec le Pr Taylor ?

— Il l'a peut-être deviné. Nous ne nous présentions pas comme un couple, jamais. Rick devait protéger sa carrière.

— Et Matt Martin ?

— Qu'est-ce qu'il a à voir là-dedans ?

— Le Pr Taylor était à son enterrement. Il devait le connaître.

— Eh bien non.

Les yeux du jeune homme s'emplirent de larmes.

— Il vous a dit la vérité à ce sujet. Il voulait simplement lui rendre un dernier hommage. Et vous, vous y avez vu quelque chose de louche.

— Nous avions nos raisons pour être suspicieuses. Il nous a menti, Will.

Il enfouit de nouveau sa face dans ses mains tremblantes.

— Si seulement il n'était pas allé à cet enterrement, murmura-t-il, rien de tout ça ne serait arrivé… Il n'y aurait pas eu ce malheur.

Et si seulement Dan ne s'était pas proposé pour conduire la voiture de Tommy le soir fatal… Ou si seulement Tommy ne s'était pas soûlé au lieu d'avoir le courage de se confier…

M.C. comprenait l'amertume de Strong, son désespoir. Mais si elle se laissait aller à ces sempiternels « si seulement », elle serait bien vite happée par le regret.

— Je suis désolée, dit sincèrement Kitt.

Il leva un visage ruisselant de larmes vers elle.

— Allez vous faire foutre ! Vous n'auriez pas pu lui foutre la paix ? Il n'a jamais fait de mal à personne…

Il éclata en sanglots. Indifférente, M.C. lui passa un paquet de mouchoirs en papier. A ses yeux, Taylor avait scellé son sort en leur mentant. S'il avait été sincère dès le début, elles auraient vérifié son alibi et seraient passées à autre chose.

Lorsque Strong se fut mouché, elle lui demanda :

— Vous saviez que Rick détenait un revolver ?

Il secoua la tête.

— Je n'ai pas d'autres questions, Will.

Elle jeta un regard interrogatif à Kitt. Sa partenaire indiqua qu'elle n'en avait pas non plus.

— J'appelle un agent pour qu'il vous ramène à la fac.

— Non, je vais appeler un ami.

Elle se leva.

— Si vous changez d'avis, faites-le-nous savoir.

Il hocha la tête et se leva à son tour, l'air hébété. M.C. le raccompagna jusqu'à l'ascenseur, appuya sur le bouton d'appel et prit congé de lui. La porte de la cabine se referma derrière lui et elle retourna dans la salle d'interrogatoire.

Kitt était restée assise, fixant la porte d'un air absent.

— Hé, partenaire ! Ça va ?

Kitt cligna des yeux.

— Non, ça va pas.

Elle se leva, rassembla ses affaires et ajouta :

— Je rentre chez moi.

M.C. ne cacha pas sa surprise. Elle consulta sa montre.

— Tu rentres chez toi ?

— Tu m'as bien entendue. Je me casse.

— Mais il n'est que…

— J'en ai rien à foutre de l'heure qu'il est. J'en ai marre. Je suis épuisée. Vannée. Et je rentre chez moi.

Elle enfila maladroitement son manteau.

— Si tu prends la moindre initiative, demande à White de t'accompagner. Ou à quelqu'un d'autre, je m'en fous. Je veux juste que tu me fasses un putain de rapport.

M.C. dévisagea sa partenaire, sidérée. Elle ne l'avait encore jamais vue aussi abattue, même dans les pires épreuves de l'affaire du tueur d'anges.

— Arrête de me regarder comme ça ! Tu piges pas ? Tu sais pas quel jour on est ? Je devrais être en train de faire mes bagages pour partir en vacances avec l'homme que j'aime ! Au lieu de ça, j'ai eu droit au spectacle d'un pauvre mec qui s'est flingué, à ces murs aspergés de débris de cervelle, à ces photos de pervers qui dénaturent l'acte d'amour.

Elle haussa le ton.

— Je sais pas pourquoi j'ai choisi de rester. Quel gâchis ! Quelle connerie !

M.C. lui tendit la main.

— Qu'est-ce que je peux faire, Kitt ? Dis-moi comment t'aider.

— Il n'y a rien à faire. Laisse-moi partir, c'est tout.

M.C. ne la retint pas, pleine de chagrin et de regret pour sa partenaire. Pour elle-même aussi. Pour leurs deuils. Pour tout ce qu'elles avaient sacrifié à leur carrière. Pour ce dont elles se privaient jour après jour pour faire leur travail. Pour ce dont Kitt se privait en ce moment.

D'un soupir, elle reposa le couvercle sur ses émotions bouillonnantes et se remit au travail.

36.

Mardi 27 janvier
11 h 10

Joe, malade, avait dû rester chez lui. C'est du moins ce que sa secrétaire, Flo, avait dit à Kitt lorsqu'elle était passée le voir à Lundgren Homes.

Flo s'était montrée froide avec elle. Kitt avait perçu du reproche dans le ton de sa voix.

Il était évident que Flo la tenait pour responsable des problèmes que traversait le couple. Mais qui d'autre aurait pu l'être ?

Sa faute. Entièrement sa faute.

La neige s'était mise à tomber. Une de ces chutes de neige féerique, toute en gros flocons cotonneux. Ceux qui blanchissaient les chapeaux et les cils, et qui piquaient agréablement la langue.

Sadie aimait ce genre de neige.

Kitt se gara dans l'allée, à côté du 4x4 de Joe. Elle sortit et marcha jusqu'à la porte de la maison.

Elle était venue implorer son pardon. Pour lui demander une autre chance. Et pour lui avouer cette vérité sacrée : elle n'envisageait pas la vie sans lui.

Après le divorce, Joe n'avait pas exigé qu'elle lui remette la clé de la maison — et elle n'avait d'ailleurs pas proposé de la lui rendre.

Il lui fallut pas mal de culot pour l'utiliser ce jour-là, et cependant c'est ce qu'elle fit pour entrer dans la maison.

— Joe, appela-t-elle doucement en ôtant son écharpe et son manteau. C'est moi.

Elle le trouva dans le petit salon, assis dans son fauteuil favori — un vieux fauteuil en cuir qui avait vu des jours meilleurs. Un feu se consumait dans l'âtre. Le téléviseur était éteint.

— Flo m'a dit que tu étais malade.

— Je vais très bien.

Elle aurait aimé en dire autant.

Il tourna la tête vers elle, la regarda droit dans les yeux.

— Je peux faire quelque chose pour toi ? demanda-t-il.

Il dit cela comme s'il s'adressait à une inconnue. Avec froideur. Avec une distance qu'elle ne lui avait jamais connue. Cela faisait mal. Cela l'effrayait.

— Tu me manques.

— Tu me manques aussi.

Il prononça ces mots sans émotion, comme si tout sentiment appartenait au passé. Et si elle l'avait perdu pour de bon ?

— J'ai fait une erreur. Je suis désolée.

Il ne fit aucun commentaire tandis qu'elle joignait les mains.

— J'ai ce sens ridicule du devoir, reprit-elle. Ce sens des responsabilités envers tout le monde.

— Tout le monde, sauf nous. Je ne sais pas si j'ai envie de vivre comme ça.

— Je peux changer.

— Ah bon ?

— Je t'en prie, laisse-moi essayer.

— Viens ici.

Il lui tendit la main. Elle la prit bien volontiers. Il la força à s'asseoir dans le fauteuil. Kitt savait fort bien s'ajuster au corps de Joe et ils se blottirent douillettement l'un contre l'autre. Comme ils l'avaient fait des centaines de fois auparavant.

Elle posa sa tête contre l'épaule de Joe. Il lui passa doucement les doigts dans les cheveux, d'un geste à la fois intime et distant.

— Je pensais à Sadie, murmura-t-il.

Elle sourit.

— Moi aussi. Juste avant d'arriver ici.

— Je me suis rendu compte d'un truc que je n'avais pas bien perçu sur le moment : c'était grâce à elle que tu trouvais ton équilibre. C'était pour la retrouver que tu revenais tous les soirs. Pas pour moi.

— Pas seulement pour Sadie, pour toi aussi, Joe.

— Laisse-moi finir. J'ai compris qu'elle me stabilisait aussi. Elle était là quand tu n'y étais pas, elle comblait un vide. Tu vois ce que je veux dire ?

L'émotion la submergea. Elle hocha la tête — elle n'aurait pas pu articuler la moindre parole, même si sa vie avait été en jeu.

— La perdre a tout changé, ajouta Joe.

Ses yeux s'emplirent de larmes. Elle aurait voulu crier que ce n'était pas vrai. Mais ce n'aurait été qu'une illusion. La mort de Sadie avait effectivement tout changé. Le délicat équilibre qui régentait leur vie de couple avait été définitivement chamboulé.

Elle se tourna et pressa doucement son visage contre le sien.

— Qu'est-ce que tu essaies de me dire, Joe ?

— On ne peut pas revenir en arrière. Parce que notre petite Peanuts n'est plus là.

Des larmes se mirent à couler sur les joues de Kitt.

— Ne dis pas ça. On peut essayer.

— Tu n'arrives toujours pas à combler ce vide, Kitt. Et je n'ai pas le droit de te demander d'essayer.

— Je vais démissionner de la police. J'en ai assez. Je suis prête à vivre comme une personne normale. Comme quelqu'un dont le boulot ne consiste pas à se retrouver devant un mur plein de débris de cervelle, comme ce matin.

— Merci pour les détails.

Il dit cela avec légèreté, mais cette ironie était, hélas, fondée. Les gens normaux, qui mènent des vies ordinaires, n'ont pas à relater de tels détails.

— Tu t'ennuierais ferme. Tu me détesterais à cause de ça.

— Non, promis. J'ouvrirai un salon de thé.

Il éclata de rire.

— Je parle sérieusement, Joe. Je ne peux pas vivre sans toi.

Il soutint son regard.

— J'ai failli te croire.

Le téléphone portable de Kitt se mit à vibrer contre sa hanche. Elle lut dans le regard de Joe quelque chose qui s'apparentait à de la tristesse.

— Réponds, dit-il. Puisque tu en as envie.

Ce dont elle avait vraiment envie, c'était d'être sourde à l'appel du devoir, de laisser l'appareil prendre le message. Quelle que soit la raison pour laquelle on l'appelait, cela pouvait bien attendre une demi-heure.

Mais elle n'y parvint pas. Elle n'était pas faite ainsi.

— Lundgren à l'appareil.

C'était Nan.

— Salut, inspecteur. Je me suis dit que vous aimeriez savoir que vos commissions rogatoires sont arrivées.

Celles qui permettraient de contrôler les dossiers bancaires de Tommy et de Martin.

Kitt remercia la secrétaire et replaça son téléphone dans son étui.

— Il faut que tu y ailles, dit Joe.

— Oui, il faudrait.

Elle ne fut pas sûre de l'avoir entendu soupirer ou de l'avoir imaginé. Aucune importance, cela ne changeait rien à sa résolution.

— Il faudrait, répéta-t-elle. Mais je reste.

37.

Mardi 27 janvier
14 h 45

M.C. attendait avec impatience son tour dans la file des voitures qui s'étirait devant un restaurant drive-in. Son estomac gargouillait. Elle n'avait avalé que du café depuis son petit déjeuner, et elle sentait qu'elle ne serait plus bonne à rien si elle ne mangeait pas au plus vite un morceau.

La voiture qui la précédait avança de quelques mètres. Elle lui colla au train. Le départ de Kitt la mettait dans une situation délicate : Sal avait accepté qu'elle suive l'enquête de près, certes, mais pas qu'elle y prenne une part active. Elle avait donc déserté le bureau, pour l'éviter ainsi que le reste de ses collègues, jusqu'à ce que Kitt retrouve la pêche et revienne bosser.

C'était le moins qu'elle puisse faire. Elle éprouvait durement les peines de son amie. Elle s'en voulait parce que le couple que Kitt et Joe avaient fait tant d'efforts pour reconstruire était de nouveau en danger. A cause d'elle.

Non, pas à cause d'elle. A cause de l'amitié qui la liait à Kitt. A cause de leur loyauté mutuelle.

Kitt était la meilleure amie qu'elle ait jamais eue. Mais quel genre d'amie avait-elle été en retour ? Elle aurait dû refuser l'aide de Kitt, elle aurait dû insister davantage pour que celle-ci parte en vacances avec Joe.

M.C. avança de nouveau de quelques mètres. Cette fois, elle était la prochaine à devoir être servie. Son téléphone portable se mit à vibrer.

— Riggio à l'appareil.

— M.C., c'est Sam. J'ai trouvé Zoe.

Sa voix était tremblante.

— Je suis tombée sur elle au A-List.

Un restaurant fréquenté par des étudiants à l'heure du déjeuner. Soudain, son appétit passa au second plan.

— Elle est toujours là ?

— C'est pas elle qui a tué Tommy, dit-il au lieu de répondre. Je lui ai demandé.

Elle fronça les sourcils.

— Je croyais t'avoir dit de nous laisser mener notre enquête.

— C'est pas elle, M.C. Je la crois.

— C'est à moi d'en juger. Elle est toujours là ?

— Non, mais je sais où elle est.

— Dis-le-moi. J'y vais de ce pas.

— Je peux pas.

— Comment ça ?

— Je lui ai promis de pas le dire.

— Tu lui as promis, à *elle* ? cria-t-elle avec fureur. Tommy est mort !

— Tu crois que je ne le sais pas ! cria-t-il à son tour. C'était mon frère et mon meilleur ami !

Un coup de Klaxon se fit entendre derrière elle. Elle s'aperçut que le conducteur qui la précédait avait commandé et était parti.

— Je t'obligerai à me le dire

— Non, tu n'oseras pas.

— Mon cul que je n'oserai pas, sale gosse !

Elle ne l'avait pas traité de sale gosse depuis le jour où il lui avait volé un soutien-gorge pour le montrer à ses petits camarades au collège.

— Elle a peur.

— Si elle est innocente, elle n'a rien à craindre.

— Ça, c'est des conneries, et tu le sais bien. C'est vous, les flics. Et vous la recherchez.

— Elle n'a pas peur de se balader en ville, en tout cas… T'y as pensé ?

— Tu n'arriveras pas à me faire changer d'avis, M.C.

— Retrouve-moi chez moi, dit-elle en jetant un coup d'œil à droite puis en s'extrayant de la file d'attente. Je me mets en route.

Sam l'attendait devant sa porte lorsqu'elle arriva chez elle. Il avait un air de chien battu, mais il semblait aussi plein de méfiance. Lorsqu'elle arriva à portée de voix, elle s'en prit à lui d'emblée.

— J'arrive pas à croire que tu prends parti pour cette fille ! C'est peut-être elle qui a tué ton frère.

— C'est pas elle.

— Ça, c'est ce qu'elle dit. Comment peux-tu en être certain ?

— Elle flippe complètement.

M.C. inspira profondément, s'efforçant de conserver son sang-froid.

— Tu me fais confiance ? demanda-t-elle.

— Bien sûr que oui.

— Tu trouves que je suis un flic efficace ?

Il n'hésita pas.

— Tu es formidable.

— Est-ce que tu crois que je pourrais te nuire ou à… ?

— Je vois où tu veux en venir, la coupa-t-il, mais…

Elle l'interrompit à son tour.

— Tu crois que je pourrais te nuire, disais-je, ou à toute autre personne innocente ?

— Non. Bien sûr que non, dit-il en roulant des yeux indignés.

— Alors, fais-moi confiance en ce qui concerne Zoe.

— Je peux pas. Mais elle est d'accord pour te rencontrer.

M.C. plissa des yeux.

— A quelles conditions ?

— Personne ne doit être au courant.

S'efforçant de contenir sa colère, elle compta mentalement jusqu'à dix avant de répliquer. Mais elle ne le fit pas moins d'un ton furieux.

— T'as perdu la tête ou quoi ? Tu te prends pour Colombo ou quoi ?

— C'est qui, Colombo ?

— Un personnage de feuilleton des années soixante-dix, un détective qui… Bref. Tu n'es pas un détective, c'est tout. Tu es Sam, point barre. Et, là, tu te la joues.

— Merci beaucoup.

— Excuse-moi, je ne voulais pas t'insulter.

— Bon.

Ses joues étaient devenues écarlates.

— Elle m'a donné ceci, reprit-il. Pour toi. En signe de bonne volonté.

Il sortit un sac en plastique à glissière transparent. Il y avait un téléphone portable dedans.

— C'est celui de Tommy, dit-il.

M.C. fixa le sac en plastique, le téléphone. Un Razor métallisé. C'était drôle : elle avait vu Tommy s'en servir des dizaines de fois et elle n'avait jamais remarqué quel type de téléphone portable c'était.

— C'est bien le sien, dit Sam comme s'il lisait dans ses pensées. Je l'ai appelé pour vérifier et ça a sonné.

Elle prit le sac et le brandit à la lumière, l'examinant soigneusement.

— Pourquoi l'a-t-elle pris ?

— Tu lui demanderas.

— D'accord. J'accepte ses conditions.

— Tu n'en parleras à personne, insista-t-il Pas même à Kitt.

— Là, c'est pas possible. On forme une équipe, toutes les deux.

— Alors tant pis, Zoe refusera.

M.C. tourna les talons et s'éloigna de quelques pas en respirant profondément, cherchant à contrôler sa colère. Qu'est-ce que cette fille avait à gagner en inventant tout ça ? Et, si Zoe était sincère, qu'est-ce que M.C. avait à perdre si elle ne rentrait pas dans son jeu ?

Beaucoup, en fait. Elle n'avait donc guère le choix. Et s'il s'avérait que la fille racontait des conneries, cela annulerait l'arrangement.

Elle fouilla le regard de Sam, tout en pesant le pour et le contre.

— D'accord, dit-elle enfin. Mais elle a intérêt à être réglo. Ou vous le regretterez tous les deux.

Son nom complet était Zoe Elizabeth Petersen. Pendant toute leur conversation, elle était restée cachée sur le siège arrière de la voiture de Sam, sous une couverture. Et en effet elle avait l'air complètement terrifiée.

— Je n'ai pas tué Tommy, dit-elle lorsque M.C. l'eut fait entrer chez elle et fait asseoir sur le canapé. C'était mon ami et je…

Elle jeta un coup d'œil à Sam, les joues rosies, et ajouta :

— Je l'aimais.

Elle avait beau pleurnicher et se tordre les mains, M.C. demeura indifférente à ces manifestations de chagrin et lui demanda :

— Comment t'es-tu retrouvée dans son appartement, ce matin-là ?

— Je connaissais son emploi du temps, commença-t-elle d'un ton hésitant. Je savais qu'il serait là. Je voulais le voir. La veille, il avait… rompu. Il m'avait dit qu'il ne voulait plus me revoir.

Sa voix se fit tremblante.

— Je savais que je pouvais l'amener à m'aimer. Je le *savais*. C'est pour ça que je suis allée chez lui ce matin-là. Pour le supplier et lui dire que je ferais n'importe quoi pour qu'il m'aime.

Son ton semblait sincère. M.C. eut soudain pitié d'elle. Elle était trop jeune pour savoir qu'on ne peut pas obliger quelqu'un à vous aimer. Cela ne marche jamais.

— Tu dis que tu étais prête à tout. Comme le tuer, par exemple ? S'il t'avait envoyée paître, tu aurais été prête à le tuer, Zoe ?

— Non !

Ses yeux s'emplirent de larmes.

— Impossible ! Je l'aimais !

Impossible ? La frontière entre l'amour et la haine était fragile. Aussi fine qu'une lame de rasoir — et aussi tranchante. M.C. avait trop souvent vu les blessures que cette ambiguïté pouvait parfois infliger.

— Bon, tu arrives chez lui… Qu'est-ce qui se passe ensuite ?

— Comme il ne répond pas, j'entre.

— La porte n'était pas verrouillée ?

— Je savais où il rangeait le double de la clé.

— Ensuite ?

Elle ouvrit la bouche mais aucun son n'en sortit. Elle ferma les yeux bien fort, comme pour chasser l'image qui la hantait.

Sam lui posa le bras sur l'épaule.

— Je sais que c'est horrible, chuchota-t-il. Mais il faut que tu te confies à M.C. Elle seule peut t'aider.

La fille hocha la tête. M.C. remarqua que ses poings étaient serrés.

— J'ai entendu la douche couler. J'ai appelé. Comme il ne répondait pas, j'ai ouvert la porte, j'ai passé la tête et j'ai appelé de nouveau.

Elle déglutit avant de poursuivre :

— Il ne… répondait toujours pas. Alors je suis allée vers le bac à douche, j'ai soulevé le rideau. Tommy était… Il y avait du sang… Je…

Elle se tourna vers Sam et appuya sa tête contre le flanc du jeune homme.

— Pourquoi as-tu pris son téléphone ?

— Je sais pas.

— Ne me raconte pas de conneries.

— Je le jure ! Il était là, sur le meuble de la salle de bains. Quand je me suis tournée pour partir, je l'ai vu et j'ai… Je l'ai pris, quoi…

— Excuse-moi, Zoe, mais cette version ne me convainc pas.

— C'est la vérité ! Je…

Elle tremblait si violemment qu'elle dut serrer les lèvres un instant pour retrouver la force de parler.

— Pourquoi t'es-tu enfuie ? Tu dis que tu ne l'as pas tué, que tu étais amoureuse de lui. Alors pourquoi t'enfuir ?

— J'avais peur. J'ai cru entendre quelqu'un marcher dans l'appartement. J'ai pensé que c'était la personne qui avait tué Tommy… J'ai pris le téléphone et je me suis barrée.

— Quand tu es entrée dans l'immeuble, est-ce que tu as vu quelqu'un partir précipitamment ? Quelqu'un qui aurait pu fuir les lieux du crime ?

— J'étais perdue dans mes pensées… Je sais pas… Oui, peut-être. Il y avait quelqu'un… Dans l'escalier.

— Une femme ou un homme ?

— Un homme.

— A quoi ressemblait-il ?

— Je l'ai à peine regardé.

— Grand ? Petit ? Blond ? Brun ? Blanc ? Noir ?

— Je sais pas ! cria-t-elle en implorant Sam du regard. Un type, quoi. Moi, je pensais à ce que j'allais dire à Tommy. Je vous dis la vérité !

M.C. observa la fille. Son histoire était dure à croire. Mais, chose étrange, elle ne sonnait pas faux.

— Et quand tu es partie, demanda M.C., tu n'as vu personne ?

— Une bonne femme. Avec un sac à provisions. J'ai failli lui rentrer dedans.

M.C. se rendit compte qu'elle avait besoin de Kitt. Elle avait besoin que sa partenaire l'aide à s'y retrouver. Pour faire le tri et analyser froidement.

Elle dut admettre qu'elle avait merdé. En acceptant cette rencontre officieuse, elle n'aurait aucun enregistrement de l'entretien, et elle n'avait personne à ses côtés qu'elle puisse consulter. Mais à quoi s'attendait-elle ?

Une occasion s'était présentée et elle avait sauté dessus. Ça, c'était déjà du passé. A présent, il fallait qu'elle se concentre sur ce qu'il convenait de faire désormais.

Elle se tourna vers Zoe.

— Pourquoi es-tu venue ?

— Que voulez-vous dire ?

— Pourquoi as-tu accepté de me parler ?

— Sam m'a dit que c'était important. Et que vous me croiriez.

— Tu accepterais de rédiger ta version des faits et de la signer ?

Elle la regarda d'un air hébété.

— Je crois bien.

— Parfait. Je t'apporte du papier et un stylo. Et pendant que tu fais ça, je vais examiner le téléphone de Tommy.

38.

Mardi 27 janvier
19 h 45

M.C. était assise à la table de sa cuisine, les yeux rivés sur le petit bout de papier devant elle, sur l'unique mot qui y était imprimé.

Breakneck.

Quand elle avait ouvert le téléphone portable de Tommy, le bout de papier était tombé en voltigeant sur le sol. Zoe avait juré que ce n'était pas elle qui l'avait placé là. Après avoir empoché le téléphone, assurait-elle, elle n'y avait pas touché, sauf pour le mettre dans le sac à glissière en plastique.

M.C. plissa les yeux. C'était Tommy qui l'avait imprimé, elle en était presque certaine. Il n'écrivait jamais en cursif, sauf sa signature. Mais il attachait beaucoup d'importance à la lisibilité, et il avait l'écriture soignée d'un comptable.

Qu'est-ce que cela pouvait bien signifier ?

Sam et Zoe étaient partis deux heures auparavant. Depuis, M.C. avait passé son temps à tenter d'analyser les derniers développements de son enquête — et à réfléchir à sa prochaine initiative.

Zoe avait rédigé et signé une déposition, mais cela ne changeait rien au fait que M.C. avait mis son emploi en danger et trahi la confiance de Kitt. M.C. se frotta les yeux. Sal avait raison, ainsi que

Kitt. Elle était trop proche de ce dossier. Trop proche des personnes impliquées dans cette affaire.

Mais, en vérité, elle s'en fichait. Elle voulait attraper l'assassin de Dan. Et celui de Tommy. Et elle ferait le nécessaire, quoi qu'il lui en coûte, pour y arriver.

Elle se leva, marcha jusqu'à l'évier et regarda par la petite fenêtre qui le surplombait. Le clair de lune faisait luire la neige et cela lui rappela la nuit où Dan lui avait proposé de l'épouser. Ce souvenir provoqua un moment de nostalgie — et de tristesse.

Elle refoula ses émotions, se força à penser à Zoe. Qu'attendait-elle, au juste, de M.C. ? Et que déduire de son récit ?

Elle tourna le dos à la fenêtre et à la nuit claire. Son regard se posa sur le téléphone de Tommy. Il faudrait qu'elle le confie aux collègues de l'Identification pour qu'ils se livrent à des relevés d'empreintes et d'ADN.

Comment allait-elle expliquer sa présence entre ses mains ? A Sal ? Et à Kitt ?

Un nouveau mensonge en perspective.

Dire la vérité à Sal reviendrait à se faire éloigner sur-le-champ de l'enquête, voire à se faire virer de la police. La dire à Kitt mettrait sa partenaire dans l'obligation d'avoir à mentir pour couvrir M.C.

Elle n'allait pas faire ça à Kitt. Elle avait déjà fait assez de dégâts, dans la vie de son amie, comme ça.

Son téléphone portable se mit à vibrer contre sa hanche.

— Inspecteur Riggio, ici l'agent Smith.

Refiler le téléphone à Smith, se dit-elle alors. Le FBI pouvait procéder aux analyses en moitié moins de temps que ses collègues ne mettraient à le faire. Et les supérieurs de Smith se contenteraient d'apprendre qu'il l'avait obtenu d'un membre de la police locale.

Cette pensée lui donna l'impression de trahir ses collègues.

— Il faut qu'on parle, dit Smith.

— Je suis tout ouïe.

— Pas au téléphone.

— On dirait que c'est mon jour de chance.

— Pardon ?

— Eh oui… Moi aussi, j'ai des nouvelles. Entre autres, le Pr Taylor s'est suicidé.

Elle entendit l'homme inspirer dans l'émetteur.

— Quand ça ?

— Hier soir. Il s'est mis un revolver dans la bouche et a appuyé sur la détente.

— Cela complique les choses.

— Pas forcément. Il se peut qu'il n'ait rien à voir avec les meurtres. En fait, je ne crois pas à sa culpabilité.

— Alors pourquoi s'est-il flingué ?

— Je vous en dirai plus quand on se verra. Où et quand ?

Smith lui proposa de dîner ensemble à Loves Park, localité limitrophe de Rockford. M.C. accepta — et, une demi-heure plus tard, elle était assise en face de l'agent. L'endroit était typique de Loves Park, avec ses boxes en vinyle orange et ses serveuses permanentées en uniformes criards assortis à la décoration.

— Vous êtes déjà venue ici ? demanda Smith.

— Jamais.

— Ils proposent d'incroyables cookies maison. On peut en commander une assiette pleine.

Rien n'était plus vrai. Et l'agent Smith ne s'en était pas privé. Avec une bonne pinte de lait pour faire passer le tout.

Ce superagent du FBI qui se goinfrait de cookies et les trempait dans son verre de lait avant de les dévorer laissait M.C. rêveuse.

Elle se contenta d'une tasse de café et, sur l'insistance de l'agent Smith, d'un cookie.

— Vous n'êtes pas un agent du FBI typique, fit-elle remarquer.

Il sourit.

— Vous voulez dire : un pur et dur, un peu constipé ?

— Oui, à peu près.

— Ne vous laissez pas abuser par mon goût pour les cookies. Je suis efficace dans mon boulot. Mais ce n'est pas une raison pour avoir l'air d'être un connard plein de morgue.

— Quand même, ça ne cadre pas. Pourquoi avoir choisi le FBI ?

— Travailler pour l'Etat fédéral, j'ai ça dans le sang. Mon père était un chercheur au service de l'Etat, ma mère travaillait comme linguiste dans la Marine nationale. Ils étaient tous les deux de brillants scientifiques, d'ailleurs. Et très instruits. Ils ont insisté pour que je le sois aussi. Je parle russe, espagnol, allemand, français et italien. Mais pas arabe, malheureusement. Un jour, je suis tombé sur une campagne de recrutement du FBI, et j'ai cru que ce serait une bonne idée. Et votre famille, à vous ?

— On est de la classe ouvrière de Rockford depuis plusieurs générations.

M.C. ajouta un peu de lait à son café.

— Mon père, poursuivit-elle, était postier et maman, femme au foyer. Elle m'a élevée, ainsi que mes cinq frères. Elle passait son temps à nous faire à manger et à nous botter le cul.

— C'est comment, grandir dans une famille aussi nombreuse ?

— Chaotique. Tous les jours, il fallait se battre pour arracher la dernière côtelette, ou prendre une douche quand il y avait encore de l'eau chaude. De l'agitation et du bruit, en permanence. Et vous ?

Il sourit.

— L'enfant unique typique. Pourri gâté.

— J'aime beaucoup papoter, agent Smith, mais je me demande pourquoi vous m'avez appelée…

Il engloutit un cookie avant de sortir une grande enveloppe de la serviette qu'il avait posée à ses pieds.

— J'ai obtenu le dossier bancaire de votre cousin.

Il fit glisser l'enveloppe sur la table.

— Six comptes courants. Dont un seul m'a l'air légitime. Regardez.

— Je l'ai déjà consulté.

— Vous allez vite, pour une policière locale.

— Même les policiers locaux peuvent avoir de bons contacts. Et celui de Martin ?

— Même tableau. Je suis désolé.

— Pourquoi donc ?

— Je sais que vous auriez aimé que votre cousin soit innocent. Il n'y avait pas d'« ami », inspecteur Riggio. Nous avons fait un petit calcul : votre cousin a engrangé cent mille dollars de revenus non déclarés l'an dernier. Ce qui n'inclut pas ce qu'il gagnait comme comptable et les dons que lui faisait sa famille.

Tu pourrais en apprendre de belles sur ton cousin… Et même sur Dan, d'ailleurs… Des choses que tu n'aurais pas aimé savoir.

— Le premier des comptes suspects a été ouvert en juillet, l'année dernière. Les autres n'ont pas tardé à suivre. Je suis désolé, répéta-t-il.

Elle n'aurait jamais pris Tommy pour un voleur. Jamais.

— Moi aussi. Je veux quand même choper le salaud qui l'a tué.

— Il y a davantage, dit-il. Quelque chose dont je n'ai pas cru devoir vous parler jusqu'à présent.

— Vraiment ? Quelle surprise ! J'en suis choquée…

Smith ne tint pas compte du sarcasme.

— Tommy m'a appelé non pas une fois, mais deux, en fait. La deuxième fois, il m'a dit que son « ami » avait touché le gros lot. Un compte où se trouvait un demi-million de dollars, facile à pirater.

Il se pencha vers elle.

— Supposons que Tommy ou son « ami » utilisent la technique du « Jumeau maléfique ». Un quidam peu méfiant se connecte sur sa banque pour faire un virement ou pour avoir l'état de son compte.

— Mais il s'est connecté, en fait, sur un réseau Wi-Fi piraté.

— Exactement. Notre homme vient de livrer ses numéros de comptes bancaires et ses mots de passe. Mais les pirates ne peuvent pas se présenter à la banque pour retirer une telle somme en espèces, c'est trop risqué. Même avec de fausses pièces d'identité.

Smith but une dernière gorgée de lait.

— Alors, ils procèdent à des transferts de fonds en ligne, usant de fausses factures en ligne pour justifier des virements sans éveiller de soupçons. Des virements qui sont inférieurs aux seuils de contrôle des banques.

— Sur différents comptes…

— Qu'ils s'empressent de liquider.

Identifiant. Mot de passe. Clés du royaume.

— Tout est électronique dans cette combine, dit Smith. Aucune intervention humaine.

— *Quid* du numéro de Sécurité sociale nécessaire pour ouvrir les comptes sur lesquels les sommes sont virées ?

— Ils utilisent des numéros piratés qui mènent à des innocents, dont certains ne savent même pas que leurs données ont été détournées.

— Le problème pour eux, dit M.C., c'est que les logiciels de sécurité signalent les mouvements au-delà de dix mille dollars par jour. Comment font les crackers pour contourner cet obstacle, au moment du détournement initial ?

— En effectuant des virements en ligne, dit Smith en baissant d'un ton. Nos crackers utilisent les données de la victime, qu'ils ont piratées afin d'accéder à son compte, pour « honorer des factures ». Huit mille dollars pour TAM Enterprises, six mille pour Mariano Bros, etc. Les comptes ouverts par Tommy s'y prêtent à merveille, ce sont tous des comptes courants de petites entreprises. Avec cette méthode, cela ne leur prend pas trop longtemps pour transférer de grosses sommes par petits bouts.

— Vous vous attendiez à retrouver le demi-million de dollars sur les comptes de Tommy ?

— Je croyais qu'il y avait une bonne chance d'en retrouver une partie. Sur les siens ou sur ceux de Martin.

— Est-ce que quelqu'un a signalé le vol ?

— Non.

— Pourquoi pas ? demanda-t-elle. Ça fait beaucoup d'argent, quand même.

— Vous seriez étonnée par le peu d'attention que certaines personnes prêtent à leurs comptes. Cet imbécile ne s'est peut-être pas encore rendu compte de sa perte.

M.C. prit un air pensif.

— Ou peut-être, supposa-t-elle, que c'est de l'argent dont on ne peut pas signaler la perte.

— Je n'y avais pas pensé, dit Smith.

— Ou peut-être qu'ils n'ont pas réussi à mettre la main dessus, finalement.

— Quelqu'un a pris cet argent. Le tout, c'est de savoir qui le détient actuellement.

M.C. digéra les propos de l'agent spécial, déplaçant dans sa tête les pièces du puzzle en quête de cohérence.

— Voici ce que je pense, reprit Smith. Tommy a été tué par des membres de la bande qui voulaient garder tout l'argent pour eux. Peut-être même par cet « ami » qui a découvert l'argent et que Tommy voulait protéger. Cinq cent mille dollars peuvent fort bien transformer un ami en ennemi.

— Quand Tommy vous a contacté, ils l'ont su et se sont dit qu'il n'y avait pas d'autre solution que de le tuer.

Il hocha la tête.

— Oui.

— D'accord, mais pourquoi tuer Martin ?

— Il devait être au courant, lui aussi, pour l'argent.

— Nous avons passé un accord, agent Smith, dit M.C. Pleine et entière coopération mutuelle. Pas de petits secrets.

— Mais, voyons, c'est ce que je fais. Sinon, je ne serais pas là.

Mais longtemps après les faits qu'il lui révélait. C'était typique du FBI, ce procédé : ils s'attendaient à une pleine coopération de la part de la police locale, mais rechignaient à retourner la politesse.

Cela l'agaçait. Mais elle pouvait agir de même.

Elle avait prévu de lui parler de Zoe. De Breakneck. De lui confier le téléphone de Tommy. Pas question, dans ces conditions. A partir de ce moment, elle ne révélerait des informations que lorsque cela servirait sa propre cause.

— Et Taylor ? demanda-t-il.

— Rien à voir avec les meurtres. On a trouvé des trucs pas clairs sur sa vie secrète, et il s'est suicidé de peur qu'elle ne soit révélée publiquement.

— Sa vie secrète ?

— Le bondage. Il aimait être dominé. Il avait sa petite salle de torture personnelle au deuxième étage de sa maison.

— Vous voulez que je me renseigne davantage sur lui ?

— Allez-y. A moins que le médecin légiste ne fasse des révélations imprévues après l'autopsie, sa mort sera classée comme suicide, et ça ne nous regardera plus.

— Quoi d'autre ?

— Rien du tout, dit M.C. prenant un malin plaisir à lui mentir.

Elle se leva.

— Merci pour le café.

En s'éloignant, M.C. souriait intérieurement. Elle était contente, au fond, que Smith se comporte ainsi. Cela rendait ses propres choix beaucoup plus simples.

39.

Mercredi 28 janvier
1 h 45

M.C. marchait. Ses pensées se bousculaient dans sa tête. Cinq cent mille dollars. Une somme plus que coquette. Qui, aux yeux d'un jeune de vingt-deux ans, pouvait sembler assez élevée pour une vie entière.

Assez élevée pour tuer.

Tout se tenait, à présent. Cinq cents plaques sur la table. Quelqu'un les voulait. Quelqu'un était prêt à tuer pour mettre la main dessus.

Ce n'était sans doute pas Tommy qui l'avait détenue, cette somme. Martin non plus. On en aurait vu la trace sur leurs comptes bancaires. Il lui fallait obtenir un mandat pour examiner aussi les finances de Taylor. C'était improbable mais il se pouvait bien qu'il les surprenne tous en s'avérant être le méchant de l'histoire.

L'agent Smith avait délibérément gardé par-devers lui des informations de première importance. Quelle surprise… Il avait été certain que l'argent se trouverait sur le compte de Tommy ou sur celui de Martin. Si cela avait été le cas, il aurait bouclé son enquête. Il n'aurait pas eu besoin de M.C., ni de Kitt.

Mais l'argent ne s'y trouvait pas — et Smith avait dû partager son petit secret avec elle.

M.C. jeta un coup d'œil à la pendule. *Presque 2 heures du matin.*

Mais elle ne pouvait plus dormir, maintenant, même au prix de sa vie.

Vas-y, Riggio, utilise ton énergie cérébrale.

Elle ne devait plus recourir à l'aide de l'agent Smith. Pas avant, du moins, d'avoir épuisé ses propres ressources et exploré ses propres pistes.

Que faire maintenant?

Joindre Sam pour commencer à analyser les numéros contenus dans le téléphone. Pour qu'il l'aide à faire concorder des noms et des numéros. Il avait proposé son assistance : c'était une manière de se rendre utile.

Son téléphone, fixé à sa hanche, se mit à vibrer, ce qui la fit sursauter.

— Riggio à l'appareil, dit-elle en décrochant.

— Debout, inspecteur. Il y a eu un homicide.

— Où ça?

— A Holly Grove. Une femme. Des agents sont sur place et ont sécurisé la scène du crime.

— Vous avez contacté Lundgren?

— Je l'ai appelée en premier. Elle n'a pas décroché, ni sur son fixe, ni sur son portable.

M.C. fronça les sourcils. Mauvaise nouvelle.

— Appelez l'inspecteur White et dites-lui de me rejoindre sur place. Lundgren est rentrée chez elle, hier en fin de matinée, elle avait la grippe.

Ou plutôt le cafard, songea M.C. en espérant que cet accès de déprime n'avait pas incité sa partenaire à noyer son chagrin dans l'alcool.

— M'en parlez pas, dit la préposée aux communications. Mon mari vient de l'avoir, il aurait préféré mourir.

Tout comme Kitt, si elle s'avisait de se remettre à boire car alors M.C. se chargerait personnellement de lui remonter les bretelles.

M.C. remercia la femme et raccrocha. En moins de cinq minutes, elle s'habilla, se brossa les dents et se coiffa avant de sortir de chez elle, goblet de café à la main.

Il neigeait par intermittence depuis la veille et une couche de trois centimètres de neige couvrait le sol. Les chasse-neige étaient déjà de sortie ; elle entendit le vrombissement d'un de ces engins non loin de là et vit que sa rue avait déjà été déblayée.

Pendant que le moteur de son 4x4 chauffait, elle composa le numéro de portable de Kitt. Comme elle s'y attendait, sa partenaire ne répondit pas.

— Salut, Kitt. Je suis en route vers une scène de crime. Il faut qu'on cause. Sors ton derrière de ton lit, feignasse, et rappelle-moi.

Dix minutes plus tard, elle s'arrêtait devant un pavillon des quartiers est. Un étage, tout en brique, jolie maison. Pas luxueuse, mais confortable. Une porte d'entrée accueillante, vert prairie, encadrée de lumignons.

Pas si accueillante, ce soir-là, hélas ! Un ruban délimitant interdisait l'accès du jardinet aux badauds et deux voitures de patrouille étaient garées devant, illuminant les alentours de leurs gyrophares.

Le remue-ménage avait réveillé les voisins. Les lumières du pâté de maisons s'allumaient les unes après les autres.

White se gara derrière elle et elle l'attendit, malgré le froid.

— Désolée de te tirer du lit comme ça.

— Ça ira.

Son sourire éclatant contrastait avec sa peau sombre.

— C'est pas que je sois mécontent d'être là, reprit-il, mais où est donc ta fidèle compagne ?

— Elle a pris froid. C'est peut-être la grippe.

M.C. vit bien qu'il n'y croyait qu'à moitié mais préféra ne pas insister.

— Alors ? demanda-t-il à l'agent chargé d'interdire l'accès à la scène du crime.

— Une morte. Jenny Lindeman. Elle habitait dans l'appartement en sous-sol. Ses parents logent à l'étage.

— Ils y sont, là ?

Le jeune agent hocha la tête.

— C'est la mère qui l'a trouvée. L'appartement avait une entrée particulière, par-derrière. On dirait que le meurtrier est entré par là.

— Quoi d'autre ? demanda M.C. en signant le formulaire de présence.

— Rien, si ce n'est qu'elle venait de fêter son vingt et unième anniversaire.

— Et merde ! dit White. Sale affaire…

Ils prirent le passage qui menait à l'entrée du sous-sol. Un autre agent était en faction, tapant du pied pour combattre le froid, l'air pitoyable. La victime était allongée juste de l'autre côté de la porte. Elle était vêtue d'un pantalon de pyjama et d'un sweat-shirt sur lequel était inscrit :

24 heures dans une journée…
24 canettes dans une caisse de Diet Coke…
Coïncidence ?

Pas de sang. Pas de traces visibles de violences corporelles. Ses yeux étaient ouverts, sa bouche fermée. Sa tête était orientée d'une drôle de manière. Comme celle d'une poupée malmenée par une enfant gâtée.

Une jeune femme. Une fracture apparente du cou. Merde.

M.C. se tourna vers l'agent en faction.

— Fouillez-moi cet appartement. Je cherche un ordinateur. N'importe quel ordinateur.

— Tu te rappelles le jour de tes vingt et un ans ? demanda White en s'accroupissant près du corps.

— Tu parles ! J'ai deux frères aînés. Ils m'ont emmenée faire la tournée des bistrots. J'étais tellement bourrée que j'ai vomi sur le siège arrière de leur bagnole.

— Ça leur apprendra.

— C'est ce que mon père en a conclu. Et toi ?

— Ça s'est passé un peu de la même manière…

Il désigna le cadavre de Jenny Lindeman et dit :

— Je me demande quel genre de fête elle avait organisée…

— Pas d'ordinateur ! cria l'agent. Mais y a beaucoup de trucs qui vont avec un ordinateur.

Et de trois. M.C. se tourna vers l'agent.

— Vous êtes sûr ? C'est important.

— Oui, oui. J'en suis certain, répondit-il d'un ton agacé.

White fronça les sourcils.

— Les meurtres de Mariano et de Martin… y avait pas un rapport avec des ordinateurs ?

— Qui manquaient. Oui, en effet.

Elle prit son téléphone et l'ouvrit en grand.

— Vérifiez quand même dans les placards, sous les lits, dit-elle. Juste pour en avoir le cœur net.

M.C. composa le numéro de Kitt. Déprime ou pas, il fallait que la Belle au bois dormant sorte de son plumard.

Et si Kitt avait besoin d'aide, M.C. la lui fournirait — sous forme d'une voiture de patrouille et d'une paire de collègues privés de sommeil pour venir la chercher.

40.

Mercredi 28 janvier
4 h 5

Kitt grogna et se força à ouvrir les yeux. La sonnerie de son téléphone portable, posé sur la table de nuit, lui faisait l'effet d'un avion au décollage.

Elle s'empara de l'appareil tout vibrant.

— Lundgren à l'appareil, marmonna-t-elle. *Buenos días.*

— C'est M.C. Qu'est-ce que tu baragouines ?

Kitt s'éclaircit la gorge, jeta un coup d'œil à la pendule et grogna de nouveau. *4 h 5. Merde.*

— Kitt, je ne voudrais surtout pas te déranger, mais…

— *No comprendo.* Je suis en vacances.

— T'es bourrée ?

Voilà qui parvint jusqu'au cerveau de Kitt et la tira de sa somnolence.

— Non, je ne suis pas ivre. Et je n'apprécie pas du tout cette question.

— Etant donné les circonstances, elle peut se justifier, pourtant.

Kitt porta son regard sur Joe avant de rapprocher le téléphone de sa bouche.

— Rassure-toi, partenaire. Je n'ai pas rechuté.

— Heureuse de l'apprendre. Il y a eu un autre meurtre. J'ai besoin que tu me retrouves sur place.

— T'as pas pigé ? Il y a toujours un autre meurtre. Je prends une journée de congé.

— Kitt, écoute… Une autre victime. La troisième…

— Donc, on est sûr que ce n'était pas Taylor, maintenant.

— Non, ce n'était pas Taylor. Et ce meurtrier-là ne chôme pas.

Luttant contre sa subite envie de sortir des draps, Kitt serra le téléphone bien fort. Elle avait décidé de passer la journée avec Joe. Elle avait fait une croix sur dix jours de vacances au Mexique, mais elle n'allait pas renoncer à cette journée avec Joe.

— Appelle l'inspecteur White. J'ai la grippe…

Merde. Et merde.

Non, ça ne comptait pas. Il y aurait toujours des meurtres, des victimes. Aujourd'hui, elle faisait relâche.

— Je ne viens pas.

— Son cou a été brisé. Son ordinateur a été emporté.

Kitt ferma les yeux.

— Pourquoi aujourd'hui, M.C. ?

— C'est pas moi qui l'ai tuée. Je suis désolée, Kitt. Je vais avoir besoin de toi pour interroger la famille de la victime. Merde, je ne suis même pas censée être là sans toi. Si Sal apprend ça, il nous fera passer un mauvais quart d'heure à toutes les deux.

A côté d'elle, Joe remua. Elle se glissa hors du lit aussi délicatement que possible. Mais pas assez, car Joe ouvrit un œil.

— Chérie ?

— C'est M.C., chuchota-t-elle.

Il sourit d'un air endormi.

— Dis-lui que je lui passe le bonjour.

A l'autre bout du fil, M.C. inspira profondément.

— C'était Joe ? Tu as passé la nuit avec Joe ?

— Ça ne te regarde pas. J'arrive.

Kitt raccrocha, rassembla ses vêtements et alla dans la salle de bains pour s'habiller. Lorsqu'elle en sortit après avoir vidé sa vessie, s'être habillée et coiffée, elle trouva Joe éveillé, qui l'attendait. Il sourit de nouveau.

— Qu'est-ce qui se passe ?

— Je suis désolée. Il faut que j'y aille. Je reviens vite C'est promis.

— Fais ce que tu as à faire, Kitt.

— Je veux passer la journée avec toi. J'y tiens.

— C'est exactement ce dont je parlais hier…

— Je ne veux pas y aller, mais il le faut.

— Je ne te demande pas de rester, merde ! Ecoute-moi… On est comme on est, tous les deux. Il faut tenter de résoudre ce problème, essayer de voir si ça peut quand même marcher entre nous. Mais dis-toi bien qu'il n'y a pas de demi-mesure possible.

— On y arrivera, dit-elle.

Elle alla jusqu'au lit, se pencha et déposa un baiser sur sa joue.

— Je vais régler cette affaire aussi vite que possible, et puis je reviens. Je signerai le formulaire, j'aiderai les collègues à procéder à la fouille et aux interrogatoires de voisinage, et puis je refilerai le reste du boulot à M.C. et à White.

— Kitt, tant pis si tu peux pas revenir…

— Je pensais à des crêpes à la banane pour le petit déjeuner et à des *nachos* ce midi.

Avant qu'il n'ait le temps de réagir, elle l'embrassa et s'éclipsa.

Un quart d'heure plus tard, elle arrivait sur la scène du crime. Typique, cette situation, songea-t-elle. Elle en connaissait tous les protagonistes, pouvait anticiper chacun de leurs gestes.

Tous les protagonistes, sauf la victime. Chacun de leurs gestes, sauf ceux que le tueur allait faire ensuite.

Elle trouva M.C. en compagnie de Francis, lequel était accroupi à côté du corps inerte.

— Coup brisé, dit-il. Rapide et efficace.

— Aucun signe de lutte, dit M.C. en regardant Kitt. Les mains sont propres.

Kitt porta son regard sur l'entrée de l'appartement, prit note de l'emplacement de la porte par rapport à la position du corps.

— On dirait qu'elle a ouvert la porte, avant de reculer pour laisser le passage à son visiteur. Et que c'est la dernière chose qu'elle ait faite.

— Le tueur est entré, l'a prise au cou.

— A part l'ordinateur manquant, rien de spécial à signaler ?

— *Nada*. Rien qu'on ait remarqué, en tout cas.

Francis s'éclaircit la gorge.

— Je vais faire procéder à des analyses toxicologiques, à tout hasard.

Kitt hocha la tête. Sang, urine, corps vitré de l'œil. La Sainte Trinité de la toxicologie criminelle.

— Je n'ai pas trouvé de panoplie de drogué, dit M.C. A première vue, elle ne touchait pas à la drogue.

— Bon, je vais finir de m'occuper des premières constatations, dit Francis. Si je trouve quelque chose d'inhabituel, je vous préviens.

Elles le remercièrent et s'éloignèrent.

— Les parents sont à l'étage ? demanda Kitt.

M.C. répondit par l'affirmative et elles sortirent dans la nuit glaciale.

Dès qu'elles furent hors de portée des oreilles indiscrètes, M.C. s'immobilisa et demanda :

— T'as dormi avec Joe, hein ?

— Je répète : ça ne te regarde en rien.

— Tu devrais être rayonnante.

— Ce n'est pas le cas ?

— Ça non, pas du tout, t'as l'air d'une pauvre chose.

— Je n'ai pas beaucoup dormi, si tu vois ce que je veux dire…

— Tu en dis trop, là…

— C'est toi qui as demandé…

M.C. se mit à gravir les marches.

— On dirait que vous êtes en train de vous rabibocher.

— Peut-être. Mais me faire venir ici, comme ça, ça n'aide pas…

— Désolée, partenaire. Malheureusement, c'est pas moi qui fixe les règles. De plus, tu es la seule personne qui connaisse aussi bien cette affaire que moi.

— Au travail, alors.

Kitt loucha sur sa montre, songeant aux crêpes à la banane, et ajouta :

— Ma grippe va faire sa réapparition dans deux heures, il se pourrait même que je vomisse.

M.C. secoua la tête.

— Tu me préviendras ? Je n'aimerais pas être près de toi quand ça arrivera.

Elles trouvèrent les membres de la famille de la victime blottis les uns contre les autres dans une grande salle commune accueillante. Quelqu'un avait allumé dans l'âtre un feu qui chauffait la pièce et l'illuminait agréablement.

Ils ne parlaient pas. Ne pleuraient pas. Ne se réconfortaient pas mutuellement. Ils étaient assis, l'air consterné, en silence. Lorsque Kitt et M.C. entrèrent dans la pièce, tous les regards se tournèrent vers elles. Elles y lurent de la colère et de l'espoir, de l'accablement et de l'impassibilité.

Un homme et une femme. Kitt devina tout de suite qu'ils étaient mari et femme, père et mère. Deux jeunes collégiens. Une adolescente.

— Je suis l'inspecteur Lundgren, dit doucement Kitt. Et voici ma partenaire, l'inspecteur Riggio. Nous sommes désolées pour votre deuil, croyez-le.

Personne n'ouvrit la bouche. La femme les regardait d'un air désespéré, le cœur battant.

— Il faut qu'on vous pose quelques questions.

La femme hocha la tête.

— Est-ce que les enfants… Ma sœur, leur tante, va arriver d'un moment à l'autre. Faut-il qu'ils restent ou…

— Ce serait mieux s'ils allaient l'attendre dans une autre pièce.

— Je les emmène, proposa l'adolescente en se levant. Venez, les gars. On va jouer sur la console Nintendo.

Les deux enfants se levèrent à leur tour et suivirent leur sœur hors de la pièce, non sans jeter des regards interrogatifs à leurs parents. La femme leur adressa un pâle sourire.

— C'est bon, les gars. Si vous avez besoin de nous, on est là, dit-elle.

Lorsqu'ils furent sortis, elle se tourna vers Kitt.

— Ils ne savent pas encore ce qui est arrivé et que Jenny a été…

Assassinée.

Un bien vilain mot. Le plus laid, peut-être, de tous les mots.

La femme ne parvint pas à le prononcer. L'homme baissa la tête.

Il faisait décidément chaud dans la pièce. Kitt déboutonna son manteau. Du coin de l'œil, elle vit M.C. faire de même.

— Quand avez-vous vu votre fille pour la dernière fois ?

— Un peu plus tôt dans la journée. Enfin, hier, quoi… Pour lui souhaiter… lui souhaiter un bon…

Elle jeta un coup d'œil à son mari avant que son regard ne revienne aux policières.

— C'était son anniversaire. Vous le saviez ?

— Oui, on me l'a dit. Je suis vraiment navrée.

— Regardez.

Elle désigna une photo encadrée qui ornait la table à côté de laquelle elle était assise.

— Elle était mignonne, hein ? La plus mignonne de mes bébés. Mon aînée…

Kitt se força à déglutir. Cela faisait mal. Elle compatissait avec cette femme, comprenait sa douleur. Même si elle avait eu trois autres enfants, Jenny avait été son premier enfant, son bébé. Et voilà que ce bébé n'était plus. Qu'on le lui avait brutalement enlevé.

M.C. intervint.

— Vous l'avez vue ?

— Oui, on a mangé un gâteau, on lui a offert des cadeaux.

— Comment a-t-elle célébré son anniversaire ? demanda M.C.

— On a fêté ça en famille. Comme je vous l'ai dit, un gâteau et des cadeaux…

— Est-elle sortie avec des amis ? Dans une boîte de nuit ? C'était son vingt et unième anniversaire…

— Non, elle est restée à la maison, dit brusquement l'homme d'une voix colérique. Comme d'habitude.

— Vous dites qu'elle n'est pas sortie ?

— Elle ne quittait pratiquement jamais sa machine.

— Quelle machine, monsieur Lindeman ?

— Ce putain d'ordinateur ! Je hais cette machine. J'aimerais qu'elle n'ait jamais été inventée.

— Chéri, ne…

— Je dirai ce que je pense !

Kitt se tourna vers lui.

— Parlez-moi de votre fille, monsieur Lindeman.

— Eh bien voilà, je ne suis pas du tout étonné par ce qui s'est passé. Si c'est pas malheureux… Ma fille est morte et je n'arrive à ressentir que de la rage…

Il ne trouva pas les mots pour poursuivre et regarda sa femme d'un air perdu.

— Tout a commencé quand elle était en sixième, murmura-t-elle d'une voix brisée. Elle s'est mise à avoir de mauvaises notes à l'école. A s'éloigner de ses amies. A passer de plus en plus de temps sur l'ordinateur.

— Et avant ?

— Avant, c'était une enfant normale ! aboya le mari. Heureuse. Sportive. Avec plein de copines sympas.

— On a essayé de lui enlever l'ordinateur, précisa la femme. On a essayé de l'obliger à y passer moins de temps. Mais elle nous faisait de ces colères…

— Des colères, répéta Kitt. Pouvez-vous nous les décrire ?

— Elle hurlait, jetait tout ce qui lui tombait sous la main. Elle nous insultait, proférait des menaces.

— Des menaces contre vous ?

— Oui. Et contre elle-même. Contre ses frères. J'étais terrifiée.

— Qu'avez-vous fait, alors ?

— On l'a emmenée consulter un psychologue. Il nous a dit qu'elle souffrait d'une dépression. Il lui a prescrit du Zoloft.

— Et les choses se sont arrangées ?

— Un peu. Pendant un temps. Elle semblait fonctionner normalement.

La femme lâcha un soupir déchirant.

— Et puis, un jour — elle était en quatrième —, elle a refusé d'aller à l'école.

— Refusé ?

— Oui. Elle s'enfermait dans les toilettes. Ni les menaces, ni les prières n'y faisaient rien. On l'a fait hospitaliser. Ça lui a fait du bien, mais pas longtemps.

L'homme intervint :

— Ces psychologues… Une bande de charlatans et de pompes à fric. Au fil des ans, ils ont diagnostiqué une cyclothymie, un trouble déficitaire de l'attention, un trouble oppositionnel avec provocation, une dépression... Chaque fois, un nouveau diagnostic, de nouveaux médicaments... Et aucun résultat durable.

— Ses années de lycée ont été un cauchemar, poursuivit la mère. J'ai démissionné de mon travail pour l'aider dans sa scolarité... Mais ça n'a fait qu'empirer.

— Alors, on l'a laissée quitter l'école, dit l'homme d'un ton de défi. Elle avait seize ans.

— Et ses amis ? demanda M.C. Vous en avez rencontré ?

— Rencontrer ses amis ?

L'homme laissa échapper un rire amer.

— Ses amis n'ont pas de visage, juste des noms d'emprunt sur le réseau.

— Elle avait un petit ami ?

— Revenez sur terre, inspecteur. Elle ne quittait pratiquement jamais sa chambre.

— Elle ne travaillait pas, donc ?

— Si, elle travaillait, dit la mère. Un travail à domicile, sur ordinateur. Elle gagnait assez pour nous payer un loyer et couvrir toutes ses dépenses.

Tout cela cadrait bien avec le profil type d'un cyberdélinquant.

— Hier soir, vous avez entendu quelque chose ? Vu quelqu'un ?

— Non.

— Un véhicule devant la maison ?

La femme éclata en sanglots. Kitt lui donna le temps de retrouver ses esprits.

La crise passée, Kitt demanda doucement :

— Est-ce que vos autres enfants passaient beaucoup de temps avec elle ?

Les deux époux secouèrent la tête en même temps.

— Les garçons ne la voyaient pour ainsi dire jamais. Et Robin, notre autre fille, essayait de communiquer avec elle, mais...

— Personne ne pouvait communiquer avec Jenny, dit l'homme en soupirant

Toute combativité semblait l'avoir abandonné.

— Même nous, ses parents, ajouta-t-il.

— Pourrions-nous interroger Robin ? Peut-être en sait-elle davantage que vous ne le pensez. Ou peut-être a-t-elle vu quelque chose, hier soir.

L'homme consulta sa femme du regard. Elle hocha la tête, avant de demander :

— Et les garçons ? Qu'est-ce que je… que nous leur disons ?

Elle était complètement perdue, remarqua Kitt. Comment annoncer ce genre de nouvelle à des enfants ?

Elle sortit une carte de visite et y inscrivit le nom d'une assistante sociale qui travaillait avec la police.

— Appelez cette femme. Elle vous aidera.

— C'est ce qu'on nous a toujours dit, murmura M. Lindeman. Mais personne ne nous a jamais aidés. Enfin, pas vraiment.

— Je suis profondément désolée, monsieur Lindeman, chuchota Kitt. Vraiment.

— Elle voyait encore un psychologue ? demanda M.C.

La femme s'essuya les yeux avec un mouchoir en papier.

— Oui… Il nous a dit que son état mental s'améliorait. Et c'est vrai qu'elle avait l'air d'aller un peu mieux.

— Nom de Dieu ! explosa l'homme. Elle ne va pas mieux, elle est morte !

Mme Lindeman se remit à sangloter. Son mari lui posa le bras sur l'épaule.

— Excuse-moi, ma chérie. Je suis à cran…

Il s'éclaircit la gorge et regarda les policières. Kitt aperçut des larmes dans ses yeux. Elle compatissait de tout son être avec lui, avec son épouse, avec toute la famille.

— C'est le Dr Erik Sundstrand, de *Kids in Crisis*, dit Mme Lindeman.

M.C. en eut le souffle coupé. Kitt s'efforça de dissimuler sa propre réaction.

Quelques instants plus tard, elles avaient bouclé leur interrogatoire et se dirigeaient vers leurs voitures. Elles atteignirent celle de M.C. en premier.

— Erik était le meilleur ami de Dan, dit Kitt. Ça fait un rapport entre Tommy et Jenny.

— Il y en a un qui est encore plus évident, dit M.C.

Kitt la regarda d'un air intrigué et M.C. précisa :

— Ma cousine Gina DeLuca. Erik Sundstrand est son patron.

Elle déverrouilla son 4x4 et ouvrit la portière.

— On se retrouve au centre de police, on décidera là-bas de la suite des…

— Attends un peu, dit Kitt en fixant la portière.

Elle épousseta la neige qui la recouvrait. Quelqu'un avait rayé la carrosserie du 4x4 de M.C. Et ce n'était pas un acte de vandalisme ordinaire. La personne qui l'avait commis avait laissé à M.C. un message personnel en traçant dans la peinture ces mots :

CE MEC ÉTAIT UNE CRAPULE.

41.

Mercredi 28 janvier
6 h 35

M.C. suivit Kitt jusqu'au centre de police et gara sa voiture à côté de celle de sa partenaire dans le parking. M.C. sortit de son 4x4, tremblante de colère. Elle claqua la portière et lut le graffiti une fois de plus.

Ce mec était une crapule.

Elle avait cru que ce connard avait décidé de lui lâcher la grappe. Apparemment, ce n'était pas le cas.

— Ça va ? demanda Kitt en claquant sa propre portière.

— Je suis furax. Ça fait trois fois, quand même.

— T'as une idée du moment où c'est arrivé ?

M.C. secoua la tête.

— N'importe quand depuis qu'il s'est mis à neiger hier après-midi. J'ai du mal à croire que le message y était avant, je l'aurais remarqué.

— Tu crois que celui qui a fait ça a des motifs légitimes pour agir comme ça ?

M.C. parvint à contrôler sa mauvaise humeur.

— Comment peux-tu me demander ça ? Je ne vois pas ce qu'il peut y avoir de « légitime » dans ce genre de mauvaise blague.

— Donc, tu crois que c'est une blague ? Juste pour rigoler ? Pour te blesser, appuyer là où ça fait mal ?

— Qu'est-ce que ça pourrait être d'autre ? Je ne crois pas, en tout cas, à des motifs « légitimes ».

— Alors, arrête de te prendre la tête, partenaire.

Kitt se pencha vers elle et ajouta :

— Sal nous attend et, si tu ne veux pas être mutée dans un bureau, il faut que tu te ressaisisses.

M.C. hocha la tête, sachant très bien que Kitt avait raison. Tandis qu'elles pénétraient dans l'immeuble et prenaient l'ascenseur, elle fit de son mieux pour contrôler ses émotions.

Sal les attendait, en effet. Et il n'avait pas l'air content. Cette enquête qui devait se boucler rapidement s'étendait à présent à trois victimes de meurtre plus un suicide — sans l'ombre d'un suspect à l'horizon. Le grand chef devait le harceler jour et nuit — et Salvador Minelli ne goûtait guère ce genre de situation.

— Dans mon bureau ! aboya-t-il. Tout de suite.

Elles l'y suivirent. Il referma la porte derrière elles d'un geste sec.

— Asseyez-vous.

— Si ça ne vous dérange pas, Sal, dit M.C., je préférerais rester debout…

— Si, ça me dérange, nom de Dieu ! Asseyez-vous.

Il s'assit derrière son bureau.

— Ça fait trois victimes, c'est bien ça ?

— Oui, monsieur, répondit Kitt. La dernière en date se nomme Jenny Lindeman. Vingt et un ans. Cou brisé. Ordinateur manquant.

M.C. intervint :

— Toutefois, nous connaissons le mobile, désormais. L'argent.

Elle sentit que Kitt la regardait avec surprise mais n'en poursuivit pas moins :

— Et nous avons établi un lien entre deux des victimes.

— Le mobile, d'abord, dit Sal.

— Un compte bancaire avec cinq cent mille dollars dessus.

— Expliquez-vous.

Elle résuma ce que l'agent Smith lui avait confié.

— Sa théorie, avec laquelle Kitt et moi sommes d'accord, est que ces jeunes ont été tués par quelqu'un qui souhaitait soit mettre la main sur cet argent, soit les faire taire parce qu'ils en savaient trop et auraient pu mettre d'autres gens sur ce coup.

— Comme nous ou les gens du FBI, ajouta Kitt.

Sal plissa les yeux.

— Et quand est-ce que Smith vous a fait ces révélations ?

— Hier soir, seulement. C'est typique du FBI.

Le regard de Sal alla de l'une à l'autre de ses subordonnées.

— Alors, il est où ce fric ?

— Smith avait déjà pris connaissance des dossiers bancaires de Mariano et de Martin. Aucun des deux n'avait une telle somme en banque.

— Et cette Jenny Lindeman ?

— Peut-être, dit M.C. Mais j'ai l'impression que si elle avait détenu cette somme, elle ne serait pas morte à l'heure actuelle.

— Cette fille était suivie par un psychologue, dit Kitt. Son monde semblait se limiter à sa famille et à son ordinateur.

— Mais ce n'est pas n'importe quel psychologue. Il s'agit du Dr Erik Sundstrand.

Réagissant à l'impression que cette information fit sur Sal, M.C. hocha la tête et confirma :

— Oui, il s'agit bien de *ce* Sundstrand-là.

Kitt intervint :

— Ce qui nous ramène au lien entre deux des victimes. Les liens, en fait. Jenny était une patiente d'Erik Sundstrand et consultait au centre de soins de *Kids in Crisis*. Gina DeLuca, qui est l'assistante de Sundstrand dans ce centre, se trouve également être la cousine de Mariano.

Sal concentra son regard sur M.C.

— Mariano était aussi *votre* cousin, Riggio.

— Oui, monsieur.

Elle se pencha vers lui, cherchant le juste milieu entre ardeur et solennité.

— En fait, DeLuca n'est pas vraiment ma cousine. Sa mère a épousé un cousin germain de mon père. C'est donc une cousine par alliance. Nous ne sommes pas du même sang.

— Qu'est-ce que vous entendez par là, exactement ?

— C'est la belle-fille du cousin de mon père. A ce compte-là, je suis apparentée d'une manière ou d'une autre à peut-être vingt pour cent de la population italo-américaine de Rockford.

— Bon. En tout cas, puisqu'elle est quand même votre « cousine par alliance, sans liens du sang, et cætera », tenez-vous-en à une implication limitée vis-à-vis d'elle. Prenez-y bien garde.

— Oui, monsieur.

Il se tourna vers Kitt.

— Et l'autre lien ?

— Plus ténu. Mariano connaissait également Sundstrand. Par le fiancé de M.C., Dan Gallo, qui était le meilleur ami de Sundstrand.

Sal hocha la tête, l'air songeur.

— Gallo aurait-il pu être lié aux crackers ?

Kitt s'empressa de répondre :

— Je ne pense pas. Etant donné les circonstances, son meurtre évoque plutôt un meurtre à l'aveugle ou une erreur sur la personne.

— Je vous suggère de demander un mandat pour étudier son dossier bancaire, quand même. Pour en avoir le cœur net.

— C'est déjà fait, dit Kitt.

M.C. sentit que la terre se dérobait sous ses pieds. Il lui fallut faire un effort surhumain pour ne pas perdre son sang-froid et prendre la défense de Dan. Pour ne pas se lever d'un bond et proclamer son innocence. Elle y parvint cependant et se leva avec raideur.

— C'est tout, Sal ?

— Non, ce n'est pas tout. Rasseyez-vous, inspecteur. J'ai vérifié le formulaire de présence, Lundgren. Vous étiez absente de la scène du crime, cette nuit.

— En fait, je suis arrivée en retard. J'avais la grippe, monsieur…

— Votre guérison semble avoir été très rapide.

— En fait, je me sens toujours un peu flagada.

M.C. vint en renfort.

— Elle est partie hier en fin de matinée. Elle était toute pâle, elle avait de la fièvre.

Il observa Kitt pendant un long instant avant de revenir à M.C.

— Ainsi, vous avez pris sur vous de faire appel à l'inspecteur White ?

— Oui, monsieur, je…

Il l'interrompit d'un geste de la main.

— Sans me consulter ?

— Oui, monsieur. Il m'a déjà assistée dans cette enquête et je…

— C'est à moi de prendre de telles décisions… Compris ?

— Oui, monsieur.

Il se tourna vers Kitt.

— Nous avons passé un accord, inspecteur Lundgren. Si vous me faites un nouvel accès de cette « grippe », je vous enlève l'enquête, à toutes les deux. C'est clair ?

Kitt resta un moment immobile puis se leva.

— Je pourrais vomir sur vos chaussures, Sal ? Vous n'avez qu'un mot à dire…

— Vomissez sur celles de Riggio et apportez-moi une photo. Fin de la conversation.

Elles s'éclipsèrent sans ajouter un mot.

Dès que la porte eut claqué derrière elles, M.C. se tourna vers Kitt.

— Je n'arrive pas à croire que tu es allée fouiller dans les comptes de Dan. Et derrière mon dos, en plus.

— C'était pour en avoir le cœur net, comme a dit Sal.

— Rien à voir avec les allégations du petit plaisantin qui s'amuse à rayer ma bagnole ?

— Ce sont les exigences de l'enquête qui ont voulu ça, M.C., et tu le sais bien.

Elle baissa d'un ton et ajouta :

— Je sais ce que tu ressens. Je suis désolée.

M.C. étouffa un sanglot.

— Pas autant que moi, dit-elle.

— Merci, au fait, de m'avoir couverte.

— C'est pas ta faute si tu as attrapé la grippe.

Kitt se renfrogna légèrement.

— Et toi, quand est-ce que tu comptais me mettre au courant, à propos de l'argent volé par les crackers ?

— J'ai été très occupée. Et tu n'étais pas vraiment disponible.

— Souviens-toi, partenaire, que si tu déconnes, je saute avec toi. Sal sera impitoyable.

— C'est noté.

— Cela étant dit, je songe à démissionner…

— Démissionner ? répéta M.C.

— Démissionner de la police.

Pendant un instant, M.C. ne sut que dire. Puis elle se rendit compte de ce qui se passait.

— Joe t'a demandé de choisir, c'est ça ?

— Non, c'est moi. Je veux vivre.

— Mais tu vis déjà. C'est ça, ta vie.

— Non, ce n'est pas une vie. C'est juste un boulot. Enfin, ça devrait l'être.

Travailler sans Kitt. M.C. refusait même de l'imaginer.

— Et là, tu vas faire quoi ?

— Des crêpes aux bananes.

— Kitt…

— On se revoit dans deux heures.

M.C. la regarda s'éloigner et se demanda ce qu'elle ferait si Kitt présentait vraiment sa démission.

42.

Mercredi 28 janvier
10 h 5

M.C. consulta sa montre. Il fallait qu'elle appelle Sam au sujet du téléphone de Tommy. Il lui restait dix minutes environ avant le retour de Kitt. Estimant que ce délai suffisait, elle composa le numéro de son cousin.

Il répondit d'une voix ensommeillée.

— Ici M.C., dit-elle.

Avant qu'il ne réagisse, elle demanda :

— Tu veux toujours m'aider à retrouver l'assassin de Tommy ?

— Putain, oui.

— Bien. Il s'agit du téléphone…

Il resta silencieux un instant avant d'émettre un son.

— Celui de Tommy ?

— Oui, celui-là. Je voudrais que tu pratiques une autopsie sur cet appareil.

— Une autopsie ? C'est quoi…

— Tous les noms et les numéros qui figurent dans sa liste de contacts. Chaque appel qu'il a passé ou reçu. Mettre des noms en face des numéros. Des adresses, si possible. Une transcription de tous les textos sauvegardés.

— Quand ça ?

— Il me faut ces informations le plus tôt possible. Ce soir, ce serait l'idéal.

— Je ne sais pas si j'y arriverai d'ici là…

Elle entendit Kitt marcher dans le couloir.

— Tu peux le faire. Je te rappelle.

Elle referma vivement son téléphone au moment où Kitt entrait dans le bureau. M.C. jeta un coup d'œil à sa partenaire.

— Les crêpes étaient bonnes ?

— Super.

Kitt fronça les sourcils.

— Qu'est-ce qui se passe ?

— Pardon ?

— Le téléphone… C'était qui ?

— Sam. Il veut toujours nous aider.

Dieu merci, ça, au moins, ce n'était pas un mensonge. M.C. s'éclaircit la gorge, se demandant si elle avait l'air aussi coupable qu'elle se sentait fautive.

— Pendant que tu te goinfrais de crêpes à la banane, dit-elle d'un ton taquin, je me suis tapé un paquet entier de biscuits fourrés, acheté au distributeur automatique, en rédigeant le rapport sur le meurtre de Jenny Lindeman. Faut croire que ça me réussit.

— Tu vois, c'est exactement ce dont on parlait, avec Joe.

— Pardon ?

— On parlait d'équilibre. Et là, tu manques d'équilibre, M.C.

— D'équilibre ? Mais qu'est-ce que tu racontes ?

— Manger de la mauvaise bouffe comme ça au petit déjeuner… Pfft… Tu aurais dû rentrer chez toi pour prendre une douche. Je suis sûre que tu t'es contentée de t'asperger le visage d'eau froide et de mettre la chemise propre que tu gardes dans ton casier.

— Et alors ?

— Ça manque d'équilibre, voilà le problème. Moi, je voudrais faire un boulot qui ne me détruise pas.

— Mais…

M.C. fut prise d'un brusque accès de panique, à la pensée que Kitt croyait vraiment à ce qu'elle disait. Elle se reprit et ajouta :

— Tu ne peux pas démissionner, Kitt. Tu as déjà essayé de prendre tes distances avec la police et tu étais complètement paumée. Tu t'en souviens ?

— Mais il n'y avait pas Joe. Et si je dois choisir entre les deux, c'est Joe qui l'emporte haut la main.

M.C. ouvrit la bouche pour continuer à argumenter, mais se ravisa et resta coite. N'aurait-elle pas ressenti la même chose, si elle avait été à la place de Kitt ? Elle avait perdu Dan et aurait tout donné pour le retrouver.

Or elle n'avait plus cette possibilité, contrairement à Kitt.

— Je comprends, dit M.C. tout doucement. Mais si tu décides de démissionner, je ne sais pas ce que je ferai sans toi.

Ces mots, dans toute leur simple franchise, furent suivis d'un lourd silence. Au bout d'un moment, M.C. s'éclaircit de nouveau la gorge.

— J'ai fait un peu de recherche sur *Kids in Crisis* pendant ton absence.

Elle tendit à Kitt une liasse de documents.

— Contrairement à ses parents qui avaient consacré leur existence à bâtir la fortune familiale, Erik a voué la sienne à l'amélioration de cette ville en y injectant sa fortune, ainsi que son énergie remarquable et son talent. *Kids in Crisis* est l'une des fondations philanthropiques qu'il a créées, un centre de soins mentaux destinés aux gamins dont les familles n'ont pas les moyens de payer les services d'un psy. Les honoraires qu'elles versent sont proportionnels à leurs revenus. Au-dessous d'un certain revenu, les soins sont entièrement gratuits. Au-dessus, ils payent plein tarif. *Kids in Crisis*, ou KIC comme on l'appelle, est une association à but non lucratif et est financée principalement par des dons, dont la plupart sont faits par Erik lui-même.

Kitt feuilleta la liasse de sorties papier.

— Je l'ai rencontré à tes fiançailles. Il m'a fait l'effet d'un type sympa. En revanche, je n'ai pas rencontré ta cousine Gina.

L'image de Dan et de Gina, tels qu'elle les avait surpris ce soir-là, envahit les pensées de M.C. La main de Gina posée sur le bras de Dan… La tête de Dan penchée vers elle, tout près…

— M.C. ? Tu m'écoutes ?

M.C. cligna des yeux, concentra son regard sur Kitt.

— Pardon, qu'est-ce que tu disais ?

— Ta cousine Gina y était aussi, non ?

M.C. hocha la tête.

— Oui, c'était la poupée Barbie italienne.

Kitt haussa les sourcils.

— Pas vraiment une copine à toi, à ce que je vois. Comment ça se fait ?

— Je t'en parlerai en chemin.

Kitt hocha la tête et elles se mirent en route. Elles ne dirent plus un mot avant de s'être hissées dans l'Explorer de M.C. et d'avoir bouclé leurs ceintures.

M.C. démarra.

— Comme je l'ai dit à Sal, Gina n'est qu'une cousine par alliance. Le cousin de mon père, Mario, a épousé une femme qui avait déjà deux enfants d'un précédent mariage. Un garçon de huit ans et une fille de dix ans.

— Gina…

— Exact. On avait le même âge et on a commencé par être les meilleures amies du monde. Mais elle a fini par se montrer détestable, fourbe et toujours prête à me poignarder dans le dos. Une de ces sales gosses qui trouvent ça marrant de faire des sales blagues ou d'attirer des ennuis aux autres mômes.

— Et je parie qu'elle jouait la sainte-nitouche devant les adultes.

— Ah oui, c'était la petite fille modèle. Elle s'est retournée contre moi dès lors que je ne voulais plus marcher dans ses combines. J'ai été son ennemie personnelle pendant toute ma scolarité. Elle m'a même piqué mon premier petit ami, avant de s'empresser de le plaquer…

— C'est peut-être elle, la coupable ? suggéra Kitt. Tu y as pensé ?

M.C. s'imagina un instant que c'était vrai et sourit.

— J'ai arrêté pas mal de personnages au cours de ma carrière, mais pas encore une poupée Barbie.

— Une Barbie italienne, rectifia Kitt. Ce serait cool.

— Tu vois bien, partenaire, dit M.C. en sortant du parking, que tu ne peux pas démissionner. Pense à toutes les joies dont tu te priverais.

Kids in Crisis était situé dans un petit centre commercial sur Riverside Drive, niché entre un magasin de bricolage et un pressing. La salle d'attente était simple et fonctionnelle. Trois jeunes y étaient assis, parmi lesquels deux étaient accompagnés d'un géniteur visiblement à cran.

Elles traversèrent la pièce jusqu'au guichet d'accueil et brandirent leurs badges.

— Nous aimerions parler à Gina DeLuca.

La jeune femme fixa les badges d'un air ahuri avant de hocher la tête.

Un instant plus tard, Gina fit son apparition, visiblement troublée.

— Mary Catherine ?

— Salut, Gina. Je te présente ma partenaire, l'inspecteur Lundgren.

Kitt lui montra son badge.

— Il faut qu'on te pose une ou deux questions.

Le regard de Gina passa promptement de l'une à l'autre, son cou et ses joues se mirent à rosir.

— Je peux vous demander à quel sujet ?

— Bien sûr, dit Kitt. Il s'agit d'une jeune femme nommée Jenny Lindeman. Vous la connaissez ?

— Oui… Je… Allons dans mon bureau, on y sera mieux pour causer.

Quelques instants plus tard, elles étaient assises dans le bureau très encombré de Gina. M.C. lui demanda :

— Comment connais-tu Mlle Lindeman ?

— Jenny est une patiente de *Kids in Crisis.*

— Etait, corrigea Kitt. Jenny est morte. Elle a été assassinée la nuit dernière.

— Oh ! mon Dieu !

Gina posa une main sur sa gorge.

— Comment… ? Qui… ? bredouilla-t-elle.

M.C. ignora la question.

— Quel psychologue consultait-elle ?

— Erik.

— Ton patron.

— Oui. C'est lui qui a fondé ce centre.

— Tu la connaissais bien, Jenny Lindeman ?

— Non, pas tellement.

Son regard allait sans cesse de l'une à l'autre de ses interlocutrices.

— Comme je vous l'ai dit, reprit-elle, c'était une patiente.

— Tu as déjà eu une conversation privée avec elle ?

— Non.

— Tu as répondu bien vite, Gina.

— Parce que j'en suis sûre.

Elle ne put réprimer un léger dandinement et ajouta :

— Mon esprit de décision est l'une des raisons pour lesquelles le Dr Sundstrand place autant de confiance en moi.

M.C. faillit protester mais parvint à se contrôler.

— Elle avait beaucoup d'amis ?

— Je n'en sais rien. Elle venait au centre toute seule.

— Et des ennemis ?

— Il faudrait que vous demandiez au Dr Sundstrand. Je n'ai pour ainsi dire jamais parlé avec cette fille. Vous voulez que je voie s'il est là ?

Kitt ignora la proposition et demanda :

— Vous n'auriez pas été au courant, si elle avait été impliquée dans des activités illégales ?

— Bien sûr que non !

Ses joues devinrent écarlates.

— Franchement, je suis un peu surprise que vous me posiez une telle question. Je croyais vous avoir dit clairement que je la connaissais à peine.

— C'est vrai. Cependant, connaître à peine quelqu'un, ça peut se comprendre de différentes manières, n'est-ce pas ?

— Vous devriez en parler Dr Sundstrand.

— Oui, merci. Vous pouvez voir s'il est disponible ?

Mais il était absent, apprirent-elles quelques moments plus tard.

— Si vous voulez, je peux lui dire que vous êtes passées et lui demander de vous rappeler.

— Oui, faites donc ça.

Kitt tendit sa carte de visite à la femme et se leva.

— Merci de nous avoir accordé un peu de temps, mademoiselle DeLuca. Nous vous en sommes reconnaissantes.

Gina les raccompagna jusqu'à la porte.

— Avant de partir, Mary Catherine, dis-moi s'il y a du nouveau sur le meurtre de Tommy.

— On travaille aussi là-dessus. Au fait, est-ce que Tommy aurait pu connaître Jenny ?

Gina cligna des yeux.

— Tommy, connaître Jenny ? Non, je ne crois pas.

— Pourquoi dis-tu ça ?

— Ça paraît très improbable, c'est tout. Je veux dire, Jenny était un peu…

Comme si elle s'était rendu compte de son erreur, elle ravala ce qu'elle était sur le point de dire.

— Ça paraît très improbable… Mais, bien sûr, c'est possible.

— Tu allais dire quelque chose au sujet de Jenny ?

Elle secoua la tête.

— Non, sur Tommy. Il était si équilibré et… comment dire… si bien dans sa peau.

Quelques moments plus tard, elles étaient dans l'Explorer de M.C. et s'éloignaient du centre.

— Elle n'a pas parlé de Dan, t'as remarqué ? Alors qu'ils se connaissaient…

— J'ai remarqué, dit Kitt. J'ai aussi remarqué qu'elle ne t'a pas demandé comment ça allait.

— Mais elle a demandé où on en était sur le meurtre de Tommy. Intéressant…

— Elle a l'air de cacher quelque chose. Mais sa réaction à l'annonce de la mort de Jenny avait l'air sincère.

— Peut-être qu'elle protège quelqu'un…

— Peut-être, murmura M.C. en repensant à Dan et Gina penchés l'un vers l'autre le soir de ses fiançailles.

De quoi, se demanda-t-elle, pouvaient-ils bien parler ?

43.

Mercredi 28 janvier
17 h 5

Erik se présenta à l'improviste au centre de police. M.C. vint le chercher à la porte de l'ascenseur.

— Merci d'être venu, Erik. Je vous en suis vraiment reconnaissante.

— J'étais à Chicago et je n'ai appris la nouvelle que cet après-midi. Je viens de rendre visite aux parents de Jenny. C'est vraiment affreux. Si je peux vous aider, je suis à votre entière disposition.

— Kitt et moi devons simplement vous poser quelques questions.

— Je vous l'ai dit, je suis à votre disposition.

Elle le conduisit dans l'une des salles d'interrogatoires du centre de police, où Kitt les attendait.

— Docteur Sundstrand, quel plaisir de vous revoir !

— Je vous en prie, appelez-moi Erik.

Kitt désigna les chaises.

— Je peux vous apporter un café ou un soda ?

— Non, ça ira, merci.

M.C. posa la première question :

— Depuis combien de temps Jenny était-elle votre patiente ?

— Je la suis par intermittence depuis ses quinze ans.

— Quand l'avez-vous vue pour la dernière fois ?

— Vendredi dernier.

— Avait-elle des problèmes ?

— Ses parents ont dû vous dire que Jenny avait beaucoup de problèmes.

— Rien de plus spécifique ? Des problèmes avec telle ou telle personne ? Un conflit ?

— Non, dit-il en secouant la tête. Mais son humeur m'a paru plus sombre. Elle avait l'air un peu inquiète. Mais pas assez pour m'alerter. J'ai juste remarqué qu'elle était un peu tendue.

— Des problèmes de petit ami, peut-être ?

— Elle ne m'a jamais parlé d'un petit ami.

— Quel médicament prenait-elle ?

— Du Xanax.

— Ses parents nous ont dit qu'elle travaillait à domicile. Sur son ordinateur. Vous savez ce qu'elle faisait ?

— Oui, bien sûr. Elle faisait des études de marché pour le compte d'organismes cherchant à placer des cartes de crédit. Elle en parlait un peu, mais sans entrer dans les détails.

— Etait-elle impliquée dans des activités illégales ?

Il la regarda d'un air étonné.

— Pardon, vous avez dit « illégales » ?

— Oui. Avez-vous eu vent de son implication dans des activités délictuelles ?

— Mon Dieu, non. Jenny était extrêmement passive, inspecteur. Elle s'était construit une existence qui ne lui demandait que des réactions interactives minimales. Elle était terrifiée par la vraie vie. Par les relations humaines concrètes. Elle avait peur de souffrir au contact du réel.

Et pourtant, tous ses efforts pour se protéger de la réalité s'étaient conclus par une mort violente.

M.C. entra dans la danse.

— Elle avait des amis dans le monde réel ?

— Non.

— Elle ne parlait jamais de ses amis ?

— Seulement de gens avec qui elle était en contact par internet.

— Lui arrivait-il de mentionner leurs noms ?

— Oui, j'en suis sûr, mais je ne m'en souviens pas. Elle les désignait par leurs noms d'emprunt d'internautes. Et quand je voulais en savoir plus, elle restait vague et se limitait aux prénoms.

— Vous serait-il possible de nous fournir ces noms ?

Il frotta son menton mal rasé du revers de la main.

— Ce serait un gros boulot. Il faudrait que je me replonge dans mes notes, et peut-être dans mes enregistrements.

— Cela revêt sans doute une importance primordiale.

Il resta silencieux un moment avant de hocher la tête.

— Je vais demander à Gina de retrouver ces notes. Il me faudra un bout de temps pour les compulser.

— Depuis combien de temps ma cousine travaille-t-elle pour vous ? demanda M.C.

— Deux ans.

— Matt Martin, ça vous dit quelque chose ?

Il réfléchit un instant avant de secouer la tête.

— Non.

— Vous en êtes certain ?

Il hocha la tête et elle reprit :

— Aurait-il pu être un ami de Jenny ?

— Peut-être. Mais je n'en sais rien. Elle ne m'a jamais parlé de lui, pour autant que je m'en souvienne.

— Avez-vous eu connaissance d'une relation entre Gina et Jenny, en dehors de *Kids in Crisis* ?

Son regard s'assombrit légèrement.

— Où voulez-vous en venir, M.C. ?

— Avez-vous eu connaissance d'une relation entre elles, autre que leurs rapports au sein de *Kids in Crisis* ?

— Non, pas du tout. Gina est une employée en qui j'ai toute confiance.

— Rien de plus ?

Le regard d'Erik passa de M.C. à Kitt.

— Je ne comprends pas bien votre question. Vous voulez savoir si c'est une amie, en plus d'être une employée ?

— Le soir de mes fiançailles, Gina a dit à Dan qu'elle était venue avec vous. Avez-vous une liaison avec Gina ?

Un étonnement amusé se lut sur le visage d'Erik.

— Non. Et Gina n'était pas venue avec moi, ce soir-là. Pour autant que je sache, elle était invitée séparément.

— Pourquoi aurait-elle menti, selon vous ?

Il remua légèrement sur son siège.

— Je n'en ai pas la moindre idée et je me garderais bien de toute hypothèse à ce propos. Vous devriez le lui demander.

— C'est ce qu'on fera.

Kitt se leva et ajouta :

— Il est déjà bien tard, mais plus vite vous nous fournirez ces noms, mieux ce sera pour l'enquête.

— Je vais appeler Gina de ma voiture. Je suis sûr que ça ne la dérangera pas.

Les bonnes dispositions qu'Erik prêtait à sa secrétaire ne ressemblaient guère à la Gina que M.C. avait pratiquée, mais elle garda cette remarque pour elle-même.

— Je vais vous raccompagner jusqu'à l'ascenseur, Erik.

Lorsqu'ils furent arrivés devant la porte de l'ascenseur, elle appuya sur le bouton d'appel. Il lui prit la main.

— Je pense beaucoup à vous, M.C. Avec inquiétude.

— Je vais très bien.

— Ça fait quand même beaucoup à gérer. D'abord Dan. Ensuite Tommy.

— Mon enquête me permet de me concentrer, d'aller de l'avant. Ça me permet d'oublier combien il me manque.

Il lui serra les doigts puis relâcha son étreinte.

— Si je peux vous être utile en quoi que ce soit… Il me manque terriblement, à moi aussi.

La porte s'ouvrit sur la cabine. Il y pénétra, mais, du pied, elle empêcha la porte de se refermer.

— Je peux vous demander quelque chose, Erik ? Au sujet de Dan…

— Bien sûr, M.C.

— Il était bien l'homme que je croyais qu'il était, n'est-ce pas ?

Il soutint son regard sans ciller.

— Absolument.

Elle laissa la porte coulisser. Il avait prononcé ce mot sans la moindre hésitation, avec assurance. Alors pourquoi était-elle tenaillée par l'impression qu'il lui cachait quelque chose ?

44.

Mercredi 28 janvier
20 h 5

M.C. était assise devant le terminal informatique du centre, l'œil rivé sur l'écran luminescent. Trois jeunes victimes. Trois ordinateurs manquants. Une bande de cyberdélinquants. Cinq cent mille dollars.

Le mot *Breakneck.*

Elle avait passé l'heure qui venait de s'écouler à rechercher dans les bases de données judiciaires et policières des références à ce vocable — mais sans rien trouver. Elle avait espéré qu'il y apparaîtrait en tant qu'e pseudonyme. Ou en tant que référence à un groupe criminel connu des services officiels. Quelque chose qui lui permettrait d'avancer dans son enquête, d'ouvrir une porte.

N'importe quelle porte.

— Salut, Riggio.

Elle regarda par-dessus son épaule.

— Jackson ! Quelle surprise… Qu'est-ce qui te fait émerger du tombeau ?

Le bureau de l'identification avait plusieurs surnoms : la crypte, le tombeau, le cercueil, la fosse commune. Le plus drôle n'était pas que les membres de ce service eux-mêmes avaient trouvé ces sobriquets, mais qu'ils avaient une résonance affectueuse.

— J'ai les photos de l'affaire Lindeman.

Il lui tendit une enveloppe en papier kraft en ajoutant :

— J'ai pensé qu'il te les fallait au plus vite.

Elle le gratifia d'un large sourire.

— Merci, Jackson. C'est sympa.

— Vous êtes sur une piste ?

— Plus ou moins. Il y a un demi-million de dollars qui sont dans la nature.

— Ça fait un mobile, certes.

Son regard se porta sur l'écran de l'ordinateur.

— Breakneck ? C'est quoi, ça ?

Elle jeta un coup d'œil à l'écran et dit :

— Un mot qui est apparu lors d'un interrogatoire… Je faisais une recherche, pour vérifier qu'il n'était pas référencé dans nos bases de données.

Et alors ?

— Pas encore.

— Breakneck, répéta-t-il en pinçant les lèvres. Quelqu'un qui brise des cous…

Trois victimes. Dont deux ont eu le cou brisé. Le rapport est évident. Peut-être.

— J'ai déjà cherché de ce côté-là.

— Je vais y réfléchir, dit-il tandis que le téléphone portable de M.C. se mettait à sonner. Je te ferai savoir ce que ça a donné.

Elle le regarda s'éloigner avant de répondre au téléphone.

— Riggio à l'appareil.

— J'ai appris qu'il y avait une troisième victime.

Smith.

— Les bonnes nouvelles voyagent vite.

— Qu'en est-il exactement ?

— Jenny Lindeman. Vingt et un ans. Cou brisé. Ordinateur porté disparu.

— Mais encore ?
Breakneck.
— Il faudrait qu'on en parle.
— Allez-y.
— Pas ici. On peut se voir ?
— Où ça ? Et quand ?
— Chez moi. Dans une demi-heure.

45.

Mercredi 28 janvier
20 h 55

Smith attendait M.C. devant la porte lorsqu'elle arriva chez elle.

— Alors, quel est le grand mystère ? demanda-t-il.

— Pas ici. A l'intérieur.

M.C. déverrouilla la porte et ils entrèrent.

— Je n'ai que quelques minutes à vous consacrer, dit-elle en refermant la porte. J'ai trouvé quelque chose qui pourrait concerner les crackers.

Smith prit un air interrogatif.

— Quelque chose dont vous n'avez pas informé votre partenaire ?

Elle répondit sans se troubler :

— Kitt n'a pas besoin de le savoir.

L'agent Smith comprit que c'était inhabituel. Et très peu réglementaire. Dans la police, et aussi dans tous les travaux en équipe, les cachotteries peuvent s'avérer désastreuses.

— Breakneck, dit M.C.

Elle lut dans le regard de Smith que le vocable ne lui était pas inconnu.

— Ce mot vous dit quelque chose ? demanda-t-elle.

— Oui. Comment êtes-vous tombée dessus ?

— Je ne vous le dirai pas. Qu'est-ce que ce mot signifie ?

Il hésita.

— C'est le nom de code d'un assassin professionnel.

— Un tueur à gages ?

— Oui.

— Un homme de la mafia ?

— Non, un indépendant. Merde…

Smith lui tourna le dos et traversa la pièce jusqu'à la fenêtre avant d'ajouter :

— Ça change beaucoup de choses.

— Je n'en ai trouvé aucune trace dans mes recherches dans nos fichiers.

— C'est normal.

— Pourquoi ?

— Breakneck est dans le collimateur du FBI depuis un certain temps. Son surnom a été associé à plusieurs meurtres de haut vol. Des indics ou des suspects l'évoquent parfois, nous racontent telle ou telle anecdote le concernant ou nous parlent de ses relations dans le monde du crime. Mais personne ne nous a jamais dit l'avoir rencontré en chair et en os.

Il se tourna vers elle.

— Un peu comme une rumeur. Ou une légende.

— Jusqu'à aujourd'hui.

— Peut-être. Ce n'est pas la première fois que je vois son nom apparaître dans une enquête. Il n'y a pas de quoi sauter au plafond.

— Deux des victimes ont eu le cou brisé. C'est sa signature ?

— Oui.

M.C. fronça les sourcils.

— Mais, là, quel est le rapport ? En quoi est-ce que ce Breakneck pourrait bien être lié au meurtre de Tommy ?

— Vous êtes sûre de votre info ? Vous êtes sûre qu'il s'agit de Breakneck ?

— Je l'ai vu noir sur blanc, pour ainsi dire.

— Vous avez retrouvé la fille.

— Ça, je préfère ne pas vous le dire.

Cette dérobade revenait à admettre ce que Smith souhaitait savoir : qu'elle avait en effet retrouvé Zoe.

— Vous avancez en terrain miné, Riggio.

— Je sais bien. Mais je n'ai pas le choix.

— A mon avis, il y a toujours un choix.

Elle avait fait le sien : conserver des renseignements par-devers elle, sans les partager avec sa partenaire et sans en informer ses supérieurs. En deux mots : jouer les justicières pour son propre compte.

Une semaine auparavant, elle aurait juré ses grands dieux qu'elle était incapable d'une telle conduite.

M.C. soutint le regard de Smith.

— Je répète : quel rapport pourrait-il y avoir entre ce Breakneck et les meurtres de Tommy, de Matt Martin et, à présent, de Jenny Lindeman ?

— Je ne sais pas.

Il ôta son pardessus et le jeta sur le dossier d'une chaise.

— Examinons ce que nous avons appris jusqu'à présent, reprit-il. Une bande de cyberdélinquants, composée de jeunes. Selon ma source.

— Cette source est un garçon qui est mort, dit M.C. De plus, deux autres jeunes d'une vingtaine d'années ont été tués et leurs ordinateurs ont disparu.

— Selon cette même source, ces escrocs sont tombés sur un compte bancaire où dormait un demi-million de dollars.

— Deux des victimes ont eu le cou brisé, avec une terrible efficacité.

M.C. plissa les yeux et ajouta :

— La signature de Breakneck.

Smith hocha la tête.

— Ce style de meurtre, froid et impersonnel, correspond au profil de Breakneck. Pour lui, ces exécutions ne sont que des contrats.

— Si les ordinateurs manquent, pensa M.C. tout haut, ce doit être parce qu'ils contenaient des données que Breakneck voulait récupérer. Le tout est de savoir quelles données…

— Des numéros de comptes et des mots de passe piratés par les crackers. D'autres informations personnelles, peut-être.

— Des informations personnelles sur lui-même. Enfin, peut-être.

— L'argent, dit Smith. Les cinq cent mille dollars.

— Comment a-t-il croisé le chemin des crackers ?

— Il les a pris sur le fait, peut-être. Puis il a remonté leur piste.

M.C. le dévisagea.

— Ou alors… il a été engagé pour les liquider.

— Pourquoi ?

— L'argent, bien sûr. Quelqu'un veut récupérer cette somme, sans que ça fasse de vagues. Sans qu'il y ait de piste qui mène à ce commanditaire.

— C'est pour ça qu'il demande à Breakneck d'emporter les ordinateurs, pour se protéger, éviter d'être découvert.

— Oui, dit M.C. que ces déductions excitaient. Ça tient debout.

— Peut-être. Mais est-ce que ça tient debout sur le plan financier ?

M.C. vit où il voulait en venir.

— Un meurtre sur commande, ça coûte combien ?

— Ce n'est pas à moi qu'il faut demander ça. Moi, je suis spécialisé dans la cybercriminalité, pas dans les tueurs à gages. Mais je vais me renseigner auprès du FBI pour savoir ce qu'on sait exactement sur

Breakneck. Poser des questions à des collègues. Et je vous tiendrai au courant.

Il prit son manteau. M.C. le raccompagna jusqu'à la porte. En l'ouvrant, elle vit sa cousine Gina qui remontait l'allée menant chez elle.

— Vous avez de la visite, dit Smith.

— Une de mes cousines.

Gina les rejoignit. M.C. fit les présentations. Smith serra la main de Gina avant de dire à M.C. :

— Je vous contacte bientôt.

M.C. le regarda s'éloigner puis se tourna vers sa cousine.

— Quelle surprise…

— Désolée de débarquer comme ça, à l'improviste, mais il faut que je te parle.

— Entre.

Elles franchirent la porte. M.C. la referma derrière sa cousine, mais ne lui proposa pas de s'asseoir.

— Alors ?

Gina s'éclaircit la gorge.

— C'est au sujet de ta visite, cet après-midi…

Voilà qui ne surprit guère M.C.

— Tu as d'autres renseignements à me fournir ?

— Tout à l'heure, je n'ai pas été entièrement sincère. A propos de Jenny.

Elle désigna le salon et demanda :

— On peut s'asseoir ?

M.C. hocha la tête et lui indiqua le canapé. Gina déboutonna son manteau et s'assit, l'air accablée.

— J'en sais plus que ce que je vous ai dit, dit-elle. Plus que ce que je devrais savoir.

Gina avait enlevé ses gants et les serrait dans sa main.

— Je l'ai raccompagnée chez elle, un jour, poursuivit-elle. Sa voiture ne démarrait pas, j'avais fini ma journée… Alors je lui ai proposé de la ramener dans la mienne.

Gina inspira profondément.

— Elle n'était pas très causante. Elle avait l'air… inquiète, étrangement inquiète… Ça m'a rendue curieuse. Dès que j'en ai eu l'occasion, j'ai consulté son dossier.

— Une grosse entorse au règlement, j'imagine… Le Dr Sundstrand est au courant ?

Gina secoua la tête.

— Non. Il se fâcherait pour de bon. Il pourrait même me virer. Les dossiers des patients sont couverts par le secret médical.

Elle se pencha vers M.C. d'un air implorant.

— J'ai honte. Je ne l'avais jamais fait avant. Et je n'ai jamais recommencé.

Si elle ne l'avait mieux connue, M.C. aurait presque pu la croire.

— Et alors ? C'est tout ce que tu avais à me dire ?

— Pas tout à fait.

Gina baissa les yeux un instant et lorsqu'elle les leva de nouveau, M.C. y vit perler des larmes.

— Je voulais parler de nous, de nos rapports. Je voulais te dire que ça me fait mal de nous savoir si éloignées l'une de l'autre.

— Eloignées ? répéta M.C. Tu veux dire qu'on peut pas se saquer…

— Je ne te déteste pas, M.C. Loin de là. Mais, bon, je sais que ça y ressemble, depuis tant d'années.

Elle s'éclaircit la gorge et poursuivit :

— J'aimerais qu'on reparte de zéro. On est des adultes, maintenant. Des femmes accomplies, exerçant toutes les deux des métiers à responsabilités. Et on est de la même *famille*.

Elle effleura le bras de M.C. et ajouta :

— On vient de vivre une tragédie. Deux de suite, en fait.

J'aimerais pouvoir penser que ça m'a rendue différente, que cette expérience douloureuse m'a appris quelque chose… Et que toi aussi, ça t'a changée.

M.C. se retint de faire remarquer que tout ce que sa cousine avait appris à faire, c'était se couvrir en cas de pépin.

— La vie est trop courte pour ce genre d'animosité puérile, poursuivit Gina. Et d'où vient-elle ? De nos différences ? On a été proches, dans le temps. On ne le sera peut-être plus jamais, mais ce n'est pas une raison pour se déchirer.

— Je n'ai aucune intention de te nuire en quoi que ce soit, Gina.

Celle-ci afficha un sourire timide.

— Tu es prête à enterrer le passé ?

M.C. se fit la réflexion que soit Gina était sincère, soit c'était une actrice accomplie. Elle opta pour cette dernière explication et sourit.

— Absolument, Gina. Tout ça, c'est du passé.

Les yeux de Gina s'emplirent de larmes.

— J'en suis très heureuse. Merci, Mary Catherine. Ça me fait chaud au cœur.

— Je peux te poser une question, Gina ?

— Bien sûr.

— Tu as une liaison avec Erik ?

Gina prit un air gêné.

— Pourquoi ? Tu n'as quand même pas l'intention de le… Je veux dire, ça ne fait pas si longtemps que Dan est mort…

Elle s'interrompit et un lourd silence s'installa un instant entre elles. *Pas si longtemps que Dan est mort…* En fait, M.C. ne fut guère étonnée de cette réaction : tel était le mode de pensée de Gina, dénué de loyauté et de véritable engagement envers autrui.

— Non, dit M.C. d'un ton sec. C'était une question officielle, en tant que flic.

— Ah, oui… Bien sûr.

Gina s'éclaircit la gorge de nouveau avant de répondre :

— Les relations au boulot sont parfois délicates. Coucher avec un collègue… Ça peut vraiment dégénérer. Disons que mes erreurs m'ont permis d'y voir plus clair…

— Ça veut dire oui, Gina ?

— Non, nous ne nous voyons plus.

— Depuis quand ?

— Un bon bout de temps. Avant que toi et Dan…

Elle ravala les mots qu'elle avait failli prononcer et M.C. fronça les sourcils.

— Avant que moi et Dan quoi… ?

Gina hésita avant de répondre :

— Ne deveniez un couple.

Quelques minutes plus tard, M.C. observa sa cousine tandis que celle-ci manœuvrait sa Mercedes hors de l'allée. Elle referma la porte et se frictionna les mains, engourdies par le froid. Comment Gina avait-elle pu apprendre à quel moment Dan et M.C. s'étaient mis à se fréquenter assidûment ? Gina avait eu une liaison avec Erik. Se pouvait-il qu'elle en ait eu une avec Dan aussi ?

Cette pensée la rendait malade. Elle essaya vainement de s'en débarrasser. Si c'était le cas, comment se faisait-il que Dan ne lui en ait rien dit ? Après tout, Dan comme M.C. avaient tous deux leur propre passé : ils avaient vécu l'un et l'autre des amours passagères dont ils n'étaient pas fiers.

Peut-être le lui avait-il caché parce que sa liaison avec Gina durait encore.

— Non ! dit-elle à haute voix. Ne va pas te faire des idées, Mary Catherine. Il t'aimait vraiment.

Elle ouvrit son téléphone portable et composa le numéro de Kitt.

— Devine qui vient de me rendre visite ? dit-elle lorsque sa partenaire eut décroché. Ma cousine préférée.

— Sans blague ? Elle a avoué ?

— Oui… Avoir couché avec son patron. Au passé, selon elle. Et elle a admis qu'elle nous avait menti au sujet de Jenny. Elle m'a confié qu'elle l'avait raccompagnée chez elle, un jour. Et qu'elle avait jeté un coup d'œil en douce, et en toute illégalité, au dossier médical de Jenny.

— Charmant. Dans la mesure où on peut croire ce qu'elle raconte.

— Exactement. Ensuite elle a fait son autocritique, à fond. Elle voulait qu'on se réconcilie. Après avoir été embrouillées si longtemps et sous prétexte qu'on est de la même famille.

— On dirait que Mlle DeLuca est un peu inquiète.

— Et elle a l'air horriblement coupable. Tu l'auras peut-être, l'occasion d'arrêter une poupée Barbie…

46.

Mercredi 28 janvier
22 h 20

M.C. était assise face à Smith. Deux heures ne s'étaient pas écoulées avant que ce dernier ne l'appelle avec de nouvelles informations. M.C. avait accepté de le retrouver dans ce McDonald's de la 2e Rue, à mi-chemin entre sa maison de l'ouest de Rockford et le domicile de l'agent, situé à l'est de la ville.

Ils n'entrèrent pas dans l'établissement. Smith la rejoignit à bord de son Explorer.

— Merci d'être venue, dit-il. Je sais qu'il est tard.

— Je ne dors pas beaucoup, ces derniers temps, de toute façon. Alors, quoi de neuf?

— Le tarif demandé par un tueur professionnel dépend de la cible et de la cote de ce tueur. Plus il a d'expérience, plus il est cher. Plus la cible est importante, plus son élimination est coûteuse.

M.C. hocha la tête.

— Ça paraît logique. Plus la cible est une personnalité puissante, plus il est compliqué de l'atteindre. Donc, si quelqu'un veut commanditer l'assassinat d'un politicien ou d'une célébrité, il va devoir s'adresser à un assassin chevronné.

— Ça paraît évident. Mais il y a tant d'imbéciles sur la terre…

— Qui se font attraper en raison même de leur bêtise.

— Breakneck appartient à une autre catégorie, dit Smith.
— Alors, quel est le tarif?
— De dix mille dollars à l'infini. Mais ça peut coûter moins de dix mille quand un abruti recrute un autre abruti dans un bar pour accomplir ce genre de besogne.
— D'après ce que vous m'avez dit, ce Breakneck n'est pas du genre à se faire recruter dans un bar.
— Pas du tout, en effet. Nos renseignements indiquent qu'il est très efficace. Très professionnel. Et très expérimenté.
— Mais alors ces jeunes victimes auraient été en dehors de son domaine d'intervention habituel.
— Je suis d'accord. Intéressant, n'est-ce pas?
— Vu comme ça, ça ne colle pas, dit M.C. Examinons notre autre option?
— Notre autre option?
— C'est son argent à lui que les jeunes en question ont piraté. C'est personnel, ce n'est pas un contrat.
— Ce qui revient à dire que ce n'est pas l'argent qui compte dans cette affaire.
— Donc?
— Selon mes sources, l'option numéro deux laisse entrevoir des perspectives encore plus horribles.
— Horribles pour qui? Pour nous ou pour les jeunes pirates?
— Les jeunes. Un tueur professionnel est une véritable machine à tuer. Il ne raisonne pas comme nous. Il ne ressent ni culpabilité, ni remords. Tout le monde constitue une cible, à ses yeux... Il considère que la vie n'a aucune valeur en soi. Il fait son boulot et passe à autre chose, sans jamais éprouver d'états d'âme.
Smith s'éclaircit la gorge.
— Si son mobile correspond à l'option numéro deux, c'est que ces meurtres ont eu lieu pour effacer des traces. Son anonymat est ce qui lui importe le plus au monde. C'est ce qui le maintient en

vie, et la moindre entorse à ce principe peut lui être fatal. Il ne peut donc pas prendre le risque d'être découvert, ni celui de voir sa liste de clients exposée aux regards indiscrets. Et il ne prendra pas ces risques. Il tuera systématiquement quiconque a pu avoir connaissance d'informations le concernant.

M.C. trouvait que ce raisonnement se tenait.

— Il est à la recherche de toute personne ayant eu accès à ses données, dit-elle. De tous ceux qui ont pu ne serait-ce que l'effleurer, en quelque sorte. Et quand il les a trouvés, il les élimine.

Smith hocha la tête.

— Oui.

— Et il les retrouve grâce aux ordinateurs.

— Peut-être. Oui, peut-être.

M.C. eut froid, soudain. Elle se frotta les bras.

— Il y a peut-être d'autres jeunes impliqués, qui sont autant de cibles potentielles.

— Il faut qu'on les retrouve avant lui.

— Mais comment ?

— Vous avez peut-être déjà parlé à l'une de ces cibles.

— Qui donc ?

Mais avant même d'avoir fini de prononcer ces deux syllabes, elle savait de qui Smith voulait parler — *Zoe.*

47.

Mercredi 28 janvier
22 h 45

M.C. composa le numéro de Sam aussitôt que Smith fut remonté dans sa voiture.

— Où es-tu ? demanda-t-elle.

Elle avait du mal à distinguer ce qu'il disait en raison d'un fond sonore bruyant.

— Au Spanky's.

— Il faut que je te parle.

— Vas-y, cousine.

Il avait un peu de mal à articuler. Il avait bu.

— Non, pas au téléphone. Où est Zoe ?

— Aucune idée. Je l'ai pas vue depuis…

Elle l'interrompit avec impatience :

— Tu peux la joindre ?

— Je peux essayer. Je ne promets rien.

— Si tu y arrives, fais en sorte que je puisse la rencontrer quelque part.

— A condition que tu me dises pourquoi.

— Pardon ?

— Tu m'as bien entendu. Mets-moi au courant.

M.C. ne put s'empêcher de l'admirer. Mais à cette déférence se mêlait une sainte colère, suscitée par le refus de son cousin de lui obéir.

— Il y a eu une nouvelle victime. Une fille, cette fois.

— Mon Dieu. Qui…

— Elle s'appelait Jenny Lindeman. Nous pensons que Zoe est peut-être en danger.

— Zoe ? Mai pourquoi ?

— Fais-moi confiance, c'est tout ! Je t'expliquerai tout quand tu m'amèneras Zoe.

— Et si elle ne vient pas ?

— Si elle refuse de te suivre, parle-lui de Jenny. Si ce que je soupçonne est vrai, elle viendra.

— Bon, d'accord. Je vais essayer.

Il semblait déconcerté.

— Mais je ne peux rien…

— Promettre, compléta-t-elle. Je sais. Reste où tu es. Je te retrouve au Spanky's. Et puis, Sam…

— Ouais ?

— Plus d'alcool pour ce soir

Le club était bondé lorsque M.C. y fit son entrée. Elle dut se frayer un chemin dans la masse de jeunes, pour la plupart éméchés. Elle se souvint avoir fréquenté et apprécié l'endroit. A présent, cela lui semblait s'être passé dans un autre siècle.

Elle trouva Sam au bar, assailli par les consommateurs. Elle le prit à part, l'éloignant de sa bière, et le mena dans ce qui tenait lieu de coin tranquille, le couloir qui menait aux toilettes.

— Alors, tu as contacté Zoe ?

Il hocha la tête.

— Sur son portable. Elle a dit qu'elle nous rejoignait.

— Dans combien de temps ?

— J'ai pas demandé.

— Elle était où ?

Il prit un air penaud.

— J'ai pas demandé.

— Merde, Sam. C'est pas un jeu.

Il avait l'air vexé.

— Tu m'as pas dit de lui demander tout ça ! Tu m'as dit de la faire venir ici, et c'est ce que j'ai fait. Et voilà que tu piques une crise, qu'est-ce qui te prend ?

Elle aurait voulu le sermonner. Lui dire de se servir de sa tête. De penser par lui-même, d'agir en garçon responsable.

Mais elle savait, au fond d'elle-même, qu'il avait raison.

— Désolée, petit. Il m'arrive de m'énerver un peu.

— Pas grave. C'est vrai que j'aurais dû y penser. Je vais lui envoyer un texto.

M.C. l'observa tandis qu'il composait prestement le message sur le clavier de son téléphone. Il n'y avait pas une grande différence d'âge entre eux, mais l'écart entre leurs niveaux technologiques lui paraissait un gouffre.

Zoe répondit presque instantanément.

— Elle est déjà sur le parking, dit il.

— Dis-lui qu'on la retrouve là.

Sam répondit par un autre texto et ils se faufilèrent vers la sortie. Zoe n'avait pas lu le dernier message et était déjà en train de montrer sa carte d'identité au videur. Elle aussi avait l'air éméchée. Apparemment, le Spanky's n'était pas son premier arrêt de la soirée.

Elle aperçut Sam mais pas M.C.

— Salut, Sammy.

— Salut, Zoe.

Sam posa son bras sur l'épaule de Zoe et la fit pivoter.

— Viens, cocotte. Il faut qu'on cause.

— Mais je veux danser, moi !

— On dansera plus tard.

M.C. se mit dans leurs pas. A l'évidence, Sam n'avait pas dit à Zoe que M.C. serait de la partie.

Tandis qu'ils pénétraient dans la nuit, l'air froid vint leur fouetter le visage — agréable sensation après la chaleur humide de la boîte de nuit.

— Salut, Zoe, dit M.C.

La fille regarda M.C. puis Sam.

— Qu'est-ce qu'elle fait là ?

— Il faut qu'elle nous parle.

— Je lui ai déjà dit tout ce que je savais !

Elle semblait paniquée. Une réaction intéressante, venant de quelqu'un qui était censé n'avoir rien à cacher.

— Une certaine Jenny Lindeman est morte, dit M.C.

Zoe s'immobilisa.

— Quoi ?

— Elle est morte de la même manière que Matt Martin. Et comme Tommy et Martin, son ordinateur a disparu.

— C'est pas possible…

Zoe se mit à frissonner avant de s'exclamer :

— C'est du baratin !

— J'étais sur les lieux du crime. Elle avait fêté ses vingt et un ans la veille.

— Je me sens pas bien. Il faut que je m'asseye.

Ils la conduisirent jusqu'au bord du trottoir. Elle s'y accroupit et plongea sa tête entre ses genoux. Plusieurs jeunes passèrent devant eux en jetant des regards compatissants. Ils devaient certainement penser qu'elle avait bu un coup de trop.

M.C. laissa une minute à Zoe pour reprendre contenance avant de lui demander :

— Tu la connaissais ?

— Non, pourquoi ?

M.C. ne lui fit pas remarquer qu'elle n'était pas du tout convaincante.

— On a des raisons de croire qu'elle, Martin et Tommy appartenaient à une bande de crackers, qui pirataient des données…

— Et puis quoi encore ! éclata Sam. Tommy n'aurait jamais…

Elle l'interrompit d'un geste et reprit :

— Ils pirataient des données, telles que des numéros de comptes bancaires et de cartes de crédit, et les revendaient.

— Je suis vraiment pas au courant, murmura Zoe.

— Ah bon ? Alors tu ne sais rien non plus du demi-million que Tommy a trouvé sur un compte ? Les cinq cent mille dollars sur lesquels il comptait comme monnaie d'échange pour rompre ou pour aider un ami à rompre avec cette bande ?

La fille regarda Sam d'un air désespéré. Il adressa à M.C. un regard incrédule.

— Il y a quelque chose qui ne tourne pas rond, M.C. Tu es en train de dire que mon frère était un voleur ?

Elle poursuivit, comme s'il n'avait rien dit :

— Parce que, si tu es au courant de tout ça, tu seras peut-être la prochaine à mourir.

Zoe paraissait perdue. Elle se mit à trembler. M.C. insista :

— J'ai fait quelques recherches. Breakneck est le nom d'un tueur à gages. Un assassin professionnel. Il a peut-être été engagé pour liquider toutes les personnes ayant eu vent du vol de cet argent. Si tu ne rentres pas dans cette catégorie, tant mieux. Mais dans le cas contraire, tu consentiras peut-être à modifier ta version ?

La jeune femme se prit la tête à pleines mains et se mit à gémir.

— Je n'ai pas beaucoup de temps, dit M.C. Et, à vrai dire, toi non plus. Alors, Zoe ? Tu t'en tiens à ta première réponse ? Ou tu préfères en changer ?

— Je connaissais Jenny, chuchota-t-elle. C'était une des crackers.

— Et toi ?

Elle hocha la tête.

— C'est toi qui as recruté Tommy ?

Elle détourna les yeux.

— C'est lui qui m'a recrutée ! Je le jure !

Ces mots semblaient tant lui coûter qu'on aurait cru qu'ils lui fendaient l'âme. M.C. jeta un coup d'œil à Sam : il avait l'air dégoûté.

— J'avais besoin d'argent. Il m'a dit que ça ne nuisait à personne, en fait. Il m'a dit que les organismes de crédit remboursaient leurs clients quand ils étaient victimes de vols de ce genre.

Un crime prétendument sans victime. Malheureusement, c'était toujours les innocents qui payaient, d'une manière ou d'une autre. M.C. s'efforça de se concentrer sur la fille.

— Et les cinq cent mille dollars, c'est toi qui les as ?

— Non ! Je n'ai rien à voir là-dedans !

— Tu te répètes, Zoe.

— On piratait des données et on les revendait, c'est tout. Je n'ai jamais pris d'argent sur un compte. Je le jure !

— Tu mens.

— Non ! Je…

— Tommy avait contacté le FBI. Il voulait rompre. Il a dit à un agent qu'un « ami » avait des ennuis et qu'il voulait l'aider. Il a précisé que cette personne avait touché le gros lot.

Elle se pencha vers Zoe et lui glissa à l'oreille :

— Je crois que tu es cette « amie ».

— Le FBI ? Oh, merde !

Elle se leva d'un bond.

— Je veux pas aller en prison !

— J'ai besoin de noms, Zoe. De tous les gens qui sont liés à cette bande.

— Il faut que je réfléchisse. Je ne sais pas… On ne se rencontrait presque jamais. Je n'ai que quelques pseudos…

— Qui a branché Tommy sur cette combine ?

Zoe se frotta les yeux du revers de la main.

— Je n'en sais rien… Je ne me souviens plus de ce qu'il m'a dit !

Elle sanglotait à présent, hystérique. Sam lui passa le bras autour de la taille.

— Calme-toi, Zoe. M.C. va arranger tout ça, tu vas voir.

M.C. ne savait pas si son cousin croyait ce qu'il disait ou s'il cherchait seulement à réconforter Zoe. S'il y croyait, il se trompait. Il n'aurait cependant pas été très judicieux de le démentir.

— Il faut qu'on l'aide, poursuivit Sam. Tout ira mieux, après.

M.C. intervint, sans confirmer ni infirmer.

— Je vais avoir besoin de ton ordinateur, Zoe.

— Mon ordinateur ? répéta-t-elle en reniflant. Pourquoi ?

— Si nos soupçons sont fondés, ce Breakneck est en train de retrouver un par un les membres de la bande, grâce aux ordinateurs qu'il emporte après les meurtres. Tu correspondais avec Jenny Lindeman ?

Zoe devint toute pâle.

— Je ne comprends pas.

Elle *ne voulait pas* comprendre.

— Breakneck peut effectuer une recherche à partir de simples e-mails et remonter à ton nom, ton adresse. Rien n'est plus simple. C'est rapide. Et c'est gratuit.

Zoe se contenta de la fixer d'un air horrifié.

— Nous allons nous rendre tous les trois chez toi, Zoe. Nous allons prendre ton ordinateur et tout ce dont tu peux avoir besoin pour passer la nuit ailleurs que dans ton appartement.

— Ailleurs ? Mais où…

— Si tu as échangé des e-mails avec Jenny Lindeman, Breakneck a déjà ton nom, ou alors il ne tardera pas à le connaître. Je pense que demeurer chez toi serait une très, très mauvaise idée. Sauf, bien sûr, si tu veux mourir.

48.

Mercredi 28 janvier
23 h 35

Zoe occupait la moitié d'une modeste maison jumelle à l'est de la ville, non loin de la faculté de Rock Valley. L'appartement était plongé dans l'obscurité.

— Tu n'as pas laissé une lumière allumée ?

— J'ai oublié.

— Ne commets plus d'erreur de ce genre. L'appartement voisin est occupé ?

— Pas en ce moment.

— La clé…

Zoe lui tendit sa clé et elles remontèrent le chemin qui menait à l'entrée. M.C. déverrouilla la porte et pénétra la première dans l'appartement, l'arme au poing.

— L'interrupteur ? demanda-t-elle.

— A droite de la porte.

M.C. le trouva et la lumière se fit dans la pièce. Relativement propre, constata M.C. Agréablement féminine.

Apparemment vide de toute présence humaine.

— Je vais vérifier le reste de l'appartement. Toi, tu restes là.

M.C. fit le tour des lieux avant de revenir à Zoe et Sam.

— Prends ton ordinateur et des affaires pour la nuit.

Zoe obtempéra mais revint un instant plus tard.

— Il a disparu. Mon ordinateur portable a disparu.

M.C. sentit le sang lui battre aux tempes.

— Tu en es sûre ?

Le tueur avait déjà retrouvé Zoe.

Si elle était restée à la maison, elle serait morte.

— Fais ton sac, ordonna M.C. Prends assez d'affaires pour plusieurs jours. Tout ce dont tu penses avoir besoin. Tu n'es pas en sécurité, ici.

49.

Jeudi 29 janvier
0 h 40

Après qu'elle eut tranquillisé Zoe et qu'elle l'eut installée dans la chambre d'amis, M.C. revêtit son pyjama le plus douillet et se fit une tasse de chocolat chaud. Elle se lova sur le canapé, en espérant se réchauffer.

Elle avait le cafard. Elle était désillusionnée. Et elle avait le cœur brisé.

Elle se demanda si cela aurait été plus facile d'apprendre la vérité sans participer à l'enquête. Elle aurait été furieuse. Choquée et incrédule. Elle aurait douté de chacune des affirmations de ses collègues.

Et, en fin de compte, elle aurait quand même éprouvé ce chagrin, cette terrible déception. Elle cala sa tête contre le dossier du canapé. Qu'est-ce qui avait bien pu conduire Tommy à la tombe ? La bonne vieille avidité, dans toute son atroce banalité ? Ou bien avait-il été motivé par quelque dessein plus grandiose — ou plus sombre ? Quelque chose que nul n'avait su soupçonner ?

Son téléphone portable se mit à vibrer. C'était Sam.

— Je suis devant ta porte. Je n'arrivais pas à dormir.

Pas vraiment surprenant.

— Moi non plus. Je viens t'ouvrir.

Quelques instants plus tard, elle le fit entrer. Il alla droit vers le canapé et s'y écroula.

— Où est Zoe ?

— Elle dort.

— Je crois qu'elle a menti au sujet de Tommy.

M.C. prit sa tasse, s'aperçut que ses doigts tremblaient et la reposa sur la table basse.

— Comment ça ?

— J'ai gambergé. S'il l'a recrutée, pourquoi ne m'a-t-il pas recruté aussi ?

Elle réfléchit un instant.

— Parce que tu fais partie de la famille, finit-elle par répondre. Il voulait conserver les apparences, faire illusion sur sa vraie personnalité. Continuer à nous faire croire qu'il était honnête, comme on pensait tous qu'il l'était.

Il lui en coûtait de prononcer ces mots méprisants. A en juger par la grimace qu'il fit, il en coûtait à Sam de les entendre.

— Je me sens minable, dit-il.

— Moi aussi.

Sam la regarda, les yeux pleins de larmes.

— Je l'aimais tant. Il était mon modèle.

— Je sais, mon vieux, dit-elle. Moi aussi.

Il y eut un silence que Sam fut le premier à rompre.

— J'ai étudié le téléphone de Tommy. Vingt-cinq des entrées de sa liste de contacts m'ont paru bizarres.

— Bizarres ? répéta-t-elle.

— Etranges, quoi… Des numéros… Des numéros qui ne sont pas des numéros.

M.C. secoua la tête.

— Ça ne veut rien dire, ça.

— Excuse-moi. Je suis épuisé… Des numéros qui ne sont pas des numéros de téléphone.

— Je peux voir ?

Il sortit un carnet à spirale de son sac à dos, l'ouvrit et le lui tendit.

— Regarde cette page. Tu reconnais ces noms ?

Elle parcourut la liste.

— Non.

— Eh bien, moi non plus. Maintenant, regarde les numéros.

Elle le fit et constata :

— Neuf chiffres, au lieu de dix.

— Exact. Un numéro local comporte sept chiffres. Avec l'indicatif, ça fait dix.

— Alors, c'est quoi, ces numéros ?

— Aucune idée. J'ai fait une recherche sur l'annuaire électronique, pour en avoir le cœur net. Rien.

— Ce sont peut-être des codes, dit-elle. Mais à quel usage ?

— Et comment les déchiffrer ?

Les chiffres devinrent flous devant ses yeux.

— Pas ce soir, en tout cas. Faisons quelque chose de plus facile, d'abord.

Il reprit le carnet, en feuilleta quelques pages.

— Des noms et des numéros que j'ai vérifiés. Regarde.

Une longue liste, à ce qu'elle vit. Divisée en catégories : liste de contacts, appels passés, appels reçus, numéros composés sans que ça réponde. La plupart des noms étaient de simples prénoms. Certains étaient constitués du prénom et d'une initiale. Il n'y avait qu'une poignée de noms complets. M.C. se dit qu'il allait falloir comparer cette liste avec celle des clients de Tommy.

Elle en reconnut d'ailleurs elle-même un grand nombre comme étant des membres de la famille ou des amis de Tommy. Elle remarqua aussi le numéro de téléphone du FBI, vers lequel un appel avait été émis à deux reprises.

— Tu m'as dit que tu avais vérifié ces numéros ?

— Soit en téléphonant, soit en ligne.

— C'est du bon boulot. Et les textos ?

— J'ai pas encore regardé.

Il bâilla avant d'ajouter :

— Je vais le faire maintenant.

— Non, là, tu as besoin de dormir.

Il fit mine de protester mais elle le coupa net.

— Si tu travailles dans cet état de fatigue, tu vas fatalement commettre des erreurs. Et puis, moi, je suis hors-service.

— Je peux dormir ici ? Je me contenterai du canapé.

Elle repensa à l'habitude qu'il avait prise de venir s'écrouler à l'improviste chez Tommy.

— Bien sûr, Sam. L'hôtel Riggio est ouvert jour et nuit.

50.

Jeudi 29 janvier
6 h 25

Après que Sam se fut couché, M.C. essaya de trouver le sommeil. Mais la sarabande de ses pensées l'en empêcha. Elle se tournait et se retournait dans son lit, tandis que se bousculaient dans son esprit les numéros de la liste de contacts de Tommy.

Des codes, sans doute. Enfin, peut-être. A quoi d'autre pouvaient correspondre ces séquences numériques ? Des codes postaux. Des numéros de comptes. Ou de cartes de crédit. Ou de matricules de détenus…

Lorsque le soleil vint finalement poindre à l'horizon, elle avait renoncé à dormir et se rendit sur la pointe des pieds dans la cuisine. Elle prit soin de fermer la porte séparant la cuisine du salon pour ne pas réveiller Sam.

La seule chose qu'elle tenait pour certaine était qu'elle avait besoin de l'aide de Kitt. Elle avait besoin de son sens de la déduction. Le temps était venu de confesser ses péchés et d'implorer le pardon de sa partenaire. Et il fallait qu'elle le fasse de vive voix. Dans les locaux de la brigade.

Cette perspective lui parut effroyable.

Elle se versa une autre tasse de café, sans pouvoir penser à autre chose qu'à ces numéros mystérieux. Elle s'efforça de se remémorer la liste des noms. Celui de Matt Martin n'y figurait pas. Pas plus que celui de Jenny Lindeman. Contrairement à celui de Zoe.

Bien sûr, cette liste de noms reposait sur les numéros disponibles à la mémoire dans le téléphone portable de Tommy. Une fois qu'elle aurait tout révélé à Kitt et confié l'appareil à l'Identification, on pourrait localiser *tous* les appels, passés ou reçus.

Martin. Lindeman. Tommy. Zoe Petersen. Elle se frotta le bout du nez, faisant défiler les noms dans sa tête. Il lui fallait établir un rapport direct entre les victimes. Un lien plus solide que…

Les noms… Matt Martin et Zoe Petersen. Elle ouvrit son téléphone portable et composa le numéro d'Erik.

Il répondit d'une voix endormie.

— J'ai une question à vous poser, dit-elle. Hier, vous avez dit que le nom de Matt Martin ne vous disait rien. Aurait-il pu cependant avoir été un patient de *Kids in Crisis* ?

Il resta muet pendant un instant. Elle ne sut s'il fallait attribuer ce silence à la surprise ou s'il prenait simplement le temps de fouiller dans sa mémoire.

— C'est possible, finit-il par répondre. Il n'était certainement pas un de mes patients, mais il y a deux autres médecins dans l'équipe.

— Et Zoe Petersen ?

— Ce n'est pas non plus une de mes patientes. Mais ça ne veut pas dire que…

Elle l'interrompit :

— Comment le savoir ? C'est important, Erik.

— Je vais appeler Gina. Si elle ne le sait pas par cœur, elle sera heureuse de se renseigner. Ne raccrochez pas.

Il mit M.C. en attente pendant un moment, avant de revenir au bout du fil.

— Elle ne répond pas. Elle est peut-être sous la douche. Donnez-moi quelques minutes, je vous rappelle.

Ce qu'il fit vingt minutes plus tard.

— Elle ne répond toujours pas.

— Merde.

— Ecoutez, je dois me rendre au centre de soins, de toute façon.

— Vous y serez dans combien de temps ?

— Une demi-heure, quarante minutes au plus tard.

Cela suffisait à M.C. pour se doucher et s'habiller.

— A tout de suite, alors.

Elle avait vu juste : lorsqu'il rappela, elle avait achevé ses ablutions et s'était séché les cheveux.

— Je suis au centre de soins, et je viens de lancer une recherche dans notre base de données. Rappelez-moi les noms.

— Matt ou Matthew Martin. Et Zoe Petersen.

— Martin, d'abord.

Quelques secondes plus tard, il lui dit :

— Désolé, pas de Matt Martin.

— Et l'autre nom ? Zoe Petersen…

— Ne quittez pas.

Elle l'entendit pianoter sur un clavier.

— Elle y est, dit-il. Zoe Elizabeth Petersen. Elle est suivie par Dave Gilbert.

« Le voilà, le rapport solide et matériel entre deux crackers », se dit-elle.

— Vous ne pouvez pas savoir combien ça va nous être utile, Erik. Désolée, mais je dois y aller.

51.

Jeudi 29 janvier
7 h 40

Jackson faisait face à la rangée de distributeurs automatiques, glissant quelques pièces dans l'un d'entre eux. Il avait l'air épuisé.

Kitt secoua la tête. Encore un malheureux, complètement déséquilibré.

— Salut, Jackson, lança-t-elle. Tu as une bonne excuse ?

Il la dévisagea et dit :

— C'est meilleur dans ces machines.

Elle secoua la tête de nouveau.

— Non, pas seulement pour ça… Je te demande si tu as une raison valable d'être ici, d'avoir cette mine de déterré, et de remplacer le petit déjeuner par Dieu sait quelle saloperie.

Il sourit.

— J'ai pas pu résister.

Il s'empara du paquet de minicookies qui venait de chuter dans le réceptacle.

— Tu vois ce que je veux dire ? ajouta-t-il.

Elle ne le savait que trop bien.

— Conseil d'experte : vas-y mollo avec ce genre de bouffe.

Elle s'aperçut, au regard ébahi de Jackson, que cette mise en garde lui faisait autant d'effet que le choc d'une balle en mousse sur son crâne épais.

— C'est pas grave, Jackson. Bon appétit!

— Merci.

Il ouvrit le paquet.

— Riggio est dans le coin?

— Elle n'est pas encore arrivée.

— J'ai trouvé quelque chose en rapport avec la recherche qu'elle effectuait. C'est plutôt obscur, sans doute pas grand-chose, mais…

— Quelle recherche?

— Breakneck.

Il engouffra plusieurs cookies et se mit à parler la bouche pleine.

— Je m'apprêtais à lui transmettre directement, mais, puisque t'es là, tu pourras lui transmettre?

Breakneck?

— Ce serait super, dit-elle en s'efforçant de maîtriser son expression. Qu'est-ce que t'as trouvé?

— Je suis tombé sur ce nom dans un PV d'interrogatoire, dans la bouche d'un suspect. Une affaire de meurtre. Celui d'Alexander Tandy. Ça remonte à une dizaine d'années.

Kitt fouilla dans sa mémoire, mais en vain.

— Je ne me souviens pas d'un Tandy ou d'un Breakneck.

— Pas étonnant. C'est le FBI qui a été chargé de l'enquête. Tandy devait témoigner dans le cadre d'un procès où devait être jugé un crime fédéral. Le bruit courait que sa tête avait été mise à prix par ses complices.

— Et Breakneck serait le nom de code du…

— Tueur à gages qui a exécuté le contrat. Ça n'a sans doute rien à voir avec ton enquête, mais on ne sait jamais.

Tu l'as dit, bouffi. Même à propos de nos partenaires.

— Bon, tu le diras à Riggio, hein ? dit Jackson.

— Tu peux compter sur moi.

Elle se força à sourire.

— Tu l'as trouvé où, cette info ?

— C'est Miller. La mémoire de ce mec me stupéfiera toujours.

Stupéfiée, Kitt l'était vraiment tandis qu'elle remontait le couloir. Elle n'arrivait pas à croire que M.C. lui avait fait un coup pareil : lui cacher des indices, jouer perso. Après tous les sacrifices que Kitt avait faits pour que M.C. reste dans l'enquête.

Etait-ce une erreur ? M.C. avait-elle simplement oublié de mentionner cet indice ?

Riggio, oublier de mentionner un indice ?

Kitt voulut lutter pour maîtriser sa colère. Mais n'y parvint pas.

Quelle sale petite hypocrite, cette M.C.

Kitt avait mis en péril sa relation avec Joe pour aider M.C., et voilà comment celle-ci la remerciait.

D'ailleurs, comment M.C. l'avait-elle trouvé, cet indice ? Et puis, pourquoi le lui avait-elle caché ?

Kitt revint s'asseoir à son bureau et lâcha un soupir, s'efforçant de conserver son sang-froid. Pour contenir sa colère et surmonter l'impression cuisante d'avoir été trahie — pour analyser calmement la situation.

Il n'y avait que deux raisons qui auraient pu inciter M.C. à lui faire des cachotteries de ce genre. Pour protéger quelqu'un : Tommy, par exemple — ou plutôt sa mémoire — en dissimulant des détails tant qu'elle n'aurait pas une idée plus nette de l'implication de son cousin dans des trafics louches. Ou pour se protéger elle-même, parce qu'elle avait agi en dehors de la procédure légale pour se procurer des informations impossibles à trouver autrement — ou pour les obtenir plus rapidement qu'en observant les règles.

Et elle n'avait pas assez confiance en Kitt pour jouer à ce petit jeu avec elle.

Là, elle avait bien raison ! songea Kitt. Elle avait promis à Sal qu'elle empêcherait M.C. de déraper. Qu'elle protégerait le service.

Elle avait donné sa parole. Elle avait renoncé à tant de choses pour cela.

Son téléphone portable se mit à vibrer. Elle consulta l'écran : c'était M.C. Très probablement pour lui annoncer qu'elle arrivait.

Kitt ne répondit pas. Elle voulait la regarder droit dans les yeux lorsqu'elle se trouverait en sa présence. Elle voulait pouvoir estimer face à face si sa partenaire lui disait la vérité.

Cette pensée l'ébranla. Elles avaient fait tant d'efforts pour surmonter leurs différences. Du moins, c'est ce que Kitt croyait.

Comment allait-elle pouvoir faire confiance à M.C. désormais ?

52.

Jeudi 29 janvier
8 h 15

M.C. avait beau s'efforcer de se concentrer sur la route, ses pensées défilaient à toute allure. Zoe avait été une patiente de *Kids in Crisis*; il y avait là un nouveau lien entre les crackers. Un autre indice qui ramenait à Gina et à KIC.

M.C. pénétra en hâte dans le parking du centre de police. Il était temps de mettre Kitt au courant. Plus que temps. S'expliquer du mieux qu'elle le pouvait. Implorer le pardon de son amie.

Elle avait merdé, c'était aussi simple que ça.

Elle avait appelé Kitt et laissé un message. Et sa partenaire ne l'avait toujours pas rappelée. M.C. trouva une place libre, se gara et sortit promptement de son Explorer. Elle se précipita dans le bâtiment et atteignit sans tarder les locaux de la brigade, le cœur battant.

Elle trouva Kitt à son bureau, le nez dans son ordinateur portable.

— J'ai du nouveau, partenaire. Il faut qu'on cause.

— Il faut qu'on cause, en effet, dit Kitt en levant les yeux vers M.C. J'ai un message pour toi.

— Un message ?

— De la part de Jackson. A propos de Breakneck… Tu veux qu'on en parle ici ?

M.C. en eut le souffle coupé. Trop tard. Elle arrivait trop tard. Elle désigna l'une des salles d'interrogatoire. Kitt hocha la tête et, quelques instants plus tard, elles se retrouvèrent face à face dans la petite pièce fermée.

— Laisse-moi t'expliquer, dit M.C.

— M'expliquer quoi ? Pourquoi tu as menti et caché des indices à ta partenaire ? Comment tu as obtenu ces indices ? Et pourquoi tu mènes une enquête parallèle, derrière mon dos ?

— Je suis désolée.

— Je me fiche de tes excuses. Je t'ai soutenue. Je me suis portée garante de toi vis-à-vis de Sal. J'ai mis ma vie privée en suspens. Tout ça pour toi… Et voilà comment tu me remercies !

— J'ai été obligée d'agir ainsi. Je n'avais pas le…

Choix. Elle ravala ce mot soudain dérisoire.

— Tu m'avais promis d'être franche avec moi. Et que, si tu dérapais, je serais la première à en être informée… Eh bien, voilà exactement ce que j'appelle déraper. Pas toi ?

— Sam a trouvé Zoe.

Elle vit qu'il fallut un moment à Kitt pour bien comprendre ce que cela signifiait. Lorsqu'elle estima que c'était chose faite, M.C. ajouta :

— Elle avait le téléphone de Tommy.

Kitt s'assit.

— Continue.

— Elle ne s'est pas présentée spontanément parce qu'elle était traumatisée. Elle avait peur d'être arrêtée.

— Pas étonnant ! explosa Kitt. Elle était présente sur les lieux du crime. Et le téléphone était là pour le prouver. Elle aurait dû subir un interrogatoire officiel !

— C'est vrai que j'ai déconné. Grave, même. Mais écoute-moi. Elle affirme avoir trouvé Tommy après son exécution. Elle n'a accepté de sortir du bois qu'à la condition de me rencontrer toute seule.

— Et tu as accepté ? A cause de ton implication personnelle ?

Elle se leva en prenant un air dégoûté.

— Tu n'es pas une bleue, Riggio. Tu es une flic expérimentée qui aurait dû se méfier. Nom de Dieu, elle pourrait être n'importe où à l'heure actuelle !

— Je sais exactement où la trouver.

Kitt se prit la tête à pleines mains. M.C. réalisa qu'elle cherchait ainsi à maîtriser sa colère.

— Elle est dans le pétrin, Kitt. Elle est sur la liste de Breakneck.

Kitt se rassit.

— Commence par le commencement.

C'est ce que fit M.C., en débutant son récit par l'appel de Sam disant qu'il avait retrouvé Zoe. Elle précisa ensuite les conditions que Zoe avait posées pour une rencontre, et comment elle avait décidé d'accepter ces conditions.

— A l'instant où elle m'a remis le téléphone de Tommy, j'ai compris que j'avais commis un impair. Mais j'étais coincée, et je ne savais pas comment m'en sortir. Je lui ai fait rédiger et signer une déposition.

— Génial. Recueillie officieusement comme elle l'a été, cette déposition n'a aucune valeur juridique.

M.C. poursuivit son récit.

— Zoe prétend être passée chez Tommy, ce matin-là, pour le convaincre de l'aimer. Elle est entrée et, comme moi un peu plus tard, elle a trouvé Tommy dans la salle de bains.

— Et le téléphone ?

M.C. inspira profondément.

— Elle s'en est tenue à la version qu'elle avait donnée quand elle avait appelé la brigade. Elle l'a vu sur le meuble, s'en est emparée sur une impulsion et s'est enfuie.

— Et ce Breakneck, d'où tu sors ça ?

— C'est un nom que j'ai trouvé sur un petit bout de papier, coincé entre le clavier et l'écran du téléphone de Tommy.

— Tout ça me paraît bien vaseux.

— Je sais, mais je suis persuadée qu'elle n'a pas tué Tommy.

— Et Jackson ?

— J'étais sur l'ordinateur et il a jeté un coup d'œil sur mes critères de recherche. Il m'a demandé ce que je cherchais.

Kitt prit un air songeur.

— Il m'a dit que Miller s'était souvenu que ce nom, Breakneck, était apparu dans une affaire de meurtre. Un contrat. C'est le FBI qui était chargé de l'enquête.

M.C. hocha la tête.

— C'est ce que l'agent Smith m'a confirmé. Ce Breakneck serait un tueur professionnel. Très efficace. Et extrêmement dangereux. Il est dans le collimateur du FBI depuis pas mal de temps, mais ils n'ont jamais pu en savoir plus.

— Tu es allée voir l'agent Smith ? dit Kitt d'une voix tendue.

— J'avais besoin de lui parler. Et je savais qu'il ne chercherait pas à savoir comment je m'étais procuré cet indice.

— Et qu'est-ce que tu as déduit de toutes ces démarches irrégulières ?

— Breakneck est en train d'éliminer tous ces jeunes un par un.

— Pourquoi ?

— Il y a deux hypothèses. La première : il a peut-être été engagé pour tuer toute personne ayant été au courant du vol des cinq cent mille dollars.

— Quel est le problème, avec cette hypothèse ?

— Ce Breakneck est un tueur de haut vol. Et ces jeunes semblent être des cibles trop faciles pour recourir aux services d'un tel professionnel.

— Deuxième hypothèse ?

— Ils ont piraté ses données personnelles et se sont emparés de son argent. Et il s'est mis à les liquider un par un.

— Une vengeance…

— Peut-être. Ou peut-être ne cherche-t-il qu'à protéger son anonymat.

— Comment les a-t-il retrouvés ?

— C'est la grande question.

— Et c'est aussi le problème que pose cette hypothèse.

Kitt laissa échapper un soupir de frustration et demanda :

— Où est le téléphone de Tommy ?

— Je l'ai.

— Il me le faut, le plus vite possible. Le laboratoire de la police scientifique de l'Etat est seul capable de procéder à une analyse complète de cet appareil.

— J'ai demandé à Sam de faire son autopsie.

— Sam ?

M.C. se sentit rougir face à l'incrédulité de sa partenaire.

— Enfin, une autopsie partielle.

— Et alors ?

M.C. s'éclaircit la gorge, se sentant idiote.

— Dans la liste des contacts de Tommy, il y avait des numéros bizarres. Codés, peut-être, c'est difficile à dire. Des noms placés en face de numéros qui ne sont pas des numéros de téléphone.

— Où est la fille, en ce moment ?

M.C. hésita une fraction de seconde et Kitt dit d'un ton dégoûté :

— Encore des cachotteries, M.C. ?

— Elle est chez moi, pour sa propre sûreté. Petersen et Lindeman se connaissaient. Je suis allée chez Zoe pour récupérer son ordinateur… et il avait disparu.

— Elle fait partie de la bande de crackers.

— Oui.

— Et Tommy?

— Lui aussi en faisait partie, dit-elle d'une voix égale. Elle m'a dit que c'était lui qui l'avait recrutée.

— Et tu la crois?

— Je voudrais ne pas la croire. Mais, oui, je pense que c'est vrai.

Kitt la dévisagea.

— Il faut boucler cette Petersen. Pour lui faire subir un interrogatoire officiel.

— Elle flippe à mort. Elle pourrait se défiler.

— On va faire en sorte qu'elle ne puisse pas nous filer entre les doigts. C'est dans notre intérêt comme dans le sien.

— Autre chose : Zoe était patiente à *Kids in Crisis*. J'ai appris ça aujourd'hui.

— Et merde!

— C'est bien ce que je pense. Si on est à la poursuite d'un manipulateur de jeunes, qui serait mieux placé pour les instrumentaliser qu'un psychologue chargé de les suivre?

— Ce qui rend suspecte toute personne liée de près ou de loin à KIC, y compris Erik.

— C'est ce que je pense aussi, même si ce n'était pas lui qui la suivait en personne.

— C'est tout, M.C.? Tu m'as tout dit?

— Oui.

— Comment puis-je être sûre que tu me dis la vérité?

Cette question piqua M.C. au vif. Il ne faisait d'ailleurs aucun doute que Kitt l'avait posée précisément dans ce but.

Et il ne faisait aucun doute que M.C. le méritait.

— Il va falloir que tu me fasses confiance…

— Ça ne va pas être facile.

M.C. ne cilla pas.

— Je te comprends.

Son téléphone portable se mit à vibrer. Elle consulta le clavier mais ne reconnut pas le numéro qui s'y affichait.

— Riggio à l'appareil.

— M.C., ici Erik.

Sa voix était chancelante.

— Je vous appelle parce que je ne sais pas à qui d'autre m'adresser.

— Calmez-vous, Erik, et dites-moi ce qui ne va pas.

— C'est au sujet de Gina. J'ai essayé de la joindre à plusieurs reprises, en vain. Alors je suis allé chez elle. Je l'ai trouvée et… elle est morte !

M.C. mit un instant à réaliser ce qu'il venait de crier. Elle ne pouvait plus respirer, encore moins parler.

— Vous êtes encore sur place ? parvint-elle finalement à demander.

— Oui.

— Appelez police secours. Dites-leur ce que vous m'avez dit. Ils vont envoyer une voiture de patrouille. Restez où vous êtes et ne touchez à rien. Lundgren et moi, on arrive tout de suite.

53.

Jeudi 29 janvier
9 h 35

Gina habitait à Willow Wood, un quartier très agréable de l'est de Rockford. Entièrement neuf et constitué de grandes demeures pourvues de vastes jardins, Willow Wood appartenait à un tout autre monde que celui des modestes quartiers de l'ouest de la ville, où M.C. et Gina avaient grandi.

M.C. s'arrêta devant la somptueuse maison de Gina. En la contemplant, M.C. se fit la réflexion que décidément, riches ou pauvres, tout le monde était égal devant la mort. En passant de vie à trépas, on laissait tous ses biens terrestres derrière soi.

Les voitures de police secours étaient déjà sur place et des agents en uniforme étaient en train de sécuriser la scène. M.C. entendit dans le lointain résonner les hurlements d'une sirène — l'ambulance, songea-t-elle.

Erik était prostré sur le ravissant perron. Il avait l'air d'avoir pris dix ans depuis la veille.

M.C. et Kitt allèrent droit vers lui.

— Erik? dit M.C.

Il la regarda d'un air absent.

— Merci d'être venues.

Il avait prononcé ces mots comme s'il les avait invitées à dîner. M.C. lui toucha la main.

— Vous êtes gelé.

— Je ne peux pas rentrer là-dedans.

— Je comprends. Vous voulez une couverture ? On pourrait parler dans une des voitures de patrouille.

— Je vais très bien.

C'était faux, à l'évidence. Mais ce n'était pas à elle d'en décider.

— Il faut que vous nous racontiez exactement ce qui s'est passé.

Il hocha la tête mais resta muet.

— Commencez par le commencement, docteur Sundstrand, dit Kitt. Comment se fait-il que vous soyez venu ici ?

Erik regarda Kitt.

— Je n'arrivais pas à la contacter. Or c'était inhabituel. J'exige de tous mes assistants qu'ils soient toujours joignables.

Un peu comme chez les flics.

— Continuez, dit M.C.

— J'ai pensé que je ferais mieux d'aller chez elle pour voir si tout allait bien. J'avais peur qu'elle soit malade… ou qu'il lui soit arrivé quelque chose de grave.

Kitt intervint.

— Comme quoi, docteur Sundstrand ?

— Je ne sais pas… Un accident. Certainement pas ça, en tout cas…

Kitt prit un air soucieux.

— Ça me paraît quand même étrange, dit-elle. Vous vous inquiétez comme ça pour tous vos employés ?

Cette question parut l'offusquer.

— Qu'est-ce que vous insinuez ?

— Vérifier qu'une employée va bien en débarquant chez elle, comme ça…

— Vous ne comprenez pas.
— C'est clair, alors aidez-moi à comprendre.
— Elle était tout le temps joignable. Ça faisait partie du boulot.
Ses traits se durcirent lorsqu'il ajouta :
— Or je n'arrivais pas à la contacter. Elle vit… Elle vivait seule et j'ai pensé qu'il était de mon devoir de vérifier que tout allait bien.
— Essayons d'avancer, dit M.C. Qu'est-ce qui s'est passé ensuite ?
— J'ai sonné. N'obtenant pas de réponse, j'ai essayé d'ouvrir la porte.
— Celle de devant ou celle de derrière ? demanda Kitt.
Il hésita un instant, l'air troublé.
— Celle de devant. Elle n'était pas verrouillée.
Il se frictionna les mains. M.C. remarqua qu'il tremblait.
— J'ai appelé. Pas de réaction. Alors je me suis mis à la chercher dans…
Il s'interrompit, porta son regard sur l'ambulance qui venait d'arriver. Il observa les ambulanciers tandis qu'ils se précipitaient avec leur équipement dans la maison.
— Vous avez trouvé Gina ? demanda Kitt en essayant de ramener l'attention d'Erik sur l'interrogatoire.
Il ferma les yeux.
— Dans sa chambre, murmura-t-il.
Qu'il se soit permis d'aller dans la chambre à coucher de Gina, même dans une telle situation, voilà qui frappa M.C. comme étant une marque de familiarité excessive dans le cadre d'une relation normale entre employeur et employé. Cela semblait confirmer les dires de Gina, qui avait admis qu'ils étaient amants.
— Et elle était morte ?
Il hocha la tête.
— Vous avez tâté son pouls ?

— Non. Je n'y ai pas pensé… Non.

— Vous l'avez touchée, d'une manière ou d'une autre ?

Il secoua la tête.

— Je suis sorti en courant sur le perron et je vous ai appelée.

— Merci, Erik, dit-elle doucement. Il faut que j'aille faire un tour dans cette maison, mais il se peut que je doive vous poser d'autres questions, par la suite. Ça vous dérangerait de m'attendre dans une des voitures de patrouille ?

Elle perçut une légère transformation de son expression. Réalisait-il qu'il pouvait être soupçonné ? Sentait-il combien sa situation était délicate, étant celui qui avait trouvé le corps de Gina ? Ou était-ce une méfiance subite et instinctive ?

Ou peut-être s'imaginait-elle des choses ?

Elle sentit qu'il la regardait tandis que Kitt et elle signaient le formulaire de présence et pénétraient dans la maison. M.C. jeta un coup d'œil à sa partenaire.

— Tu ne trouves pas que ses réponses étaient un peu évasives ?

— Je suis sûre qu'il nous cache quelque chose. Le tout est de savoir quoi…

Kitt se tourna vers M.C. et ajouta :

— Je veux une vérification complète des téléphones de DeLuca. Tous les appels qu'elle a passés et tous ceux qu'elle a reçus.

Elles suivirent le son des voix jusqu'à la victime. Devant la porte de la chambre, elles croisèrent les ambulanciers.

— On ne peut plus rien pour elle, dit l'un d'eux.

— Bonne journée, dit l'autre.

M.C. et Kitt entrèrent dans la vaste chambre à coucher. Gina était étendue sur le dos sur la moquette blanche maculée de rouge. Le sang dessinait comme une aura irrégulière et menaçante autour de la tête et des épaules.

Elle avait reçu une balle dans l'œil droit. Une mort affreuse — un spectacle horrible. Pas étonnant qu'Erik ait eu l'air traumatisé.

M.C. regarda Gina et fut prise d'une infinie tristesse. Des souvenirs affluèrent dans sa mémoire, la plupart bons, d'autres mauvais. Elles avaient appartenu à la même famille. Et, dans un passé lointain, elles avaient été amies. Chacune représentait pour l'autre une tranche de leurs vies respectives — même si Gina s'était très vite retournée contre elle. La vie n'était-elle pas faite ainsi, d'une part égale de joies et de peines ? Les moments les plus mémorables n'étaient-ils pas les plus pénibles ?

— Ça va ? demanda Kitt en enfilant des gants en latex.

— Je m'accroche.

Elle imita Kitt et s'accroupit à côté du corps. Gina était vêtue d'un blue-jean et d'un pull blanc tout simple. Le blanc du pull et celui de la moquette créaient un étrange effet d'optique.

— Pas de maquillage, murmura Kitt. On dirait que ses cheveux étaient mouillés quand c'est arrivé.

M.C. leva les yeux.

— La lumière de la salle de bains est allumée.

Elle se leva et traversa la pièce pour se rendre dans le vaste cabinet de toilette attenant à la chambre. Des serviettes gisaient en boule sur le carrelage. M.C. les palpa et s'aperçut qu'elles étaient humides.

Elle se tourna vers la vasque. Un sèche-cheveux était posé dessus. Ainsi qu'un fer à friser, branché, dont le voyant lumineux clignotait frénétiquement. Du maquillage, des fioles et des flacons étaient éparpillés sur le plan de la vasque. Elle se souvint de la beauté de Gina moins de vingt-quatre heures auparavant et sa gorge se serra. Et si Gina avait été franche quand elle lui avait proposé une réconciliation ? Et si elle lui avait tendu le calumet de la paix en toute sincérité ?

— M.C. ? T'as trouvé quelque chose ?

Elle s'éclaircit la gorge.

— On dirait qu'elle était en train de faire sa toilette quotidienne. Ça va nous aider à établir l'heure du décès.

Elle rejoignit sa partenaire. Celle-ci la regarda d'un air interrogateur.

— Elle avait peut-être de la compagnie ?

— C'est possible.

Les gens de l'Identification firent leur entrée. Miller, Sorenstein et Jackson.

— Salut, les filles, dit Sorenstein. Comme on se retrouve…

— On en a, de la chance !

Francis entra à son tour dans la chambre et dans la conversation.

— J'ai l'impression que cette femme a manqué de chance, quant à elle.

Il enfila ses gants et ajouta :

— Quel est le tableau ?

— Blessure par arme à feu, dit Miller. Une certaine Gina DeLuca. Morte et bien morte.

Du coin de l'œil, M.C. vit Kitt ouvrir la bouche, sans doute pour révéler le lien familial qui unissait M.C. à la victime. Elle leva la main pour l'en dissuader. Cela se saurait bientôt, de toute façon. Pour l'heure, elle voulait qu'on la laisse agir comme sur n'importe quelle autre scène de crime.

— Merci pour cette analyse d'expert, inspecteur Miller, dit le médecin légiste d'un ton sec. Je crois que je vais jeter un petit coup d'œil moi-même.

Kitt et M.C. lui laissèrent la place et allèrent inspecter le reste de la maison pendant que Francis s'affairait auprès du cadavre. Il y avait quatre chambres à coucher, dont celle de Gina. Les trois autres étaient décorées avec goût et impeccablement rangées. Les cabinets de toilette attenants respiraient également l'ordre et la propreté. Chacun abritait un panier contenant des produits de soin, taille échantillon.

— Ta cousine voyageait beaucoup, dit Kitt. On dirait qu'elle se servait dans les hôtels.

Elle farfouilla dans un des paniers et lut les étiquettes des échantillons.

— Le Phoenician, Phoenix… Le Ritz-Carlton, La Nouvelle-Orléans… Le Grand Hyatt, New York… Ça coûte cher, tout ça.

— Sauf quand c'est un admirateur qui paie…

— Allons examiner le reste de la maison.

La cuisine était vaste et aurait comblé le cordon-bleu le plus exigeant. Pourtant, M.C. n'imaginait pas Gina passant beaucoup de temps à faire la cuisine.

— Une tasse à café dans l'évier, dit-elle. Un bol avec des résidus de ce qui semble être de la bouillie d'avoine.

M.C. ouvrit le lave-vaisselle. Il ne contenait pas grand-chose : une demi-douzaine d'assiettes et de couverts. Elle passa à la poubelle.

— Pas grand-chose, ici. Un emballage vide de LeanCuisine.

— On dirait qu'elle a passé la soirée ici, hier. Toute seule.

Kitt hocha la tête.

— Intéressant. A quelle heure est-elle passée chez toi ?

— Vers 8 heures et demie. A peu près.

— Après l'heure du dîner, donc. Est-ce qu'elle est venue directement ici après t'avoir quittée ? Ou bien est-ce qu'elle s'est arrêtée en chemin ? Tu crois qu'elle avait un amant régulier ?

— Erik, peut-être. Je vais me renseigner.

Elles passèrent dans le salon. La télécommande du téléviseur gisait sur un canapé d'aspect confortable, un tapis afghan décorait le sol et il y avait sur la table une assiette ne contenant que des miettes.

— Des cookies, à mon avis, pensa Kitt tout haut.

— Ou du gâteau. Nous autres Italiens, on aime bien les gâteaux.

— Quoi qu'il en soit, on peut déduire de tout ce qu'on a vu que c'était une femme qui vivait seule et qui était seule chez elle le soir de la veille de son assassinat.

Il ne restait qu'une pièce. Un bureau.

M.C. promena son regard dans cette pièce suréquipée.

— Pas d'ordinateur… Ah, le fils de pute ! Ce salaud a été plus rapide que nous, une fois de plus.

— Les apparences sont peut-être trompeuses.

— Voyons voir ça…

M.C. traversa la pièce jusqu'à la table de travail et se mit à ouvrir des tiroirs au hasard. Du papier, des stylos et d'autres fournitures de bureau. Un paquet de chewing-gums sans sucre. Des menus de plats à emporter.

Des photos en vrac.

Elle en fit un tas qu'elle entreprit de feuilleter.

— Oh, mon Dieu ! s'exclama-t-elle.

Des photos de Gina avec Dan. Formant, à l'évidence, un couple. Ils se tenaient par la main. Souriaient face à l'objectif d'un air enthousiaste et béat.

M.C. en eut le souffle coupé. Elle ne pouvait détacher son regard des photos. Elle entendit Kitt venir derrière elle, elle la sentit regarder par-dessus son épaule.

— C'était avant qu'il te rencontre, j'en suis sûre.

— Alors, pourquoi ne m'en a-t-il jamais parlé ?

— Quand vous vous êtes rencontrés, il ne savait probablement pas que c'était ta cousine. Et quand il s'en est rendu compte, il savait que ça ne te plairait pas.

— Le soir de mes fiançailles, je les ai vus se parler.

Ça faisait mal, M.C. dut l'admettre. *Putain, ce que ça faisait mal.*

— Pourquoi ne me l'a-t-il pas dit ?

— Il allait te le dire, juste après. Ou le lendemain. Il n'en a pas eu la possibilité, hélas.

— Je ne saurai jamais, murmura M.C.

— M.C…

Kitt lui prit les photos des mains.

— Ne te fais pas du mal comme ça, reprit-elle. Ce type t'aimait. Il voulait t'épouser. Sa liaison avec Gina, très passagère sans doute, ne peut pas se comparer à un tel amour.

— Inspecteurs ?

Elles se tournèrent vers l'agent en uniforme qui se tenait dans l'embrasure de la porte.

— Le médecin légiste voudrait vous dire un mot.

— On arrive, dit Kitt. Merci.

Elle se tourna vers M.C.

— Qu'est-ce que tu veux faire ? A toi de décider…

— Rentrer chez moi pour m'écrouler. Tirer les couvertures sur mon visage, pour ne plus rien voir. Et faire comme si je n'avais jamais vu ces photos.

— Bonne idée, dit Kitt. Je te donne ma permission.

M.C. regarda fixement sa partenaire, le cœur battant à tout rompre. Le besoin criant de se retrouver en position fœtale luttait en elle contre celui de passer à l'action. Kitt ne lui en voudrait pas si elle se retirait pour panser ses blessures. Elle ne l'en mépriserait pas pour autant.

Oui, mais M.C., elle, s'en voudrait terriblement. Mary Catherine Riggio ployait mais ne rompait point. Et elle n'était pas une fuyarde.

— Non, je reste, j'ai un truc à finir.

— Bravo. Alors, allons-y.

Elles retournèrent dans la chambre à coucher principale.

— Déjà fini, Francis ?

— Ce cas est assez simple. Comme les précédents d'ailleurs.

— Ah non, sûrement pas « comme les précédents ».

— C'est là que vous vous trompez, inspecteur Lundgren. Ce

meurtre ressemble à celui de Jenny Lindeman. Et à celui de Tommy ou de Matt Martin.

— Expliquez-moi ça.

— L'assassin est un expert.

— Ça, oui, marmonna Kitt. Il bute des gens. Avec une redoutable efficacité.

— C'est ça, justement.

Il enleva ses lunettes et entreprit de les nettoyer avec sa manche de chemise.

— Le corps humain est incroyablement résistant. Donner la mort est beaucoup plus difficile qu'il n'y paraît. Et la mort n'est que rarement instantanée.

— Instantanée ? répéta Kitt.

— Tuer en trois secondes… Dans le cas présent, une balle dans l'œil. Dans celui de votre cousin, une balle dans la tempe. Les deux autres jeunes victimes, un cou brisé avec expertise. Toutes ces morts ont été provoquées en ciblant des points faibles de l'organisme.

En deux mots, du travail de professionnel.

Breakneck.

Il rechaussa ses lunettes.

— A cela, on peut ajouter l'absence de toute trace de lutte. Pas de blessures défensives. Il ne semble pas y avoir de résidus organiques sous les ongles.

— Une seule balle, parfaitement ajustée, murmura M. C.

Kitt se tourna vers elle.

— C'est arrivé comment, selon toi ?

— Sundstrand a dit que la porte était ouverte. Notre meurtrier est entré, a surpris Gina dans sa chambre et boum ! une balle dans la tête.

— Elle aurait pu aussi le laisser entrer, le mener dans la chambre où il l'a abattue.

— Autrement dit, connaissait-elle ou non son assassin ?

— Elle est morte depuis combien de temps ?

— Pas très longtemps. Quelques heures, répondit Francis.

— Attendait-elle quelqu'un ? Sundstrand, peut-être ? Peut-être que la porte n'était pas verrouillée ? Peut-être avait-il la clé ?

— Ou quelqu'un d'autre ?

Kitt regarda M.C.

— Il va falloir arrêter Sundstrand.

— Il va tout de suite faire appel à son avocat.

Miller prit la parole.

— C'est déjà fait, à en juger par la dégaine du type qui vient d'arriver. Ils papotent bien au chaud dans une énorme Mercedes.

54.

Jeudi 29 janvier
10 h 50

M.C. et Kitt sortirent de la maison. Une grosse Mercedes bleu nuit était en effet garée dans l'allée. Un homme d'allure distinguée était assis au volant. Erik était assis sur le siège du passager à côté de lui.

Kitt observa M.C. A en juger par son regard absent, sa partenaire avait atteint sa capacité maximale à encaisser les émotions fortes.

— Je m'occupe de celui-là, dit Kitt.

M.C. hocha la tête et demanda :

— Je téléphone à Smith pour lui annoncer la nouvelle ?

— Vas-y.

Elles se dirigèrent vers la Mercedes. M.C. ouvrit son téléphone portable et composa le numéro de l'agent. Elle l'informa du meurtre et se tourna vers Kitt.

— Il arrive. Dans une vingtaine de minutes.

Les portières de la Mercedes s'ouvrirent. Erik et son avocat sortirent de la grosse berline.

Erik fit les présentations :

— Mon avocat, Rick Kolb.

Erik Sundstrand était un homme riche et une personnalité locale.

Coupable ou innocent, il était assez avisé pour savoir comment se protéger.

Cela irritait considérablement Kitt.

— Inspecteurs, dit l'avocat, c'est un événement atroce. Horrible.

— Tous les meurtres le sont.

— Erik s'engage à vous aider, autant qu'il sera nécessaire, à faire en sorte que l'assassin de son employée soit traduit en justice.

Bien sûr. C'est pour ça qu'il vous paie trois cents dollars de l'heure.

— Je suis contente de l'apprendre, maître Kolb.

— Je suis préoccupé, cependant, par le fait que l'inspecteur Riggio ait demandé à mon client d'attendre ici. Non seulement les conditions climatiques sont insupportables…

Tous les regards se tournèrent vers la Mercedes.

— … mais mon client vient de subir un terrible choc. Il est tout simplement inacceptable de lui demander de rester sur la scène du crime.

— L'inspecteur Riggio vous a dit que vous étiez obligé de rester ? demanda Kitt à Sundstrand en feignant la surprise. J'en suis désolée, docteur Sundstrand. Vous êtes libre de vos mouvements, bien sûr. Mais avant de nous séparer, me permettrez-vous une ou deux questions ?

— Bien sûr, répondit Erik avant que son avocat n'ait eu le temps de lui conseiller de refuser.

— Vous connaissiez bien Mme DeLuca ?

— C'était une employée de grande valeur. Cela faisait deux ans qu'elle travaillait pour moi.

— La voyiez-vous en dehors de ses obligations professionnelles ?

— Non.

Si ce que la victime avait confié à M.C. était vrai, Erik mentait.

Kitt ne releva pas. Mieux valait attendre qu'il se contredise plus tard que de risquer de lui donner tout de suite l'occasion de s'en tirer.

— Etait-elle mariée ?

— Divorcée.

— Connaissiez-vous son ex-mari ?

— Ses ex-maris, rectifia-t-il. Elle s'est mariée deux fois. Je n'ai jamais rencontré ni l'un ni l'autre de ses anciens époux.

Kitt consulta M.C. du regard pour confirmation, l'obtint et revint à Sundstrand.

— Vous a-t-elle parlé de ses ex-maris ?

— Pas beaucoup. Son premier mari était déjà son petit ami au lycée. Le second était orthodontiste.

— Des enfants ?

Il secoua la tête.

— Elle vous a parlé de ses divorces ?

— Le premier mariage n'a pas duré. Ils se sont peu à peu éloignés l'un de l'autre, à ce qu'elle m'a dit. Le second divorce a été acrimonieux, et motivé par l'infidélité.

— De la part de qui ?

Il eut l'air surpris par cette question.

— Du mari.

Kitt regarda de nouveau sa partenaire, mais cette fois celle-ci fronça les sourcils en secouant la tête.

— Son nom ? demanda Kitt.

— Le nom du mari ? DeLuca, je pense.

— Vous pensez ? Vous n'en êtes pas sûr ?

— Non. Nous n'en parlions jamais.

L'avocat intervint.

— Ce qui est parfaitement approprié à la situation.

Kitt poursuivit.

— Elle avait un ordinateur ?

— Oui. Elle m'envoyait souvent des e-mails.

— C'était un ordinateur portable ?

— Oui. Elle l'apportait au bureau seulement de temps en temps.

— Pourquoi ?

Il eut de nouveau l'air surpris.

— Pour pouvoir continuer à travailler dessus chez elle, en dehors des horaires de travail.

— Et vous ne craigniez pas qu'elle puisse copier des données sensibles ?

— Non, pas du tout.

Kitt nota ses réponses dans son carnet.

— Combien payiez-vous Mme DeLuca ?

L'avocat prit la parole :

— Je ne vois vraiment pas ce que ça a à faire avec…

— Cette maison est somptueuse. Il y a une Mercedes dans le garage. Nous cherchons un mobile à ce meurtre. Des activités illégales pourraient expliquer ce train de vie, ainsi que son décès.

— Il faudrait que je vérifie dans mes dossiers pour connaître le chiffre exact… Mais ça approchait les quarante-cinq mille dollars par an.

— Elle touchait une pension alimentaire ?

— Je ne sais pas. Je pense que oui. Ou alors il y avait un arrangement privé avec son ex-mari.

Kolb intervint :

— Ce sera tout pour l'instant, inspecteur Lundgren. Comme je l'ai dit, le Dr Sundstrand a vécu une expérience horrible et…

— Certainement pas aussi horrible que ce que vient de subir Mme DeLuca. Une dernière question…

— Je crois que vous avez dépassé votre quota, inspecteur. Ce sera tout.

— Si nous avions d'autres questions à poser…

— Contactez mon cabinet.

Il lui tendit une carte de visite. Kitt jeta un coup d'œil à Erik qui prit un air contrit.

— J'aimerais pouvoir vous en dire plus, dit-il à Kitt avant de tourner vers M.C. un regard presque implorant. Mais je n'en sais pas plus. Ce n'était qu'une employée.

— Vous nous excuserez si nous trouvons ça difficile à croire.

— Qu'est-ce que vous insinuez, encore ? s'indigna-t-il.

L'avocat lui posa la main sur le bras.

— Comme je vous l'ai déjà dit, si vous souhaitez d'autres précisions de la part du Dr Sundstrand, je me charge de vous les transmettre.

Le regard d'Erik oscilla de l'une à l'autre de ses interlocutrices.

— Je suis vraiment navré, mais il faudrait que je sois complètement idiot pour ne pas suivre les conseils de mon avocat.

— Tu as raison, il n'est pas né de la dernière pluie, dit Kitt à voix basse tandis qu'Erik et son avocat montaient dans leurs voitures respectives et quittaient les lieux. Mais est-ce un assassin pour autant ?

M.C. ne répondit pas à cette question, toute rhétorique pour l'instant. Mais elle dit :

— Je crois qu'il ment au sujet de ses relations avec Gina.

— C'est possible. Mais c'est peut-être elle qui t'a raconté des bobards, en fait.

— Elle en était bien capable, je te l'accorde. Après tout, ce ne sont pas des photos d'elle et Erik qu'on a trouvées.

— M.C…

— Certains faits qu'il nous a relatés étaient exacts, d'autres pas. Gina a bien été mariée deux fois. Mais je suis certaine que son second mari n'était pas orthodontiste, même si je ne connais pas sa profession. Il y a eu de l'infidélité, mais il est difficile de savoir lequel des deux trompait l'autre. J'ai entendu les deux versions, diamétralement opposées. Enfin, DeLuca est son nom de jeune fille.

— Et la grosse pension alimentaire ou la rente suite à l'accord financier à l'amiable avec son ex-mari ?

— Ça, non. J'en aurais entendu parler.

— Hé, Lundgren ! cria Sorenstein du perron. T'as une minute ?

Kitt se dirigea vers lui pendant que M.C. recevait un appel. Du coin de l'œil, elle vit Smith arriver au volant de sa voiture.

— T'as trouvé quelque chose ? demanda Kitt à Sorenstein.

— Ça… Dans la corbeille à papier du bureau.

Il lui tendit une feuille de papier toute froissée. Elle enfila une paire de gants et la lui prit des mains.

C'était, à première vue, une sorte d'exercice typographique chaotique. Un alignement de phrases ébauchées. La taille des caractères et les polices variaient dans un savant désordre. On aurait dit que la personne qui l'avait saisi sur son clavier avait cherché à tester différentes combinaisons pour obtenir l'effet visuel le plus dramatique possible.

CONNAISSAIS-TU VRAIMENT… CONNAISSAIS-TU VRAIMENT TOUT DE… CONNAISSAIS-TU VRAIMENT… DANIEL GALLO… TOUT DE DANIEL GALLO ?

— Petite salope, dit Kitt. Si tu n'étais pas déjà morte, je t'aurais tuée moi-même.

Le regard de Sorenstein se porta au-delà de Kitt, sans doute vers M.C.

— Qu'est-ce que tu veux que je fasse de ce papier ?

— Mets-le dans un sachet. Je me charge de le dire à Riggio.

Sorenstein rentra dans la maison et, lorsque Kitt se tourna, elle vit que l'agent Smith l'avait rejointe sur le perron.

— Vous avez l'air furieuse, inspecteur Lundgren.

Elle leva les yeux vers lui.

— Complètement. Gina DeLuca était une sale carne.

— La cousine de M.C. ?

Kitt fronça les sourcils.

— Cousine par alliance. Comment le saviez-vous ?

— Je l'ai croisée hier… Chez M.C.

M.C. n'avait pas dit à Kitt que Smith était passé la voir. De nouvelles cachotteries ? se demanda Kitt. Elle n'aimait pas la situation, délicate à tous égards, dans laquelle ces petits secrets la plaçaient.

— Elle travaillait pour le Dr Erik Sundstrand, elle l'aidait à gérer *Kids in Crisis*.

— Le psy de Lindeman.

— Oui. Il s'avère que Zoe Petersen était aussi suivie à KIC.

— Ça fait trois liens, donc. Mariano était apparenté à DeLuca, Petersen et Lindeman étaient liées à KIC.

— Mais Martin fait exception.

Du coin de l'œil, elle vit M.C. qui venait vers eux.

— Autre chose : le médecin légiste estime que la position de la balle qui a tué DeLuca relie son meurtre à ceux de Tommy, de Martin et de Lindeman. Dans ce cas, c'était l'œil droit.

Smith ne réagit pas, la laissant poursuivre.

— Les quatre victimes ont toutes été atteintes à un endroit où la mort est certaine et presque immédiate.

Elle énuméra les différents meurtres :

— Mariano, la tempe. Martin et Lindeman, le cou. Et aujourd'hui, l'œil.

— C'est un bon médecin légiste, dit Smith en se frottant les mains.

M.C. les rejoignit.

— C'était Sam, dit-elle. Zoe s'ennuie et veut sortir. Elle le harcèle et ça le rend dingue. Je lui ai dit de se débrouiller, mais qu'il ne fallait surtout pas qu'elle sorte. Et qu'on arrivait aussitôt que possible.

L'agent Smith dévisagea M.C. d'un air contrarié.

— Ainsi, vous avez fini par localiser Petersen… Et notre coopération mutuelle ?

— Je fais comme vous : je pratique la coopération mutuelle avec des exceptions.

Il sourit du coin des lèvres.

— Où est-elle en ce moment ?

— En sécurité.

— C'est ce que vous espérez…

— Non, j'en suis sûre.

Smith adressa à M.C. un long regard posé.

— Je me garderais bien d'une telle assurance. Breakneck est d'une rare efficacité. S'il a décidé de la tuer, il saura la trouver.

— Si la mort de DeLuca est liée aux autres meurtres, dit Kitt, ça signifie qu'elle jouait un rôle dans la bande des crackers.

M.C. hocha la tête.

— C'est logique. Comme elle travaillait à *Kids in Crisis*, elle avait tout loisir de recruter des jeunes. Des jeunes qui avaient déjà des problèmes.

— Elle était en mesure d'effectuer une sorte de présélection, dit Smith. Elle pouvait consulter leurs dossiers et trier ses recrues en connaissance de cause.

— Je vais demander au service de l'Identification une expertise balistique. Avec un peu de chance, c'est peut-être la même arme qui a servi dans les deux meurtres…

Smith la coupa :

— Ça m'étonnerait. Un tueur professionnel n'utilise jamais deux fois la même arme.

Kitt se raidit, agacée.

— Même les professionnels peuvent commettre des erreurs.

— Pas Breakneck.

— Que ces meurtres soient l'œuvre d'un professionnel n'est d'ailleurs qu'une hypothèse. Cette histoire de Breakneck n'est peut-être qu'une rumeur.

— Non, je suis sûr de mon fait. Je vous parie tout ce que vous voulez que c'est lui le tueur.

— Vous ne manquez pas de culot.

— Je fais de mon mieux…

Smith se tourna vers M.C. et reprit :

— Si DeLuca était liée aux crackers, il y a de fortes chances pour que Sundstrand le soit, lui aussi.

Kitt fut alors prise d'un doute affreux. Une éventualité douloureuse dont elle ne pouvait pas faire part à M.C. — encore. Il se pouvait que Dan lui-même ait été lié aux crackers… Cela fournirait une autre explication aux messages anonymes de Gina — en plus de la pure méchanceté et de la jalousie…

— C'est lui qui a trouvé DeLuca, dit Kitt. C'est lui qui nous a appelées. On l'a interrogé autant que possible.

— Son premier réflexe a été de faire venir son avocat.

Ce n'était pas une question.

— Vous pensez qu'il pourrait être le chef d'orchestre du réseau ?

— Il est intelligent, aucun doute là-dessus. Et il avait la possibilité de recruter des jeunes et de les manipuler.

— Mais son mobile ? demanda M.C. Il riche comme Crésus. Il dépense des sommes folles en dons caritatifs.

C'était vrai, dut admettre Kitt. Mais cette remarque ne s'appliquait pas à Dan, pas plus qu'à Gina.

— On va boucler Zoe Petersen pour l'interroger dans les règles, dit-elle. Il y a des trous béants dans sa version des faits.

— Si elle se planque, suggéra Smith, je pense qu'il vaut mieux qu'elle reste cachée.

— Mais ce n'est pas vous qui êtes en charge de cette enquête, dit Kitt très calmement. C'est moi. C'est la police de Rockford. Tant qu'il en sera ainsi, on va agir à ma manière.

Le téléphone de M.C. se mit à sonner et elle s'éloigna pour

recevoir l'appel. Lorsqu'elle fut hors de portée de voix, Smith se tourna vers Kitt.

— Ecoutez, Lundgren, vous êtes arrivée dans cette enquête après moi et vous avez moins de moyens. Je me mets à votre place. Mais si vous n'aimez pas notre manière de jouer, vous devriez peut-être vous retirer du jeu…

Kitt inspira profondément avant de répondre :

— Je ne crois pas que ce soit à vous d'en décider, ni de me dire comment faire mon boulot.

— Je n'ai rien contre vous. En fait, j'avais mis en garde Riggio : je lui ai dit qu'elle faisait fausse route en vous cachant certains faits, mais elle en a décidé autrement. Pas moi. A vrai dire, je m'en fiche. Moi, tout ce que je veux, c'est arrêter ces crackers. Toute la bande.

— Et l'enquête sur les meurtres ?

— Je vous la laisse bien volontiers et je vous souhaite bien du plaisir.

Kitt eut le plus grand mal à contenir sa colère.

— Il y a deux sortes de policiers, poursuivit Smith. Ceux qui sont prêts à employer tous les moyens, et ceux à qui il manque quelque chose…

— Le culot ?

— Comme vous l'avez dit à l'instant…

— C'est un point de vue qui ne va pas sans risques, agent Smith. Je n'aime pas jouer avec la vie des gens.

Smith haussa les épaules.

— C'est peut-être une erreur… Bon, dites à Riggio de rester en contact avec moi. Je vais voir ce que je peux tirer des données bancaires de DeLuca.

M.C. revint vers Kitt. Elle désigna l'agent qui s'éloignait.

— Il a eu sa dose ?

— Faut croire.

— Ça va, toi ?

Kitt la regarda, près de laisser éclater sa colère.

— Je me porte comme un charme, merci.

M.C. fronça les sourcils.

— C'était Sam, dit-elle. Il se demandait où on était.

— J'ai une question. Smith t'a prévenue que tu commettais une erreur en me cachant des faits, vrai ou faux ?

Voyant que M.C. hésitait, Kitt répéta sa question :

— Vrai ou faux ?

Comme M.C. ne répondait toujours pas, elle lâcha un juron et ajouta :

— C'est bien ce que je pensais.

— Kitt, attends… Laisse-moi…

— Expliquer ? Non merci. Tu sais comment contacter des proches de DeLuca ?

— Oui, ses parents. Ils habitent encore dans notre vieux quartier.

— J'y vais de ce pas. Toi, tu vas chercher Zoe et tu l'amènes au centre de police pour interrogatoire.

M.C. se renfrogna.

— Qu'est-ce que ça veut dire, Kitt ?

— Je crois qu'il est temps de prendre une décision, partenaire. Dorénavant, je t'écarte de cette enquête.

55.

Jeudi 29 janvier
12 h 20

Les parents de Gina DeLuca demeuraient dans une petite maison en brique dans l'ouest de Rockford. Kitt marcha vers la porte d'entrée d'un pas lourd. Elle aurait voulu être n'importe où, sauf là, s'apprêtant à annoncer la pire nouvelle que des parents pouvaient apprendre.

Cette journée était vraiment pourrie. Franchement, elle en avait marre. Elle se sentait au bout du rouleau. Ce boulot était plus que jamais une source de tourments. Son sens du devoir profitait à tout le monde sauf à Joe et à elle-même. Et l'équipe qu'elle formait avec M.C. partait à vau-l'eau.

Les fourberies de M.C l'avaient mise de mauvaise humeur. Elle s'était sentie blessée par le choix que sa partenaire avait fait de se confier à Smith plutôt qu'à elle.

Mais sa colère s'était évanouie, à présent. Elle n'éprouvait plus que de la pitié envers M.C. Et, malgré les cachotteries de son amie, elle demeurait fière de celle-ci. Rares étaient les gens qui, comme M.C., pouvaient encaisser les coups du sort — et rendre coup pour coup avec une telle vigueur.

Kitt, elle, n'avait pas eu cette force, jadis. Elle avait fait semblant, voilà tout — avec l'aide de l'alcool.

Elle atteignit la porte, inspira profondément. Le moment était venu de faire face à une mère et à un père pour leur apprendre que leur fille avait été assassinée.

Rita DeLuca vint ouvrir.

— Je peux vous aider ?

Kitt lui montra son badge.

— Inspecteur Lundgren, de la police de Rockford. Je viens vous annoncer une mauvaise nouvelle.

— C'est qui, Rita ?

La femme se tourna vers l'homme massif qui se tenait à deux pas derrière elle.

— La police, dit-elle d'une voix tremblante.

Il vint se placer au côté de sa femme.

— Mario DeLuca, dit-il. Qu'y a-t-il ?

— De mauvaises nouvelles, monsieur DeLuca. Je suis navrée.

Rita secoua la tête.

— Non, dit-elle. Pas un de mes enfants. Je vous en supplie…

— Il y a eu un accident ? demanda l'homme. Qui ? Lequel ?

— Votre fille Gina a été assassinée. Je suis vraiment désolée…

— Sainte Marie Mère de Dieu ! s'exclama Rita DeLuca en tombant à genoux. Tout sauf ça… Prends-moi plutôt, Seigneur. Je T'en supplie, prends-moi plutôt qu'elle !

Mario s'agenouilla à côté d'elle, tout contre elle. Il leva les yeux vers Kitt.

— Comment c'est arrivé ? demanda-t-il d'une voix féroce.

— Elle a été abattue, répondit Kitt aussi calmement qu'elle le put. Chez elle.

— Par qui ? demanda-t-il. Qui a fait ça ?

— Nous ne le savons pas encore. Nous comptons sur votre coopération.

Rita reprit un semblant de contenance. Son mari et Kitt l'aidèrent à se relever et la conduisirent jusqu'au canapé. Les traits figés, Mario s'assit à côté d'elle et se blottit contre elle de façon protectrice.

— C'est pas possible, dit-il avant de lâcher un gros soupir. Il faut que j'appelle les garçons. Comment leur dire que leur sœur est morte ? Comment, Mamma ?

— Il faut nous aider, monsieur DeLuca, dit Kitt en sortant son calepin de la poche de son blouson. Je dois vous poser quelques questions concernant les amis de votre fille et son mode de vie. Son petit ami, si elle en avait un. Vous savez peut-être quelque chose qui peut nous mener à l'assassin.

Rita prit soudain la parole, d'une voix étonnamment assurée :

— Je ne la reconnaissais plus, ma pauvre Gina, ces derniers temps… Depuis qu'elle travaillait pour cet homme…

— Quel homme ?

— Ce type plein aux as. Erik Sundstrand, cracha-t-elle. Du jour au lendemain, plus rien n'était assez bon pour elle. A commencer par nous, ses parents. Et Stephen…

— Stephen ?

— Son deuxième mari.

— C'était quand, ça ?

— Il y a deux ans.

Et son premier mari ?

— Chuck, dit Rita. Ils étaient si jeunes, trop jeunes… Il avait un sale caractère. Elle voulait poursuivre ses études mais lui, il ne voulait pas en entendre parler.

— Ils ont divorcé ?

— Non, le mariage a été annulé, grâce à la Sainte Vierge et au père McCormick.

Elle se signa et ajouta :

— Elle est allée à Rock Valley et elle a décroché un diplôme. C'est là qu'elle a rencontré Stephen. Ils étaient mariés depuis six mois quand elle a trouvé ce boulot au service d'Erik Sundstrand. C'est là que les ennuis ont commencé.

Mario intervint.

— Elle s'est mise à prendre de grands airs, à mépriser tout ce qui lui rappelait d'où elle venait.

Rita approuva d'un hochement de tête et précisa :

— Elle a arrêté d'aller à la messe, ne venait plus aux repas de famille. Même ses frères ne la voyaient plus. Et c'est là…

Rita regarda son mari puis son regard revint à Kit.

— C'est là qu'elle a fauté…

— Fauté ?

— Elle a rompu les vœux du mariage, dit-elle d'une voix tremblante. Elle a fauté avec lui. Avec ce démon.

— Erik Sundstrand ?

— Oui, confirma Mario. Un démon bien habillé, déguisé en type respectable.

— Que savez-vous de sa situation financière ?

— On ne se parlait plus. Mais j'ai vu la maison dans laquelle elle habitait. La belle voiture… Comment faisait-elle pour se payer tout ça ?

C'était justement ce qui intriguait Kitt.

— Avait-elle obtenu une rente après son divorce ? Une pension alimentaire ?

— De Chuck ? demanda Mario d'un ton incrédule.

— Ou de Stephen. Il est bien orthodontiste ?

— Orthodontiste ? répéta-t-il. Non, Stephen est mécanicien. Un excellent mécano. Il vient d'ouvrir son propre atelier. Nous étions très fiers de lui.

— Il faudra qu'on lui pose quelques questions. A cause de sa relation passée avec Gina.

— Je vais vous trouver son numéro et son adresse.

Les yeux de Rita s'emplirent de larmes avant qu'elle ne précise :

— Il a une nouvelle épouse. Qui lui a donné un bébé.

Une nouvelle femme, une naissance, un atelier tout neuf. Kitt songea qu'il n'avait pas, a priori, le profil d'un homme qui tuerait son ex-femme dans un accès de rage ou de jalousie. Il lui semblait d'ores et déjà que ce Stephen avait tourné la page.

Rita DeLuca poussa soudain un cri affreux et hurla :

— Et maintenant ma fille est morte ! Mon bébé !

Kitt se leva.

— Je reste en contact avec vous, monsieur et madame DeLuca.

Elle leur tendit à chacun une carte.

— Si vous avez besoin de quoi que ce soit, si vous avez quelque chose à me demander, n'hésitez pas à m'appeler.

L'homme la raccompagna jusqu'à la porte.

— Vous allez l'attraper, le salaud qui a fait ça, hein ?

Elle aurait tant aimé pouvoir le lui jurer. Mais elle dut se contenter de lui promettre qu'elle ferait de son mieux et qu'elle les tiendrait au courant de chaque développement de l'enquête. Puis elle prit congé, les laissant pleurer leur fille dans l'intimité de leur foyer.

Lorsque Kitt sortit de la maisonnette dans l'air froid, elle lâcha un soupir, ouvrit son téléphone et composa le numéro de M.C.

— Ça se complique pour Sundstrand, dit-elle lorsque sa partenaire eut répondu.

Elle la mit brièvement au courant de ce qu'elle avait appris et lui dit en quoi le témoignage des parents de Gina différait des déclarations de Sundstrand.

— C'est peut-être lui, le coupable, ajouta Kitt en marchant vers sa Ford Taurus.

Elle déverrouilla la portière et s'installa au volant.

— Il dirige la bande de crackers. Il veut garder l'argent pour lui et il se met à liquider tous ceux qui sont dans le secret.

M.C. s'éclaircit la gorge. Mais cela ne suffit pas à lui éclaircir la voix.

— Erik Sundstrand est en train de tuer des gens pour cinq cent mille dollars ? Un magazine de Chicago vient de le classer parmi les personnes les plus riches du Middle West. Il n'est pas vraiment dans le besoin…

— L'argent n'est peut-être pas le mobile. Peut-être qu'il cherche seulement à protéger sa réputation. Peut-être que quelqu'un l'a menacé de tout révéler et qu'il a décidé d'éliminer tous ses complices.

— J'ai du mal à croire qu'il se servait de *Kids in Crisis* pour recruter des jeunes dans le but d'en faire des pirates informatiques. C'est peut-être Gina qui a menti. A Erik. Pour justifier son train de vie.

— Et sa liaison avec Erik ?

— Un autre mensonge, peut-être. Mais peut-être pas.

— Je trouve ça bizarre qu'il se soit inquiété pour elle à ce point, et qu'il se soit permis d'entrer chez elle…

— La porte était ouverte.

— C'est lui qui le dit.

Kitt déboîta avant de reprendre :

— Et il s'est carrément introduit dans sa chambre à coucher… Ce sont des manières bien familières pour un patron.

— Et Breakneck ?

— C'est peut-être Sundstrand en personne, ce fameux Breakneck.

— C'est absurde.

— Ah bon ? Réfléchis. Et s'il faisait ça pour s'amuser, par goût du risque ? Parce qu'il est trop riche et qu'il s'ennuie. Et puis il a des relations haut placées et il est riche et intelligent. Ça aide. On dirait que tu le défends bec et ongles, partenaire. C'est parce que c'était le meilleur ami de Dan ?

— Cette remarque est déplacée.

— Eh bien, tant pis. Tu sais aussi bien que moi que certaines personnes font des choses dont on les croirait incapables — des personnes qui semblent mener des vies irréprochables, qui ont tout ce qu'on peut désirer : famille, argent, bonne situation. Et pourtant elles mentent, trichent et volent. Il leur arrive même de trahir leurs amis.

— C'est une hypothèse sérieuse, Kitt ?

— A toi d'en juger.

M.C. resta songeuse un instant avant de répliquer :

— Si Erik est l'homme que nous cherchons, pourquoi n'a-t-il pas tué Zoe ?

— Parce que tu la planques bien au chaud chez toi. A propos, tu es avec Zoe en ce moment ?

— Je suis presque arrivée chez moi.

— Presque… Mais où étais-tu donc fourrée ?

— J'ai dû faire une course… Quelque chose de personnel. Rejoins-moi chez moi.

M.C. raccrocha avant que Kitt ne puisse lui en demander davantage.

56.

Jeudi 29 janvier
13 h 50

M.C. arriva chez elle juste avant Kitt. La « course » qui l'avait retardée avait consisté à s'arrêter dans une ruelle afin qu'elle puisse se retrouver seule un moment avec son chagrin. Elle avait pleuré la mort de Tommy et de Gina. Parce qu'elle avait perdu la confiance de Kitt, aussi. Et elle avait pleuré sur elle-même. Sur ce que Dan et elle auraient pu vivre, sur tout cet effroyable gâchis.

Elle aurait tant aimé ne jamais avoir vu ces photos.

Elle soupira et se reprit. Elle était prête à affronter le pire, désormais. Elle sortit de son Explorer et alla à la rencontre de sa partenaire. Elles marchèrent ensemble jusqu'à la porte d'entrée.

— Allons-y, dit Kitt.

M.C. hocha la tête et déverrouilla la porte. Elles entrèrent dans la maison et trouvèrent Sam vautré sur le canapé en train de regarder la télévision. Il leur jeta un bref coup d'œil.

— Où est-elle ? demanda M.C.

— Dans sa chambre. Mademoiselle boude.

M.C. hocha la tête et se dirigea vers la chambre en question, suivie de Kitt.

M.C. tapota sur la porte fermée.

— Zoe, c'est M.C. J'ai un truc à te dire.

La fille ne répondit pas et M.C. insista.

— C'est important. Il faut vraiment qu'on te parle.

Toujours pas de réponse. Sam longea le couloir pour les rejoindre et dit d'un ton irrité :

— Arrête tes conneries, Zoe ! Et sors tes fesses de là !

La fille ne réagissant toujours pas, Kitt essaya d'ouvrir la porte. Elle était verrouillée. Elle se mit à tambouriner dessus.

— Ouvre, Zoe ! Tout de suite !

M.C. fronça les sourcils.

— J'ai un mauvais pressentiment…

— Moi aussi.

Kitt la consulta du regard.

— Et si je défonçais la porte ?

— Ça va pas, non ? On est chez moi, ici, pas chez des drogués ou des malfaiteurs.

M.C. se remit à frapper à la porte, plus sèchement.

— Zoe ! cria-t-elle. Ouvre cette putain de porte !

— Je vais dans le jardin regarder par la fenêtre, déclara Sam.

Quelques moments plus tard, il leur ouvrit la porte de la chambre de l'intérieur. Il avait l'air tout penaud.

M.C. lâcha un juron.

— Elle s'est tirée par la fenêtre, c'est ça ? Merde !

Kitt ouvrit son téléphone portable.

— Je vais lancer un avis de recherche.

M.C. entra dans la chambre.

— Ses affaires sont encore là.

— C'est plutôt bon signe, non ? dit Sam.

Il rougit et plaida sa cause.

— Comment j'aurais pu prévoir qu'elle filerait en douce ? La dernière fois que je l'ai vue, elle est entrée dans la chambre et a claqué la porte derrière elle…

— C'était quand, ça ?

— Il y a vingt minutes, une demi-heure… Pas longtemps.

— Où a-t-elle bien pu aller ?

— Une de ses amies l'a appelée. Il y avait une fête quelque part.

— Quelle amie ?

— J'ai pas demandé.

Il plongea ses mains dans les poches de son jean, d'un air mécontent.

— C'est vraiment une emmerdeuse, lâcha-t-il.

— Appelle-la sur son portable. Demande-lui où elle est.

Evidemment, elle ne répondit pas. Sam laissa un message avant de se tourner vers sa cousine.

— Et maintenant ?

— Appelle ses amies, il faut à tout prix savoir où elle est.

Kitt intervint :

— J'ai prévenu le centre. Ils vont lancer un avis de recherche à toutes les unités.

— Commençons par chez elle, et puis on essaiera tous les endroits où elle a ses habitudes.

— Je viens avec vous, dit Sam.

— Non, rétorqua sèchement Kitt. Toi, tu restes. Il faut qu'il y ait quelqu'un ici au cas où elle reviendrait.

— Je ne vois pas pourquoi vous paniquez comme ça, dit-il. Elle a laissé ses affaires, elle va revenir.

M.C. se tourna vers lui d'un air furieux.

— T'as toujours pas pigé, hein ? On a peur qu'elle ne puisse plus jamais revenir !

— Vous avez peur qu'elle ne puisse plus jamais…

Il ravala ses mots, réalisant enfin quelle était la situation.

Elles avaient peur qu'elle ne puisse plus jamais revenir.

Parce qu'elle était morte.

57.

Vendredi 30 janvier
6 h 40

La nuit avait été longue et épuisante, sans nulle trace de vie de Zoe. Elles s'étaient rendues à plusieurs reprises dans tous les endroits préférés de la jeune fille, chez elle, chez ses amies. Un agent en uniforme avait été posté devant son immeuble, au cas où elle s'y présenterait.

Soucieuse de s'accorder deux ou trois heures de sommeil, Kitt avait remis les recherches au lendemain vers 3 heures du matin. Elle s'était couchée au côté de Joe — mais n'avait pas réussi à s'endormir.

Aux premières lueurs de l'aube, elle avait fini par se lever pour aller se faire un café. Tasse en main, elle s'était assise à la table de la cuisine pour examiner la liste des appels du téléphone de Tommy, que Sam lui avait remise avant qu'elle ne rentre chez elle.

Elle avait étudié ces numéros jusqu'à ce qu'ils deviennent tout flous devant ses yeux. Elle avait dressé la liste de ceux qui semblaient absurdes, tenter de combiner les nombres pour trouver la clé d'un code.

Elle avait espéré qu'une solution naîtrait de ses cogitations.

En vain.

— Salut, beauté.

Elle leva les yeux vers Joe et sourit.

— Tu as l'air crevé.

— Toi aussi

Il vint derrière elle, se pencha et l'embrassa.

— Mauvaise nuit ?

— Affreuse.

— Tu veux en parler ?

Elle aurait voulu lui dire combien elle avait été profondément blessée par la trahison de son amie. Lui confier ses peines. L'entendre prononcer des mots de soutien indigné et de tendre réconfort.

Mais quelque chose en elle lui interdisait de s'épancher de la sorte et la poussait à ne parler que de la résolution nouvelle qui était née de son chagrin.

— J'ai pris ma décision, Joe. Je démissionne de la police. Dès que j'aurai bouclé cette enquête.

Il la regarda droit dans les yeux.

— Tu en es sûre ?

Elle hocha la tête.

— La nuit dernière… Non, ces derniers jours m'ont poussée à bout. Je ne me défile pas. Je ne le fais pas pour te complaire. Je suis crevée, voilà tout. Et j'en ai marre.

Pendant un long moment, il resta muet sans la quitter des yeux.

— Et M.C. ? Tu lui as dit ?

— Non. Elle a suffisamment de soucis comme ça, en ce moment.

Il la prit dans ses bras.

— Je n'ai pas l'intention de te prendre au mot. Prends bien le temps d'y réfléchir. Termine ton enquête d'abord, tu décideras ensuite.

— Je ne changerai pas d'avis.

— C'est possible. Mais c'est de ta vie qu'il s'agit. De ta carrière. Je ne veux pas que tu regrettes ce choix. Et que tu me tiennes pour responsable.

— Merci, dit-elle.

— Une petite faim ?

— Pas spécialement. Mais vas-y, toi, mange.

Il se fit des œufs brouillés et fit griller quelques tranches de pain. Lorsqu'il eut terminé de préparer son petit déjeuner, il s'assit en face d'elle.

— C'est quoi ? Des numéros de téléphone ? demanda-t-il en désignant la liste.

— Oui. Enfin, peut-être. C'est une sorte de code.

— Ça vient d'où ?

— Du téléphone de Tommy.

— J'étais doué, dans le temps, pour ces jeux-là. Tu veux que je regarde ça ? Mon frère et moi, on adorait élaborer des codes secrets, surtout pour embêter notre sœur et ses amies.

Il se leva pour ouvrir le réfrigérateur.

— Un jus d'orange ?

— Oui, merci.

Il leur versa à chacun un verre avant de se rasseoir en face de Kitt.

— C'est ça qui est intéressant, avec les téléphones portables. Ils contiennent toute notre vie. Qui on appelle. Qui nous appelle. Combien de fois par jour. Et aussi des photos de nos amis, de nos familles, de nos voyages. Ce sont des instantanés de nos vies. Dire qu'il n'y a pas si longtemps qu'ils existent…

Elle leva les yeux et demanda :

— Qu'est-ce que tu as dit ?

Il marqua une pause, fourchette suspendue à mi-chemin de sa bouche.

— Il y a quelques années, ils n'existaient pas encore…

— Non, pas ça. Avant.

— Qui on appelle et qui nous appelle. Combien de fois par…

— Jour, finit-elle à sa place. C'est ça !

Putain de merde. Zoe leur avait menti.

— Qu'est-ce qui se passe ? demanda Joe.

— Il faut que je file.

Elle vida son verre de jus d'orange et se leva.

— Je t'expliquerai plus tard, ajouta-t-elle.

Son téléphone portable se mit à vibrer. Elle vit que c'était M.C.

— Salut, dit-elle en décrochant. J'ai du nouveau.

— Moi aussi. White a appelé. Les collègues pensent avoir trouvé Zoe.

— Où ?

— Flottant à la dérive dans la Rock River. J'y vais de ce pas. Ils sont aux Sinnissippi Gardens.

— Je t'y rejoins. Donne-moi un quart d'heure.

58.

Vendredi 30 janvier
7 h 45

White l'attendait lorsque M.C. arriva sur les lieux.

— Merci de m'avoir prévenue, cria-t-elle en sortant de son véhicule.

— C'est tout naturel.

— Qui l'a trouvée ?

— Un automobiliste qui roulait sur le pont de Whitman Street. Il a vu une forme rose flotter à la surface du fleuve et il nous a appelés.

— Il a une vue d'aigle, ce type…

— Tu m'étonnes. Et à une heure pareille, en plus. Moi, personnellement, avant 9 heures du matin, je ne vois rien d'autre que ma tasse de café…

Kitt arriva à son tour, pénétrant à toute allure sur le parking et faisant crisser ses pneus tandis qu'elle freinait tout en braquant pour caser sa voiture sur une place libre. Un instant plus tard, elle les avait rejoints.

White la mit au courant avant de sortir un flacon de Vicks de son blouson.

— Les secours viennent de la sortir de l'eau. Vous voulez la voir ?

Elles prirent chacune une pastille avant de se diriger vers les bords gelés du fleuve. Il arrivait que la Rock River soit entièrement prise par les glaces, mais cette année il n'avait pas fait assez froid.

L'équipe de plongeurs avait déposé le cadavre sur la rive. Un blouson rose bonbon et un blue-jean. De longs cheveux blonds, tout emmêlés.

— C'est la fille que vous cherchez ? demanda White.

M.C. examina la victime, et fut presque soulagée.

— Non, ce n'est pas Zoe.

Kitt se tourna vers sa collègue.

— Elle est de la même tranche d'âge. C'est peut-être une nouvelle victime de notre tueur.

M.C. hocha la tête avant de lever les yeux vers White.

— Elle flottait ?

— Ouais.

— Elle était donc très probablement déjà morte lors de l'immersion. Ce qui exclut le suicide.

— Elle a heurté l'eau froide visage en avant, hasarda Kitt. Ce qui a empêché l'air de s'échapper des poumons.

White se frictionna les mains.

— Le froid rend l'eau plus dense. C'est ce qui a permis au corps de rester à la surface. Les poumons sont comme des éponges : une fois sa cage thoracique remplie d'eau, elle aurait coulé à pic.

— Elle n'était accrochée à rien ? demanda M.C.

— Pas quand on a récupéré le corps, répondit l'un des secouristes. On aurait dit un petit bateau tout rose.

Kitt s'éclaircit la gorge.

— Je veux connaître les causes de son décès. Je veux savoir comment ça s'est passé.

White hocha la tête.

— Je te tiendrai au courant.

En revenant vers leurs voitures, elles croisèrent les types de l'Identification.

— Pas la peine de nous faire la gueule, dit Kitt alors que Miller s'apprêtait à rouspéter. Pour cette fois, il faut adresser vos récriminations à White et à Canataldi.

— C'est ça, allez-y, défaussez-vous !

Elles atteignaient le parking lorsque le téléphone de M.C. se mit à sonner.

— Riggio à l'appareil.

— On a retrouvé Petersen, inspecteur. Qu'est-ce que vous voulez qu'on en fasse ?

— Vous êtes certain que c'est elle ?

— C'est bien elle, aucun doute là-dessus. Je l'ai attrapée alors qu'elle rentrait chez elle. Elle m'a montré sa carte d'identité pour me prouver qu'elle habitait là.

— Amenez-la au centre et installez-la dans une salle d'interrogatoire. J'arrive, avec Lundgren.

59.

Vendredi 30 janvier
8 h 20

Zoe puait la bière et le tabac. Son mascara avait coulé, ce qui lui donnait l'apparence d'un curieux mélange de raton laveur et de fan décrépite de rock glamour.

— Salut, Zoe, dit M.C. On était vraiment inquiètes pour toi.

— Je suis désolée, dit-elle d'une voix tremblante. Je m'ennuyais. Et Sam se comportait comme un con. Alors, quand mon amie Allison a appelé…

— Tu t'es tirée en douce.

Elle baissa la tête.

— Sam ne voulait pas me laisser partir.

— C'est parce que je lui avais demandé, justement, de ne pas te laisser sortir. Pour ton propre bien.

Kitt prit la parole.

— Cette petite fugue aurait pu te coûter la vie. Tu en es consciente ?

Zoe la dévisagea d'un œil morne et revint à M.C.

— C'est qui, celle-là ?

— Ma partenaire, l'inspecteur Kitt Lundgren. On a quelques questions à te poser, Zoe.

Elle joignit les mains. M.C. remarqua qu'elle tremblait.

— Je vous ai tout dit. Vous m'aviez promis que si je vous disais tout, vous ne m'arrêteriez pas…

M.C. la coupa net.

— Je t'ai surtout promis que si ta version des faits s'avérait douteuse, je te traînerais ici par la peau du cul pour t'interroger. Et ta version prend l'eau de toute part, Zoe.

— Tout ce que je vous ai dit est vrai ! Je le jure !

Kitt prit la relève.

— Très bien, tu vas tout nous redire, d'accord ?

— Oui. Je…

— Il faut d'abord que tu saches, précisa M.C., que cet interrogatoire est filmé.

— Filmé… Mais…

— Reprenons au début, la coupa Kitt. Premier problème : tu n'étais pas amoureuse de Tommy Mariano.

— Mais si, je l'étais !

— Les téléphones portables sont des instantanés de nos vies, Zoe.

Elle pensa à Joe en utilisant cette métaphore.

— Si tu étais si éperdument amoureuse de Tommy, reprit-elle, pourquoi ne l'appelais-tu pas plus souvent ?

— Que voulez-vous dire ?

— En un mois, tu ne l'as appelé que deux fois !

M.C. regarda Kitt d'un air surpris. Apparemment, sa partenaire ne manquait pas de munitions.

— Ce n'est pas possible.

— Et pourtant, c'est vrai. Je pense que tu sais te servir de la fonction texte sur un téléphone portable ?

— Comme tout le monde.

— En fait, moi, je n'y suis jamais arrivée. Mais il paraît que c'est la manière la plus fréquemment utilisée par les jeunes pour communiquer. Je me trompe ?

— Non.

— Tu envoies combien de textos par jour ?

— Je sais pas. Je ne compte pas. Beaucoup, en tout cas.

— Alors, pourquoi n'a-t-on pas retrouvé la trace d'un seul texto provenant de ton téléphone sur celui de Tommy ? Je trouve ça bizarre pour une jeune femme qui se prétend follement amoureuse.

Elle consulta M.C. du regard.

— Tu ne trouves pas ça bizarre, toi ?

— Si, en effet. Très bizarre, même.

Le visage déjà fort pâle de Zoe devint carrément blanc.

— Il n'aimait pas que je l'appelle. Alors j'osais pas.

— Tu n'étais pas amoureuse de lui.

— Mais si ! J'aurais fait n'importe quoi pour lui. N'importe quoi !

M.C. prit la relève.

— Le téléphone… Rappelle-moi pourquoi tu l'as emporté.

— Parce qu'il était là. Je n'ai pas réfléchi… Je l'ai pris, c'est tout.

— Gina DeLuca, ça te dit quelque chose ?

Son expression se décomposa. La peur, songea M.C. Avait-elle peur de DeLuca ? Ou de ce que la police avait pu apprendre sur le compte de celle-ci ?

— Elle est secrétaire, je crois. A KIC.

— KIC ?

— *Kids in Crisis*. Je hais ce nom.

Elle se frotta les bras, comme si elle avait froid.

— J'allais voir un docteur dans ce centre, reprit-elle. Un psy.

— C'est ton seul et unique lien avec elle ?

— Mais oui. C'est quoi cette embrouille ?

— Cette embrouille, ma petite, c'est que Gina DeLuca est morte. Elle a été assassinée. Hier matin.

La fille resta muette.

— Tu m'as entendue ?
— Comment ? Je n'y...
Elle porta la main à sa bouche, la laissa retomber aussitôt.
— Comment ? répéta-t-elle.
— Une balle dans la tête.
Zoe pinça les lèvres. Elle semblait sur le point de tourner de l'œil.
— Nous pensons que la personne qui l'a tuée est aussi le meurtrier de Tommy, de Jenny et de Matt Martin.
Zoe se pelotonna.
— Que voulez-vous que je fasse ?
— Là, c'est à nous de faire quelque chose, dit Kitt. Il va falloir qu'on te mette en état d'arrestation, Zoe.
— En état d'arrestation ? répéta-t-elle tandis que son regard allait de l'une à l'autre de ses interlocutrices. Qu'est-ce que ça veut dire ?
— Ton récit ne tient pas. Je pense que tu as peut-être tué Tommy. Tu étais sur les lieux du crime. Tu as pris son téléphone.
— C'est faux ! C'est pas moi ! J'en suis incapable !
— J'aimerais te croire, dit M.C. tout doucement dans le rôle du bon flic. Ne t'occupe pas de ce qu'elle dit. Regarde-moi. Parle-moi.
Zoe se tourna vers M.C. Sa lèvre inférieure était toute tremblante.
— C'est Gina qui t'a recrutée, hein ?
— Oui.
— Et non Tommy.
— Non, c'était pas Tommy...
— Comment t'a-t-elle contactée ?
— Elle m'a raccompagnée chez moi, un jour. Ma voiture était au garage et mon frère ne voulait pas venir me chercher.
— Continue.
— Elle m'a proposé de prendre un verre ensemble. On a bu deux margaritas et elle m'a demandé si je connaissais bien internet.

— Et tu lui as répondu affirmativement.

Elle hocha la tête. Kitt lui tendit un paquet de Kleenex. Elle prit un mouchoir et se moucha.

— Ensuite, elle m'a demandé si je voulais me faire un peu d'argent facile. Je lui ai dit : « Bien sûr », et elle m'a expliqué comment m'y prendre.

— Tu savais que ce qu'elle te proposait de faire était illégal ?

— Ouais. Mais elle m'a dit que ce n'était pas vraiment un délit. Que personne n'en souffrait. Et j'avais vraiment besoin d'argent.

— Pas vraiment un délit, dit M.C. en se tournant vers Kitt. Je ne connaissais pas cette catégorie. Et toi ?

— Jamais entendu parler.

Kitt se tourna vers Zoe.

— C'est toi qui as mis ce bout de papier dans le téléphone de Tommy, hein ? Celui où était écrit le mot Breakneck…

Zoe hocha la tête.

— Pourquoi ? demanda Kitt.

— J'avais peur. Peur que ça ait un rapport avec Tommy. Et avec Matt Martin.

Elle inspira profondément avant d'ajouter :

— C'était l'identifiant.

— L'identifiant ? demanda M.C. Pour accéder à quoi ?

— Au compte. Celui sur lequel il y avait tant d'argent.

— Le demi-million de dollars ?

Zoe hocha la tête de nouveau.

— Où se trouve cet argent, à présent, Zoe ?

— Je sais pas. J'en sais vraiment rien !

— Après tous tes mensonges, dit Kitt d'un ton glacial, tu devrais comprendre qu'on ait du mal à te croire.

— Là, je mens pas ! Quelqu'un d'autre a tout pris !

— Pas toi ?

— Non, pas moi !

— Qui ?

Elle se mordit la lèvre tout en secouant la tête.

— Qui a pris cet argent ? insista Kitt.

— Tommy, dit-elle à voix basse avant de lever les yeux. C'est Tommy qui l'a récupéré.

— Encore un mensonge, dit M.C. On a vérifié tous ses comptes et l'argent ne s'y trouve pas.

— C'est Tommy qui l'a récupéré, je vous dis ! Il l'a planqué quelque part, c'est tout. C'est pour ça que je suis allée le voir ce matin-là, chez lui. Pour le convaincre de rendre l'argent.

— Et non pas pour le supplier de t'aimer ?

Elle baissa la tête.

— Il aurait mieux valu que je ne tombe jamais sur ce compte. Tout allait si bien jusque-là…

— C'est toi qui l'as trouvé ?

— Matt et moi.

— Comment ?

— Le coup du « Jumeau maléfique ».

— Vous étiez ensemble ?

Zoe fit une boule de son mouchoir en papier.

— Oui, dans la voiture de Matt.

— Où ça ?

— Au Rockford Bread Company.

Un bar à sandwichs non loin de St. Anthony's Hospital.

— Continue.

— On y allait souvent le midi. Il y avait un monde fou à cette heure-là. Beaucoup de représentants des laboratoires pharmaceutiques venaient casser la croûte dans ce bar, tout en répondant à leurs e-mails grâce à la borne Wi-Fi.

— Vous opériez à l'intérieur ?

Elle secoua la tête.

— C'était pas la peine. Ce jour-là, on avait trouvé une place de stationnement juste devant.

— Les passants pouvaient vous voir…

— Et alors ? C'est pas encore interdit, d'être assis dans sa voiture.

— Qui avez-vous mis au courant ?

— Tout le monde.

— Qu'est-ce que ça veut dire, « tout le monde » ? Tommy, par exemple ?

Elle hocha la tête.

— Gina ? Jenny ?

— Oui, mais aussi les autres crackers avec qui j'étais en relation.

Elle se mit à lacérer nerveusement son mouchoir.

— Il ne m'était jamais arrivé un truc comme ça. On a juste récupéré des numéros… Et tout cet argent nous est tombé du ciel… C'était très excitant.

— Erik Sundstrand est dans le coup ? demanda Kitt.

— J'en sais rien.

— Réfléchis bien, Zoe. Oui ou non est-il dans le coup ?

— Gina n'arrêtait pas de parler de lui. Je crois qu'elle couchait avec lui. J'ai toujours pensé qu'il pouvait être le *geek* alpha ou quelque chose dans ce genre.

— Et les autres psychologues ?

Zoe secoua la tête.

— Elle n'en parlait jamais. Jamais.

— Est-ce que DeLuca avait recruté tous les membres de la bande ?

Elle secoua la tête.

— Non. On a mis quelques copains dans le coup. On les a présentés à Gina. Et puis il y avait cet autre type…

— Sundstrand ?

— Non, pas lui. Un autre, avec qui elle couchait aussi. Je les ai surpris ensemble, un jour.

Elle se tordit les poignets.

— Il s'appelait… Comment il s'appelait… Dan ! cria-t-elle. C'est ça, Dan Gallo.

60.

Vendredi 30 janvier
9 h 10

M.C. était assise, seule dans le vestiaire des femmes. Elle s'était éclipsée de la salle d'interrogatoire et était venue se réfugier là, à l'écart de tous. Elle s'étirait les doigts, luttant pour amoindrir le choc produit par les révélations de Zoe. Pour juguler ses émotions.

Elle allait se maîtriser. Elle se disait qu'elle pouvait faire face à la vérité : Dan et Gina avaient été amants. Il avait aidé Gina à recruter de jeunes paumés pour en faire des cyberdélinquants. Il avait menti et il l'avait trompée…

Le sentiment d'avoir été trahie la submergea subitement, la plongeant dans une sorte de rage. Elle se leva d'un bond.

— Et merde ! s'exclama-t-elle.

Elle flanqua dans son armoire métallique un grand coup de pied, ressentit aussitôt une vive douleur à la jambe.

— Connard ! Salaud !

Elle donna un autre coup de pied dans l'armoire puis un autre et encore un autre, jusqu'à ce qu'elle s'écroule sur le banc, tremblante et épuisée.

Elle se prit la tête à pleines mains. Ses joues étaient trempées. Pourquoi pleurait-elle ainsi ? Ce salaud ne méritait pas le moindre sanglot. Il lui avait brisé le cœur.

— Ça va, partenaire ?

Elle leva ses yeux, brouillés par les larmes, vers Kitt.

— Je crois que je me suis pété un orteil.

Kitt jeta un coup d'œil à la porte toute cabossée de l'armoire métallique.

— C'est rien, comparé à la raclée que tu as mise à ton adversaire, blagua-t-elle.

M.C. s'essuya le nez d'un revers de main.

— Pourquoi j'ai tant de poisse avec les hommes ?

— Attends, tu ne sais même pas si c'est vrai. D'accord, Zoe connaît le nom de Dan. Mais c'est peut-être un autre mensonge de Gina.

— Tu penses vraiment ce que tu dis ?

— Tout reste possible, en la matière.

Kitt vint s'asseoir à côté d'elle et ajouta :

— C'est Gina qui a écrit les lettres anonymes sur Dan. Sorenstein a trouvé un papier qui le prouve dans son bureau.

M.C. n'en fut guère surprise. D'ailleurs, elle en était à se dire que rien ne pourrait plus jamais la surprendre.

— Pourquoi elle a fait ça, à ton avis ? demanda Kitt.

— Parce qu'elle était pourrie jusqu'à la moelle et qu'elle voulait me faire du mal.

— Peut-être. Ou peut-être parce qu'elle était jalouse. Mécontente qu'il n'entre pas dans son jeu. Ou peut-être même qu'elle se préparait à diriger les soupçons sur lui. En tout cas, je suis certaine d'une chose : s'il a été impliqué dans ces arnaques, c'était avant de te connaître.

— Tu en es bien sûre ? demanda-t-elle d'un ton cassant.

— Ouais, tout à fait.

Kitt lui posa une main sur l'épaule.

— Les gens peuvent commettre des erreurs. Faire de mauvais choix. Mais ils peuvent aussi changer. L'amour peut les changer.

M.C. se blottit contre l'épaule de son amie.

— Mais je n'en aurai jamais le cœur net, hein ?

Kitt poussa un long soupir.

— Peut-être pas. Mais il vaut mieux voir les choses du bon côté.

M.C. essaya de rire mais ne put émettre qu'un hoquet.

— Qu'est-ce que je fais, moi, maintenant ?

— Aide-moi à résoudre cette affaire. A arrêter Breakneck. A le coffrer pour de bon.

M.C. leva la tête, regarda sa partenaire.

— Je croyais que tu m'écartais de l'enquête…

— Non, c'est mieux ainsi.

Kitt esquissa un sourire et précisa :

— J'ai besoin de toi, M.C. J'ai besoin de ton aide.

M.C. fixa son amie droit dans les yeux, craignant d'y déceler de la pitié. Ou un manque de sincérité. Et elle ne trouva que de l'amitié et de la confiance.

Elle essuya ses larmes, se leva et tendit la main à Kitt.

— A la vie, à la mort, partenaire. Ce connard est foutu.

61.

Vendredi 30 janvier
11 h 10

Du point de vue de M.C., l'interrogatoire d'un suspect assisté d'un avocat était une « galère » où elle ne voyait que des inconvénients. Les avocats étaient, à ses yeux, des adversaires dénués d'émotion, ayant l'expérience des subterfuges policiers et plus enclins à sauver les coupables que les innocents. Mais on était en Amérique, et même les coupables avaient le droit de saisir toutes les occasions susceptibles de les tirer d'affaire.

M.C. plissa les yeux, rassemblant toute sa détermination. S'il s'avérait qu'Erik était mêlé, en quelque manière que ce soit, à des crimes ou des délits, elle ferait tout pour le coincer. Il aurait beau remuer ciel et terre pour échapper aux foudres de la justice, il la trouverait sur son chemin.

Elles marchèrent ensemble jusqu'à la salle d'interrogatoire numéro 3 et jetèrent un coup d'œil au travers du hublot d'observation. Les deux hommes avaient l'air parfaitement détendus — l'avocat dans son beau costume et Erik avec son jean et son pull qui semblaient plus coûteux encore que le complet en flanelle de son défenseur. Ils avaient tous les deux apporté une tasse de café de chez Starbucks et bavardaient paisiblement.

Ce spectacle rendit M.C. furieuse. Elle tint la porte pour laisser le passage à Kitt et la suivit dans la pièce.

— Bonjour, messieurs, dit Kitt. Merci d'être venus.

— Inspecteurs, dit l'avocat, c'est contre mon avis que mon client a accepté de venir. C'est également contre mon avis qu'il a insisté pour préparer une déclaration. Erik, je vous laisse la parole.

— Je suppose que vous m'avez demandé de venir témoigner parce que c'est moi qui ai trouvé le corps de Gina, commença-t-il. J'étais son employeur, et pourtant je me suis rendu chez elle et je l'ai trouvée dans sa chambre à coucher.

« Petit malin », songea M.C.

— Continuez.

— Si vous pensez que j'ai quelque chose à voir avec ce meurtre, vous faites fausse route. Mais si vous soupçonnez que mes relations avec Gina allaient au-delà d'une relation normale entre un employeur et son employée, vous avez raison.

Cet aveu surprit M.C. Elle vit que Kitt n'était pas moins étonnée.

— Gina et moi avons eu une liaison, très brève. Et je n'en suis pas du tout fier.

— Au moment de cette liaison, Mme DeLuca était mariée, n'est-ce pas ?

— Séparée. Son époux l'avait trompée. Elle était vulnérable. Comme je vous l'ai dit, je ne suis pas fier de moi à cet égard.

— Comment s'est achevée cette liaison ?

— La flamme s'est éteinte. Nous nous sommes séparés bons amis.

— J'ai du mal à le croire, dit Kitt. Bons amis ? Pas de ressentiments… Une séparation dans la bonne humeur et la tolérance… Entre un employeur et son employée ? Hum…

Il avait l'air mal à l'aise.

— Oui, affirma-t-il.

Kitt secoua la tête.

— Vous m'excuserez, mais j'ai l'impression que vous essayez de nous mener en bateau.

L'avocat intervint :

— Excusez-moi, inspecteur, mais mon client met son âme à nu pour essayer…

— D'aider la police à attraper la personne qui a tué son employée et ex-amante ? Ou de sauver sa peau ?

— Les deux, répondit Erik.

Il se pencha vers ses interlocutrices et ajouta :

— Je n'ai rien à voir avec ce meurtre.

Kitt émit un petit grognement avant de répliquer :

— Les parents de Mme DeLuca nous ont fourni une autre version de cette liaison. Selon eux, vous avez brisé le mariage de leur fille.

— C'est faux.

— Selon eux, le gendre n'a jamais été infidèle. De plus, il n'est pas orthodontiste mais mécanicien…

Il secoua la tête.

— Elle m'a dit…

L'avocat le coupa.

— Je ne vois pas le rapport entre la profession de l'ex-mari de Mme DeLuca et mon client.

— Donnez-moi deux secondes et vous le verrez clairement, maître Kolb, dit Kitt.

Puis elle poursuivit, s'adressant à Erik :

— Gina DeLuca n'a reçu aucun avantage financier à la suite de son divorce. Savez-vous comment elle pouvait mener le train de vie qui était le sien, en se contentant du salaire que vous lui versiez ?

— Pas de pension alimentaire ?

— C'est exact.

— Pas d'argent de sa famille ?

— Son père est épicier, elle vient d'une famille modeste.

L'avocat poussa un gros soupir.

— Je vois bien que vous avez échafaudé une hypothèse, inspecteur. Arrêtez de tourner autour du pot et exposez-la.

— Gina DeLuca se servait de son poste à *Kids in Crisis* pour recruter des jeunes dans une bande de pirates informatiques.

— Mensonge !

— Ces crackers, comme on les appelle, dérobaient des données en ligne, principalement des numéros de cartes de crédit, mais aussi des numéros de comptes bancaires et de Sécurité sociale, des identifiants et des mots de passe.

— Ça suffit comme ça, inspecteur Lundgren ! dit Rick Kolb.

Il se leva et ajouta :

— Je ne peux pas vous permettre de proférer de telles accusations, sans le moindre fondement...

M.C. entra dans la danse, les yeux rivés sur Erik.

— Une patiente de *Kids in Crisis*, *votre* patiente, Jenny Lindeman, a été recrutée par Gina DeLuca. Ainsi que Zoe Petersen, également suivie dans ce centre de soins. Je pense que plus on creusera, plus on trouvera d'autres personnes dans ce cas. Vous dites donc que vous ignoriez ces agissements ?

— Oui, absolument !

— Cet interrogatoire est terminé, dit Kolb. Erik ?

Sundstrand hocha la tête et se leva à son tour. M.C. et Kitt les imitèrent aussitôt.

— Vous dites, reprit M.C., que vous n'aviez rien à voir avec ces activités illégales ?

— Erik, vous n'êtes nullement obligé de répondre à cette question.

Il ne tint pas compte du conseil que venait de lui prodiguer son avocat.

— Non seulement je n'y avais aucune part mais il va falloir me montrer des preuves incontestables de ce que vous avancez. J'ai créé ce centre de soins pour aider les enfants à problèmes et la seule pensée qu'ils aient pu être exploités par le biais de *Kids in Crisis* me rend malade.

Kitt prit la relève.

— Il y a quelque chose d'encore plus troublant, docteur Sundstrand. Nous pensons que Jenny Lindeman est morte du fait de son implication dans les activités illégales de Gina DeLuca. Pour les mêmes raisons que Gina DeLuca, Tommy Mariano et Matt Martin. Et même, peut-être, que votre ami Dan Gallo.

Il se rassit, sonné, puis leva les yeux vers M.C.

— C'est impensable. Tout ça est impossible.

— Nous craignons que le meurtrier de toutes ces victimes puisse encore frapper. Ce qui veut dire que toute personne recrutée par Gina DeLuca à *Kids in Crisis* se trouve en grand danger.

— Que puis-je faire ? demanda Erik.

— Tout d'abord, être entièrement franc avec nous.

— C'est le cas.

— Ensuite, nous aider à identifier d'autres patients de *Kids in Crisis* susceptibles d'avoir appartenu à cette bande de pirates informatiques.

— Qu'est-ce que je peux faire ?

— C'est à vous de nous le dire. C'est vous qui travaillez avec ces gamins. Il me semble que si quelqu'un peut nous aider à comprendre le profil psychologique de ces jeunes, c'est bien vous, docteur Sundstrand.

Il hocha la tête et se leva.

— Il faut que vous compreniez combien c'est important pour moi de venir en aide à ces adolescents perturbés. La seule pensée que leur passage par *Kids in Crisis* ait pu leur nuire en quoi que ce soit me répugne. Si ce que vous me dites est vrai, et qu'il y a d'autres jeunes impliqués, je les trouverai. Ça, je vous le promets.

M.C. et Kitt raccompagnèrent Sundstrand et son avocat jusqu'à la porte du centre de police et les regardèrent s'éloigner.

— Le Dr Sundstrand avait l'air un peu *trop* outré, tu ne trouves pas ?

— Je suis trop crevée pour avoir un avis sur la question.

— Il est temps d'appeler les renforts.

— Smith ?

— C'est un expert en pirates informatiques. Donnons-lui un peu de grain à moudre.

M.C. trouva l'idée bonne et composa le numéro de l'agent du FBI.

— Nous avons du nouveau, au sujet de votre bande de crackers.

— Vous êtes où ?

— Au centre de police.

— J'arrive.

62.

Vendredi 30 janvier
12 h 20

L'agent Smith arriva en compagnie d'un autre agent du FBI.

— Je vous présente l'agent spécial Phelps.

Elles saluèrent l'agent spécial, un grand gaillard qui avait quelque chose de juvénile. M.C. devina en lui le bleu frais émoulu de l'académie de police.

— Alors ? demanda Smith.

M.C. commença :

— Zoe Petersen. Elle a avoué appartenir à la bande de crackers. Elle était suivie au centre de soins de *Kids in Crisis*. C'est DeLuca qui l'a recrutée. C'est elle qui a trouvé les cinq cent mille dollars.

— Elle les a encore ?

— Elle dit que non.

— De plus, dit Kitt, nous avons interrogé Sundstrand. Au vu des derniers développements de l'enquête, il se pourrait bien qu'il soit impliqué jusqu'au cou dans cette affaire. Il clame son innocence, évidemment.

L'agent Smith hocha la tête et répéta :

— Evidemment.

— Il est venu avec son avocat, un ténor du barreau. Rick Kolb.

— Ça, c'était prévisible. Vous avez filmé ces interrogatoires ?

— Bien sûr.

— J'aimerais les visionner.

— J'en étais sûre, dit Kitt. Tout est prêt.

Ils se dirigèrent vers la salle de projection.

— Petersen est encore ici ? demanda Smith dans le couloir.

— Oui, on l'a bouclée. Elle est en train de manger des Fritos et de boire du Coca dans la salle n° 2.

— Elle n'a pas demandé un avocat ?

— Non.

— Vous lui avez proposé de le faire ?

— Bien sûr. Voilà, on est arrivés.

Ils regardèrent la vidéo des deux interrogatoires en silence. Smith et Phelps prirent l'un et l'autre des notes.

A la fin de la séance, M.C. éteignit le vidéo-projecteur.

— Alors ? demanda-t-elle. Qu'est-ce que ça vous inspire ?

Smith joignit les mains en répondant :

— Ce Sundstrand joue à merveille la vertu outragée. Il va falloir des preuves solides pour le coincer, celui-là. Mais, croyez, en mon expérience, plus ils montent sur leurs grands chevaux, plus dure est leur chute…

— Ou plus spectaculaire est la manière dont ils échappent au châtiment, marmonna Kitt. Rappelez-vous le procès d'O.J. Simpson.[1]

— Petersen en sait plus qu'elle ne le dit, à mon avis, dit Smith en regardant Kitt. J'aimerais l'interroger. Ça pose problème ?

— Pas du tout.

— Je peux assister à l'interrogatoire ? demanda M.C. Elle en dira peut-être davantage si je suis présente.

— J'apprécierai beaucoup votre compagnie.

— J'ai une question, dit le jeune collègue de Smith. C'est au sujet de Breakneck. Vous pouvez m'en dire plus là-dessus ?

1. Ce célèbre ex-joueur de foot-ball américain fut accusé d'un double meurtre en 1994 et acquitté l'année suivante, malgré les nombreux éléments à charge qui semblaient l'accabler (NdT).

M.C. regarda Smith, étonnée. Apparemment, Smith n'avait pas mis Phelps au courant de certains aspects de l'enquête.

Smith prit un air agacé.

— Nous pensons que c'est le nom de code d'un assassin. Il est peut-être impliqué dans cette série de meurtres, soit comme tueur à gages, soit par vengeance personnelle. Vous lirez tout ça dans mon rapport, au bureau. Pour l'instant, je n'ai malheureusement pas le temps de vous faire un cours d'histoire.

Le jeune agent rougit. M.C. ressentit un brin de compassion à son égard. Smith, à ce qu'il semblait, n'était pas d'une grande cordialité avec ses collègues.

— Je regarderai l'interrogatoire d'ici, dit Kitt. Vous restez avec moi, Phelps ?

Quelques instants plus tard, ils s'étaient divisés en deux paires, qui chacune pénétrèrent dans leur salle d'interrogatoire respective. M.C. crut que Zoe allait souiller sa culotte lorsqu'elle apprit que Smith était du FBI. Et lorsque l'agent spécial entreprit de la questionner, elle se mit à sangloter sans retenue.

Il était instructif pour M.C. d'observer Smith. C'était vraiment un bon policier. Dénué de toute émotion. Un instinct aiguisé. Des questions implacables, ne laissant aucune place à la tergiversation.

Mais il était aussi incroyablement peu agressif. Il savait à merveille comment s'y prendre pour pousser la fille dans ses retranchements comme pour la remettre dans le bain. Son habileté témoignait d'une connaissance approfondie de la psychologie humaine.

L'agent spécial Jonathan Smith était un personnage plus complexe qu'elle ne l'avait d'abord cru.

M.C. se tourna en entendant frapper à la porte. Kitt lui fit signe de venir dans le couloir. Elle s'excusa auprès de Smith et sortit rejoindre sa partenaire.

— Qu'est-ce qu'il y a ?

— Du nouveau : Francis a appelé. La fille de ce matin se nommait

Roxanne Baumgartner. Elle ne s'est pas noyée. Pas d'eau dans les poumons. Ça ressemble à une overdose. Des traces d'injections sur ses bras indiquent une accoutumance aux drogues dures. En résumé, il ne semble pas que sa mort ait un rapport avec notre affaire.

Kitt désigna la porte fermée.

— Il est bon, ce Smith.

— Oui, très bon, dit M.C. en souriant. Bon, j'y retourne. Tiens-moi au courant.

M.C. rentra dans la pièce. Zoe était en train de renifler et de hoqueter. Mais elle paraissait plus calme.

Smith se tourna vers M.C.

— Mlle Petersen m'a informé qu'elle veut un avocat. Comme elle n'a pas les moyens de s'en payer un, je lui ai proposé de bénéficier de l'aide judiciaire.

— Il faut que j'aille aux toilettes, dit Zoe.

— Je m'occupe de contacter un avocat de service, dit M.C. avant de se tourner vers Zoe. Je vais chercher un agent en uniforme pour t'accompagner aux toilettes. Tu veux un Coca ou quelque chose d'autre ?

— Bon, je crois que j'ai fini ce que j'avais à faire ici, dit Smith. Pour l'instant, en tout cas.

M.C. hocha la tête d'un air absent.

— Merci de votre aide.

— Je m'occupe du Coca, dit Smith.

Il marcha jusqu'à la porte en même temps que M.C., sembla se raviser, se tourna vers Zoe et lui dit :

— Adieu, Zoe. Et bonne chance.

Lorsqu'ils eurent refermé la porte, M.C. entendit Zoe pleurnicher.

63.

Vendredi 30 janvier
17 heures

Le téléphone fit sursauter Kitt en sonnant sur son bureau.

— Inspecteur Lundgren à l'appareil.

— Salut, beauté.

Elle sourit.

— Joe ! Comment as-tu deviné que j'avais besoin d'entendre ta voix ?

— Parce que j'ai besoin d'entendre la tienne. Je peux monter ?

Je t'attends devant l'ascenseur.

Un moment plus tard, les portes de l'ascenseur coulissèrent et Joe émergea de la cabine, porteur d'un sac d'une chaîne de sandwicheries.

— Il faut manger frais.

— Tu tombes à pic. J'étais sur le point d'aller piller les restes dans le frigo du centre.

Ils se dirigèrent vers la salle à manger du personnel.

— Je t'ai rapporté ton calepin, dit-il. Tu as oublié de le prendre, ce matin.

— Quel calepin ?

— Celui où tu as noté tous ces numéros. Les numéros de la liste des contacts de Tommy Mariano.

— Ah, oui… Merci.

Ils entrèrent dans la salle à manger vide, repérèrent une table propre et s'y assirent. Il lui tendit un sandwich et un sachet de chips. Elle ne lui demanda pas ce qu'il y avait entre les deux tranches de pain. Cela n'avait aucune importance : il connaissait ses goûts par cœur.

Il avait choisi un poulet-salade pour chacun. Cet homme était vraiment génial.

— J'ai fait quelques combinaisons avec ces chiffres, dit-il en posant le calepin sur la table. Pour voir ce que je pouvais en tirer.

— Et alors, tu as trouvé quelque chose ? demanda-t-elle en mordant dans son sandwich.

— Ça dépend de ce que tu appelles « quelque chose ». Chaque séquence numérique comporte neuf chiffres et n'est en fait qu'une variante des autres séquences.

— De toute façon, c'est crypté.

Elle avala une nouvelle bouchée et s'essuya avec une serviette en papier.

— Où veux-tu en venir ? demanda-t-elle.

— Nulle part. Ce n'est qu'une remarque. Comme ces séquences sont de neuf chiffres, ce ne sont pas des numéros de téléphone.

— Des numéros de comptes ?

— Peut-être. Mais ce ne sont peut-être pas des numéros du tout.

Elle prit un air intrigué et Joe sourit.

— Tommy était un jeune bien de son temps, hein ? Donc, il devait s'y connaître en informatique.

— Exact.

— Il devait faire un grand usage des textos.

— C'est certain. Et alors ?

— Tu as déjà envoyé un texto ?

— Jamais, dit Kitt.

— Moi, oui.

Ils se tournèrent tous deux vers la porte. M.C. leur adressa un grand sourire.

— Joe, ça fait du bien de te voir.

Il lui rendit son sourire, se leva et alla l'embrasser sur la joue.

— Moi aussi, je suis content de te voir. Alors, tu tiens le coup ?

— Ça va beaucoup mieux maintenant que je m'aperçois que je n'ai pas complètement fichu en l'air ton histoire d'amour avec Kitt.

Le sourire de Joe s'effaça.

— Nos problèmes remontent à un temps où on ne te connaissait pas encore…

Kitt intervint :

— Joe vient de se livrer à un petit travail de recherche…

Il sourit de nouveau.

— Je manque de travail en ce moment, dit-il.

— Et il aime les défis, dit Kitt.

— C'est bien pour ça que je t'ai épousée.

— Il a regardé les numéros provenant du téléphone de Tommy. Ce sont des variantes du même numéro, dans un ordre différent chaque fois.

M.C. dénicha un reste de pizza dans le réfrigérateur.

— Je crois que c'est Schmidt qui a laissé ça là, dit Kitt.

— Oh, mince ! dit M.C. avant de mordre dans le bout de pizza froide. Trop tard.

Elle se munit d'une serviette en papier et s'assit à côté de Joe.

— Vous avez vos téléphones portables sur vous ? demanda-t-il.

Elles sortirent chacune leur appareil.

— Bon. Ouvrez-les. Regardez les chiffres du clavier. La touche 2, par exemple, permet aussi de saisir un a, un b et un c.

— Bien sûr, dit M.C. C'est comme ça qu'on envoie des textos. Et alors ?

— A présent, regardez la liste.

Il ouvrit le calepin à la page où étaient inscrits les numéros codés.

— Ces séquences semblent toutes différentes, mais elles ne le sont pas.

Kitt les relut à haute voix :

— 222557638. 678232552. 678552322…

— Maintenant, examinons les combinaisons possibles, sachant qu'il y a trois lettres par touche numérique.

— Ça fait beaucoup de combinaisons.

— Pas tant que ça. Fais le calcul.

— Non merci, dit Kitt en engloutissant l'ultime bouchée de son sandwich. Quand on est doué pour les maths, on ne devient pas flic, en général. Ingénieur, peut-être. Ou alors comptable.

— Salut, Lundgren. Salut, Riggio.

C'était Schmidt qui avait parlé de l'embrasure de la porte.

— L'avocat de l'aide judiciaire est arrivé. Il cherche Petersen. Hé, ho, Riggio ! C'est ma pizza, ça !

— Désolée, Schmidt, dit-elle la bouche pleine. Je t'en payerai une autre.

— T'as intérêt. Une de chez Mamma Riggio. Livrée à domicile.

— Et cet avocat ? demanda Kitt.

— Il cherche Petersen.

— Salle d'interrogatoire n° 2.

— Non, elle n'y est plus. J'en viens. La porte était ouverte et la pièce était vide.

— Tu déconnes ?

— Pas du tout.

Kitt se leva d'un bond.

— Merde !

M.C. l'imita et jeta la croûte de la pizza dans la poubelle.

— Où est-ce qu'elle est passée ?

Kitt se pencha pour embrasser Joe.

— Désolée, mais il faut que je file.

— Je continue à gamberger sur ces numéros ?

— Oui, bien sûr. Je t'appelle plus tard.

Elles se précipitèrent hors de la salle.

— Il doit y avoir une erreur, dit Kitt. Quelqu'un a dû se tromper.

— Elle est ici, quelque part dans le bâtiment, dit M.C. Un collègue devait avoir besoin de cette salle d'interrogatoire et il l'a bouclée ailleurs.

Mais elles ne la trouvèrent nulle part. A première vue, quelqu'un avait dû oublier de verrouiller la porte.

Kitt ouvrit son téléphone portable.

— C'est quoi, le numéro de Smith ?

Elle le composa au fur et à mesure que M.C. le lui dictait.

— Vous l'avez laissée filer ! dit Kitt lorsque l'agent spécial eut décroché. Vous lui avez apporté un soda et vous avez oublié de verrouiller la porte.

— Pardon ?

— Petersen s'est enfuie !

— Vous avez perdu Petersen ?

— Quelqu'un a oublié de verrouiller cette putain de porte. Vous n'avez rien remarqué ?

— N'essayez pas de me faire porter le chapeau dans ce cas flagrant d'incompétence de vos services. Quand je suis sorti de la pièce, j'ai demandé à l'un de vos hommes de fermer à clé, dit-il d'une voix furieuse. Phelps était avec moi. Il a d'ailleurs vu cet homme de plus près que moi.

— Nom de Dieu. C'était qui, ce collègue ?

— Aucune idée. Il était en uniforme. Taille moyenne. La trentaine. Sans signes particuliers.

— Vous le reconnaîtriez sur une photo ?

— Absolument.

Kitt coupa la communication et replaça l'appareil dans son étui. Elle se tourna vers M.C.

— Tu vas l'annoncer à Sal ? Ou tu veux que je m'en charge ?

64.

Vendredi 30 janvier
20 h 10

En bonne amie, M.C. avait rappelé à Kitt que, puisqu'elle dirigeait cette enquête, il lui revenait d'annoncer les mauvaises nouvelles. Sal avait piqué une grosse colère et les avait vouées aux gémonies.

Une alerte à toutes les unités avait aussitôt été émise. M.C. était allée avec Kitt vérifier que Zoe ne s'était pas tout simplement réfugiée chez elle, puis elles avaient fait le tour des endroits où Zoe avait ses habitudes, mais sans résultat. La jeune femme s'était évanouie dans la nature. Une fois de plus.

A présent, il ne leur restait qu'à attendre. Et à prier, chaque fois que le téléphone sonnait, pour que ce ne soit pas pour annoncer une mauvaise nouvelle.

M.C. se versa une tasse de café tiède et y ajouta une dose de crème sans lactose. Cette mixture de café saumâtre et d'ersatz de lait était infâme, mais elle avait grand besoin d'un stimulant. La nuit s'annonçait longue.

Elle revint à son bureau avec sa tasse. Elle décida de tester la théorie des nombres énoncée par Joe. Elle s'assit, sirota son café et parcourut de nouveau les numéros.

Son téléphone fixe se mit à sonner bruyamment.

— Inspecteur Riggio à l'appareil.

— Inspecteur, c'est James, à l'accueil. Il y a là un certain Erik Sundstrand qui désire vous voir.

Intéressant.

— Envoyez-le-moi, dit-elle.

M.C. alla à sa rencontre à la porte de l'ascenseur. Le psychiatre, d'habitude aussi fringant qu'une gravure de mode, était tout débraillé. Il tenait à la main une grande enveloppe de papier kraft.

— Quelle surprise ! dit-elle.

— Il faut que je vous parle.

— Votre avocat ne serait pas d'accord…

— Je m'en fous.

— Je dois vous informer que tout ce que vous allez dire sera transcrit sur procès-verbal, y compris ce qui peut vous incriminer.

— Alors inscrivez ça sur votre procès-verbal : je n'ai rien à voir avec le meurtre de Gina, pas plus qu'avec votre prétendue bande de pirates informatiques. Et Dan non plus.

Sentant les larmes lui monter aux yeux, M.C. s'efforça de cacher ses émotions et désigna le couloir.

— Donc, vous ne verrez aucun inconvénient à ce que notre conversation soit enregistrée…

Il hésita une fraction de seconde avant d'accepter.

— Pas de problème.

— Génial. Une tasse de café ?

— Non merci.

Ils entrèrent dans une salle d'interrogatoire.

— Je vais préparer le magnéto. Installez-vous.

M.C. se rendit dans une petite pièce adjacente et plaça une cassette vierge dans le magnétophone avant d'ouvrir son portable pour appeler Kitt.

— T'es où, là ?

— A l'Identification.

— Devine qui est venu me voir ?

Elle n'attendit pas la réponse et ajouta :

— Erik Sundstrand. Sans son avocat.

— Voilà qui est inattendu.

— C'est pas une blague. Et il a même accepté que j'enregistre ses déclarations. Tu veux assister à l'interrogatoire ?

— Non, vas-y seule. On a trouvé la balle qui a tué DeLuca. Jackson a mis l'ordinateur en mode recherche, pour voir s'il y a une concordance balistique. Et on est en train de tenter de déchiffrer ces maudits numéros pendant que la machine mouline.

M.C. raccrocha et revint dans la salle d'interrogatoire. Elle trouva Erik en train d'arpenter la pièce.

— Asseyez-vous donc, dit-elle en refermant la porte derrière elle.

Il esquissa un hochement de tête et s'exécuta.

— Prêt ? demanda-t-elle.

Il lui fit un signe affirmatif et se lança :

— D'abord, je ne vois pas comment vous avez pu imaginer que je puisse être mêlé à une bande de pirates informatiques.

— Ce que je crois ou pas est hors de propos. Soit les indices vous incriminent, soit ils vous innocentent. Point barre.

— Vous vous fiez aux indices plus qu'aux gens, si je comprends bien ?

— Plutôt, oui... Je suis flic.

— Ecoutez, le plus ridicule dans cette histoire, c'est que je me fiche de l'argent. J'en ai plein, de l'argent. Je possède une multitude de biens. J'ai passé l'essentiel de ma vie d'adulte à distribuer mon argent. J'ai financé des organisations caritatives. J'ai contribué à bâtir des structures destinées à venir en aide à ceux qui en ont besoin. Et ce dont je suis le plus fier, c'est *Kids in Crisis*. Enfin, ce dont *j'étais* le plus fier, rectifia-t-il. Jusqu'à aujourd'hui. Car, si même une poignée seulement de jeunes, parmi ceux à qui j'ai tendu la main, ont été trahis... je ne sais pas si je pourrai le supporter.

— Un noble sentiment, Erik, qui vous honore. J'aimerais vous croire. Le monde serait meilleur si les gens nourrissaient tous vraiment de tels sentiments. Mais c'est rare.

— Dan était sur la même longueur d'onde que moi, vis-à-vis des jeunes en difficulté. C'était un de nos points communs.

— Il ne s'agit pas de Dan, dit-elle sèchement. Il s'agit de vous. Qu'y a-t-il dans cette enveloppe ?

— Les dossiers de Zoe Petersen et de Jenny Lindeman.

— Pourquoi ?

— Je ne cesse de penser à ce que vous m'avez dit. Comme quoi d'autres jeunes pourraient être impliqués. Et qu'ils pourraient être en danger. Qu'ils pourraient mourir. Y a-t-il un moyen de les protéger ?

— Les retrouver avant le tueur.

— Exactement. J'ai un plan pour vous aider à le faire.

M.C. dut admettre en son for intérieur qu'elle était intriguée.

— Si ce que vous avez dit au sujet de Gina est vrai et qu'elle choisissait des ados pour grossir les rangs de sa bande…

— Il n'y a aucun doute là-dessus.

— En tout cas, elle le faisait discrètement. Elle prenait soin de ne pas m'alarmer ainsi que les autres psys ou les parents. Elle a donc choisi Jenny et Zoe parce qu'elles correspondaient à un profil.

— Celui du *geek* mordu d'informatique ?

Il secoua la tête.

— Non, Gina cherchait avant tout des esprits faibles, pas des gens forts et intelligents. Un *geek* est une personne très douée en informatique. Ce n'est pas une faiblesse en soi. Mais l'addiction à l'ordinateur en est une, en revanche.

— L'addiction à l'ordinateur ? Allons, Erik, ne me faites pas marcher.

— C'est une dépendance comportementale, pas chimique. Un

peu du même genre que l'accoutumance pathologique aux jeux d'argent. Ou au sexe.

Face à son expression sceptique, il lui demanda :

— Comment définissez-vous une addiction ?

Elle réfléchit un instant avant de répondre :

— C'est quelque chose qu'on ne peut pas s'empêcher de faire, même quand on sait qu'elle peut nous nuire.

— Oui, c'est à peu près ça. En cas d'addiction grave, l'activité ou la substance devient la chose la plus importante de votre existence. C'est une sorte d'automédication : ça vous fait planer ou ça vous fait oublier tout le reste. Pour continuer à atteindre cet état, l'accroissement des doses est le plus souvent nécessaire. Les symptômes du manque apparaissent quand l'activité ou la substance en question n'est plus disponible. Et l'accoutumance engendre des conflits croissants avec l'entourage du sujet atteint.

Il marqua une pause avant de reprendre :

— L'usage des réseaux informatiques a explosé et les technologies employées sont de plus en plus raffinées. Tous les ans, nous voyons arriver au centre toujours plus de jeunes patients souffrant d'un UPI.

— Un UPI ?

— Un syndrome de l'usage pathologique d'internet.

— Je ne savais pas que ça existait.

— Comme beaucoup de parents, d'ailleurs. Ils savent seulement qu'ils ont de nombreux conflits avec leurs enfants. Parfois très graves. J'ai vu un adolescent qui avait essayé de tuer sa mère parce qu'elle lui avait confisqué son ordinateur. Un autre était sujet à des crises de rage chaque fois que ses parents tentaient de limiter le temps qu'il passait à jouer en ligne.

— C'est exactement le comportement que m'ont décrit les parents de Jenny Lindeman. Je croyais que c'était un cas extrême et isolé.

— J'aimerais qu'il en soit ainsi. Heureusement, tous les cas ne sont pas aussi dramatiques. Il arrive cependant que les parents jugent le problème bénin alors que leur enfant est, en fait, sévèrement atteint.

— Et ces adolescents débarquent dans votre centre de soins ?

— Oui. En termes de diagnostic, la majeure partie des jeunes atteints d'UPI souffre de dépressions modérées, parfois sévères. Ainsi que de troubles de l'amour-propre et de la sociabilité.

— Et ce sont ces faiblesses que recherchait Gina ?

— Oui.

Il tapota sur l'enveloppe et précisa :

— Jenny et Zoe manifestaient tous les signes cliniques d'un UPI. Jenny, de manière sévère. Zoe, à un moindre degré.

— Pendant le peu de temps que j'ai passé avec Zoe, je ne m'en suis pas aperçue. Elle m'a paru sociable et plutôt équilibrée.

— Elle vous a parlé de sa famille ?

— Non.

— C'est parce que ses parents l'ont fichue à la porte.

Il extirpa le dossier de Zoe de l'enveloppe.

— Conflits familiaux. Mauvais résultats scolaires. Dépressions. Incapable de garder un emploi.

M.C. se cala dans son siège.

— Pourquoi ce petit cours sur l'addiction, docteur Sundstrand ?

— Parce que vous pensez qu'il peut y avoir d'autres jeunes impliqués et, donc, d'autres victimes potentielles. En me basant sur les diagnostics de Zoe et de Jenny, j'ai commencé à consulter les dossiers des autres patients, à la recherche de profils comparables. J'ai déjà six noms à vous communiquer. Pour l'instant.

Il lui tendit l'enveloppe. Elle l'ouvrit, en sortit une feuille où était imprimée une liste. Six noms. Trois garçons et trois filles. Elle l'examina avant de lever les yeux vers Erik.

— Pour l'instant, dites-vous ?

— Nous avons beaucoup de patients à *Kids in Crisis*. Cette liste n'est que la partie visible de l'iceberg.

— Et les lois fédérales sur la protection de la vie privée ? Il me semble que ce que vous faites là est en infraction avec ces lois.

— La loi sur la protection des informations relatives aux patients ?

Il émit un sifflement de dégoût.

— Disons que je suis prêt à perdre mon autorisation d'exercer pour sauver la vie de quelques jeunes paumés. Ça ne me pose aucun problème de conscience.

C'était peut-être un piège. Un mensonge pour inciter M.C. à croire en lui, en sa mission.

Si c'était le cas, ce mensonge était diablement convaincant.

— Je peux y aller ? demanda-t-il.

— Vous êtes venu de votre plein gré…

Il sourit de bon cœur et se leva. Elle l'imita.

— Merci, dit-elle. Je vais travailler sur cette liste de noms.

— Je retourne à KIC et je ne compte pas en sortir avant d'avoir étudié les dossiers de tous les patients.

— Attendez… Mon cousin Tommy… Il ne correspondait pas au profil.

— Je vous ai dit que les familles ne se rendent pas toujours compte de ce qui se passe.

— Mais là, ce n'était pas le cas. Lui, il ne cadrait vraiment pas avec ce profil.

Il fronça les sourcils.

— Parlez-moi de lui. Il était en conflit avec ses parents ?

— Non, jamais.

— Des problèmes scolaires ?

— Jamais, non plus. Il avait l'air très concentré sur son avenir. Il avait déjà fondé sa petite entreprise. Il subvenait à ses propres besoins.

— C'était un solitaire ? Il était d'humeur changeante ?

— Non, il était plutôt sociable. Facile à vivre. Il fréquentait une bande de bons copains. Il jouait au base-ball au lycée. Il sortait avec des filles, allait aux bals des étudiants.

Elle haussa les épaules et conclut :

— Franchement, je ne le vois pas du tout se mêler à ce genre d'activités.

— Si la description que vous venez de faire est fidèle, alors, en effet, votre cousin ne correspondait pas au profil des autres.

— Et pourtant, il était impliqué dans leurs combines…

— Vous en êtes certaine ?

Elle hésita et il se pencha vers elle.

— Ecoutez, M.C., les jeunes gens qui croient en l'avenir et qui sont sûrs de trouver leur place dans ce monde ne se mouillent pas délibérément dans ce genre d'embrouilles. Jamais.

Tommy avait voulu aider l'une de ses connaissances. Laquelle ? Zoe ? Ou quelqu'un d'autre ? En ce cas, pourquoi avoir ouvert six comptes bancaires ? Et d'où venait tout cet argent ?

M.C. le raccompagna jusqu'à l'ascenseur. La porte coulissa et il pénétra dans la cabine. Elle bloqua la porte qui commençait à se refermer.

— Erik ?

Il la regarda droit dans les yeux.

— Pourquoi ne m'avez-vous rien dit au sujet de Dan et Gina ?

— Ce n'était pas à moi de vous en parler, M.C. Et après la mort de Dan, ça n'avait plus aucun sens de revenir là-dessus.

Il leva la main et lui caressa furtivement la joue du revers de la main.

— Sa liaison avec Gina remonte à une époque bien antérieure à sa rencontre avec vous.

La porte allait se refermer, elle la bloqua de nouveau.

— Attendez. Zoe a disparu. Je suis inquiète. D'après son profil psychologique, où serait-elle susceptible de se réfugier ?

— Chez des amis, répondit-il. C'est ce que font les jeunes comme Zoe. Elle ira de préférence chez quelqu'un qui lui ressemble. Quelqu'un qui est impliqué dans les mêmes activités qu'elle.

65.

Vendredi 30 janvier
20 h 40

Les portes de l'ascenseur se refermèrent. M.C. resta immobile, les yeux rivés sur ces portes closes.

Elle ira de préférence chez quelqu'un qui lui ressemble. Quelqu'un qui est impliqué dans les mêmes activités qu'elle.

« Sam », se dit M.C. Oui, c'était logique. Seul Sam était au courant de toute cette affaire, de l'existence des crackers, de l'argent, de Breakneck. Sam avait déjà su gagner la confiance de Zoe. C'est auprès de lui qu'elle irait chercher refuge.

Tommy ne correspondait pas au profil.

Elle se remémora ce que Sundstrand lui avait dit.

« Les jeunes gens qui croient en l'avenir et qui sont sûrs de trouver leur place dans ce monde ne se mouillent pas délibérément dans ce genre d'embrouilles. »

Elle pressa la main contre son ventre, comme si elle avait du mal à encaisser le choc de la vérité. Qui avait été la personne la plus proche de Tommy ?

Sam.

Qui avait eu accès à l'ordinateur de Tommy ? Qui avait toute facilité pour usurper son numéro de Sécurité sociale, ses identifiants et ses mots de passe ?

Sam.

Pour qui Tommy aurait-il remué ciel et terre, pour qui aurait-il pris tous les risques ?

Sam.

Et qui correspondait au profil qu'Erik Sundstrand avait détaillé ? Elle secoua la tête, se refusant à croire à ses propres déductions.

Sam avait connu des difficultés à l'école, il avait entretenu des rapports conflictuels avec sa mère et son père. Il était d'humeur changeante, il manquait d'assurance et d'amour-propre. Il était incapable de garder un emploi, avait interrompu ses études. Il avait des copines, mais pas de vraies relations avec une fille. Pour Sam, se concentrer sur son avenir, cela se réduisait à se préoccuper de ce qu'il mangerait le soir au dîner.

C'était Sam qui avait appartenu à une bande crackers. Pas Tommy. Il avait sans doute été branché par l'intermédiaire de Zoe.

Zoe, bien sûr. Elle n'avait jamais été amoureuse de Tommy. Elle était amoureuse de Sam. Au point de mentir pour le couvrir. Ces deux-là avaient mis au point ensemble tout ce que Zoe avait raconté à M.C.

M.C. se souvint de la voix de Zoe lorsqu'elle proclamait son amour pour Tommy et qu'elle prétendait avoir agi pour Tommy. Elle prononçait le nom de l'un des frères mais pensait en fait à l'autre. *Bien sûr.*

La déception et le sentiment d'avoir été trahie lui laissaient un goût amer. Cela faisait mal. Tout était pénible dans cette histoire, mais le pire était que Tommy était mort pour avoir tant aimé son frère.

Etait-il un tueur ? Et Zoe ?

M.C. se souvint de la façon dont Tommy et les autres victimes avaient été liquidées. Avec précision et sang-froid. Avec une préméditation évidente.

Où Sam et Zoe auraient-ils acquis de tels talents ? Le genre de talents qui laissaient les médecins légistes et les experts du FBI dans le brouillard ?

Sam devait être sur la liste de Breakneck.

— Il faut presser le bouton si tu veux appeler l'ascenseur, tu sais.

M.C. regarda par-dessus son épaule vers Kitt.

— Salut, toi !

— Sundstrand est parti ? demanda Kitt.

— A l'instant.

— Alors, qu'est-ce qu'il a dit ?

— Il m'a décrit le profil type du jeune susceptible de se joindre à une bande de cyberdélinquants comme celle de DeLuca.

Un profil qui ne correspondait pas à Tommy. Mais à Sam.

— Il m'a donné des noms.

Elle lui tendit la liste.

— Ce sont des patients de KIC qui correspondent à ce profil.

Kitt fronça les sourcils ?

— Ça va, toi ?

— Il faut que j'appelle Sam.

— Sam ? répéta Kitt. Pourquoi ?

— Erik pense que Zoe irait se réfugier chez un ami, après une telle fugue. Quelqu'un de confiance.

— Et tu crois qu'elle est avec Sam ?

— Je crois qu'il y a une bonne chance, oui.

M.C. ouvrit son téléphone portable et composa le numéro de son cousin. La messagerie se déclencha aussitôt.

— C'est moi, dit-elle. Appelle-moi dès que possible. C'est urgent.

Elle remit l'appareil dans son étui, tandis que ses pensées défilaient à toute allure et qu'elle s'efforçait de se concentrer sur Kitt. Il fallait qu'elle partage ses soupçons avec son amie. Mais elle n'arrivait tout simplement pas à les formuler. Pas encore.

Elle trouverait Sam d'abord, lui parlerait.

— La recherche balistique a donné quelque chose ?

— *Nada*. Je crois que Smith avait raison. Un professionnel est trop avisé pour utiliser deux fois la même arme. Miller est en train d'achever l'autopsie du téléphone de DeLuca. Je crois que je vais aller faire un tour à l'Identification, au cas où il y aurait du progrès de ce côté-là. Et toi ?

— Je vais essayer de mettre la main sur Sam. Je te tiens au courant.

Sam était introuvable. M.C. avait passé quelques coups de fil. Elle savait qu'il se faisait tard et ne voulait pas alarmer quiconque — et surtout pas sa tante Catherine. Elle avait circulé un peu dans la ville à la recherche de la jeep de Sam. Elle était allée chez ses amis. Des membres de la famille. Des cafés fréquentés par Sam.

Elle était même passée chez elle, après s'être dit qu'il y avait une petite chance pour que Sam et Zoe aient eu l'idée saugrenue de s'y terrer.

Son téléphone portable se mit à sonner. C'était Michael.

— Salut, petite sœur. J'ai appris que tu battais le pavé à la recherche de Sam.

— Tu l'as vu ?

— Non. Je me demandais juste ce qui se passait. Sam a des ennuis ?

Elle aurait dû s'attendre à recevoir cet appel. Le réseau de communication de sa famille n'avait rien à envier à celui d'un géant des télécoms.

— Tante Catherine a appelé Mamma et Mamma t'a appelé, dit-elle.

— Bingo.

— Cette famille me désespérera toujours.

— Holà ! C'est toi qui passes des appels mystérieux à 20 heures du soir. Et un lundi soir, par-dessus le marché. Il fallait s'y attendre, ma vieille.

— C'est pas grave. Il faut que je parle à Sam, c'est tout. Son téléphone est débranché.

— Pas grave ?

Il dit, plus bas :

— Après ce que vient de vivre tante Catherine ? Qu'est-ce qui se passe, nom de Dieu ?

— Je ne peux pas en parler.

— Sam a des ennuis ?

— Michael…

— Pas de quoi s'inquiéter, c'est ça ? ironisa-t-il.

— Quoi que je te dise, tu t'inquiéteras, de toute façon.

— Jolie esquive. C'est moi qui ai l'air d'une petite vieille qui s'angoisse pour un rien.

— C'est toi qui le dis, dit M.C.

— Je vais activer le réseau. Si j'arrive à le localiser, je te rappelle.

Elle raccrocha et jeta son téléphone sur le siège du passager. Il se remit à sonner avant même d'avoir atteint sa cible. Elle le reprit.

— T'as fait vite, dis donc…

— M.C. ?

— Kitt ? Je croyais que c'était Michael qui me rappelait.

— T'as pas retrouvé Sam ou Zoe ?

— Non. Et de ton côté ?

— On est tombé sur une pépite. Il faudrait que tu rappliques ici au plus vite.

— Pourquoi ?

— J'ai envoyé deux agents en uniforme pour aller cueillir Sundstrand chez lui. Devine qui DeLuca a appelé deux fois le matin de sa mort ?

— Le Dr Erik Sundstrand.

— Avec ça, son témoignage si bien ficelé ne tient plus debout.

— J'arrive. Au fait, Sundstrand n'est pas chez lui. Il est à *Kids in Crisis*.

M.C. raccrocha puis composa le numéro de Smith.

— Nous allons arrêter Sundstrand pour l'interroger. Il nous a menti quand il a prétendu ne pas avoir parlé avec DeLuca hier matin.

— Je peux assister à son interrogatoire ?

— Je serais déçue de ne pas vous y voir à l'œuvre. Amenez Phelps, ça le distraira.

— Je me ferai un plaisir de l'arracher à son écran…

66.

Vendredi 30 janvier
21 h 50

M.C. trouva Kitt dans la salle de projection, en train de préparer l'interrogatoire.

— Sundstrand est là ?

— Il vient d'arriver, répondit Kitt sans la regarder. Je l'ai installé dans la salle n° 2. Il attend Kolb.

— Smith et Phelps vont se joindre à nous. J'ai pensé que la présence du FBI pouvait lui mettre la pression pour qu'il avoue.

— J'ai une question à te poser, Riggio.

Le ton sec de sa partenaire la mit sur ses gardes.

— Vas-y.

— Quand est-ce que tu vas te mettre à me faire confiance ?

— Qu'est-ce que tu veux dire ?

Kitt lui tendit une cassette vidéo.

— Ton entretien avec Sundstrand. Je l'ai visionné pour me préparer à l'interrogatoire qui nous attend.

— Et alors,

— Et je ne suis pas complètement idiote. Je sais quelles déductions tu as dû tirer au sujet de Sam. Mais tu ne m'en as rien dit. Pourquoi, M.C. ? Qui protèges-tu ?

M.C. ne pouvait nier que Kitt avait vu juste.

— Je ne protège personne. Et ça n'a rien à voir avec ma confiance en toi. Je n'ai d'ailleurs aucune confiance en moi-même, en l'occurrence. Je me suis dit que si je parlais à Sam d'abord…

— C'est à moi qu'il faut parler d'abord, à moi. Toujours. *Surtout* quand tu manques de confiance en tes propres jugements.

— Je ne vous dérange pas, j'espère ?

Elles se tournèrent vers la porte. Smith était arrivé et les regardait d'un air amusé. Il était évident qu'il avait surpris la fin de leur conversation.

— Pas du tout, dit Kitt. Heureux de vous avoir à notre bord.

— Et Phelps ? demanda M.C.

— Il n'a pas décroché. J'ai laissé un message. Sundstrand est là ?

— Tout est prêt. Ça se passe dans la salle d'interrogatoire n° 2.

L'avocat arriva à son tour. Il avait l'air de mauvaise humeur. Avant qu'il n'ait le temps de débiter des âneries sur les droits de son client, Kitt l'attaqua d'emblée :

— Nous détenons la preuve que votre client nous a menti au sujet des raisons de sa présence chez Mme DeLuca hier matin.

— Une preuve ? Ou ne seraient-ce que de simples soupçons ? Je ne suis pas d'humeur à jouer aux devinettes, inspecteur.

— Une preuve.

Smith intervint.

— Bonjour, monsieur Kolb. Je suis l'agent spécial Smith, du FBI. Service de la cybercriminalité.

A voir sa mine, on aurait dit que l'avocat venait d'ingurgiter d'un trait une potion cruellement amère. Il serra la main de Smith avant de se tourner vers Kitt.

— Puis-je dire un mot à mon client avant de commencer ?

— Bien sûr.

Elles l'accompagnèrent dans la salle d'interrogatoire, ouvrirent la porte et l'invitèrent à s'installer. Après avoir verrouillé la porte de l'extérieur, elles restèrent rivées au hublot d'observation pour épier Erik et son avocat.

Kolb s'assit à côté d'Erik. Ils se parlèrent à voix basse, collés l'un contre l'autre, conscients, à l'évidence, d'être surveillés. Ni l'un ni l'autre ne fit un geste ni ne jeta un regard vers la porte. Au bout de deux minutes, ils se détachèrent et l'avocat fit signe qu'ils étaient prêts.

M.C., Kitt et Smith les rejoignirent dans la pièce et s'assirent en face d'eux.

Kitt prit la parole en premier. Elle présenta Smith à Erik, même si c'était à l'évidence superflu — son avocat l'avait certainement déjà averti de la présence du FBI. M.C. avait du mal à regarder Erik en face. Elle s'en voulait d'avoir bu comme du petit-lait son petit discours sur son attachement indéfectible pour les adolescents à problèmes.

Elle avait voulu y croire, d'ailleurs. Tout comme elle avait été toute disposée à croire que Dan était tel qu'elle l'avait idéalisé.

Kitt brandit un sachet à pièces à conviction en plastique transparent dans lequel se trouvait le téléphone de Gina.

— Vous reconnaissez cet objet, docteur Sundstrand ?

— C'est un téléphone portable.

— Vous savez à qui il appartenait ?

Il examina le sachet sous toutes les coutures avant de lever les yeux vers Kitt.

— Aucune idée.

— Gina DeLuca.

Il semblait de bonne foi car il ne broncha pas d'un cil.

— Vous savez qui elle a appelé le matin de sa mort ?

— Je suis sûr qu'elle avait plein d'amis. Je ne pourrais pas…

— Vous, docteur Sundstrand. C'est vous qu'elle a appelé. A deux reprises…

Il ne réagit pas et M.C. se demanda à quoi il pouvait bien penser. Il savait sûrement ce que cela signifiait. Il était très intelligent et devait donc comprendre qu'à ce stade il n'avait plus d'autre choix que d'avouer.

Kitt poursuivit :

— Ces appels contredisent de manière décisive votre version des faits, docteur Sundstrand. Il serait temps d'en changer. Pourquoi êtes-vous allé chez Gina DeLuca hier matin ?

— Accordez-moi une minute avec mon avocat, s'il vous plaît.

Kitt hocha la tête et les policiers se dirigèrent vers la porte. L'avocat les arrêta avant qu'ils ne sortent.

— L'enregistrement, inspecteur...

M.C. appuya sur un bouton du magnétophone avant de rejoindre Kitt et Smith dans le couloir. L'agent était en train de laisser un nouveau message à Phelps.

— Ton impression ? demanda-t-elle à Kitt.

— Ce fils de pute ne manque pas de sang-froid. C'est un calculateur, un manipulateur. Quand il ouvre la bouche, il est certain à cent pour cent de ce qu'il va dire et de l'effet que ses paroles vont faire.

— Ça y est, ils sont prêts, dit Smith.

Ils rentrèrent tous trois dans la salle d'interrogatoire. M.C. ralluma le magnétophone.

— Docteur Sundstrand, dit Kitt, êtes-vous prêt à revenir sur vos déclarations ?

— Gina m'a appelé, en effet, hier matin, dit Sundstrand.

— Pourquoi nous avez-vous menti ?

— Parce que je savais que vous confier ce détail m'aurait placé dans une situation délicate...

Il serra les poings et ajouta :

— Et parce que Gina me faisait du chantage.

Pendant un instant, un silence de mort régna dans la pièce. Kitt le rompit en s'éclaircissant la gorge.

— Quel genre de chantage, docteur Sundstrand ?

— J'allais la renvoyer. Je la soupçonnais de comportements

inconvenants avec certains des patients. Mais je n'avais aucune idée du degré que ce problème avait atteint. Aucune.

— Quel problème, exactement ?

— Le piratage informatique.

Il lâcha un bref soupir.

— Je l'avais surprise en train d'en discuter avec deux ados. Elle s'est justifiée en me disant qu'elle les avait croisés et qu'ils étaient en train d'évoquer le sujet, mais que ce n'était que du bavardage, bref…

— Vous ne l'avez pas crue.

— Pas entièrement… Ensuite, au centre, je l'ai surprise en train d'échanger des clins d'œil de connivence avec certains de nos jeunes patients. Comme s'ils partageaient un secret. Ça m'a mis mal à l'aise. Extrêmement mal à l'aise. J'ai posé quelques questions et j'ai eu recours aux services d'un détective privé.

— Son nom ?

— Rod Alexander.

— Quand ça ?

— Il y a une quinzaine de jours. Trois semaines, peut-être.

— Continuez.

— Elle l'a su. Elle a protesté de son innocence avant de me menacer d'engager des poursuites contre moi pour harcèlement sexuel.

— Vous pensez qu'elle aurait mis ses menaces à exécution ?

— Oui. Je vous ai dit que je n'étais pas fier de cette liaison.

Il gigota un peu sur son siège, l'air gêné pour la première fois.

— Elle avait archivé toute notre relation, pris note de chacune de nos rencontres, fait la liste de tous les endroits où on était allés ensemble. Elle avait conservé tous les e-mails que je lui avais envoyés. Elle faisait des copies de tous mes messages téléphoniques.

Cela ressemblait bien à la fille que M.C. avait connue au lycée.

— Je suis un personnage public. J'aurais été humilié.

— Alors vous l'avez tuée.

— Non ! Mon Dieu, non ! On était en train de négocier un arrangement à l'amiable.

— Un bel euphémisme pour le prix du silence, vous ne trouvez pas ?

Il eut l'air accablé.

— Non, je…

— Combien exigeait-elle pour se taire ? demanda Smith.

— Un demi-million de dollars.

En ajoutant une telle somme à l'argent volé sur le compte dont l'identifiant était Breakneck, sa fortune aurait été considérable.

— Vous avez accepté de payer une telle somme ? demanda M.C.

— On était encore en train de négocier. Mais, oui, je m'apprêtais à accepter, à condition qu'elle signe une promesse écrite de ne plus jamais chercher à me contacter.

— Elle s'engageait à démissionner ?

— Cela faisait partie de l'arrangement, en effet.

— Votre avocat pourrait-il prouver vos dires ?

— Les documents étaient en cours de rédaction, confirma Kolb.

— Revenons à hier matin.

Le téléphone de M.C. se mit à vibrer. Elle consulta l'écran et vit que c'était son frère Neil qui essayait de la joindre. Elle rangea l'appareil en se promettant de le rappeler un peu plus tard.

— Je ne lui ai pas téléphoné, hier matin, dit Sundstrand.

— C'est elle qui vous a contacté ?

— Oui.

M.C. intervint :

— Ce matin-là, quand je vous ai demandé des renseignements sur Zoe Petersen et Matt Martin, vous m'avez dit que vous l'aviez appelée.

— C'était faux.

— Vous nous avez encore menti.

— Je ne lui faisais pas confiance… Pas après ce qui venait de se passer entre nous.

Kitt s'éclaircit la gorge.

— Parlez-nous de ses appels d'hier matin.

Il se redressa légèrement.

— Elle me dit qu'elle a réfléchi à notre arrangement. Et qu'il lui faut davantage d'argent. Elle insiste pour que je vienne chez elle en parler.

M.C. vit à son expression qu'il comprenait combien ce qu'il venait de dire pouvait se retourner contre lui.

— Et vous réagissez comment à ce marchandage ?

— Ça me met en rogne. Je suis vraiment furieux.

— Et, donc, vous décidez d'aller lui rendre visite.

Il secoua la tête.

— Je savais que c'était une mauvaise idée. J'ai appelé Rick, je lui ai demandé conseil. Il m'a dit de ne pas bouger, qu'il arrivait et qu'on lui parlerait ensemble.

Kitt regarda l'avocat.

— Ça s'est passé exactement comme ça, confirma-t-il de nouveau.

— Continuez.

— Avant qu'il n'arrive, elle me rappelle. Pour m'annoncer en riant que son prix vient d'augmenter une nouvelle fois.

— Et ça vous a énervé d'autant plus, hasarda Kitt.

— A fond. Je suis parti en vrille.

L'avocat lui posa une main sur le bras en guise de mise en garde. Erik n'en tint pas compte.

— J'ai foncé là-bas. Elle ne répondait pas à la porte. Je me suis dit que c'était encore un de ses petits jeux.

— Elle aimait les petits jeux de ce genre ?

— Ça, oui.

Il étira ses longs doigts et poursuivit :

— J'ai tourné la poignée de la porte. Elle n'était pas verrouillée. J'ai appelé, crié son nom. Pas de réponse. Je me suis dit qu'elle se trouvait dans son bain ou dans son lit, toute nue.

— Ça faisait partie du jeu ?

— Oui.

— Elle tentait de vous séduire pour faire l'amour avec vous ?

— Non, elle ne se faisait plus ce genre d'illusions. C'était fini, tout ça. Mais ces simulacres de séduction se perpétuaient peut-être par un goût pervers du pouvoir. De la manipulation.

— Que s'est-il passé ensuite ?

Il s'efforça visiblement de se ressaisir.

— Je suis entré dans la maison. J'ai appelé de nouveau, crié. Comme elle ne répondait pas, je me suis mis à la chercher. Je l'ai trouvée dans sa chambre. Morte. Je suis sorti en courant, j'ai vomi dans un buisson et j'ai appelé l'inspecteur Riggio.

— Vous étiez soulagé par sa mort ? demanda Smith.

Il se tourna vers l'agent spécial.

— C'est une drôle de question, ça…

— Elle est fondée en tout cas. Elle vous tenait par les couilles, docteur Sundstrand. Ce n'est pas une position très confortable. Surtout pour un notable comme vous.

— Le soulagement est une émotion qui ne m'a pas même effleuré.

— Pourtant, vous avez reconnu que vous étiez furieux. Furieux au point d'ignorer les conseils de votre avocat et de vous précipiter chez elle.

— Il m'arrive souvent d'ignorer les conseils de mon avocat.

Il dévisagea M.C. et ajouta :

— Je crois que l'inspecteur Riggio ne dira pas le contraire.

Les regards se tournèrent vers elle mais elle ne cilla pas.

— Vous cherchez un soutien que je peux pas vous apporter, Erik.

Smith se fit insistant :

— Vous êtes allé chez cette femme dans le but de vous expliquer avec elle. Vous étiez en colère. Furieux. Vous dites vous-même que vous la soupçonniez de jouer à de vilains jeux avec vous. Vous avez pris une arme…

— Ça suffit comme ça, agent Smith.

L'homme du FBI ne tint pas compte de la protestation de l'avocat.

— Peut-être pour lui faire peur, pour l'intimider…

— Non, absolument pas. Je ne possède même pas d'arme à feu…

— Elle vous a provoqué. Elle s'est moquée de vous. Elle savait qu'elle vous tenait par les couilles. Vous êtes — selon vos propres mots — « parti en vrille ». Et, dans le feu de l'action, vous lui avez logé une balle en pleine tête.

— Vous étiez aveuglé par la rage, ajouta Kitt. Vous ne vouliez…

— Non ! Je ne l'ai pas tuée !

Kolb frappa la table de son carnet.

— Maintenant, ça suffit !

Le silence se fit dans la pièce. On entendit taper à la porte. C'était un agent en uniforme. Il ouvrit et fit un signe à Kitt.

— Veuillez m'excuser, dit-elle.

Elle se leva et sortit de la pièce.

Un moment plus tard, elle revint, arborant une expression résolue.

— Nous allons faire une petite pause, à présent. Maître Kolb, nous plaçons votre client en garde à vue.

— Sous quel motif ?

— Suspicion de meurtre.

Les trois policiers se dirigèrent vers la porte. Avant de sortir, Smith s'immobilisa et se tourna vers Sundstrand.

— Une dernière question : Breakneck, ça vous dit quelque chose ?

Une lueur trahissant une familiarité avec ce vocable traversa le regard d'Erik, mais il secoua la tête.

— Non.

Ils sortirent, claquant la porte derrière eux. Smith regarda tour à tour M.C. et Kitt.

— Il mentait. Au sujet de Breakneck.

— Il me faut un mandat de perquisition dès ce soir, dit Kitt. Domicile, bureau et véhicule. Dès lors qu'un suspect prétend qu'il n'a pas d'arme à feu, c'est qu'il en a au moins une planquée dans une cachette idiote.

Kitt leva les yeux vers M.C. qui y lut de gros regrets.

— Alors ? demanda-t-elle. Qu'est-ce qu'il te voulait, cet agent ?

— Mauvais nouvelle. Zoe a été retrouvée. Elle est morte.

M.C. fit, par réflexe, un pas en arrière. *C'était sa faute. Elle avait promis de veiller sur Zoe. Au lieu de ça, cette fille avait été tuée à son tour.*

— Comment ? demanda Smith d'une voix morne.

— Abattue.

— Merde. Où est-elle ?

— Sur un parking, à côté de chez Tommy.

67.

Samedi 31 janvier
0 h 30

M.C. examina du regard la forme recroquevillée qui avait été Zoe Petersen. Le blouson rose vif de la fille ajoutait à l'horreur du spectacle. Les gants et le bonnet assortis. La gerbe de cheveux blonds emmêlés par le sang et la matière cervicale.

— Deux balles, fit Kitt. Et non pas une comme les autres fois.

— On dirait qu'elle a essayé de se protéger le visage avec la main, dit Smith en s'agenouillant auprès du corps. Regardez.

La première balle avait traversé la main droite. M.C. parvint à déglutir malgré la boule qui lui bloquait la gorge. Zoe avait vu le danger. A la toute dernière seconde, peut-être. Et elle avait levé la main pour parer la balle fatale. Ou pour implorer son assassin de lui laisser la vie sauve.

M.C. s'éclaircit la gorge, combattant en elle-même le sentiment de culpabilité qui menaçait de l'étouffer. Elle avait mal géré ce témoin. C'était à cause d'elle que Zoe était morte.

Que s'était-il passé ? Pourquoi était-elle venue ici, à deux pas de l'appartement de Tommy ? Avait-elle imaginé qu'elle pouvait s'y cacher, que personne ne songerait à la chercher là ?

Breakneck l'attendait-il sur place ?

Autour d'elle s'affairaient les collègues. Des projecteurs avaient été installés pour éclairer la scène du crime. Les types de l'Identification s'étaient mis au travail.

— Ça va ? demanda Kitt tout doucement dans son dos.

— Elle était sous notre garde. C'est notre faute. On aurait dû s'assurer que la salle d'interrogatoire était fermée à clé. J'aurais dû m'en assurer, moi.

— C'est la vie. Elle est partie volontairement, elle a fui. Ne t'accable pas toi-même comme ça.

— Va dire ça à ses parents, dit M.C. en se tournant vers sa partenaire. Va dire ça à ses amis. Et puis merde !

Ce juron attira quelques regards vers elles. Kitt lui posa la main sur le bras.

— Reprends-toi, Riggio. Tout de suite, murmura-t-elle.

M.C. se retourna vers le corps.

— Je te promets que je vais choper le fils de pute qui a fait ça. Je vais l'empêcher de tuer d'autres gens.

— On le fera ensemble, dit Kitt.

— C'est mon but aussi, dit Smith. Vous avez l'entier concours du FBI.

Sal survint sur ces entrefaites. Il n'y alla pas par quatre chemins.

— Il s'agit du témoin qui s'était échappé ?

— Oui.

M.C. lut dans les pensées de son supérieur. Il se disait que lui, la brigade et les services de police tout entiers allaient être durement vilipendés après une telle défaillance. Cette boulette avait peut-être coûté la vie à cette jeune fille et sa famille pouvait se retourner contre la police et engager des poursuites. Même si la victime elle-même était loin d'être blanche comme neige, même si elle s'était elle-même engagée dans les activités ayant mené à sa mort.

— Lundgren, je vous adjoins White, Canataldi et Schmidt.

Et je vous demande de les mettre au boulot en vitesse. Je veux des résultats rapides. Je veux qu'on arrête ce fils de pute.

M.C. le regarda s'éloigner puis se tourna vers Kitt.

— Je suis déso…

Kitt leva la main pour l'interrompre.

— Je n'ai pas le temps d'en parler, pour l'instant. Pourquoi Petersen est-elle venue ici, à ton avis ?

— Sundstrand a dit qu'elle irait préférablement chez des gens de son âge, murmura M.C. Des gens de son réseau. Pour autant qu'on puisse lui faire confiance en la matière…

— Mais alors, pourquoi ici ? Tommy n'est plus là.

— Elle s'y sentait peut-être en sécurité…

— Ou elle avait rendez-vous avec quelqu'un, suggéra Smith. Peut-être avec Breakneck.

— J'étais sûre qu'elle était avec Sam, dit M.C.

— Elle l'était peut-être.

C'est Smith qui venait de formuler cette hypothèse. M.C. le dévisagea.

— Qu'est-ce que ça veut dire ?

— Vous le savez très bien. Il est dans le coup.

L'entendre dans la bouche de Smith la mit en rogne.

— C'est possible. Mais peut-être essayait-il simplement d'aider Zoe.

— Comme Tommy, qui aidait un « ami » ?

Ce sarcasme la piqua au vif. Ses joues s'empourprèrent.

— Ce n'est pas le moment de me chambrer, Smith.

M.C. fit quelques pas de côté, s'efforçant de maîtriser ses émotions. De se concentrer.

Smith avait raison. Sam était bien dans le coup. Il lui avait menti. Il avait menti à Tommy. Elle leva les yeux vers le deuxième étage où avait vécu Tommy, et son regard s'attarda sur les fenêtres sombres.

Sam et tante Catherine avaient commencé à vider l'appartement. Une tâche pénible. Et inachevée.

Sam. Il avait la clé de l'appartement. Zoe y était peut-être venue avec Sam, pour récupérer quelque chose ? Ou peut-être s'y étaient-ils donné rendez-vous ? Où était-il, en ce moment ?

Le coup de téléphone de Neil. Peut-être Sam avait-il refait surface du côté de chez Neil.

M.C. consulta sa messagerie. Le message de Neil était bref et sans fioriture.

« Sam est passé ici. Appelle-moi. »

C'est ce qu'elle fit, même s'il était vraiment très tard. C'était son frère et il devait s'attendre à son appel. D'ailleurs, si elle n'appelait pas, il serait mécontent — et inquiet.

Il répondit à la première sonnerie.

— M.C., dit-il.

— Désolée d'appeler si tard. Sam est là ?

— Il est passé. Il avait l'air bizarre. Très nerveux.

— Qu'est-ce qu'il voulait ?

— Se servir de mon ordinateur.

Neil était en quelque sorte le *geek* alpha de la tribu Riggio. C'était à lui qu'on s'adressait en cas de problème technique. Mais la requête de Sam n'en était pas moins inhabituelle.

— Tu as dit oui ?

— Bien sûr… C'est mon cousin.

— Je n'aime pas faire ça, mais il va falloir que je vienne te voir illico.

— Je t'attends. Ne sonne pas. Benjamin a le sommeil léger.

Elle rengaina son téléphone et retourna auprès de Kitt et de Smith.

— Il faut que j'y aille, dit-elle.

— Où ça ? demanda Kitt.

— C'est Sam. Il est chez mon frère Neil.

— Ramène-le au centre de police, dit Kitt. Pendant ce temps-là, je termine ici.

M.C. hocha la tête et tourna les talons.

— On reste en contact.

— Riggio ! appela Smith. Attendez !

M.C. s'arrêta et se tourna vers lui.

— On vient de m'appeler. Phelps est mort… Une balle dans la nuque.

68.

Samedi 31 janvier
1 h 20

Elles s'étaient séparées. Kitt était partie avec Smith vers l'endroit où Phelps avait été retrouvé mort. M.C. était allée « chercher » Sam. Bon, bien sûr, elle n'avait pas été entièrement franche avec ses collègues. Une fois de plus.

Elle ne pouvait qu'espérer que la différence entre aller chercher Sam et retrouver sa trace serait, dans les faits, sans conséquence.

La lumière était allumée sur le perron de Neil. Elle s'engagea dans son allée et il se montra sur le pas de sa porte. Il lui fit un signe et retourna dans la maison. Il faisait vraiment trop froid pour qu'il l'accueille sur le perron.

M.C. sortit de son véhicule et marcha d'un pas vif vers la porte. Neil et Melody vinrent l'accueillir. Celle-ci était en pyjama, mais Neil était encore tout habillé. Il posa un doigt sur ses lèvres et lui fit signe d'aller dans la cuisine. Il referma la porte derrière eux.

— Tu sais où est Sam ? demanda-t-elle.

— Non. Il est venu ici pour me demander s'il pouvait utiliser mon ordinateur. Il m'a dit que le sien était en panne. Il était…

— Il avait un drôle de regard, intervint Melody. Il m'a mise mal à l'aise.

Elle tendit à M.C. une tasse d'un breuvage chaud et parfumé. Du thé. Elle en but une petite gorgée.

— Quand exactement ?

— Il y a deux heures, environ.

— Un peu plus, précisa Melody. Il devait être dans les 10 heures.

— Il est resté combien de temps ?

— Vingt minutes. Trente au maximum.

— Et il est resté sur l'ordinateur pendant tout ce temps ?

— Oui. Et puis il est parti.

— Sans rien dire ?

— Oui, il avait le feu au cul.

Neil se redressa et ajouta :

— Il avait l'air bouleversé. Je lui ai demandé s'il voulait rester ici.

— Je peux jeter un coup d'œil à l'ordinateur dont il s'est servi ?

— Bien sûr.

M.C. posa sa tasse sur le bar et suivit son frère dans son bureau. Il alluma le plafonnier.

— Je dois avouer que j'y ai moi-même jeté un coup d'œil, après son départ. J'ai pensé qu'il avait surfé sur le net. Et, comme son comportement était étrange, je me suis dit qu'il valait mieux vérifier ce qu'il avait fait.

Professeur de lycée, Neil était habitué à se méfier des adolescents. Un peu comme un flic — mais sans le pistolet.

— Quels sites a-t-il visités ? demanda-t-elle.

— Vérifie par toi-même. L'ordinateur est allumé.

Elle se glissa derrière le bureau et s'installa dans le fauteuil.

— La banque Amcore ! dit-elle en sentant monter une sorte d'excitation.

— Il a visité le site de quatre banques, en fait, dit Neil venu se tenir derrière elle. Va sur l'historique.

Ce qu'elle fit. En effet, il avait visité les banques suivantes : Amcore, Alpine, Blackhawk et Rockford Bank & Trust.

Il avait tenté de récupérer l'argent.

M.C. se tourna vers Neil.

— A-t-il procédé à une transaction ?

— Ça, je ne sais pas. Ces sites sont protégés. Si tu essayes de revenir, tu es ramené à la page d'accueil et on te redemande ton identifiant et ton mot de passe.

Identifiant et mot de passe. Les clés du royaume.

Elle se cala dans le fauteuil et fixa l'écran. Sam détenait-il les cinq cent mille dollars ? Venait-il de vérifier qu'il les détenait encore ? Ou de les transférer d'un compte à l'autre ?

Ou bien cherchait-il simplement à les localiser ?

— Il y avait un message sur l'écran quand je suis venu ici après son départ. « Mot de passe invalide. Recommencez. »

Il n'avait pas l'argent. Il essayait de le récupérer.

Pourquoi maintenant ?

Elle se leva.

— Garde cet historique en la mémoire pour l'instant. Si Sam revient, préviens-moi, sans qu'il s'en aperçoive. Et ne lui dis surtout pas que je suis venue.

— M.C., qu'est-ce qui se passe, bordel ?

— Je ne sais pas très bien, dit-elle en se félicitant pour une fois de sa franchise. Sam a des ennuis et j'essaye de le tirer du pétrin.

69.

Samedi 31 janvier
1 h 45

Phelps avait été abattu d'une seule balle, tirée dans la nuque. Il était en train de dîner devant son téléviseur. Il aimait son steak saignant. Kitt regarda l'assiette, la grosse pomme de terre maculée de rouge, le mélange figé de chair animale et de débris humains.

Il lui faudrait attendre longtemps avant qu'elle accepte de manger un steak-pomme boulangère.

— C'était un brave garçon, dit Smith en détournant le regard. Quel gâchis !

Cet éloge funèbre appuyé causa quelque surprise à Kitt.

— Je suis désolée, dit-elle.

L'agent spécial s'éclaircit la gorge.

— Merci.

Phelps avait un téléviseur Sony à écran plat de 152 cm. Petit appartement miteux, superbe télé : un célibataire typique. Kitt contempla son home cinéma. Enceintes surround. Ecran mural. Et tous les composants. Réglé sur VH1. Le son était coupé.

Kitt regarda d'un air absent le vidéo-clip muet qui défilait sur l'écran.

— Les Killers, dit Smith comme s'il lisait dans ses pensées.

Kitt n'avait jamais entendu parler de ce groupe. Cette ignorance lui fit sentir qu'elle avait cinquante et un ans.

Phelps tenait la télécommande dans la main droite, une fourchette dans la gauche.

— Pourquoi a-t-il coupé le son ? demanda-t-elle.

— Pour entendre ce que lui disait quelqu'un ? hasarda Smith.

— Quel agent du FBI est assez bête pour laisser sa porte ouverte comme ça ?

Kitt hocha la tête.

— Le meurtrier avait peut-être la clé…

— Ou bien il savait où Phelps rangeait un double.

— Il connaissait son meurtrier. Assez bien pour lui tourner le dos pendant que celui-ci pénétrait dans l'appartement. Il ne s'est pas jeté sur son arme. Elle est dans son étui, sur le canapé, juste à côté de lui. Non, il a pris la télécommande. Il a posé son couteau, il a pris la télécommande et il a coupé le son.

— Putain, dit Smith. C'est le bouquet, ce coup-là. Vraiment trop…

— Agent Smith, venez voir ça ! fit une voix.

L'agent se leva. *Vraiment trop*, ça, on pouvait le dire. Le meurtre de Dan avait été suivi de six autres morts violentes. Jusqu'à celle de Phelps, toutes les victimes avaient été liées aux crackers. Mais Phelps a priori n'était lié qu'à l'enquête.

Comme si Breakneck était en train de régler les ultimes détails.

Les ultimes détails. Kitt retint un instant son souffle et regarda Smith. Phelps avait vu l'officier à qui Smith avait demandé de verrouiller la porte de la salle d'interrogatoire. Tout comme Smith, d'ailleurs.

Quiconque avait eu accès à des informations concernant Breakneck était, en quelque sorte, un ultime détail. Ce qui incluait M.C. et Sam. Et très probablement Kitt elle-même.

— Regardez-moi ça !

Kitt cligna des yeux, fixa son regard sur le technicien de la police scientifique vêtu d'une combinaison blanche. Il tenait entre ses doigts gantés un éclat de bois provenant de la cloison et dans lequel une balle était enchâssée. Elle avait traversé le crâne de Phelps et s'était encastrée dans la cloison en face de lui, ne ratant le téléviseur que d'un cheveu.

— Jolie trouvaille, dit Kitt.

— Ça, c'est sûr. Cet imbécile aurait dû l'extirper de la cloison et l'emporter. Les meurtriers malins s'y prennent comme ça, quand ils ont le temps.

Kitt se souvint de ce que Smith avait dit de Breakneck et ajouta :

— Et ils ne se servent jamais deux fois de la même arme.

— Exact, dit le technicien. Je m'appelle John Collins.

— Inspecteur Kitt Lundgren, de la police de Rockford.

— La police locale… Qui vous a invitée à cette petite fiesta ?

— Je suis venue avec Smith.

Il gloussa.

— Ça alors, il fraye avec des femelles n'appartenant pas à son espèce, celui-là.

Kitt rit de bon cœur à cette allusion ironique à la rivalité proverbiale entre les polices locales et le FBI.

— Calibre .38 ?

— En effet.

— Nous avons eu d'autres coups de feu, ce soir. Non loin d'ici. Nous espérons retrouver la balle dans le corps de la victime. J'aimerais comparer les deux projectiles. Quand est-ce que vous aurez mis en ligne un graphique de celle-ci avec ses caractéristiques ?

— Pour vous, j'en ferai une tâche prioritaire. Mais il faudra quand même attendre le milieu de la matinée. Je vous appellerai dès que ce sera fait.

— Ce serait sympa.

— Lundgren, de la police de Rockford, c'est bien ça ?

— Absolument.

Son téléphone portable se mit à vibrer.

— Lundgren à l'appareil.

— Bonne nouvelle, inspecteur. Concernant Sundstrand… On vient d'obtenir un mandat de perquisition.

70.

Samedi 31 janvier
3 heures

De retour à la brigade, Kitt trouva M.C. le nez dans les documents qui étaient étalés sur son bureau.

— Où est Sam ? demanda-t-elle.

M.C. continua de fixer son bureau.

— Je ne sais pas.

— Je croyais qu'il était chez ton frère.

— Il en était parti quand je suis arrivée là-bas.

Kitt se renfrogna.

— A quoi tu joues, encore, M.C. ?

Sa partenaire leva les yeux.

— A rien, malheureusement. Où est Smith ?

— Il est très occupé, là.

— Et Phelps ?

— Une balle dans la nuque. Le pauvre, il n'a pas vu la mort venir.

— Breakneck ?

— Il y a de fortes chances. Selon moi, en tout cas.

Elle jeta un coup d'œil autour d'elle avant que son regard ne revienne à M.C.

— Tu ne trouves pas, reprit-elle, qu'on dirait que Breakneck est en train de régler les derniers détails de sa série de meurtres ? Jusqu'à Phelps, les victimes étaient toutes partie prenante dans une bande de cyberdélinquants. Le meurtre d'un agent du FBI, ça place la barre encore plus haut.

— Sam est dans le coup, dit M.C. A fond.

— C'est aussi mon avis. Mais on n'en a pas la preuve.

M.C. poursuivit comme si Kitt n'avait rien dit :

— Il m'a menti. C'était lui l'« ami » que Tommy cherchait à aider. C'est à cause de lui que Tommy est mort. Et Dan aussi, peut-être.

Kitt vint poser une main sur l'épaule de son amie.

— Je suis désolée.

M.C. inspira profondément, comme si elle se préparait au pire.

— S'il est…

Elle dut s'y reprendre à deux fois pour prononcer le mot :

— S'il est mort… comment je vais annoncer ça à tante Catherine ? Comment je lui dis que ses deux fils sont morts ? Comment je vais pouvoir lui faire face, moi qui n'ai pas su empêcher ça ?

— Tu es humaine, M.C. Et le salaud que nous traquons ne l'est pas.

— Qu'est-ce que ça change, pour ma tante ?

Ou pour M.C., songea Kitt.

— On l'a peut-être déjà coincé. Peut-être que Sam se planque quelque part et que Breakneck est déjà sous bonne garde.

— Sundstrand ?

— Le mandat est arrivé. J'ai appelé Kolb et je suis en train de rassembler une équipe pour y aller.

— Vas-y sans moi. Il faut que je retrouve Sam.

Kitt faillit lui dire qu'il n'y avait rien à faire. Mais elle savait qu'aux yeux de l'inspecteur Riggio il y avait toujours quelque chose à faire. M.C. ne renonçait jamais, elle ne savait pas se tourner les pouces. Cela la tuerait ou la rendrait folle de rester inactive dans une telle situation.

Kitt lui caressa l'épaule un instant. Elle regarda le bureau et vit les séquences numériques sur lesquelles Joe avait travaillé. M.C. était en train d'attribuer des lettres aux chiffres, se livrant à une vaste anagramme.

— Tu crois que la résolution de ce problème te conduira à Sam ? demanda-t-elle.

— Je crois que Sam a besoin de cette information. Je crois que c'est la clé qui permet d'accéder à l'argent.

Kitt fronça légèrement les sourcils.

— Qu'est-ce qu'il faisait, Sam, chez ton frère ?

— Il tentait d'accéder à des comptes bancaires.

— Tu crois que Breakneck veut cet argent ?

— Oui. Sam n'avait pas le bon mot de passe.

Kitt se garda de remarquer que Breakneck semblait plus intéressé par l'élimination de quiconque avait été en contact avec cet argent que par l'argent lui-même. Elle ne lui confia pas non plus qu'à son avis elles constituaient, pour avoir participé à une enquête sur ce tueur, des cibles potentielles.

— Tiens-moi au courant.

M.C. hocha la tête.

— Toi de même.

Kitt fit un pas vers la porte avant de se tourner vers sa partenaire.

— Je suis vraiment désolée, M.C. Mais tout ira bien, tu verras. On va régler cette affaire et tout ira bien. D'une manière ou d'une autre. Et on va le faire ensemble.

71.

Samedi 31 janvier
3 h 10

M.C. regarda Kitt d'éloigner. Tout ira bien, avait-elle dit... Mais selon quels critères ? Sûrement pas ceux de sa tante Catherine. Pour celle-ci, rien ne serait plus jamais comme avant.

Elle se prit la tête à pleines mains. Ses doigts étaient tout tremblants. Un sentiment d'impuissance proche du désespoir sourdait en elle. Vers où se tourner, à présent ?

Mais il n'était pas question de renoncer. Il fallait qu'elle se concentre. Qu'elle réfléchisse. Qu'elle rassemble les pièces du puzzle.

Sam avait tenté d'accéder à des comptes bancaires. Il s'était vu refuser l'accès à l'un de ces comptes, aux autres aussi peut-être. Faute du bon mot de passe.

Zoe avait affirmé que Tommy avait pris l'argent. Qu'elle était allée chez lui pour le convaincre de le rendre. D'après Smith, Tommy avait appelé le FBI et avait parlé avec lui des crackers, de l'argent et du souhait de son « ami » de rompre avec la bande.

Si ce que M.C. avait déduit du profil dressé par Sundstrand était exact, ce n'était pas Tommy qui avait appartenu à cette bande, mais Sam. C'était Sam l'« ami » que Tommy avait tenté d'aider.

Ce n'était donc pas Tommy qui avait volé cet argent. Mais il avait appris, d'une manière ou d'une autre, que Sam était impliqué dans cette affaire. Il avait également découvert où avait été transféré l'argent et il était parvenu à le transférer ailleurs. Zoe était venue lui rendre visite pour essayer de le convaincre de leur restituer leur butin.

Excitée par son raisonnement, M.C. se mit à arpenter frénétiquement la pièce. Tommy avait confisqué le butin. Sam voulait le récupérer mais ne savait pas comment y accéder. Où Tommy aurait-il bien pu cacher cinq cent mille dollars ?

Qu'avait dit sa cousine Carla ? Que les banques signalaient les transactions quotidiennes supérieures à dix mille dollars. En tant que comptable, Tommy ne pouvait l'ignorer. Il avait donc dû répartir l'argent détourné sur plusieurs comptes bancaires. Et il avait peut-être dû passer plusieurs jours d'affilée à effectuer des virements.

Son regard se posa sur le carnet, sur les séquences de chiffres trouvées dans le téléphone de Tommy. Vingt-cinq numéros de neuf chiffres. Vingt-cinq comptes bancaires ? Qui comportaient chacun une partie de l'argent de Breakneck ?

Ce n'étaient, en tout cas, pas les comptes qu'on avait découverts en examinant son dossier bancaire. Non, ces comptes n'avaient pas été ouverts avec le numéro de Sécurité sociale de Tommy.

M.C. tapota sur le carnet, s'efforçant de se souvenir exactement dans quel ordre la liste de ces numéros avait été établie.

Un prénom suivi de l'initiale du patronyme. Puis le numéro.

A l'origine, c'est Sam qui avait établi cette liste de numéros. Il la lui avait donnée et elle en avait fait une copie pour Kitt. Où se trouvait sa propre liste, à présent ?

Dans le dossier où elle avait rangé ses notes sur l'enquête en cours.

Elle retrouva ce dossier sous une pile de documents divers, l'ouvrit et se mit à en feuilleter le contenu jusqu'à ce qu'elle retrouve la liste. Un prénom suivi de l'initiale du nom de famille, exactement comme elle s'en souvenait.

Lors de la création d'un mot de passe, les experts recommandaient de choisir quelque chose qui ne soit pas trop simple à déduire, mais pas trop alambiqué non plus — car alors il serait difficile à mémoriser. M.C. imagine que Tommy avait dû agir ainsi en choisissant ce code.

Son téléphone portable se mit à vibrer. M.C. consulta l'écran, mais ne reconnut pas le numéro.

— Riggio à l'appareil.

— L'inspecteur M.C. Riggio ?

— Oui, tout à fait. Je peux vous aider ?

— Je suis heureux de te trouver. Ou, devrais-je dire, ton cousin Sam va se réjouir.

Elle se sentit frissonner. Ses mains devinrent moites.

— Vous voulez dire…

— Mais oui. Mais il faut que je me présente : je suis Breakneck. Il paraît que tu me cherches.

Nom de Dieu, Breakneck avait enlevé Sam.

— Avoue que je t'ai surprise, hein ? dit-il d'un ton enjoué. Sam est un garçon merveilleux. Surtout pour un voleur. Et un menteur…

M.C. s'efforça de rester concentrée. Elle ne reconnaissait pas cette voix. Elle avait une intonation métallique qui indiquait qu'elle était déformée au moyen d'un modificateur vocal.

— On s'entend bien tous les deux. Malheureusement il est incapable de me fournir ce que je veux.

— L'argent.

— Oui. Pourtant, la vie de cette pauvre Zoe en dépendait… et il n'a quand même pas pu me dire ce que je lui demandais. Tous mes espoirs reposent sur toi, maintenant.

Son estomac se noua.

— Comment ça ? demanda-t-elle même si elle imaginait bien ce qu'il allait exiger d'elle.

— Pour Sam, le compte à rebours a commencé. Je veux mon

argent. Je veux que tu le retrouves et que tu me l'apportes. Sinon, notre jeune ami Sam y passera. Tout comme Zoe y est passée.

M.C. se fouillait les méninges pour trouver un argument convaincant.

— Je ne sais pas où il est, moi, cet argent ! Je n'en ai pas la moindre idée.

Breakneck ignora ce qu'elle venait de dire.

— Si tu parles à qui que ce soit de cet appel, Sam est mort.

— Je viens de vous dire…

— Qui que ce soit, répéta Breakneck. Tu en touches le moindre mot à ta partenaire, et elle mourra, elle aussi.

Il ne plaisantait pas. Tous ceux qui l'avaient croisé étaient des cibles.

— J'entends tout et je vois tout, alors n'essaye pas de me doubler. Avec moi, ça ne marche pas.

— Vous le tuerez quoi qu'il arrive. Et moi aussi. Selon votre bonne habitude.

— C'est en effet mon habitude. Mais, dans ce cas, je te donne ma parole que, si tu m'apportes mon argent, je vous laisserai partir vivants, Sam et toi.

— Et vous croyez que je vais me fier à votre parole ?

— Ne me cherche pas, Riggio. Tu risques de me trouver et de ne pas aimer ça.

— Qu'est-ce qui me prouve que Sam est encore en vie ?

— Il faudra me faire confiance.

— Tant pis, alors. Autant faire confiance à une vipère.

— Tu n'as pas le choix, Riggio. Je te donne jusqu'à 8 h 30, à l'heure où les banques ouvrent.

Elle regarda sa montre. *Cinq heures.*

— Je veux entendre sa voix. Sinon, je ne fais rien.

Pendant un long moment, Breakneck demeura silencieux, puis il murmura quelque chose que M.C. n'entendit pas bien. Un instant plus tard, une nouvelle voix résonna dans le récepteur.

— M.C., pardonne-moi ! Pour tout ! Je suis vraiment désolé…

— Ce sera tout, Riggio.

— Vous utilisez un modificateur vocal. Comment puis-je être certaine que…

— C'est un risque à prendre.

— Attendez ! Il me faut plus de temps que ça. Je ne sais pas où est l'argent.

— Mais je suis sûr que tu peux le trouver. La vie de ton cousin en vaut la peine, non ?

— Une heure de plus…

— Tu sais, Riggio, cet argent ne compte pas vraiment pour moi. En le récupérant, je tiens surtout à me faire respecter.

— Vous n'allez pas vous en tirer comme ça.

— On croirait entendre une réplique dans un vieux navet. Un truc de flic de province… En fait, eh bien oui, je vais m'en tirer comme ça. Les meilleurs, les plus forts et les plus intelligents s'en tirent toujours comme ça.

Vous vous surestimez.

— Sundstrand risque d'être condamné à mort. Pauvre type.

— Espèce de fils de pute. C'est vous qui l'avez piégé ?

Breakneck éclata de rire.

— Ne t'inquiète pas trop pour lui. Les gens riches comme Sundstrand ont des ressources qui les dispensent d'être malins.

— Qu'avez-vous fait ? Placé une arme à feu chez lui ? Ou quoi d'autre ?

— Ne te fatigue pas les méninges à ce sujet, ma jolie. Tu as d'autres priorités, désormais.

— Fils de pute…

— Tu te répètes, Riggio.

Il avait raison. Et merde…

— Le plus beau, dans cette situation, c'est que tu ne peux rien dire à personne au sujet de Sundstrand non plus. Sauf si tu te soucies plus de lui que de la vie de Sam. Et même si tu leur disais que c'était un coup monté, je connais les flics, ils ne se fient qu'aux preuves et tes propres collègues ne te croiraient pas. Tu as jusqu'à l'ouverture des banques, répéta-t-il. Je te rappelle bientôt.

72.

Samedi 31 janvier
3 h 35

Breakneck avait coupé la communication et, pendant de longs et précieux moments, M.C. resta figée, le cœur battant et l'esprit aux abois, le téléphone toujours plaqué contre l'oreille. Elle oscillait entre fureur et terreur.

Il lui restait un peu moins de cinq heures. Par où commencer ?

Erik. Il fallait lui dire. Il fallait qu'il sache — au cas où M.C. ne survivrait pas aux périls qui s'annonçaient. Elle plia la liste des numéros mystérieux, la glissa dans sa poche et se dirigea vers sa voiture.

Jusqu'à la fin 2007, le dépôt de la police municipale avait été situé au troisième étage du centre de police, ce qui était bien pratique. Puis il avait été transféré dans le nouveau centre judiciaire du comté de Winnebago, non loin de là.

Les six cents mètres qui séparaient les deux bâtiments lui parurent six cents kilomètres. Le temps de se garer, de signer le registre et d'arriver dans la salle d'interrogatoire du dépôt, elle avait dépensé vingt précieuses minutes.

La comparution de Sundstrand devant un juge chargé de lui signifier son inculpation était prévue pour le lendemain matin. Etant donné son statut social et ses relations politiques, il était plus que probable que le juge lui accorderait sa libération provisoire sous caution. Mais sa fortune et les brillants avocats qu'elle pouvait acheter ne lui avaient pas permis d'éviter de passer une nuit derrière les barreaux.

Le gardien amena Erik dans la pièce. Il n'avait pas l'air enchanté de la voir.

— Frappez à la porte quand vous aurez fini, dit le gardien en refermant la lourde porte derrière lui.

— Salut, Erik, dit-elle. Comment allez-vous ?

— Aussi bien que l'on peut se porter dans ma situation.

Il avait l'air d'un poisson hors de l'eau. Mal rasé, les traits tirés par le manque de sommeil et après avoir sans doute passé la nuit la plus éprouvante de son existence, il respirait cependant l'innocence et tout en lui semblait dire : « Je n'ai rien à faire ici. C'est une énorme erreur. Laissez-moi sortir. »

— Ce que je vais vous dire ne va rien arranger.

Il esquissa une grimace.

— Alors, ne dites rien.

Elle crut entendre la voix de sa mère : *Mary Catherine, si tu n'as rien à dire de gentil, tais-toi donc.* Excellente maxime. Malheureusement, il y avait des moments où les choses désagréables ne pouvaient être tues.

— Le juge a délivré un mandat de perquisition, dit M.C. Kitt est sur place en ce moment, avec toute une équipe. Votre avocat y est aussi.

— Ils ne trouveront rien. Parce que je n'ai rien fait.

— Je vous crois.

Il eut l'air surpris.

— Ah bon ?

— Ouais. Mais je ne peux pas vous sortir d'ici. Pas encore.

— Alors comme ça, tout à coup, vous me croyez ? Et pourquoi donc ? Comment savez-vous que je ne suis pas le meurtrier ?

Elle soutint son regard.

— Parce que je viens de lui parler, il y a un quart d'heure. Il n'est pas derrière les barreaux, lui. Pas encore, du moins.

— Je dois vous avouer que je ne m'y attendais pas.

— J'essaye de sauver la vie de mon cousin Sam.

— C'était un complice de Gina ?

— Oui. Son frère Tommy a été tué par erreur. Le tueur le sait, à présent.

— Désolé, M.C.

Il avait l'air sincère. C'était généreux de sa part, étant donné que c'était à cause d'elle qu'il se retrouvait dans une cellule.

— J'ai bien vu tout à l'heure que le mot Breakneck vous était familier. Où l'avez-vous déjà vu ?

— Sur le bloc-notes de Gina à KIC. Je lui ai demandé ce que c'était. Elle m'a répondu que ce n'était rien. Un mot de passe pour l'un de ses comptes.

Mot de passe invalide. Recommencez. Etait-ce aussi simple que ça ?

— J'ai une mauvaise nouvelle à vous annoncer, dit-elle en se penchant vers lui. La perquisition… Ils vont trouver quelque chose de compromettant. Peut-être plusieurs choses…

Il la regarda, consterné.

— Comment savez-vous… Vous voulez dire que les flics ont placé…

— Non, pas les flics. Le tueur. C'est lui qui me l'a dit.

Elle le vit accuser le coup, prendre la mesure de ce qu'elle venait de lui annoncer.

— Mais pourquoi ? Qu'est-ce que je lui ai fait ?

— Rien. En gros, il trouve ça commode de se servir de votre arrestation comme d'une diversion. Il aura réglé ses affaires avant que ce rideau de fumée ne se dissipe. S'il se dissipe. A ce moment-là, le vrai tueur sera loin et il aura pris soin de brouiller toutes les pistes.

— Pourquoi me racontez-vous tout ça ?

— Au cas où.

— Au cas où quoi ?

— Au cas où je ne sois plus là demain pour en parler à d'autres gens.

— Vous pensez que vous…

Il n'acheva pas sa phrase, mais les mots qu'il ne prononça pas étaient faciles à deviner.

Demain, elle pourrait être morte.

— Il faut que j'y aille. Le temps presse.

— Attendez. J'ai quelque chose à vous dire. Ou plutôt il faut absolument que je vous dise quelque chose.

Il marqua une pause.

— La première fois que je vous ai vue, je me suis dit que Dan était l'homme le plus veinard du monde.

M.C. ne sut que dire. Elle ouvrit la bouche, la referma au bout d'un instant.

— Voilà, c'est dit. J'avais l'impression de le trahir en éprouvant un tel sentiment. Je ne vous en aurais jamais rien dit, mais là… Eh bien, merde !

— Merci, articula-t-elle.

Elle s'éclaircit la gorge, fit un pas en arrière.

— Bonne chance, Erik. J'espère vous revoir bientôt.

M.C. estimait qu'une visite à Neil constituait la meilleure option stratégique. Breakneck avait dit que Sam avait été incapable de récupérer l'argent, alors même que la vie de Zoe en dépendait.

Elle franchit prudemment les marches glissantes du perron de la maison de son frère. La neige s'était remise à tomber depuis deux heures, de plus en plus drue. Les chaussées enneigées l'avaient obligée à conduire lentement, lui faisant perdre d'autres minutes précieuses. Au moins, elle avait évité d'atterrir dans un fossé.

Lorsqu'elle atteignit la porte, elle frappa du pied pour se débarrasser de la neige qui couvrait ses bottes et sonna.

Melody vint ouvrir la porte. Elle était en robe de chambre et avait le regard un peu trouble.

— M.C. ?

— Désolée de débarquer à une heure aussi matinale, Mel, dit-elle. Mais c'est vraiment important.

Melody bâilla.

— C'est pas grave. Ben est déjà debout. Sale gosse… Allez, entre.

Elle fit un pas de côté pour laisser le passage à M.C. avant de se diriger vers la cuisine.

— T'as entendu ça ? La météo qualifie cette tempête de plus gros blizzard de l'année et annonce près de trente centimètres de neige dans la région.

— Merveilleux.

M.C. déboutonna son manteau. Il régnait dans la maison une bonne odeur de café chaud.

— Neil est debout ?

— Il va descendre d'une minute à l'autre. Un petit café ?

— J'allais te supplier de m'en verser une tasse.

Benjamin aperçut M.C., poussa un cri aigu et se précipita vers elle.

— Tatie Gâteau !

Elle le prit dans ses bras, le hissa et le serra fort contre sa poitrine.

— Ben-Ben !

Tandis qu'il frottait son petit nez contre le cou de M.C., il vint à celle-ci une pensée effroyable. N'avait-elle pas commis une terrible erreur en se rendant dans cette paisible maison ? N'était-elle pas en train de mettre en danger Benjamin, Neil et Melody ?

L'enfant se tortilla pour échapper à l'étreinte de sa tante ; elle le déposa sur la moquette.

— Je n'ai pas de gâteaux, aujourd'hui, mon petit pote.

Elle fouilla dans la poche de son manteau et en extirpa un paquet entamé de Juicy Fruit.

— Tu veux un chewing-gum ?

Les yeux du bambin se mirent à briller mais Melody arracha la friandise des mains de M.C.

— Quand tu seras plus grand… Tatie Gâteau ne donne que des gâteaux.

Ben éclata de rire et fila. Melody tendit à M.C. une grande tasse de café avant de s'en verser une petite.

— Tu n'as pas retrouvé Sam, hein ?

La gorgée de café eut du mal à passer et M.C. dut se forcer à l'avaler. Elle leva les yeux et tomba sur la pendule. *Trois heures et dix minutes*. Son estomac se noua douloureusement.

— Tu peux aller dire à Neil que je suis là ?

— Me voilà, dit son frère en entrant dans la cuisine. Alors ?

Son inquiétude était flagrante et elle s'empressa de le rassurer.

— Je ne sais rien de plus. Mais il faut que je jette un nouveau coup d'œil sur ce qu'on a regardé ensemble tout à l'heure.

Il hocha la tête.

— Je vais me chercher un peu de café, d'abord.

Il remplit une tasse avant de précéder M.C. dans son bureau. Il alluma l'ordinateur, se connecta sur internet et fit apparaître à l'écran la première des pages d'accueil que Sam avait activées.

M.C. s'assit.

— Va prendre ton petit déjeuner, Neil. Je suis parée, là.

— Ça ne me dérange pas de rester. Tu pourrais avoir besoin de moi.

Elle le regarda par-dessus l'épaule.

— Il faut que je voie ça toute seule.

Il ouvrit la bouche comme pour répliquer avant de la refermer.

— D'accord, finit-il par dire. Je suis dans la cuisine, si tu as besoin de moi.

Il sortit du bureau. Elle reporta son attention sur l'écran. Sam avait visité les sites de quatre banques la veille au soir : Amcore, Blackhawk, Alpine et Rockford Bank & Trust.

M.C. espérait qu'il les avait choisies en connaissance de cause. Elle n'avait pas le temps de vérifier toutes les banques de la ville.

Elle activa d'abord le portail d'Amcore. Une fenêtre apparut, lui demandant de s'identifier. Elle tapa b-r-e-a-k-n-e-c-k dans la case idoine. Le programme accepta cet identifiant et une nouvelle fenêtre apparut, lui demandant son mot de passe.

L'identifiant Breakneck pouvait-il être également le mot de passe ? Le cœur battant la chamade, elle le saisit de nouveau sur le clavier.

Mot de passe invalide. Accès refusé.

Elle se rassit, dépitée. Le programme lui refuserait tout accès au bout de deux ou trois autres tentatives. Et cela attirerait l'attention du logiciel de contrôle de la banque. Elle quitta le site d'Amcore.

Réfléchis, Riggio, réfléchis.

Pas trop simple, pas trop ampoulé. Quelque chose que Tommy n'aurait pas eu de mal à mémoriser. Ou qu'il aurait pu aisément avoir à portée de main.

Son téléphone. Sa liste de contacts. Bien sûr.

Elle sortit la liste. Elle revint sur le site d'Amcore. Elle s'identifia. Le site lui souhaita la bienvenue et lui demanda son mot de passe.

M.C. consulta la liste. Un prénom, une initiale et un numéro par ligne. Le « détenteur » du compte était une certaine « Carol ». Or il y avait bien une Carol sur la liste de contacts de Tommy. D'une main tremblante, elle saisit le numéro correspondant.

Et frappa dans le mille.

Le sang lui afflua aux tempes. Tout était là : état du compte, historique d'activité, virements, retraits, tout. La possibilité, aussi, de se servir des sommes disponibles ou de les transférer. Comme si c'était son compte, à elle. Pas étonnant que Zoe se soit emballée à ce point en jouant à ce petit jeu. Ses jeunes complices et elle considéraient que tout ce qu'ils trouvaient ainsi était bon à prendre.

Facile, se dit-elle. Bien trop facile.

Son allégresse fut de courte durée. L'argent n'était pas sur ce compte. Ou n'y était plus.

L'historique lui apprit qu'un versement de neuf mille cinq cents dollars avait été effectué récemment, mais qu'il avait été suivi, la veille de la mort de Tommy, d'une opération débitrice portant sur la même somme.

Elle faillit pleurer de frustration. Qui avait transféré cette somme ? Tommy lui-même ? Sam ne l'avait pas. Et Breakneck non plus.

Comment allait-elle se débrouiller pour la retrouver à temps pour sauver la vie de Sam ? M.C. consulta sa montre. *Deux heures et cinquante-sept minutes.*

Cela ne lui laissait guère de temps pour vérifier les autres comptes. Elle les visita un par un, grâce à la liste. Et elle y constata partout la même chose que sur le premier : l'argent y avait transité mais ne s'y trouvait plus.

La panique menaçait de s'emparer d'elle. Que faire ?

Neil frappa à la porte du bureau avant de pointer la tête.

— Tout va bien ?

— Pas terrible.

M.C. quitta le dernier site consulté et se leva, en espérant qu'il ne s'apercevrait pas de son émoi.

— Je peux faire quelque chose ?

Elle songea à la menace qu'avait proférée Breakneck, prêt à éliminer toute personne ayant eu vent de ses activités. Elle le regarda dans les yeux.

— Ouais, tu peux. S'il devait m'arriver quelque chose, oublie tout ce que tu as vu depuis que Sam est venu te voir hier soir.

Il se força à rire.

— Mary Catherine, ce n’est pas drôle.

— Je ne cherche pas à te faire rigoler. Efface cet historique de la mémoire de ton ordinateur. Tout de suite. Sam n’est jamais venu ici. Et moi non plus. Compris ?

73.

Samedi 31 janvier
6 h 25

L'homme qui prétendait ne pas posséder d'arme à feu en avait planqué une dans une chaussure, rangée dans un placard.

Pour un homme aussi riche que Sundstrand, ce n'était pas un objet de grand luxe. Un vieux pistolet calibre .38, mais encore utilisable. A en juger par l'odeur de poudre et la saleté du canon, il avait servi récemment.

Ils trouvèrent d'autres gadgets intéressants. Des couteaux. Une carabine de précision. Des cartes. Le plus compromettant était un bout de papier retrouvé près du téléphone, sur lequel était griffonné le nom de Zoe Petersen.

Kitt tendit la liste des pièces à conviction à Kolb. L'avocat l'examina en pâlissant légèrement.

— Eh oui, dit Kitt, votre client est dans la merde.

Kolb était un avocat d'affaires. Vu la tournure que prenaient les événements, Sundstrand allait sûrement recourir au talent d'un pénaliste réputé. Il en avait les moyens Et il en aurait bien besoin.

Kitt se traîna jusqu'à son véhicule, maudissant le temps neigeux. Si les prévisions météo étaient exactes, la ville tout entière serait figée sous la neige. Une fois dans sa Taurus, alors que les essuie-glaces peinaient à soutenir l'assaut de la neige, elle composa le numéro de M.C.

— Ça fait longtemps que tu n'as pas donné de nouvelles, dit-elle lorsqu'elle tomba sur la messagerie. Ça doit vouloir dire que tu n'as rien trouvé, de ton côté. Nous, on a touché le gros lot. Je suis en route vers le centre de police.

Kitt jeta un coup d'œil à la pendule du tableau de bord. 6 h 45. Elle se sentait sale et épuisée, elle avait faim. Une douche, un casse-croûte et un sourire de Joe lui feraient déjà le plus grand bien.

Il était déjà levé, habillé et en train de préparer le petit déjeuner.

Elle vint derrière lui et l'enlaça.

— Salut, dit-elle en posant la joue contre l'épaule de son homme.

Il se tourna.

— Salut à toi.

Il sourit et ajouta :

— Jolie surprise.

— Merci.

Elle poussa un bref soupir.

— Oh ! je suis en train de te tremper.

— C'est pas grave.

Elle l'embrassa, fit un pas de côté et ôta son manteau.

— Le temps ne s'arrange pas.

— Tu devrais rester. Tu as l'air crevée.

— Je suis crevée. La nuit a été rude. Et longue.

— Une petite faim ?

— Tu rigoles ? Je suis affamée.

Elle désigna l'arrière de la maison.

— Je peux prendre une douche et me changer ?

— Tu rigoles ? dit-il en l'imitant.

Il se pencha, l'embrassa et la laissa filer vers la salle de bains.

Kitt se lava en vitesse, même si elle aurait aimé traîner un peu sous la douche. Elle n'était pas sûre de ce qui l'incitait le plus à se dépêcher : le petit plat qu'était en train de lui concocter Joe ou les devoirs professionnels qui l'appelaient.

Ce matin, c'était plutôt la perspective d'un petit déjeuner succulent.

Moins d'un quart d'heure plus tard, elle était de retour dans la cuisine.

Joe lui adressa un large sourire.

— Là, tu ressembles plus à Kitt Lundgren.

— Je me sens moi-même, surtout.

Elle s'assit à la table et ajouta :

— Je me fais trop vieille pour ce boulot.

— Où en est l'enquête ?

— Il y a du progrès, heureusement. On a beaucoup avancé, hier soir. Je crois qu'on le tient.

— Félicitations.

Kitt sentit qu'il voulait lui demander si elle comptait toujours démissionner après cette enquête. Mais, connaissant Joe comme elle le connaissait, elle se garda d'aborder le sujet. Elle était trop épuisée pour ce genre de discussion.

— Les pancakes sont à ton goût ?

— Cette dose dangereuse de sucre et de graisse ? Ils sont délicieux.

Il rit et fit glisser vers elle une assiette qui contenait deux autres galettes et deux superbes saucisses. Il se remplit une assiette et s'assit en face d'elle.

— Sam est passé ici hier soir, dit-il en mordant dans une saucisse.

Kitt se figea, fourchette en l'air

— Pardon ?

— Sam est passé.

— Le cousin de M.C. ?
— Ouais. Pourquoi tu me regardes comme ça?
— Qu'est-ce qu'il voulait?
— Les numéros que vous m'avez montrés. Il m'a dit que M.C. l'avait envoyé les chercher.
Les numéros sur lesquels travaillait M.C. Ceux dont Sam avait besoin, selon celle-ci. Ceux qui devaient mener à l'argent volé par les crackers.
Kitt posa sa fourchette.
Sam avait menti à Joe. A moins que M.C. n'ait menti à Kitt.
— Il y a un problème?
— Il était quelle heure,
Il réfléchit un bref instant.
— 9 heures, environ. Il avait l'air… un peu… agité.
— Il n'a rien dit d'autre?
— Non, pas grand-chose. Je lui ai demandé ce qu'il faisait en ce moment. Je lui ai dit combien j'étais attristé par ce qui est arrivé à Tommy. Il avait l'air bouleversé.
— T'en es où, avec ces numéros?
— Je suis arrivé à trouver onze mots. Je ne dis pas qu'il n'y en a pas davantage, mais c'est tout ce que j'ai trouvé.
— Tu as la liste?
Elle vit à son expression qu'il ne l'avait plus.
— Je l'ai donnée à Sam, dit-il. Si j'ai gaffé, je suis désolé.
Tu te souviens de ces mots?
— Bien sûr. Black Ford. Cake maker. Fake banks. Mon préféré : Beer block. Ah oui, il y a aussi Break…
— … Neck, compléta-t-elle.
— Ouais. Comment tu savais?
— Il faut que j'y aille, Joe.
— Mais tu n'as presque rien mangé…

Elle regarda son assiette, entendit son estomac gargouiller. Elle s'empara des saucisses, les enroba dans une serviette en papier.

— Désolée de te faire un coup pareil.

Elle contourna la table pour aller l'embrasser.

— Si par hasard Sam revient ici — je ne crois pas qu'il revienne mais sait-on jamais—, essaye de le retenir. Et appelle-moi tout de suite.

Elle l'embrassa de nouveau.

— Je t'aime.

— Attends, tu ne m'as pas dit quel était le problème…

Elle ne l'avait pas dit en effet et elle n'avait pas à lui dire. Mais elle le fit quand même.

— Sam a disparu. Enfin, on pense qu'il a disparu.

74.

Samedi 31 janvier
6 h 59

Kitt revint dare-dare au centre de police. Au lieu de se rendre dans les locaux de la brigade, elle alla tout droit au bureau de l'identification. Jackson s'y trouvait, seul.

— Tiens ! Un lève-tôt comme moi, dit-elle.

— Pas de famille, pas de petite amie. Je n'ai que ce job merdique. Je suis un cas désespéré. Et toi ?

— Je cours après un dingue qui tue tout ce qu'il croise. Sal ne me lâche pas. Ma partenaire est sur le point de craquer... Toujours la même merde, quoi.

Il éclata de rire.

— Qu'est-ce qui t'amène ici ?

— Deux choses. Il faudrait effectuer un examen balistique sur l'arme que nous avons trouvée chez Sundstrand.

— C'est comme si c'était fait.

— Ensuite, il faudrait comparer deux balles. Celle du meurtre de Petersen et celle qui a tué Phelps hier soir.

— Phelps n'était pas des nôtres.

— Mais un technicien du FBI, un type sympa, m'a promis de mettre en ligne dès que possible le graphique de cette balle. Il s'appelle Collins.

— Sympa et FBI sont deux mots qui ne vont pas ensemble, Lundgren.

Elle songea à Smith.

— Sois un peu plus tolérant, Jackson. Ce ne sont pas tous des ennemis.

— Ouais, c'est ça, t'as raison.

Elle se dirigea vers la porte, s'arrêta un instant juste avant de sortir.

— Appelle-moi sur mon portable dès que tu auras ces résultats.

75.

Samedi 31 janvier
7 h 35

M.C. était assise à son bureau. *Cinquante-cinq minutes.* Que faire à présent ? Elle savait que Breakneck ne se satisferait pas de cette explication : « Figurez-vous que j'ai retrouvé où avait été transféré l'argent, mais malheureusement il a disparu de nouveau… »

— Tu es sortie ? dit Kitt en entrant dans le box de M.C. C'est la tempête, dehors.

Elle accrocha son manteau sur la cloison.

Tu as eu mon message ? demanda-t-elle. A propos de la perquisition chez Sundstrand…

— Vous êtes tombés sur quelque chose de terriblement incriminant, hein ?

— C'est le mot. Des preuves irréfutables. Comment le sais-tu ?

C'est Breakneck qui m'a appelée pour me le dire.

Désolée de te décevoir, mais tes « preuves irréfutables », c'est de la merde.

— Je suis un peu voyante, se contenta-t-elle de dire.

— On a trouvé un pistolet de calibre .38, ayant récemment servi. Jackson est en train de tester l'arme en ce moment même. Par ailleurs, on attend les résultats de l'examen balistique de la balle qui a tué Phelps, pour les comparer avec ceux du cas Petersen.

Kitt se pencha vers M.C. et ajouta :

— Mon petit doigt me dit que c'est Sundstrand le meurtrier, et qu'il a merdé en utilisant deux fois la même arme puis en la conservant chez lui.

— Oui, c'est parfaitement logique. En tout cas, ça tient debout, il n'y a rien à dire.

Kitt gloussa.

— Quand cette conclusion sera avérée pour de bon, je vais me faire un plaisir de dire à Smith qu'il s'était trompé. Bon, je sais, c'est un peu mesquin…

M.C. jeta un coup d'œil à sa montre. Elle sentit la sueur perler sur son front.

— C'est-à-dire ?

— Il m'a dit qu'un professionnel ne se servait jamais deux fois de la même arme et que Breakneck est trop malin pour commettre une telle erreur… Il pensait que les examens balistiques n'étaient qu'une perte de temps.

— Tu m'as l'air bien triomphante.

— Tu devrais l'être aussi. On le tient.

Quarante-six minutes.

— On dirait que tu connais déjà les résultats de l'examen balistique.

— Ça va concorder. Je le sens.

— Tu es sûre que ce n'est pas plutôt la perspective de retrouver ta liberté qui te met en joie ?

Kitt se renfrogna et la regarda dans les yeux.

— Mais qu'est-ce que t'as, en ce moment ?

Lui dire. Tout. Elles pouvaient agir en équipe.

Elle ouvrit la bouche pour vider son sac, mais la referma aussitôt. La menace de Breakneck résonnait encore dans sa tête. Si Kitt était mise au courant, Breakneck avait prévenu qu'il la tuerait elle aussi. C'était un risque que M.C. ne voulait prendre à aucun prix.

— Je suis crevée, dit-elle donc. Je m'inquiète pour Sam. C'est tout.

— J'ai vu Joe, ce matin. Il m'a dit que Sam était passé le voir, hier soir. Pour récupérer la liste des numéros. Il a dit à Joe que c'était toi qui l'envoyais.

— Moi ? dit M.C. Mais c'est faux... Est-ce que Joe...

— Lui a donné la liste ? Eh oui... Par ailleurs, Joe a trouvé le code. Ces numéros peuvent former le mot Breakneck.

— Je sais, murmura M.C. qui ne pensait qu'à Sam.

Comment celui-ci avait-il su que Joe avait les numéros ?

— Ah bon ? Comment ça ?

— Je l'ai déduit. De quelque chose que Sundstrand a dit.

Identifiant. Mot de passe. Où donc Tommy avait-il transféré l'argent ?

— Tu as parlé avec Sundstrand ?

Quelque part où le transfert échapperait aux contrôles bancaires. Sans être détecté par les logiciels de veille anti-blanchiment.

— Ouais.

— Quand ça ?

Le téléphone de M.C. se mit à vibrer. Elle lut sur l'écran que c'était sa tante. Elle répondit.

— Tante Bella, dit-elle. Tout va bien ?

— J'ai un souci avec ma petite entreprise...

M.C. fronça les sourcils.

— Bella's Biscotti ?

— Oui. J'ai besoin de ton aide.

— Qu'est-ce qui ne va pas ?

— C'est les comptes. C'est Tommy qui me les faisait. Et maintenant, je suis complètement perdue. Mon dernier relevé bancaire est vraiment bizarre.

M.C. consulta sa montre.

— Tante Bella, ce n'est pas à moi qu'il faut s'adresser à propos de ces problèmes financiers. Appelle Carla. Elle, elle te dira ce qu'il faut faire.

— Mais je l'ai appelée… Et elle m'a dit de t'appeler.

— Carla t'a dit de m'appeler ? C'est absurde…

— C'est ce qu'elle a dit.

— Quel est le problème, plus précisément ?

— J'ai reçu mon relevé, ce matin, et j'ai vu qu'il y avait beaucoup trop d'argent sur mon compte. J'ai essayé de consulter mon compte en ligne, exactement comme Tommy m'avait montré. Mais, là, je n'ai pas pu y accéder.

M.C. jeta un coup d'œil à Kitt. Celle-ci était en train de consulter sa messagerie vocale.

— Ton identifiant est reconnu ?

— Oui, mais il y a un message qui m'annonce que mon mot de passe est incorrect.

— Tu as réessayé ?

— Trois fois ! Mais pas moyen d'accéder. Chaque fois, le mot de passe a été refusé par cette maudite machine. C'est têtu, ces trucs-là.

Les ordinateurs avaient pris une telle importance dans la vie des gens qu'on leur attribuait parfois des traits de caractère humains.

— Je vais essayer de m'en occuper, tante Bella. Quel est ton identifiant ?

— Bellalicious.

C'est le mot que Michael et M.C. utilisaient pour qualifier les gâteaux de Bella quand ils étaient enfants.

— J'ai déjà reçu des gros virements, dit Bella d'un ton déconcerté, mais jamais neuf mille cinq cents dollars d'un coup, comme ça…

— Combien t'as dit ?

Sa tante lui répéta le chiffre et M.C. s'empressa de mettre fin à la conversation. Bien sûr, se dit-elle, en réfléchissant à toute vitesse. Les clients de Tommy. Des comptes déjà existants, auxquels il avait accès. Des comptes sur lesquels transitaient régulièrement des sommes diverses. Zoe avait été tuée à deux pas de chez Tommy. Elle y était peut-être revenue pour tenter de récupérer les dossiers des clients de Tommy.

Mais ces dossiers n'y étaient plus. Le soir du meurtre, M.C. les avait elle-même emportés. Puis elle les avait parcourus avant de les envoyer au bureau de l'identification. D'où ils devaient être acheminés vers un laboratoire de police scientifique. Elle ne s'en était pas souciée. Elle pria Dieu pour qu'ils soient encore à l'Identification.

Le cœur battant, elle leva les yeux vers la pendule. Le temps s'écoulait inexorablement.

— Un problème ? demanda Kitt.

M.C. se leva.

— Il faut que j'y aille.

— Où ça ?

— J'ai un truc à faire.

— Tu déconnes ou quoi ?

Quarante et une minutes.

— Peut-être bien. Ouais, c'est ça, je déconne à pleins tubes.

— Qu'est-ce qui se passe ? Le coup de fil de ta tante Bella, ça a un rapport avec l'enquête, c'est ça ?

— Non. Elle avait besoin d'un conseil. C'est tout. C'est la famille…

Lorsque M.C. passa devant Kitt, celle-ci la prit par le bras.

— Dis-moi tout, M.C. Fais moi confiance. Je suis ta partenaire.

« Tu en touches le moindre mot à ta partenaire, et elle mourra, elle aussi. »

— Tu *étais* ma partenaire, rectifia M.C. Tu es sur le départ, ne l'oublie pas. Et si c'est bien Sundstrand le coupable, tu n'es plus loin de ce moment tant attendu.

M.C. vit que ses mots avaient fait mouche. La colère empourpra les joues de Kitt.

— On est encore partenaires, dit Kitt. Jusqu'à ce que cette enquête soit bouclée.

Trente-neuf minutes.

— Etre partenaires, ça veut dire s'engager à fond l'une pour l'autre. Enfin, c'est ce que tu disais, dans le temps.

Kitt la laissa passer.

— Bon, d'accord. Vas-y, fais ce que tu veux, fous ta carrière en l'air. Comme tu l'as dit, c'est plus mon problème…

M.C. s'éloigna en hâte — elle aurait tant voulu pouvoir faire un autre choix.

76.

Samedi 31 janvier
7 h 53

En entrant dans le bureau de l'identification, M.C. vit Jackson quitter son écran des yeux.

— Salut, Riggio. T'es venue pour le test balistique.

— Ça a l'air passionnant, mais je ne fais que passer. Je cherche les dossiers de Mariano que vous deviez expédier au labo. Ils ne seraient pas encore ici, par hasard ?

— Si. Ils sont débordés, dans ce labo. On attend encore leur feu vert…

Elle s'efforça de cacher son soulagement.

— Super. Dis-moi où ils sont et…

— Je vais te les chercher.

Il se leva et s'étira longuement.

— Excuse-moi, dit-il, mais je suis resté assis trop longtemps.

Un instant plus tard, il était de retour avec une boîte en carton.

— Je mets ça où ?

— Il y a un ordinateur ici ?

— Prends le mien. J'allais partir pour le stand de tir, de toute façon. Qu'est-ce qui se passe ?

— Je cours toujours après le meurtrier de mon cousin, dit-elle.

— Il paraît que vous tenez le coupable ?

En effet, à moins d'être tuée à mon tour.

— On dirait bien…

— Eh bien, tant mieux.

Il quitta le fichier central qu'il consultait et fit un peu de place sur son bureau.

M.C. le remercia et il sortit de la pièce. Elle s'installa face à l'écran puis fouilla dans la boîte en carton, en extirpa le dossier de Bella's Biscotti. Elle y vit que la banque de Bella était celle où travaillait Carla. Rien de surprenant.

Elle accéda au site de la banque, entra l'identifiant de sa tante.

Voici venu le moment de vérité. Elle retint son souffle et saisit b-r-e-a-k-n-e-c-k. Le compte s'activa. Et en effet les 9 500 dollars y étaient. Virés deux jours avant la mort de Tommy.

M.C. se souvint de ce que Carla lui avait confié. Les banques se servaient de logiciels ultraperfectionnés pour détecter les mouvements de fonds suspects — qui se déclenchaient à partir de 10 000 dollars.

Tommy avait vingt-cinq comptes à sa disposition. Parmi lesquels il y en avait au moins deux, comme Mamma Riggio, où transitaient régulièrement des sommes importantes. Il avait dû prévoir que les sommes ainsi réparties ne resteraient qu'une ou deux journées sur ces comptes, puisqu'il devait espérer que, lorsque Sam et lui se trouveraient sous la protection du FBI, tout s'arrangerait et rentrerait dans l'ordre. Et nul n'aurait pâti du subterfuge.

M.C. se dit que Tommy avait dû procéder avec les autres comptes comme il l'avait fait avec celui de tante Bella : conserver les identifiants des détenteurs légitimes des comptes, mais changer tous les mots de passe pour les remplacer par un code secret unique : Breakneck. Il avait certainement prévu de réinstaller les mots de passe originels dès l'intervention des gens du FBI.

Mais il était mort avant.

Elle consulta sa montre, nauséeuse. *Dix-neuf minutes.*

Il fallait qu'elle teste son hypothèse. Elle ouvrit son téléphone portable et composa le numéro de son frère Max. Il répondit d'une voix ensommeillée.

— Max, je vais te demander un truc inhabituel, mais il faut que tu me fasses confiance. C'est possible ?

— Bien sûr, M.C. Si tu me promets de raccrocher le plus vite possible, pour que je puisse me rendormir.

— Tu peux me dire quel est l'identifiant pour accéder en ligne au compte bancaire de Mamma Riggio ?

Cette question le tira de sa léthargie.

— Ça va pas, M.C. ? Je peux pas te confier un truc comme ça, quand même.

— C'est en rapport avec l'enquête. N'oublie pas que je suis flic et que je suis ta sœur. Tu dois me faire confiance…

— Tu déconnes ou quoi ?

C'était la deuxième fois qu'on le lui disait en moins d'une heure. A la troisième, il lui faudrait envisager de consulter un psychiatre. Mais elle n'en avait pas le temps, pour l'instant.

— Je t'expliquerai tout plus tard, Max. C'est promis.

Il grogna.

— Je vais te donner l'identifiant, mais pas le mot de passe.

Celui-ci n'aurait pas été opérationnel, de toute façon.

— Ça me va.

— 3pizzaguys. Le trois en chiffre.

Putain, ça fait du bien d'avoir une famille, se dit-elle en raccrochant. Un instant plus tard, elle ouvrit le dossier comptable de Mamma Riggio. Ses frères étaient également à la City Bank. Elle saisit l'identifiant, puis le mot de passe Breakneck de nouveau. Et le compte s'activa.

Trois grosses transactions l'avant-veille de la mort de Tommy. L'une de 8 000 dollars, l'autre de 7 500 dollars et une dernière de 9 200. Le lendemain, il avait viré trois grosses sommes de cette importance. Elle sortit la liste des contacts de la poche de son manteau et y inscrivit les montants.

Son téléphone portable vibra. Elle répondit d'une voix haletante.

— Ton temps est écoulé. Tu as ce que j'ai demandé ?

— D'après ma montre, il me reste quatre minutes.

— Dommage, car c'est la mienne qui fait foi. Je répète : tu as ce que je t'ai demandé ?

Mens, Riggio. Et sois convaincante.

— Oui. Les identifiants et les mots de passe. L'argent est réparti sur vingt-cinq comptes différents.

— Tu ne me déçois pas.

— Allez en enfer.

— Ce qui est remarquable, dit-il d'un ton amusé, c'est que tu y croies vraiment quand tu dis ça. Brave petite Mary Catherine, si pieuse et si croyante.

Elle avait foi, en effet, en un châtiment final, infligé par Dieu le Père. Confrontée à l'injustice et au mal comme elle l'était tous les jours, cette croyance la rassurait et lui procurait de la force.

— Il n'y a pas d'au-delà, cracha Breakneck. Poussière nous sommes, et poussière nous redeviendrons.

— Pourquoi ne pas se rencontrer pour parler de tout ça ? Vous et moi, seul à seule ?

— Et Sam. N'oublions pas le cousin Sam. Celui qui t'a mise dans cette merde. Celui qui est responsable de la mort de son frère. Et de ton fiancé. Pas vrai, Sam ?

Elle entendit un gémissement. Sam était à côté de Breakneck, près du téléphone. Et il était encore en vie.

— Bon, alors, qu'est-ce qu'on fait, maintenant ?

— Apporte-moi les identifiants et les mots de passe. Ça me suffira pour récupérer mon fric.

— Je pense en effet que quelqu'un d'aussi intelligent que vous doit savoir comment esquiver les logiciels de filtrage des banques.

— Breakneck ne commet jamais d'erreur. Toi, tu en fais plein.

Tu avances pitoyablement dans l'obscurité en trébuchant, cherchant désespérément des réponses qui sont évidentes depuis le début.

— Au moins, vous, on peut dire que vous ne vous prenez pas pour de la merde. Vous êtes sûr que vous allez être à la hauteur de votre légende ? Je parle de celle que vous vous êtes construite dans votre tête de malade.

— Tu as une grande famille, Riggio. Préoccupe-t'en davantage.

— Laissez ma famille en dehors de tout ça ! cria-t-elle.

— Tu as un neveu, non ? Comment s'appelle-t-il, au fait ?

Elle eut un brusque haut-le-cœur.

— Dites-moi juste…

— Ben. Oui, c'est ça, Benjamin. Un enfant adorable.

M.C. fut soudain prise de panique.

— Si vous touchez ne serait-ce qu'à un de ses cheveux…

— On est samedi. Je suis sûr qu'il se réjouit à l'avance d'aller jouer dehors, dans la neige.

— … ou à qui que ce soit de ma famille, je jure devant Dieu que…

— Je me demande si Melody le surveille à chaque instant. Ou si elle a à faire dans la maison et ne vérifie que de temps en temps si son fils ne fait pas de bêtises…

— … je vous tuerai. Je le jure. Je vous traquerai jusqu'en enfer et je vous arracherai le cœur.

— Entre deux vérifications de sa maman, il peut se passer n'importe quoi…

Non, pas Ben. Dieu tout-puissant, je vous en supplie, pas Ben. Elle sentit monter un sanglot, le refoula.

— On se retrouve chez toi, dit-il. Apporte les informations nécessaires. Et dépêche-toi.

— Attendez ! Il neige… Ça va me ralentir…

— Tu es déjà en retard.

Et la communication fut coupée.

77.

Samedi 31 janvier
8 h 37

M.C. poussa un profond soupir, luttant contre la panique qui menaçait de la tétaniser. Une menace gratuite, se dit-elle. Proférée sous le coup de la colère. Breakneck visait au contrôle total — sur la situation, sur ses adversaires. Quand il avait senti qu'il perdait cette maîtrise, il avait dégainé l'arme la plus destructrice de son arsenal.

La famille de M.C. La peur que Breakneck puisse faire du mal à ses proches.

Elle serra les poings. Ce salaud imbu de lui-même. Ce fils de pute vaniteux et arrogant.

« Breakneck ne commet jamais d'erreur… »

M.C. s'attarda un instant sur cette forfanterie. Elle se souvint que Kitt lui avait rapporté ce propos de Smith :

« Un professionnel ne se sert jamais deux fois de la même arme. »

C'était chez Gina. Smith avait dit que Breakneck était trop malin pour commettre une telle erreur. En termes presque identiques à ceux que venait d'utiliser Breakneck lui-même au téléphone.

M.C. retint son souffle, toute à ses déductions.

« Tu avances pitoyablement dans l'obscurité en trébuchant, cherchant désespérément des réponses qui sont évidentes depuis le début. »

Evidentes depuis le début.

« Phelps était avec moi. Il a vu cet homme de plus près que moi. »

Et maintenant, Phelps était mort. Elle poursuivit son raisonnement.

« Son anonymat est ce qui lui importe le plus au monde… Il tuera systématiquement quiconque a pu avoir connaissance d'informations le concernant. »

Breakneck n'avait pas guetté l'arrivée de Zoe. Il avait eu rendez-vous avec elle.

Bien sûr.

Breakneck avait été en mesure de s'approcher de ses victimes parce qu'il avait gagné leur confiance. C'était quelqu'un qui leur inspirait du respect, quelqu'un avec qui elles se sentaient en sécurité.

L'agent spécial Jonathan Smith était Breakneck.

C'est ce qui expliquait pourquoi Smith en savait tant sur Breakneck et sur les motivations d'un tueur professionnel. C'est ce qui expliquait pourquoi, aussi, Breakneck avait toujours eu un coup d'avance. C'est ainsi que le tueur avait retrouvé Zoe : Smith avait conclu un accord avec elle dans la salle d'interrogatoire.

M.C. mobilisa toutes les ressources de sa mémoire pour se souvenir du moment où elle était revenue dans la salle d'interrogatoire. Zoe avait l'air plus calme. Smith avait fini de la cuisiner. Il avait prétendu que Zoe réclamait un avocat et l'aide judiciaire.

Smith avait profité des quelques minutes pendant lesquelles M.C. s'était absentée de la salle d'interrogatoire pour conclure un accord avec Zoe. Elle s'imaginait sans mal ce qu'il lui avait dit : « Dis-moi tout ce que tu sais, donne-moi les noms et je ferai en sorte que tu n'aies pas d'ennuis. »

Smith s'était assuré en partant que la porte n'était pas verrouillée. Et il n'avait demandé à aucun agent en uniforme de la verrouiller.

M.C. plissa les yeux, en pleine réminiscence. Tout le monde avait cru Smith sur parole lorsqu'il avait affirmé que Phelps était avec lui et l'avait entendu demander à ce prétendu agent de fermer la porte.

Personne n'avait songé à lui demander de confirmer la version de Smith.

Un bleu. Amené pour en imposer. En fait, il avait franchement l'air hors du coup. Smith l'avait manipulé. *Smith avait manipulé M.C.*

Ce raisonnement pouvait-il être fondé ? M.C. se frotta les yeux. Smith était agent fédéral, après tout. Un gros morceau. M.C. avait besoin de sommeil. Et d'un vrai repas. Elle avait besoin de voir le visage de Sam et de s'assurer qu'il était sain et sauf.

La cassette de l'interrogatoire de Zoe par Smith… ! Le cœur battant, M.C. se précipita dans la salle des pièces à conviction. Elle salua l'agent qui y officiait, lui demanda la cassette et signa le registre des retraits.

Quelques minutes plus tard, elle l'insérait dans le lecteur de la salle de projection, mettait l'appareil en marche.

Rien. La cassette était vierge.

Smith n'avait même pas mis en marche le magnétoscope. L'interrogatoire n'avait pas été enregistré.

Smith ne s'était pas inquiété de la découverte éventuelle de ce petit tour de passe-passe. Certes, cette cassette désespérément vierge aurait pu soulever quelques interrogations par la suite — lorsque la justice en aurait l'usage au cours de l'instruction ou au moment du procès. Mais ce pataquès pouvait fort bien être attribué à une erreur humaine. Et comme dans le cas de la porte non verrouillée, l'agent Smith aurait crié à l'incompétence de la police de Rockford.

M.C. ôta la cassette du lecteur et se dépêcha de regagner son bureau. En approchant du box de Kitt, elle ralentit le pas. Elle aurait aimé, au fond de son cœur, que son amie soit là. Elle se rêva en train de lui révéler la vérité. Elle imagina Kitt se joignant à elle pour sauver Sam et en finir avec Smith.

Mais en passant devant le box, elle constata qu'il était vide.

Tant mieux, se dit-elle. Mais oui, absolument. Demander l'assistance de Kitt, c'était prendre le risque d'en faire une cible pour l'implacable Breakneck. Et cela aurait pu mettre en danger Neil, Melody et Ben.

Un spectacle sanglant lui vint à l'esprit. Elle en eut la nausée. Elle était prête à mourir cent fois avant de laisser faire ça. Son choix était clair.

Son regard se porta sur le bureau de sa partenaire. M.C. aurait aimé avoir le temps d'écrire une lettre à Kitt. Pour lui dire combien son amitié lui était précieuse, combien sa loyauté l'avait touchée. Et pour lui exprimer humblement ses regrets de ne pas avoir été une amie aussi loyale et généreuse en retour.

Elle n'avait guère de chances de s'en tirer vivante, elle le savait. Elle ferait de son mieux pour sauver Sam — s'il n'était déjà mort.

M.C. considéra la cassette qu'elle tenait à la main. Kitt saurait quoi en faire.

Elle entra dans le box et posa la cassette sur le bureau. Elle prit un Post-it qu'elle colla dessus et sur lequel elle griffonna ces mots : « Spectacle intéressant. M.C. »

La gorge serrée, elle murmura :

— Adieu.

Puis elle partit se mesurer à Breakneck.

78.

Samedi 31 janvier
8 h 53

Kitt pénétra dans la cabine de l'ascenseur pour regagner l'étage de la brigade. L'affaire était bouclée. Les signatures balistiques des balles ayant tué Petersen et Phelps étaient similaires. Elles avaient été tirées par la même arme : le pistolet calibre .38 trouvé lors de la perquisition chez Sundstrand.

Clair et net. Kitt sourit. « Prends ça dans les dents, monsieur-je-sais-tout l'agent Smith. »

Elle songea alors à M.C. et son sourire s'effaça. Elle avait pris la décision d'aller voir Sal pour lui demander de confiner M.C. à un travail de bureau jusqu'à la fin de l'enquête ou à sa mise en sommeil. *Au cas où* les examens balistiques n'auraient pas donné les résultats qu'elle escomptait.

Le tueur présumé étant derrière les barreaux, elle ne voyait plus comment M.C. pouvait encore se nuire à elle-même, à la brigade ou à l'enquête. Qu'elle continue donc à chercher Sam dans la ville. Kitt pria pour qu'elle le retrouve sain et sauf.

Nan l'arrêta avant qu'elle n'ait rejoint son bureau.

— Inspecteur Lundgren, le dépôt a appelé. Erik Sundstrand demande à vous parler.

— Envoyez White ou Schmidt.

— J'ai essayé. Ils sont revenus en disant qu'il ne voulait se confier qu'à vous.

Elle fronça les sourcils. Elle se souvint que M.C. lui avait dit s'être entretenue avec lui. Que mijotait-il ?

Elle aurait bien aimé s'épargner cette corvée, mais on avait vu plus d'une fois des suspects se mettre à table ou chercher à négocier après une nuit de détention. Certains se livraient alors à des confessions susceptibles de les incriminer lors de leur jugement.

Forte de ce qu'elle savait à présent, elle se dit qu'un petit tête-à-tête avec le Dr Sundstrand serait peut-être amusant.

— Faites-lui savoir que j'arrive. Et dites à Sal que nous avons des preuves irréfutables contre Sundstrand. Je lui ferai un rapport complet à mon retour.

Un quart d'heure plus tard, elle était assise en face de Sundstrand dans la salle d'interrogatoire du dépôt.

— Vous vouliez me voir, docteur Sundstrand ?

— Oui, c'est au sujet de M.C.

— Je suis un peu étonnée par votre entrée en matière, mais je vous écoute. Elle est venue ici, il y a peu, si je ne me trompe.

— Elle est venue me voir.

— Vous êtes certain que ça s'est passé comme ça ? Ce n'est pas vous qui avez insisté pour lui parler, comme vous venez de le faire avec moi ?

— Non, elle est venue me voir, dit-il d'une voix égale. Sans que je le demande.

— Pourquoi, docteur Sundstrand ?

— Elle m'a dit que le tueur l'avait contactée. Breakneck, c'est ainsi qu'elle l'a nommé.

Kitt plissa les yeux.

— Nous avons effectué une perquisition chez vous. Vous êtes au courant ?

Il hocha la tête.

— Et ?

— Nous avons trouvé un pistolet, entre autres choses intéressantes.

— Je ne possède pas d'arme à feu.

Elle ne tint aucun compte de cette dénégation et précisa :

— Selon les examens balistiques, cette arme a servi à tuer deux personnes hier soir. Zoe Petersen et l'agent du FBI Austin Phelps.

— Ainsi, Zoe est morte…

Il se prit la tête à pleines mains, sincèrement affligé.

— Comment ai-je pu ignorer tout ça ?

— Quoi, exactement, docteur Sundstrand ?

Il ignora la question.

— Elle m'avait bien dit que ça se passerait comme ça, dit-il d'un ton amer.

— Qui vous a dit ça ?

— M.C. Le tueur lui a dit qu'il avait monté un coup contre moi.

— Ah, je vois où vous voulez en venir.

— Non, pas du tout.

— Nous avons fouillé votre domicile, nous avons trouvé des preuves irréfutables et maintenant vous inventez cette histoire pour tâcher de vous tirer d'affaire malgré tout.

— Le vrai tueur se sert de moi pour faire diversion, poursuivit Erik. Il offre un coupable sur un plateau à la police. Il se donne le temps de brouiller les pistes.

— Je n'ai pas le temps d'écouter de telles fadaises.

Elle se leva, traversa la pièce et tapota à la porte pour faire venir le gardien.

— Bonne chance, docteur Sunds…

— M.C. m'a dit qu'elle tenait à m'informer au plus tôt de ce coup monté, parce qu'elle craignait d'être morte demain.

Kitt se figea, frissonna.

— Je me suis dit que si je vous en parlais, vous trouveriez un moyen de faire en sorte que cela n'arrive pas. C'est tout ce que je voulais vous dire.

Elle regarda par-dessus son épaule.

— Qu'est-ce qu'elle a dit d'autre ?

— Elle m'a demandé où j'avais déjà entendu le mot Breakneck.

— Donc ?

— Je le lui ai dit : dans la bouche de Gina, qui avait prétendu que c'était le mot de passe de l'un de ses comptes bancaires.

En sortant du dépôt, Kitt se dit qu'elle n'avait aucune raison de le croire. Il était soupçonné de meurtre. Il n'avait rien à perdre. Mais, dans ce cas, que gagnait-il à mentir ? Une simple conversation avec M.C. suffirait à contrôler la véracité de ses dires.

M.C. avait eu un comportement vraiment étrange. Cachottière. Agressive. Elle était méconnaissable.

Kitt se creusa les méninges. Si Sundstrand disait vrai et que Breakneck avait contacté M.C., cela pourrait expliquer le comportement de celle-ci.

Mais pourquoi Breakneck aurait il appelé M.C. ? Parce qu'il voulait quelque chose, mais quoi ?

L'argent, bien sûr.

C'était la raison pour laquelle M.C. avait semblé obsédée par la liste des numéros. Elle avait tenté de déchiffrer le code, à la recherche de l'argent. Pour le remettre à Breakneck.

Il avait dû la menacer — ou plutôt menacer les gens qu'elle aimait. Des membres de sa famille… Sa partenaire…

M.C. avait fait exprès de provoquer la colère de Kitt. Pour l'éloigner.

Et Kitt était tombée dans le panneau. Comment avait-elle pu être aveugle à ce point ? Pourquoi ?

Parce qu'elle était épuisée. Qu'elle avait les nerfs à vif. Et qu'elle se méfiait de M.C. depuis que cette dernière avait pris certaines initiatives hasardeuses.

Elle atteignit son box. Que dire à Sal, à présent? Il allait être enchanté par les résultats de l'examen balistique et rechignerait à admettre l'hypothèse d'une manipulation.

Elle vit la cassette vidéo qui était posée sur son bureau, ornée d'un Post-it jaune vif. Elle se jeta sur la cassette, arracha le Post-it.

« Spectacle intéressant. M.C. »

Elle lut l'étiquette de la cassette. « Interrogatoire Petersen. 30/01/09 ».

M.C. était allée la chercher dans la salle des pièces à conviction. Pourquoi ? Et pourquoi avait-elle trouvé le spectacle intéressant ? « Il n'y a qu'un moyen d'en avoir le cœur net », se dit-elle en empochant la cassette.

Le téléphone fixe se mit à sonner sur son bureau à l'instant où elle ressortait du box.

— Inspecteur Lundgren à l'appareil.

— Kitt, c'est Neil à l'appareil. Vous savez où je peux trouver M.C. ?

— Non. Vous avez essayé son portable ?

— Ça ne répond pas. Je m'inquiétais pour elle et je voulais juste avoir de ses nouvelles.

— Vous vouliez me dire quelque chose de particulier ?

— Ce n'est sans doute rien, dit-il d'une voix embarrassée. Mais juste après cette drôle d'histoire avec Sam…

— Quelle drôle d'histoire ?

Silence.

— Neil, je suis la partenaire de M.C. S'il se passe quelque chose de grave, il faut me le dire.

— C'est juste que… Elle m'a demandé…

Il ne finit pas sa phrase et reprit :

— Sam est venu ici hier soir. Il s'est servi de mon ordinateur.

— Continuez.

— M.C. est arrivée un plus tard, puis elle est repassée ce matin. Et elle m'a dit un truc qui m'inquiète beaucoup.

— Quoi donc ?

— Elle m'a demandé, au cas où quelque chose de tragique arrive à elle ou à Sam, d'oublier sa visite et de n'en parler à personne.

Kitt en eut la chair de poule. Cela faisait deux fois que M.C. prévenait quelqu'un qu'elle ne serait peut-être plus longtemps en vie.

— Vous avez bien fait de me prévenir, Neil. Je m'en occupe. Ne vous tracassez pas.

— Attendez. Il y a autre chose. Un agent du FBI est venu ici.

— Smith ?

— Oui, c'est son nom. Il cherchait M.C. Il avait l'air très préoccupé.

— Qu'est-ce que vous lui avez dit ?

— Rien. Juste que je ne l'avais pas vue. Et puis, pendant qu'il était là, il a reçu un appel de M.C. Je n'ai entendu qu'une partie de la conversation… Mais il essayait de calmer M.C. Sam était avec M.C. et… j'ai entendu Smith dire qu'il se mettait en route pour les retrouver. Et il a dit à M.C. de tenir bon.

— Où devait-il la retrouver ?

— Chez M.C.

Kitt raccrocha, se leva et prit son manteau. Elle s'arrêta sur le pas de la porte et jeta un coup d'œil à la cassette. Cela pouvait attendre.

79.

Samedi 31 janvier
9 h 28

En sortant du parking, M.C. avait plongé dans un cauchemar blanc. La circulation était extrêmement ralentie sur la chaussée glissante, encombrée de véhicules accidentés. Un 18 tonnes avait versé dans un fossé.

Cela faisait une heure qu'elle se traînait dans les embouteillages, et elle n'avait toujours pas mis au point un véritable plan. Breakneck lui avait laissé l'avantage du terrain en choisissant sa maison comme lieu de rendez-vous. Elle en connaissait chaque recoin, chaque latte de parquet qui grinçait. Surtout, si elle pouvait atteindre sa cuisine, elle y trouverait un revolver chargé, dans une corbeille perchée sur le réfrigérateur.

Mais Smith était un redoutable calculateur. Il avait choisi la maison de M.C. parce qu'il avait une idée derrière la tête. Pour de simples raisons logistiques ou, plus machiavéliquement, en prévision de l'examen de la scène de crime par de futurs enquêteurs.

M.C. se fraya tranquillement un chemin dans le chaos causé par les chutes de neige, l'esprit rivé sur ce qu'elle s'apprêtait à affronter.

Il était possible que Smith se mette à tirer dès qu'elle aurait posé un pied chez elle. Mais elle n'y croyait pas. Smith voulait récupérer son argent. Pour ce faire, il avait besoin des données que M.C. détenait — ou plutôt qu'elle était censée détenir.

Elle franchirait cet obstacle-là lorsqu'il se présenterait.

M.C. arriva dans son quartier, tourna dans sa rue. Des enfants construisaient des bonshommes et des châteaux de neige sur le trottoir. Leurs rires résonnaient dans la rue et elle se surprit à sourire au son de ce chant d'innocence.

Elle était persuadée que sa propre mort était envisageable ce jour-là. Et pourtant elle n'éprouvait aucune panique. Ses mains n'étaient pas moites, ses battements de cœur étaient réguliers. Elle était prête. A affronter Smith. Et à le vaincre.

Ou à mourir.

M.C. remonta son allée. La porte de son garage était ouverte et la jeep de Sam y était garée. Aucun signe de la voiture de Smith. M.C. s'arrêta, coupa le contact. Elle vérifia son Glock, s'assura que le chargeur était plein. Après avoir fait monter une balle dans la chambre, elle replaça l'arme dans son étui latéral.

M.C. sortit de son Explorer. Son voisin d'en face suspendit le déblaiement de son allée pour s'essuyer le front et la saluer. Elle lui rendit son salut d'un geste amical et se mit à marcher vers la porte d'entrée.

Elle l'atteignit et dégaina son arme. Si son voisin l'observait, il croirait qu'elle avait marqué une pause pour sortir ses clés.

La porte n'était pas fermée à clé. Elle l'ouvrit précautionneusement. L'arme au poing, elle fit un pas à l'intérieur. Se figea pour tendre l'oreille.

Le silence régnait dans la maison. M.C. se mit à avancer, se tournant vers la gauche puis vers la droite.

— Sam, appela-t-elle doucement. C'est M.C., Sam. T'es là ?

Elle examina le placard de l'entrée puis se dirigea vers le salon, le traversa ainsi que la salle à manger et arriva dans la cuisine.

La pièce paraissait telle qu'elle l'avait laissée. Une cafetière à moitié pleine reposait sur le bar avec des doses d'édulcorant et une cuillère sale. Un paquet de céréales vide à côté de l'évier. La poubelle était pleine. Elle n'avait pas eu le temps de la sortir.

La pièce était telle qu'elle l'avait laissée, à ce détail près qu'il y avait un ordinateur portable, grand ouvert, sur la table. Un témoin lumineux scintillait pour indiquer qu'il était allumé en mode veille.

La gorge soudain sèche, elle fixa l'appareil. Dès qu'elle l'aurait remis en marche, Smith allait entrer dans la danse.

Après avoir fait le tour du reste de la maison sans rien déceler de suspect, M.C. revint dans la cuisine où l'attendait l'ordinateur assoupi. Elle effleura la souris et la machine s'éveilla. Une image vint emplir l'écran et M.C. ne put retenir un petit cri d'horreur face à ce qu'elle y découvrit : Sam, attaché à une chaise, bâillonné avec du ruban adhésif. Il était à demi effondré sur une chaise, la nuque courbée.

Ce n'était pas une photo. C'était une webcam qui transmettait une situation en temps réel. Ce qui signifiait que Smith pouvait se trouver n'importe où. Dans la maison ou à l'autre bout de la ville. Et qu'il l'épiait. Tout en épiant Sam aussi. Il observait leurs réactions. Il prenait son pied à contrôler totalement la situation.

Non, pas totalement. M.C. était bien décidée à ne pas laisser Smith contrôler ses émotions. Elle n'allait pas procurer à ce salaud le plaisir de la voir paniquer et craquer.

M.C. sentit qu'elle suait à grosses gouttes sous son manteau. Elle le déboutonna et le posa sur la chaise en face de l'écran. Il y avait certains détails que le génial Smith ignorait. A commencer par le fait qu'elle savait désormais que Breakneck et lui ne faisaient qu'une seule et même personne.

M.C. regarda la webcam bien en face et lui adressa un sourire de défi. *Que la partie commence.*

Elle reporta son attention sur Sam. Il remua, leva la tête, regarda vers la caméra. Elle retint son souffle. Il avait été tabassé. Son visage était couvert d'hématomes, ses yeux gonflés et sanguinolents. Soit il s'était battu avec Smith, soit celui-ci l'avait arrangé de la sorte pour rendre plus dramatique le spectacle de son prisonnier.

En respirant lentement par le nez pour se reprendre, M.C. examina l'écran. Sam frissonnait. Non, il tremblait de tout son être. Il était vêtu d'un blue-jean, d'une paire de baskets et d'un manteau déboutonné. Ni bonnet, ni gants.

Où se trouvait-il ? Dans une sorte d'appentis ou de remise. En contreplaqué. Des murs non isolés. Une source de lumière artificielle.

Pas de chauffage, devina-t-elle. Il était protégé du vent et de l'humidité, mais pas du froid glacial. Ligoté comme il l'était, il ne pouvait pas bouger pour se réchauffer.

Combien de temps avant que n'advienne l'hypothermie ? Il en était déjà peut-être victime. Dans ce cas, à quel stade ? Le tremblement était en fait un bon signe, se souvint-elle. Le troisième et dernier stade de l'hypothermie était marqué par la cessation du tremblement, juste avant la mort.

Cela faisait des heures qu'il était là. Depuis que Zoe avait été tuée.

Une angoisse paralysante s'empara subitement d'elle. Son cœur se mit à battre à tout rompre. Ses mains étaient trempées de sueur. Elle songea à Smith, qui l'épiait, et lutta pour conserver son sang-froid — avec un succès tout relatif. Il fallait qu'elle trouve Sam. Il fallait qu'elle agisse très rapidement.

Son téléphone portable se mit à vibrer. M.C. n'eut pas besoin de consulter l'écran pour savoir qui l'appelait.

— Espèce de salaud, dit-elle en décrochant.

— C'est formidable, hein, toute cette technologie ? Pauvre Sam, il a l'air d'avoir froid, tu ne trouves pas ?

Smith se servait de nouveau du modificateur vocal. Ce qui indiquait qu'il croyait encore que l'identité réelle de Breakneck était inconnue de M.C.

— Où est-il ? Ça fait combien de temps qu'il est comme ça ?

— Ne brûlons pas les étapes. Chaque chose en son temps.

Smith la regardait, se souvint-elle. Il prenait son pied à la voir angoisser.

— Que voulez-vous ? demanda-t-elle.

— Il est déjà atteint d'hypothermie. Il n'en a plus pour longtemps. Deux heures, peut-être. Si tu avais projeté de me doubler, il faut donc y renoncer…

— Je ne me soucie que de la vie de mon cousin. Je me fous de vous doubler, de l'enquête et de votre cher argent. Pour moi, tout ça n'a plus aucune importance.

— Je ne suis pas certain qu'il en vaille la peine, Mary Catherine. C'est lui qui t'a mise dans ce pétrin. C'est à cause de lui que son frère est mort. Ainsi que sa petite amie. Et ton propre fiancé. C'est un voleur. Pourquoi se soucier de ce raté ?

— C'est mon cousin. Vous ne pouvez pas comprendre…

— Et pourquoi donc ?

M.C. se rendit compte de sa gaffe.

— Je ne suis pas venue pour une joute verbale. Dites-moi juste ce que vous attendez de moi.

— Je veux que tu me rendes mes données. Il y a un document sur l'ordinateur intitulé *Mon dossier perso*. Saisis-les là-dedans. Je te conseille de te dépêcher.

La communication fut coupée. M.C. referma son téléphone. Où était Smith ? Il pouvait être n'importe où, même avec Sam. Pas loin, en tout cas : il avait probablement prévu de venir chercher l'ordinateur dès que M.C. aurait terminé de saisir les données bancaires. Il aurait pu les récupérer en ligne, mais M.C. devinait qu'il préférerait recouvrir les données *et* l'ordinateur.

M.C. sortit les données de son sac. Le moment de vérité. Ou plutôt d'une partie de la vérité. Elle ouvrit le document. Elle commença par saisir les données des comptes de Bella's Biscotti et de Mamma

Riggio. Les deux seuls comptes où Smith pourrait vraiment accéder à son argent.

Après ça, si Smith ne la tuait pas, les frères de M.C. s'en chargeraient.

Pour les autres, elle dut inventer des identifiants. Elle se demanda combien de temps mettrait Smith à se rendre compte de la supercherie — et comment il réagirait ensuite.

M.C. acheva de saisir la liste et regarda, dans l'expectative, vers la caméra. Comme prévu, son téléphone portable se mit à vibrer.

— Va à la fenêtre de ta chambre, ordonna Smith.

M.C. s'exécuta.

— A deux pas de chez toi, il y a une maison bleue très moche.

M.C. connaissait cette maison. Le propriétaire avait déménagé récemment. Elle était vide depuis quelques mois.

Il y avait une remise dans le jardin de derrière.

Son cœur fit un bond. Elle était là, tout près, la prison de Sam. M.C. attendit la mauvaise nouvelle.

— On ne dit pas merci ? demanda Smith.

— Pardon ?

Va le chercher.

— Comme ça ?

— Je t'ai donné ma parole que je ne te tuerais pas.

— Ce n'est pas que je sois ingrate, mais…

— Tu as raison. Il y a une petite formalité à remplir. Retourne dans la cuisine. Tout de suite.

M.C. s'exécuta de nouveau.

— Bien. Pose ton téléphone portable et ton Glock sur la table, de façon à ce que je les voie bien.

M.C. hésita.

— Je te fais un cadeau. Mais je ne suis pas idiot. J'ai besoin de temps. Si tu as un téléphone, la première chose que tu vas faire, c'est d'appeler des renforts.

— Et le pistolet ?

— Je ne veux pas que tu me tires dessus si tu me croises…

C'était peut-être un piège. Ou une ruse. Probablement, même. M.C. jeta un coup d'œil au réfrigérateur, à la corbeille qui contenait un revolver. Il fallait qu'elle réussisse à s'en emparer sans être vue.

— Bon, d'accord, dit-elle.

Elle sortit son arme de son étui et la posa sur la table devant l'ordinateur.

— Un peu plus vers l'avant, s'il te plaît. Voilà, merci. Maintenant, j'ai une vue imprenable sur le pistolet et le couloir. Une dernière chose, M.C. Si d'aventure tu comptes emprunter un téléphone portable ou demander à un voisin d'appeler la police, tu peux déjà t'imaginer Sam sous forme de cadavre. Je suis assez près de lui pour lui coller une balle. Le moindre pas de travers et c'est ce que je ferai. Je m'attends à te voir franchir cette porte cinq minutes après t'avoir vue poser ton téléphone portable à côté de ton Glock. Sinon, tu peux te dire que ton cher Sam est mort.

80.

Samedi 31 janvier
10 h 5

M.C. sortit dans l'air glacial. Elle claqua la porte derrière elle. Le plus délicat restait à faire : récupérer le revolver dans la corbeille.

L'ordinateur avait été orienté de manière à ce que la caméra intégrée soit dirigée vers l'arrière de la cuisine. Là se trouvait le réfrigérateur, ainsi qu'une porte donnant sur le jardin de derrière. Il lui fallait donc contourner la maison, rentrer discrètement par la porte de derrière, prendre l'arme et s'empresser de rejoindre Sam.

M.C. scruta brièvement les environs. Des enfants qui jouaient dans la rue. Quelques voisins qui déneigeaient leurs jardins. L'un d'eux se servait d'une fraise à neige. Elle examina les voitures garées aux alentours. Aucune n'émettait de gaz d'échappement, ce qui aurait signalé une présence humaine. Pas de camionnettes ni de véhicules à vitres teintées.

Smith l'observait-il ? Peut-être. Il était capable d'avoir prévu quelque chose de ce genre et d'avoir installé une caméra pointée sur la porte de derrière. Ou sur l'endroit même où elle se trouvait, pour surveiller son entrée et sa sortie.

Mais elle n'y croyait pas. Et puis elle n'avait pas d'autre choix que de tenter sa chance.

M.C. avança avec précaution sur le petit chemin glissant qui menait à l'allée carrossable. Son regard se posa sur la jeep de Sam dans le garage. Elle faillit trébucher. La jeep constituait un poste d'observation idéal, car elle était assez près de la maison pour que Smith puisse voir M.C. en sortir et qu'il puisse s'emparer promptement de l'ordinateur.

Le cœur battant, elle s'approcha précautionneusement du véhicule. Que ferait-elle si Smith était dans la jeep ? Elle n'avait pas d'armes. Elle scruta le sol en quête d'un objet qui puisse en tenir lieu. Son regard se posa sur un spécimen hideux d'art jardinier que son frère Michael lui avait offert pour Noël, par plaisanterie : un prince crapaud. Un crapaud en grès peint, d'une extrême laideur et coiffé d'une couronne. Michael l'avait taquinée en lui prédisant qu'elle aurait à embrasser bon nombre de crapauds avant de trouver son prince charmant.

Elle détestait cet abominable crapaud. Il y aurait une sorte de justice immanente à ce qu'elle le fracasse sur le crâne de Smith. Elle le ramassa au passage avant d'atteindre la jeep.

Qu'elle trouva vide.

« Bon, je suis encore vivante », se dit-elle. Et elle posa le crapaud sur le capot de la jeep. Consciente du temps qui filait, elle s'empressa de gagner l'arrière de la maison. Elle ouvrit précautionneusement la porte de derrière et se faufila sans bruit à l'intérieur.

Elle marcha sur la pointe des pieds jusqu'au réfrigérateur, tendit le bras vers la corbeille en priant pour que Smith n'ait pas fouillé la pièce de fond en comble et confisqué l'arme.

Mais le revolver était bien là. M.C. serra la crosse entre ses doigts, tandis qu'une faible sérénité renaissait en elle. Elle glissa l'arme entre le creux de ses reins et sa ceinture, sous son manteau trois-quarts et son pull épais.

A elle de jouer, maintenant.

Une minute plus tard, elle était dans son Explorer et faisait une marche arrière pour sortir de l'allée. Mais elle ne put empêcher le véhicule de déraper dans la rue, ce qui lui valut un coup de Klaxon indigné.

Elle décéléra et fit tourner les roues du 4x4 pour favoriser la traction. Les roues se stabilisèrent et le véhicule se mit en branle.

Le cœur battant, elle jeta un coup d'œil à la pendule du tableau de bord. Chaque minute comptait, pour Sam. Combien de minutes mettrait-elle à le rejoindre ? Combien de secondes lui restait-il ?

Les soins à prodiguer aux personnes souffrant d'une hypothermie lui avaient été enseignés lors de sa formation à l'académie de police. Comme elle n'avait jamais eu l'occasion de mettre ces leçons en pratique, elle dut fouiller dans sa mémoire pour s'en souvenir. Réchauffer la victime. Couvrir sa tête et son cou pour conserver la chaleur. Frotter les extrémités pour les réchauffer pouvait provoquer des lésions. De fortes secousses pouvaient provoquer un arrêt cardiaque.

Il y avait une couverture et une lampe de poche sur son siège arrière. Elle tendit la main pour les prendre, détournant un instant les yeux de la route. C'est cet instant que choisit un camion pour déraper et franchir un stop.

Il vint heurter la voiture de M.C. et lui fit faire une embardée à trois cent soixante degrés. M.C. tenta de redresser mais n'y parvint pas et le véhicule traversa la route latéralement avant d'achever sa course folle dans un fossé. Le choc avait déclenché l'airbag. Elle bougea les doigts et des orteils, tourna la tête en tous sens, remua ses bras et ses jambes. Rien de cassé.

Sam. Il fallait qu'elle rejoigne Sam.

D'une main tremblante, elle détacha sa ceinture de sécurité, ouvrit la porte en grand et sortit en titubant de la voiture, avant de tomber à genoux dans la neige puis de se relever péniblement.

Elle vit des gens qui couraient vers elle. Elle leur fit signe de rebrousser chemin.

— Allez voir si l'autre conducteur n'est pas blessé, hurla-t-elle en brandissant son badge. Je suis de la police !

L'un d'eux avait déjà sorti son téléphone portable, sans doute pour appeler la police secours. Etant donné l'état des routes et le nombre d'accidents que la tempête de neige avait provoqués, il allait falloir attendre longtemps avant que les secours n'arrivent — s'ils arrivaient un jour…

Elle vit la maison bleue, à quelques mètres du lieu de l'accident. M.C. prit la couverture et la lampe de poche et se dirigea en hâte vers son objectif. Elle s'aperçut qu'elle boitait. Elle sentit le goût du sang et se palpa le visage. Elle avait une plaie au-dessus de l'œil.

M.C. pressa le pas. Elle était presque arrivée. Elle imaginait les témoins de l'accident qui la regardaient s'éloigner, sans doute en se demandant si elle n'était pas folle. Elle-même n'en était pas bien sûre.

Elle parvint à la maison bleue et constata que le jardin de derrière était clos par une palissade haute de deux mètres. Le portail était cadenassé. Encore un coup de Smith, destiné à la ralentir. Pour la pousser au bout de l'angoisse, jusqu'au point d'explosion.

Elle alla tout droit à la porte d'entrée, laquelle était verrouillée. Elle brisa un carreau latéral, tendit le bras à l'intérieur et réussit à déverrouiller la porte. Après avoir jeté un bref coup d'œil derrière elle, elle se faufila dans la maison. Il y faisait chaud. Le silence le plus absolu y régnait. Ses bottes trempées couinèrent sur le vieux lino lorsqu'elle traversa la cuisine.

Au fond de la cuisine, une porte donnait sur un grand jardin. Elle repéra des traces de pas dans la neige, très nombreuses, qui menaient à la remise. Certaines étaient plus fraîches que d'autres. Smith avait dû faire l'aller-retour à plusieurs reprises.

M.C. sortit de la cuisine, songeant à son revolver. Rassurée par le contact de l'arme contre sa colonne vertébrale, elle se dit qu'elle aurait dû dégainer d'emblée, mais son instinct lui dictait de ne pas le faire pour l'instant.

Plaçant ses pas dans les empreintes précédentes pour économiser son énergie, elle se mit à marcher vers la remise.

Je suis presque arrivée, Sam. Tiens bon.

La remise avait une porte à un battant pourvue d'un moraillon et d'un cadenas ouvert. Elle hésita avant d'entrer. Si Smith était à l'intérieur, qui donc avait posé le cadenas sur le moraillon ? Le tuer leur donnait-il vraiment une chance de s'en tirer ?

M.C. inspira profondément, ôta le cadenas et ouvrit la porte. Elle cligna des yeux pour adapter son regard à la pénombre. Pendant une fraction de seconde, elle se demanda si Smith ne lui avait pas menti et si Sam était vraiment là. Elle alluma sa lampe de poche et le faisceau vint se poser sur lui. Il leva la tête, les yeux écarquillés par la terreur.

— C'est moi, dit-elle. Je suis venue te chercher.

Il secoua la tête, dirigeant son regard au-delà de M.C. Au même moment, elle entendit un son derrière elle, un faible bruit de respiration. Smith.

M.C. fit volte-face en posant la main sur le creux de ses reins. Elle ressentit au crâne une douleur paralysante. Elle tomba à genoux, luttant pour rester consciente. Elle entendit le deuxième coup arriver… Le sifflement de la matraque qui fendait l'air…

Et ensuite elle n'entendit plus rien du tout.

81.

Samedi 31 janvier
11 h 2

M.C. reprit conscience, en proie à une violente migraine, qui lui vrillait non seulement le crâne mais aussi les dents et les mâchoires, les épaules et le cou. Elle ouvrit péniblement les yeux et tout lui revint à l'esprit : Sam, Smith, le sifflement d'un objet qui s'abattait sur son occiput.

Elle essaya de bouger les bras et les jambes mais s'aperçut qu'elle était immobilisée. Ses chevilles étaient attachées avec de l'adhésif ultrarésistant, tout comme ses poignets. Elle se rendit compte qu'elle était allongée sur le plancher de la remise. Elle sentait contre sa joue le contact froid et rugueux du contreplaqué.

Où était Sam ?

Elle tendit le cou, s'efforça de distinguer ce qui l'environnait dans la pénombre.

— Je… suis là, chuchota-t-il d'une voix pâteuse, légèrement bredouillante. Ça va ?

Ses propos étaient cohérents — un très bon signe. Elle remua de façon à pouvoir le regarder sans se déboîter les cervicales.

— Ouais… Et toi ?

— J'ai froid.

— Je sais, mon vieux. Il faut que je te sorte d'ici.

— Tu crois qu'il va revenir ?

— A mon avis, oui. Il est allé chercher son ordinateur.

— T'as trouvé le fric ?

— Ouais, Sam. Je l'ai trouvé.

— Désolé, M.C. Vraiment, vraiment… désolé.

— On reparlera de ça plus tard. Là, j'ai une petite surprise pour l'agent Smith, mais j'ai besoin de ton aide.

Comme ses mains étaient liées contre son ventre, elle avait besoin de Sam pour prendre son revolver. Il était toujours là. Elle sentait le froid rassurant de l'acier contre sa peau. Son plan consistait à le pointer vers la porte puis à faire feu à l'instant même où Smith reviendrait.

Jouant des pieds et des épaules pour se mouvoir, elle rampa vers Sam. Cette reptation était un calvaire, qui accroissait terriblement la douleur qui lui vrillait le cou, la tête et les épaules. Elle avait l'impression d'être écartelée.

Malgré le froid pénétrant, elle transpirait à grosses gouttes.

Elle jeta un coup d'œil à Sam, vit que sa tête était ballante.

— Sam, dit-elle vivement, reste avec moi. Tiens bon, j'ai besoin de toi, mon vieux.

La tête de Sam se redressa brusquement.

— J'vais… essayer…, bredouilla-t-il.

— Parle-moi, Sam.

— T'aurais pas dû venir. J'mérite pas ton aide… Dan, Tommy… Et, maintenant, toi…

L'atroce sanglot guttural qui le secoua alors bouleversa M.C.

— Ecoute, Sam. Aide-moi d'abord à nous sortir d'ici… Ensuite t'auras tout le temps d'implorer mon pardon…

Il baissa la tête puis la redressa aussitôt, comme s'il avait du mal à rester éveillé.

Haletante, M.C. redoubla d'efforts.

— Ecoute-moi bien… Smith va vérifier que je lui ai fourni des informations exactes, et puis il va revenir ici. Tout dépend de l'ampleur de sa vérification, mais il y a de fortes chances pour qu'il soit furieux. Tu me suis, Sam ?

Il hocha la tête et remua les lèvres, sans émettre le moindre son.

M.C. était parvenue à l'endroit où était assis Sam. Elle agrippa l'un des pieds de sa chaise et s'en servit pour se tracter, en faisant bien attention à ne pas la renverser.

Elle était essoufflée, en sueur et au bord de l'étourdissement. Mais elle ne pouvait pas prendre un instant de repos. Elle ignorait la durée de sa perte de connaissance et n'avait aucune idée du temps que mettrait Smith à revenir.

— Sam, t'es réveillé ?

— Complètement réveillé…

Ce mot rappela des souvenirs à M.C. : c'est ce qu'il disait souvent quand il avait l'âge de Ben. En d'autres circonstances, elle en aurait ri de bon cœur, elle l'aurait taquiné gentiment.

— Bien. Je vais tenter de me mettre à genoux, puis de me tourner. J'ai un revolver sous mon manteau, dans le creux des reins. Il faut que tu le récupères.

— Pigé.

Elle esquissa un sourire et plaqua ses genoux contre sa poitrine. Puis elle se servit de ses épaules comme levier pour basculer sur les genoux et redressa laborieusement le torse. Une douleur insupportable lui traversait l'épaule droite. Elle y plaqua sa mâchoire et, se balançant d'un genou sur l'autre, elle parvint à tourner le dos à Sam.

— Essaye de prendre le flingue, Sam. Vite !

Il était étroitement attaché à la chaise. Elle sentit ses doigts agripper l'étoffe du manteau, puis du pull, et fouiller ensuite sous la laine. Le cœur de M.C. battait à tout rompre ; Sam n'émettait en respirant que de faibles halètements.

— Je l'ai, murmura-t-il d'une voix cassée.

— Ne le lâche surtout pas, dit-elle. Je vais me retourner, maintenant.

Elle entendit le cliquetis d'une clé qu'on insérait dans le cadenas de la porte de la remise.

Smith. Le revolver tomba des mains de Sam, heurta le sol avec un bruit sourd et glissa sur le plancher d'une trentaine centimètres.

Il était impossible que Smith ne l'ait pas entendu chuter.

La porte s'ouvrit, inondant la remise de lumière. M.C. se jeta de tout son poids sur l'arme pour la dissimuler, priant pour trouver moyen, le moment venu, de s'en servir.

82.

Samedi 31 janvier
11 h 26

La silhouette de Smith se détachait sur le rectangle lumineux. Il alluma une lampe torche et la braqua sur les yeux de M.C.

— Salut, Smith, dit M.C.

— Tu n'as pas l'air surprise de me voir.

— En effet. On dirait qu'un génie du crime comme Breakneck peut commettre des erreurs, après tout.

Smith éclata de rire.

— Ah bon ? De quelles erreurs parles-tu ?

— Me sous-estimer, par exemple.

— Pour l'instant, je ne vois pas comment…

— Ne vous fiez pas aux apparences.

Ce lieu commun pouvait sembler dérisoire dans la situation délicate où elle se trouvait. Mais M.C. se disait qu'il ne lui restait plus, outre le revolver à canon court qu'elle abritait sous son flanc, d'autre ressource que la bravade.

— Je vois que tu n'es pas restée inactive.

Smith désigna la chaise du bout de son pistolet.

— Tu voulais te blottir contre ton pauvre cousin. Que de vains efforts !

— Je croyais que vous deviez nous laisser partir ?

— J'ai changé d'avis. Bon, allez, je peux te le dire maintenant : j'avais prévu de vous tuer tous les deux depuis le début.

— Là, je vous reconnais.

— Comment as-tu deviné que c'était moi ?

— Votre ego surdimensionné. Rappelez-vous de votre petit speech sur les professionnels comme Breakneck qui ne commettent jamais d'erreur ? Vous aviez tenu à peu près le même discours à Kitt. Une fois que j'ai fait le rapport, je n'ai eu aucun mal à placer les autres pièces du puzzle.

— Tu ne les connais pourtant pas toutes.

M.C. afficha un sourire amer.

— Vous non plus, si ça trouve. Enfin, on verra.

— Dommage que ça se finisse comme ça, dit Smith. Je t'aimais bien, tu sais.

— Je n'en doute pas, espèce de psychopathe.

Allons, sois meilleure perdante.

— Allez rôtir en enfer.

Il ne daigna pas réagir à cette malédiction.

— Tu as deviné qui j'étais. Tu dois en être toute fière.

M.C. était en proie à toutes sortes d'émotions, mais la fierté était le cadet de ses soucis. En cet instant, du moins.

Smith orienta le faisceau de sa lampe torche vers Sam.

— Il a voulu se battre avec moi, ce petit con. Dommage pour lui.

— Ça fait minable, non ? Le prestigieux Breakneck triomphant d'un gamin…

— Tu ne piges pas. Il n'y a pas de Breakneck.

Smith éclata d'un rire triomphant et sardonique.

— Breakneck n'existe pas. Il n'y a que moi : un fonctionnaire sous-payé dont personne n'apprécie la juste valeur.

— C'est impossible.

— C'est pourtant vrai. J'ai inventé ce personnage de toutes pièces.

— Mais les meurtres… Les preuves…

— Les meurtres sont bien réels, certes. Tous commis dans le style des tueurs à gages. Le genre d'exécutions que seul un professionnel bien entraîné sait mener à bien.

Un agent du FBI était un professionnel bien entraîné. Tout comme un flic. Seules leurs mentalités différaient.

— Vous nous avez bien manipulés, dit M.C. qui prenait soudain conscience de l'entourloupe.

— Eh oui. Je vous ai fait gober tout ce que je voulais à propos de Breakneck. A propos des tueurs à gages, aussi. Et votre gentil médecin légiste a entériné mon petit récit. Je devrais lui envoyer des fleurs.

Smith marqua une pause. Dans ses yeux se lisait une sorte de nostalgie.

— J'ai créé la légende de Breakneck il y a bien longtemps. Et, de temps en temps, je fais revivre le personnage. C'était aussi mon identifiant pour mes transactions en ligne.

C'est ce qu'avaient découvert Zoe et Sam, ce qui étayait d'autant plus l'hypothèse Breakneck.

— C'est amusant de voir combien les gens aiment croire à des rumeurs ou à des mythes. Les meilleurs mensonges contiennent toujours, bien sûr, un grain de vérité, au départ.

— Quel a été le grain de vérité, pour Breakneck ?

— Un vieil article de presse sur un tueur à gages.

— Un collègue avait entendu parler de Breakneck…

— Je vous l'ai dit, ce nom apparaît de temps en temps. Et le nombre de policiers qui en ont entendu parler ne cesse d'augmenter. Après cette affaire, il y en aura encore plus, évidemment.

M.C. fouilla dans sa mémoire : tout remontait à Smith, en effet. C'était lui qui leur avait parlé de Breakneck. C'était lui qui avait disposé le canevas et tissé la trame de cette histoire avant d'y entraîner M.C. et Kitt.

On n'avait trouvé aucune preuve de l'intervention d'un tueur professionnel. Et pourtant M.C. l'avait cru. Ainsi que Kitt. Et Sal.

— Mais pourquoi ? demanda M.C. Pourquoi tous ces meurtres ?

— Je voulais mon argent ! C'est pour ça que tous ces gens sont morts. Cet argent était à moi. A moi, répéta-t-il. J'ai tué quelqu'un pour le gagner, et je voulais le récupérer.

— Donc, vous êtes bien un tueur à gages.

— Certes, mais pas aussi romantique et mystérieux que le grand Breakneck.

Aucun remords, constata M.C. Un orgueil arrogant, et voilà tout.

— Je regrette d'avoir tué ton fiancé. C'était une erreur. Je croyais que c'était Tommy qui était dans la voiture. Je n'ai pas pu lui voler son ordinateur ce soir-là, et je me suis dit que je reviendrais plus tard. Quand j'ai vu quelqu'un dans la voiture de Tommy, j'ai tiré en me disant qu'on croirait à un cambriolage qui aurait mal tourné et dont il aurait été l'innocente victime collatérale. Je n'ai compris que j'avais tué quelqu'un d'autre que deux jours plus tard.

Il secoua la tête d'un air compatissant.

— C'est difficile de trouver l'amour, le vrai. Je le sais. J'imagine que ce doit être encore plus dur de le perdre.

Comme s'il connaissait quoi que ce soit à l'amour… Pour aimer quelqu'un, il faut avoir un cœur. C'est ce qu'elle ne manqua pas de lui dire.

Il lui répondit par un rire de hyène.

— Sam, ici présent, est le dernier sur ma liste. C'est une bonne nouvelle, non ?

Elle ne réagit pas mais préféra demander :

— Comment avez-vous trouvé Martin ?

— J'ai remonté sa piste. Je m'y suis attelé dès que je me suis aperçu que mon argent avait été volé. Je n'utilise jamais la Wi-Fi dans les espaces publics, normalement. Mais ma Wi-Fi personnelle était en panne, et il fallait absolument, ce jour-là, que je puisse confirmer qu'un virement avait bien été effectué sur mon compte.

— C'est ainsi que vous vous êtes connecté sur votre compte en ligne, du Rockford Bread Company.

— Oui. Je me suis souvenu, ensuite, d'avoir vu deux jeunes dans une voiture garée devant le café. Ils avaient un ordinateur portable. En visionnant les enregistrements des caméras de surveillance de l'établissement et en me servant des bases de données du FBI, j'ai fini par tomber sur Martin. Ce petit con m'a donné, avant de subir son châtiment, une adresse e-mail, marioman@yahoo.com, qui renvoyait à ton cousin Tommy. C'est du moins ce que je pensais.

— Bon, d'accord, vous vouliez récupérer l'argent qu'une bande de crackers vous avait dérobé. J'ai bien compris. Mais pourquoi cette supercherie ? Pourquoi utiliser le légendaire Breakneck ?

— Pour faire diversion. Et pour vous faire peur.

— Nous faire peur…

— Bien sûr, dit Smith en souriant. Quel genre de criminels les policiers sont-ils habitués à traquer ? Les criminels ordinaires, les petits délinquants… Et non pas un tueur professionnel, si efficace et si impitoyable qu'il échappe aux autorités depuis des années. Toi, par exemple, tu as cru ce personnage invulnérable et ça t'a inhibée dans ton enquête.

C'était vrai, elle avait marché à fond. Voilà pourquoi elle n'avait pas partagé ses informations avec Kitt. Elle avait craint pour la sûreté de son amie et, plus tard, pour celle des membres de sa famille.

— Il faut quand même que je te dise, dit-il en tapant du pied comme pour se réchauffer, que tu as sauvé la vie de ta partenaire en t'abstenant de la prévenir. Ça, c'est vrai. Et j'ai eu un coup de génie en mentionnant ton adorable neveu. C'était la cerise sur le gâteau.

— Vous n'avez jamais eu l'intention de lui faire du mal ?

— Je ne suis pas le monstre que tu crois.

— Et Phelps ? Vous l'avez tué parce qu'il n'y avait pas de dossier Breakneck au FBI, c'est bien ça ?

— Exactement. Pas une grosse perte, d'ailleurs. Il n'était pas très malin.

M.C. fut tentée de prendre la défense du pauvre Phelps mais se ravisa.

— Vous aviez déjà décidé de l'éliminer quand vous lui avez donné un rôle dans votre histoire de porte verrouillée.

— Oui.

— Et quand je suis sortie de la salle d'interrogatoire, vous avez conclu un accord avec Zoe ?

— Oui. Je lui ai promis de l'aider. Il lui suffisait de tout me raconter.

— Elle vous a balancé Sam…

Ce n'était pas une question, mais Smith n'en fut pas moins affirmatif.

— Elle m'était si reconnaissante. Elle était… soulagée. C'est DeLuca qui m'avait balancé Zoe. A ce moment-là, tu la cachais. Provisoirement…

M.C. frissonna, assaillie par le froid qui traversait ses vêtements.

— Pourquoi avez-vous tué Tommy ? C'est lui qui vous a appelé. Il était prêt à tout vous rendre.

— Non, pas à moi. Il s'apprêtait à remettre l'argent au FBI. Nuance. Je ne voulais pas prendre le risque de perdre mon argent.

Smith se frotta les mains.

— C'est marrant… Quand j'ai récupéré son ordinateur, je me suis dit que je n'aurais plus besoin de Tommy. Au bout du compte, il était le seul dont j'aurais eu vraiment besoin.

Il regarda Sam avec dégoût et ajouta :

— L'ami que Tommy voulait aider était en fait son frère. Un frère auquel il est resté loyal jusqu'à la fin.

Il braqua sa lampe torche sur Sam.

— Tu n'as pas honte, petite crapule ?

M.C. vit que Sam pleurait.

Smith revint à M.C.

— Tu vois, Riggio, ça m'est très facile de jouer le rôle de Breakneck. Nous avons beaucoup de points communs, lui et moi. Les mêmes motivations. Comme Breakneck, je dois protéger mon identité. Toute personne qui pourrait mettre les autorités sur ma piste doit être éliminée. Et puis on a tous les deux besoin d'argent.

— La grande différence, dit M.C., c'est que Breakneck est censé être un génie. Et vous, vous n'êtes qu'un agent minable, vêtu d'un costume bon marché.

— Tu as l'air déçue. Je suppose que c'est un peu la honte, d'être liquidée par un tel minable…

Il sourit.

— Mais ça restera entre nous, promis. Tout le monde croira que c'est le terrible Breakneck qui t'a tuée, ainsi que Sam. Une opinion que je ferai de mon mieux pour étayer. Les meurtres cesseront, bien sûr. Et la vie reprendra son cours. La police finira par clore le dossier. Le FBI fera de même. On verra peut-être réapparaître Breakneck dans quelques années, ici ou ailleurs. Et, crois-moi, il s'en tirera de nouveau.

M.C. claquait des dents mais elle trouva la force de lui cracher tout son mépris au visage.

— C'est de la pure avidité, hein ? Trahir votre serment, tuer des gens, tout ça pour de l'argent…

Smith secoua la tête.

— Non, c'est de survie qu'il s'agit. La loi de la jungle… Seuls survivent les plus forts, les plus implacables. Et l'argent, c'est la force. Mes parents ont été la preuve vivante de ce principe. Ils ont consacré leur vie d'adultes à l'Etat, et puis on les a écartés dès lors que leurs opinions n'étaient plus politiquement correctes.

Il jeta un coup d'œil à sa montre.

— Il faut que je parte, maintenant. J'ai rendez-vous avec un demi-million de dollars.

— Et nous ?

— Ça, c'est la mauvaise nouvelle. Je tiens de très bonne source que vous n'allez pas vous en tirer. Abattus avec ton arme de service. C'est triste, hein ?

— Si vous nous tuez, le coup monté contre Sundstrand ne tiendra plus.

— Tant pis. Il m'a servi à faire diversion, à maintenir l'attention de ta partenaire vers une autre direction. D'ailleurs, tu sais comment ça marche, la justice. Lentement, très lentement…

Non, Kitt comprendrait, elle. Elle avait la cassette vierge. Elle lutterait pour faire triompher la vérité.

Smith pointa son arme sur Sam.

— Je vais le délivrer de sa souffrance en premier. C'est plus humain, tu ne trouves pas ?

M.C. remua légèrement, s'efforçant de déplacer le revolver pour qu'il soit à portée de main.

— Comment pouvez-vous être sûr que je vous ai fourni les bonnes informations ? Et si je vous avais menti ?

— Tu n'es pas une menteuse, Mary Catherine. A part ça, j'en ai vérifié deux, et ça a marché comme sur des roulettes.

— Vous auriez peut-être dû toutes les vérifier…

Smith ne cacha pas son dégoût.

— Tu t'accroches à la vie…

— Vraiment ? Ne prenez pas ce risque. Enfermez-nous ici. Allez voir si je ne vous ai pas doublé. Revenez ensuite nous tirer dessus. Ou laissez-nous ici geler à mort.

— Tu te souviens, Riggio, de tous ces films de James Bond, où le super-méchant prépare toujours un supplice extravagant pour se débarrasser de Bond ? Il le laisse affronter la mort, mais James s'échappe à tous les coups. Quand je regardais ça, je me disais : « Colle-lui donc une balle, abruti. » Et c'est exactement ce que j'ai l'intention de faire. Te coller une balle.

Smith pointa son pistolet sur Sam. M.C. roula sur le côté, posa la main sur la crosse du pistolet, visa et tira.

Elle avait une seconde de retard. Le coup de feu de Smith résonna avant le sien. M.C. entendit un cri puis un juron. Une lumière vint inonder la pièce, suivie d'un troisième puis d'un quatrième coup de feu. Elle entendit le bruit sourd d'un corps qui heurtait le sol.

Le corps de Smith.

M.C. réalisa que le troisième et le quatrième coup de feu n'avaient pas été tirés par son revolver. Elle leva les yeux. Sa partenaire la surplombait, tout sourires.

— On dirait que je t'ai encore sauvé la vie, partenaire.

M.C. lui rendit son sourire, en proie au plus intense soulagement.

— On dirait bien. Tu vois qu'il ne faut pas que tu démissionnes…

83.

Samedi 31 janvier
13 h 25

Le chaos le plus contrôlé s'était ensuivi. Kitt était venue avec White, Canataldi et une demi-douzaine d'agents en uniforme. La petite remise avait vibré au son des bottes et des ordres criés çà et là.

— Appelez les secours !

— Deux ambulances sont en route !

— Elle est encore vivante.

— Mettez une couverture sur le gamin !

Et puis, le hurlement des sirènes. Le bourdonnement des radios de bord. Kitt, coupant l'adhésif qui immobilisait M.C. et l'aidant à se relever, tout en informant Sal au téléphone.

A présent, par comparaison, la salle des urgences de l'hôpital semblait étrangement calme. M.C. avait insisté pour sortir de la remise sur ses deux jambes — pas de civière pour elle. Si elle avait refusé de monter dans l'ambulance, elle n'était pas allée jusqu'à refuser d'être examinée par un médecin.

Et c'est ce qu'elle attendait, assise sur un lit d'hôpital. Elle s'inquiétait pour Sam. Elle aurait voulu être sur la scène du crime plutôt que de poireauter là.

Kitt écarta le rideau de séparation et pointa la tête.

— Salut, partenaire. Je peux te tenir compagnie ?

M.C. lui fit signe d'entrer, ce qui la fit grimacer de douleur.

— Où est Sam ?

— Il a été admis aux urgences.

— Il faut que j'appelle tante Catherine et Mamma…

— Mamma et Michael sont déjà prévenus. Ainsi que Melody et Neil.

M.C. se renfrogna.

— Le docteur devait venir « directement », selon l'infirmière, il y a déjà plus d'une demi-heure.

— Tu dois aller quelque part ?

— Mais oui, merde ! N'importe où, sauf ici.

Elle s'interrompit, les yeux pleins de larmes.

— Tu m'as sauvé la vie. Et celle de Sam. Merci.

Kitt lui pressa la main.

— De rien.

— J'aurais dû te faire confiance.

— Ouais, c'est sûr. Mais tu t'en es bien sortie. Tu m'as laissé la cassette.

— Je me suis dit que si ça tournait mal pour moi, tu saurais quel usage en faire.

— C'est à peine si je l'ai regardée : on tenait un coupable, confondu par un examen balistique… Tu as pris de grands risques, pas vrai ?

— Faut croire.

— Je m'apprêtais à partir. Arrivée à l'ascenseur, je suis revenue sur mes pas pour visionner la cassette. Quelque chose, une intuition, m'a poussée à le faire…

Il y eut un silence. M.C. songeait à Tommy, à Sam. A son épreuve dans la remise et à ce qui aurait pu arriver si Kitt n'était pas intervenue *in extremis*.

Elle pensait à Dan. A l'avenir qu'ils avaient failli construire ensemble.

— Comment tu nous as retrouvés ?

— J'ai vu ta voiture dans le fossé. J'ai demandé aux badauds ce qui était arrivé. On m'a dit qu'une folle qui se disait de la police était sortie en courant de la voiture avec une couverture et une lampe de poche.

— Un grand moment de ma carrière...

— On se précipite vers la plus proche maison. Le carreau latéral de la porte était cassé. On entre et on voit toutes ces traces de pas qui mènent à la remise. Tu avais bien balisé ta piste...

M.C. s'éclaircit la gorge.

— Et Smith ? demanda-t-elle.

— En chirurgie. J'espère qu'il survivra et qu'il pourra être jugé. Dire que c'était lui, Breakneck. C'est incroyable.

— En fait, le plus incroyable, c'est que c'était un mensonge. Il n'y a jamais eu de Breakneck. Smith avait tout inventé.

Face à l'incrédulité de Kitt, M.C. lui répéta les confidences que Smith lui avait faites au sujet du tueur fictif.

Quand elle eut achevé son récit, Kitt secoua la tête.

— Ne t'en veux pas, surtout. Moi aussi, je suis tombée dans le panneau. On y a tous cru.

— Bonjour, inspecteurs. Je suis le Dr Daniels.

La femme, qui paraissait avoir à peu près le même âge que M.C., tira le rideau. L'infirmière qui avait accueilli M.C. était à son côté.

— Mme Johnson m'a dit que vous aviez hâte de repartir.

— Vous en avez mis du temps, dit M.C. en lui jetant un regard furieux.

Kitt se leva, riant sous cape.

— Bon, je vous laisse...

— Vous pouvez rester, dit le médecin en esquissant un sourire. A en juger par la fougue de notre patiente, je pense qu'elle n'a rien de grave.

Kitt sourit et répliqua :

— J'apprécie grandement votre offre, mais, à voir sa fougue justement, je préfère vous laisser.

— Espèce de lâche, dit M.C.

Kitt fit un pas vers la porte.

— Là, j'assume, dit-elle.

Le médecin demanda à M.C. de se lever. Elle ne put réprimer une grimace en posant les pieds sur le sol.

— Purée, ça fait mal.

— Ça pourrait être pire, dit Kitt.

Elle pourrait être morte.

— Tu l'as dit, partenaire. Tu l'as dit.

84.

Samedi 31 janvier
14 h 20

M.C. frappa à la porte de la chambre de Sam.

— Salut, mon vieux, dit-elle. Comment ça va ?

Il la regarda d'un air affligé. Tante Catherine était assise à son chevet. Elle jeta un coup d'œil par-dessus son épaule et adressa un sourire à M.C.

— Mary Catherine, Sam me demandait justement de tes nouvelles…

— Eh bien, me voilà.

Elle traversa la chambre, se pencha pour l'embrasser sur la joue.

— Comment va-t-il ?

— Le docteur a dit que mon Sam va guérir. Il aura peut-être des séquelles aux mains et aux pieds. Il y a des risques pour qu'il s'enrhume plus facilement à l'avenir et qu'il ait de petits problèmes respiratoires. Mais rien de vraiment grave…

Elle se signa et ajouta :

— Ça pourrait être pire.

Il pourrait être mort.

Mais il n'était pas encore complètement tiré d'affaire.

— Je peux dire un mot à Sam en privé ?

— Bien sûr.

Tante Catherine se leva, essuya les larmes qui perlaient sur ses joues.

— Il faut que j'appelle Bella pour lui dire qu'on va rentrer à la maison.

Elle s'attarda un peu pour dorloter son fils, défroissant sa couverture et ajustant la position de son oreiller, avant de se redresser et de se tourner vers M.C. Elle l'embrassa sur les deux joues.

— Merci, Mary Catherine Tu lui as sauvé la vie. Si je l'avais perdu… Je ne sais pas si j'aurais pu… Je ne sais pas ce que j'aurais fait.

Un instant plus tard, la porte se referma derrière elle et M.C. se retrouva seule avec Sam. M.C. vint occuper le siège que tante Catherine venait de lui laisser. Elle ne dit rien d'abord, lui accordant la possibilité de parler le premier. Il avait davantage de choses à lui raconter qu'elle.

Sam la regarda fixement, les yeux voilés de larmes.

— Je suis désolé, M.C. Je ne voulais pas que ça se passe comme ça. Depuis que Tommy a été… J'aimerais être mort à sa place…

Il dut s'interrompre tant sa voix était étranglée par les sanglots. M.C. lui caressa la main.

— Quand Dan a été abattu, reprit-il, je n'ai pas pensé que ça pouvait avoir un rapport avec moi ou avec l'argent qu'on venait de pirater. Mais quand Tommy a été tué… Chez lui, comme ça… J'ai compris. Et je ne savais pas comment réagir.

— Tu n'as jamais pensé à dire la vérité?

— J'avais…

Il lâcha un profond soupir et reprit :

— J'avais peur. Tout comme Zoe. Surtout après le meurtre de Jenny. Je savais que ce Breakneck nous traquait.

— Vous, et son argent.

Il hocha la tête.

— Alors que je ne l'avais plus, son argent. Crois-moi, je l'aurais rendu sans faire de manières.

— Tommy ne t'a jamais dénoncé, même pas au FBI.

Il baissa la tête.

— Pourquoi, Sam ?

Elle se pencha, désirant du fond du cœur comprendre ce qui l'avait poussé à agir ainsi.

— Pourquoi t'as fait ça ?

— Ça avait l'air d'un moyen facile pour se faire un peu de thune. Gina nous avait dit que c'était un coup infaillible.

Infaillible, en effet. Sept morts et tant de vivants plongés dans le deuil et le chagrin, et qui ne s'en remettraient jamais.

— Pourquoi impliquer Tommy dans cette combine, à son insu ?

— Il avait déjà un compte de société, régulièrement approvisionné. Il n'avait jamais eu d'incidents bancaires. Je me suis dit que personne ne trouverait ça louche s'il en ouvrait d'autres.

Sam serra les poings.

— Au fond de moi-même, j'étais un peu jaloux de Tommy. Il était toujours si parfait. Il ne commettait jamais de bévue, il s'entendait bien avec tout le monde. Et moi… Eh bien, moi, j'étais Sam le raté.

M.C. se souvint de ce que Sundstrand lui avait dit au sujet des adolescents qui se retrouvent mêlés à ce genre de bandes, où l'on ne trouvait jamais de jeunes bien dans leur peau et confiants en leur avenir.

Non, les rangs des cyberdélinquants ne comptaient que des jeunes comme Sam. Cela lui causa une grande tristesse.

— Comment as-tu ouvert tous ces comptes avec le numéro de Sécurité sociale de Tommy ?

— J'ai installé un logiciel espion sur l'ordinateur de Tommy pour découvrir son identifiant et ses mots de passe, son numéro de Sécu.

Ce logiciel permet de mémoriser et de transmettre tout ce qui est saisi sur un clavier.

— Il a fini par s'en apercevoir, dit M.C. Mais comment ?

— Il est tombé sur l'argent. Les cinq cent mille dollars.

— Et tu l'as baratiné. Tu lui as raconté que tu avais des ennuis et que tu avais besoin de son aide. Tu lui as dit qu'il t'était impossible de rompre avec les crackers et que tu envisageais de te servir de cet argent comme monnaie d'échange.

Il hocha la tête, tout penaud.

— C'était ton frère. Il t'a fait confiance.

— Si je pouvais revenir en arrière… Oh, putain, ce que j'aimerais revenir en arrière !

Sam se prit la tête à pleines mains. Quand il la releva, ses yeux étaient tout rouges et humides.

— C'était mon meilleur ami. Je l'aimais tant… Mais voilà, j'ai agi… comme ça. Et maintenant, ça me hante et j'en souffre.

De grosses larmes se mirent à ruisseler le long de ses joues.

— Je croyais que tout se passerait bien, qu'il avait gobé mon baratin. Et puis je me suis aperçu qu'il avait changé tous les mots de passe et qu'il avait prévenu le FBI.

— Tu as envoyé Zoe chez lui ce matin-là pour qu'elle tente de le convaincre de te rendre l'argent, hein ?

— Oui.

— C'est pas fini, Sam. Tu sais ce qui t'attend.

Il hocha la tête entre deux hoquets.

— Il va falloir que tu assumes ce que tu as fait. Moi, j'ai des supérieurs à qui je dois rendre des comptes, j'ai un rapport à rédiger. Je ne peux pas te couvrir. Et je ne le veux pas. Il est temps pour toi d'agir en adulte, Sam.

Il demeura silencieux pendant un long moment, comme s'il méditait sur les épreuves qui l'attendaient encore.

— Comment je vais la jouer, avec la famille ? chuchota-t-il. Et maman ? Elle ne me pardonnera jamais.

Au fond d'elle-même, M.C. aurait voulu pouvoir tirer un trait sur tout ça et le couvrir. Essayer de le protéger, pour qu'il retrouve sa sérénité — ne serait-ce que pour préserver tante Catherine de nouveaux chagrins.

Mais elle ne pouvait pas agir ainsi.

— Ce n'est pas toi qui as tué Tommy, c'est Smith. Tu as enfreint la loi, tu as menti à ta famille, tu as abusé de ma bienveillance. Tout ça finira par t'être pardonné. Mais ce ne sera pas facile.

Il attendit un moment pour répondre, comme s'il mettait un peu de temps à digérer ce qu'il venait d'entendre. Lorsqu'il parla enfin, ce fut d'une voix tremblante.

— Qu'est-ce qui va m'arriver, M.C. ? Je vais aller… en prison ?

— Peut-être, je ne sais pas. Le juge sera peut-être clément. C'est ton premier délit et tu as clairement déjà payé cher tes mauvais choix et tes actes illégaux. Grâce à toi, un flic pourri a été démasqué et une grave affaire de meurtre a été résolue. Et puis…

Elle le regarda droit dans les yeux et ajouta :

— Tu vas coopérer avec les enquêteurs en leur disant tout ce que tu sais. Sans rien omettre.

En vérité, la vedette du procès allait être Smith, et non Sam. Le rôle que l'agent félon avait joué dans cette affaire allait attirer toute l'attention. Cela tombait bien pour Sam. Pour la famille tout entière.

— Et Smith ? demanda Sam comme s'il lisait dans les pensées de sa cousine.

— Il est sur le billard. S'il survit à ses blessures, il sera jugé.

— Tant mieux.

Il pinça sa couverture et demanda :

— Tout ce que t'as dit à Smith sur l'argent et sur les données qu'il voulait récupérer, c'était vrai ?

— De quelle partie de l'histoire tu parles ?

— Euh, tout ça, quoi…

— C'est vrai que j'ai retrouvé l'argent, dit M.C. Tommy avait tout transféré sur les comptes de ses clients. Et il avait changé tous les mots de passe.

— Pour les remplacer par un seul : Breakneck.

— Oui. C'est tante Bella qui m'a mis la puce à l'oreille. Elle m'a appelée parce qu'il y avait presque dix mille dollars en trop sur son relevé bancaire. Elle avait essayé d'accéder à son compte en ligne et n'y était pas arrivée.

— Tommy avait changé le mot de passe…

— Oui. Mais pas les identifiants. Elle m'a donné le sien pour que je puisse tirer ça au clair. Ensuite, j'ai soutiré celui de Mamma Riggio à Max.

— Tu as vérifié et tu as vu que l'argent y était…

— Mais je n'avais pas le temps de m'enquérir des autres identifiants. Alors, j'ai complété la liste avec des identifiants imaginaires, en espérant que Smith ne prendrait pas le temps de tout vérifier avant de revenir dans la remise.

— Les deux premiers de la liste, hein ?

Une expression amusée éclaircit un instant son visage.

— Pardon ? demanda-t-elle.

Il secoua la tête.

— J'ai tellement envie de me racheter, dit-il. Je veux faire quelque chose de bien, pour changer.

Il lâcha un soupir tremblant.

— M.C., il faut que je te dise quelque chose. A propos de Dan.

Son cœur se serra. Elle lui prit la main, serra ses doigts dans les siens.

— Non, c'est pas la peine. Je suis déjà au courant, Sam.

Il la regarda droit dans les yeux, d'un air farouche.

— C'était…

— Sam, non, je…

— C'était un type bien, reprit-il. Gina le détestait. Parce qu'il l'avait plaquée. Il a bien vu ce qu'elle valait et il a préféré passer à autre chose. Il a démissionné de KIC à cause d'elle.

La bouche soudain sèche, le cœur battant si fort que ses pulsations résonnaient en elle, M.C. bredouilla :

— Mais… Zoe m'a dit que Dan avait aidé Gina à recruter…

— Faux et archifaux. Gina était une menteuse. Je crois que ça lui aurait bien plu de travailler en tandem avec Dan, mais c'est resté un pur fantasme… Et il l'a plaquée avant même qu'elle ait eu le temps de tâter le terrain.

Les larmes montèrent aux yeux de M.C. Elle s'efforça de les refouler en clignant des paupières. Elle avait l'impression qu'un lourd nuage noir avait cessé de planer au-dessus de sa tête. A présent, elle pouvait enfin vraiment faire son deuil et pleurer la mort de Dan. La mort d'un honnête homme qui l'avait aimée. Et qu'elle avait aimé en retour. Parce qu'il en avait été digne.

— Merci, Sam. C'est très important pour moi, ce que tu viens de dire.

Elle déposa un baiser sur la joue de son cousin et se leva.

— Aussi incroyable que ça puisse paraître après tout ça, j'ai foi en toi.

85.

Jeudi 5 février
10 h 10

Sal avait généreusement offert une semaine de congé à M.C. Repos et détente, avait-il prescrit, le temps de décompresser, d'assister à un nouvel enterrement familial et de panser ses blessures physiques et émotionnelles. Elle avait tenté de refuser mais il avait alors transformé la proposition en un ordre formel.

Et elle s'ennuyait à mourir.

Mais un esprit qui s'ennuie est un esprit créatif, et elle avait fait travailler le sien. Elle avait conscience d'avoir causé quelques torts qu'il lui appartenait de réparer.

— Salut, Nan, dit M.C. en entrant dans les locaux de la brigade. Il y a des messages pour moi ?

— Vous êtes censée être en congé, dit Nan en levant la main. Il vaut mieux que Sal ne vous voie pas ici.

— Pas de souci, je l'ai prévenu de ma visite. Je passe juste déposer quelque chose pour ma partenaire.

M.C. serrait sous le bras une enveloppe en papier kraft.

— Elle est là, hein ?

— Dans son bureau.

En passant devant les cubicles de ses collègues, elle fut accueillie par des applaudissements et quelques acclamations comme « Bravo,

Riggio ! ». Non seulement elle avait permis l'arrestation et la mise en accusation d'un dangereux suspect, mais le méchant de l'histoire s'était avéré être un type du FBI. Pour certains de ses collègues, c'était comme un rêve devenu réalité.

M.C. trouva Kitt assise à son bureau.

— Salut, partenaire, dit-elle s'arrêtant à l'entrée du cubicle. Je t'ai manqué ?

Kitt sourit et répliqua :

— Tu me connais, j'aime les emmerdeuses.

— Ça veut dire oui, j'imagine.

Elle vint s'asseoir sur le bord du bureau de son amie.

— Alors, y a du nouveau par ici ?

— Eh bien, oui, en fait. Les cinq cent mille dollars se sont évaporés. Ou, plutôt, ils ont été transférés sur d'autres comptes. Sal a piqué une crise quand il a appris ça.

M.C. se pencha vers Kitt.

— Transféré ? L'argent qui était sur les comptes des clients de Tommy ?

— Eh oui. Mais attends, voilà le plus beau : les sommes en question ont toutes été virées sur les comptes bancaires d'organisations caritatives. Toutes catholiques. Le Mildred A. Berry Center, Food for the Poor et United Way, parmi d'autres.

Elle tendit à M.C. une liste. Celle-ci la parcourut sans pouvoir réprimer un sourire. Sam s'était racheté. Il avait pris l'argent sale et l'avait déposé quelque part où il serait utilisé pour une bonne cause.

Elle laissa tomber la liste sur le bureau. Cet argent n'avait pas de possesseur légitime, et les autorités judiciaires l'auraient confisqué.

— Et Sal, alors, qu'est-ce qu'il veut que tu fasses ?

— En deux mots, il a dit qu'il lui était impossible, dans ces conditions, de retirer le pain de la bouche des pauvres et des mains de la Sainte Vierge. Il a ajouté qu'il faudrait que le grand chef, je le cite, « se fasse une raison ».

— Il a fait le bon choix. Tu as l'air fatiguée, Kitt.

— Merci. Contrairement à d'autres, le chef ne m'a pas donné une semaine de congé, à moi.

— C'est toi qui as besoin de vacances.

Kitt haussa les sourcils.

— Tu devrais pas être alitée, toi ? Ou sur ton canapé en train de récupérer ?

— Je t'ai amené quelque chose.

M.C. posa l'enveloppe sur le bureau.

— C'est quoi ?

— Ouvre-la, tu verras bien.

Kitt s'exécuta et en sortit un itinéraire de voyage et deux billets d'avion. Elle leva les yeux vers M.C.

— C'est quoi, ça ?

— Des billets d'avion pour le Mexique. Pour toi et Joe. Les chambres d'hôtel sont incluses. Il faudra que tu achètes toi-même tes tortillas. Désolée.

Kitt la regarda d'un air ahuri.

— Mais je… Pourquoi ?

— C'est de la part de la famille Riggio. J'ai fait une quête.

— Je ne peux pas accepter… Nous ne pouvons pas accepter…

— Tu n'as pas le choix.

Elle se pencha vers son amie.

— Tu as sauvé ma vie, et celle de Sam. Et c'est grâce à toi que l'assassin de Dan, de Tommy et de Gina a pu être arrêté et qu'il va être jugé.

— Je ne sais pas quoi dire…

M.C. eut un sourire narquois.

— Attends un peu pour me remercier. Il y a un revers à la médaille…

Kitt attendit, anxieuse.

— Tu fais un peu partie de la famille, maintenant. Donc, Mamma t'invite à dîner un dimanche, le premier dimanche après ton retour du Mexique.

Les yeux de Kitt s'emplirent de larmes.

— Mon retour ? Mais le départ, c'est quand ?

— Aujourd'hui.

— Aujourd'hui ? s'exclama-t-elle en ouvrant de grands yeux. Mais Sal…

— Il est prévenu.

— Mais ma valise…

— Ta valise est faite. Evidemment, Joe n'y a peut-être mis qu'un Bikini et de la lingerie… Mais ça devrait suffire.

— Mais… Mais je ne peux pas… Juste comme ça…

— Je t'aurais proposé de t'aider à te préparer, mais je vais avec Erik à Chicago voir un match de basket. Les Bulls affrontent les Boston Celtics ce soir au United Center Stadium.

Face à la mine stupéfaite de Kitt, M.C. haussa les épaules.

— En amis, rien de plus. Et puis tu me connais, rien ne m'allèche autant que la perspective d'un hot dog et d'une bière.

REMERCIEMENTS

Une des choses les plus passionnantes (et stimulantes) pour un écrivain est de s'aventurer sans cesse sur des territoires inconnus — et d'en faire de nouveaux sujets de romans en essayant d'être totalement convaincant. Ce roman en est un bon exemple : jamais je ne m'étais aventurée aussi loin de mes connaissances jusqu'à présent. Heureusement, des experts ont accepté de me transmettre leur savoir – au point que la « 404 » que j'étais a pu comprendre de quoi il retournait. Si des erreurs se sont glissées dans *Et vous serez châtiés*, je suis la seule à blâmer.

Merci à :

Guy Williams, P.-D.G. de la Gulf Coast Bank § Trust.

Joe Mariano et Michael D. Perry, véritables génies informatiques.

Stephen Dickson, le patron de la police de Rockton, Illinois (merci, Sue, de me l'avoir présenté !).

Un grand merci également à Jennifer Weis dont la lecture très fine du roman m'a beaucoup aidée. Et Un grand merci à l'équipe de mon éditeur, St. Martin's, pour son enthousiasme et sa créativité.

Enfin, merci à ceux qui facilitent ma vie d'écrivain au quotidien : Evan Marshall, mon agent ; mes assistantes Beth Jackson et Evelyn Marshall ; ma famille — mon meilleur soutien — et mon Dieu, pour toutes Ses bénédictions.

Erica Spindler vous invite à retrouver les inspecteurs Kitt Lundgren et M.C. Riggio dans Le tueur d'anges, *qui paraît au format poche le 1er juillet 2009, et dont vous pouvez lire un extrait dans les pages qui suivent.*

BestSellers
AUTEUR CLASSÉ DANS LES MEILLEURES VENTES DU *NEW YORK TIMES*
ERICA SPINDLER
Le tueur d'anges
THRILLER

Rockford, Illinois
Mardi 5 mars 2001 — 1 heure du matin

Les cheveux de la petite fille semblaient doux comme de la soie. Il avait une envie folle de les toucher, de les caresser, et maudit les gants en latex qu'il était obligé de porter. Les mèches avaient la couleur des épis de blé. Chez une enfant de dix ans, c'était inhabituel. Trop souvent, la blondeur de la petite enfance fonçait progressivement avec les années et prenait une teinte plus trouble, presque sale, que seule l'oxygénation permettait de raviver.

Il inclina la tête, satisfait de son choix. Elle était encore plus belle que la dernière petite fille; proche de la perfection.

Il se pencha davantage sur elle, lui caressa la tête. Ses yeux bleus le fixaient d'un regard sans vie. Il inspira profondément, s'enivrant de sa douce odeur de petite fille.

Doucement... doucement.

Surtout, ne pas laisser la moindre trace.

L'Autre réclamait la perfection absolue. Il le harcelait sans relâche, de plus en plus exigeant. Et le surveillait constamment. Chaque fois qu'il jetait un coup d'œil derrière lui, l'Autre était dans son dos.

Il sentit ses traits se crisper et s'efforça de chasser toute trace d'émotion de son visage.

Ma jolie poupée. La plus belle des créations.

Mon bel ange endormi.

C'était Kitt Lundgren, la détective, qui la première avait trouvé les mots — *Le tueur d'anges.* Les médias s'en étaient aussitôt emparés.

Ce nom lui plaisait.

Mais il déplaisait à l'Autre. Rien, jamais, ne lui faisait plaisir.

Il acheva rapidement de tout arranger : les cheveux de la petite fille; sa belle chemise de nuit, ornée de rubans de satin, qu'il avait choisie spécialement pour elle. Tout devait être exactement ainsi.

Absolument parfait.

Et à présent, la touche finale. Il sortit de sa poche le tube de gloss rose pâle, et en passa une couche sur les lèvres de la petite fille, d'un geste plein de douceur. La couleur devait rester uniforme, ne pas déborder.

Puis il contempla son œuvre avec un sourire.

Bonne nuit, mon petit ange. Dors bien.

Mardi 5 mars 2001 — 8 h 25

Debout sur le pas de la porte, l'inspecteur Kitt Lundgren, de la police criminelle, lutta contre la nausée qui s'emparait d'elle. Une nouvelle petite fille était morte. Assassinée dans son lit alors que ses parents dormaient de l'autre côté du couloir.

Le pire cauchemar de tous les parents.

Mais pour ceux-ci, un cauchemar devenu réalité.

Les lieux du crime étaient passés au peigne fin, et les bruits fusaient autour d'elle : cliquetis des appareils photo, voix d'un inspecteur parlant sur son portable, jurons étouffés, conversations assourdies — des sons auxquels elle s'était familiarisée avec le temps, à mesure que sa sensibilité s'émoussait.

Mais il s'agissait d'un enfant, cette fois-ci. La deuxième victime en six semaines. Et cette fois encore, une petite fille de dix ans.

Dix ans — l'âge de Sadie. Songeant à sa propre fille, elle sentit son cœur se serrer violemment. Elle réprima tant bien que mal son angoisse, s'efforça de concentrer toute son attention sur la victime. Une seule chose comptait : épingler le monstre qui l'avait tuée.

Il avait laissé les lieux absolument impeccables, lors du premier meurtre. Une nouvelle occasion s'offrait à eux de le coincer ; peut-être cette ordure aurait-elle laissé un indice, cette fois-ci.

Kitt pénétra dans la pièce. Elle promena son regard autour d'elle, observant les murs peints d'un rose poudré, le lit à baldaquin, les voilages brodés assortis aux rideaux du lit, le mobilier blanc. Une collection de poupées folkloriques occupait une étagère d'angle ; elle reconnut la petite Bostonienne. Sadie avait la même.

En fait, la chambre de Sadie était une réplique presque exacte de celle-ci ; il suffisait de déplacer le lit de gauche à droite, d'ajouter un bureau au fond et d'imaginer les murs couleur pêche au lieu de rose pâle…

Ressaisis-toi, Kitt. Il ne s'agit pas de Sadie. Au boulot.

Elle jeta un coup d'œil sur les deux hommes qui se tenaient à sa droite. Son collègue, Brian Spillare, était déjà arrivé. Il s'entretenait avec Scott Snowe, l'un des inspecteurs du bureau d'investigation. A la différence de la police judiciaire des grandes métropoles, les enquêteurs des services de police de Rockford étaient des officiers assermentés, possédant une grande expérience dans tous les domaines de la collecte de preuves : relevé d'empreintes digitales, prélèvements de sang, tests balistiques… Ils photographiaient les lieux du crime et assistaient aux autopsies, dont ils rapportaient des clichés.

Bref, ils étaient de toutes les fêtes.

Après avoir recueilli les indices, ils les envoyaient au labo de la police criminelle qui jouxtait l'immeuble regroupant les services de la sécurité publique — à savoir, le commissariat, le bureau du shérif, la prison municipale et le bureau du coroner.

Le chef avait envoyé tous ses inspecteurs sur le lieu du crime, ce qui n'avait rien d'étonnant. Deux meurtres d'enfants en six semaines — cela faisait beaucoup pour cette petite cité industrielle où la famille tenait une place essentielle et où on ne dénombrait guère plus de quinze meurtres par an — et pas de ce genre-là.

Kitt capta le regard de son coéquipier et pointa le menton vers le lit. Brian leva la main pour lui demander de patienter. Quelques instants plus tard, il prenait congé de l'autre inspecteur et s'approchait d'elle.

— Ce mec commence à me gonfler sérieusement, dit-il.

Brian Spillare était un grand gaillard au physique de gentil nounours — en l'occurrence, un nounours rouquin au visage constellé de taches de rousseur. Ce physique rassurant masquait toutefois un caractère redoutable. Les délinquants qui avaient la mauvaise idée de se frotter à lui regrettaient tous amèrement leur erreur — et pour longtemps.

Kitt rêvait de le voir mettre la main sur ce détraqué.

— Ça fait longtemps que tu es là ? demanda-t-elle.

— A peu près un quart d'heure.

Il jeta un coup d'œil sur la victime puis se tourna vers elle.

— Tu crois qu'il va recommencer ?

— J'espère bien que non ; pas si on lui met la main dessus en tout cas.

Brian approuva, lui toucha le bras et se pencha vers elle.

— Comment va Sadie ?

Mal. Elle luttait contre la mort. Sa petite fille, son enfant adorée.

La gorge nouée, Kitt ne répondit pas tout de suite. Sadie souffrait depuis cinq ans d'une leucémie aiguë lymphoblastique ; les séances de chimio et de radiothérapie avaient amélioré son état à plusieurs reprises, mais depuis l'échec d'une transplantation de la moelle épinière, Kitt sentait que son enfant commençait à lâcher prise ; elle n'avait plus la force de se battre.

Incapable de parler, Kitt secoua la tête. Brian, compatissant, lui pressa légèrement le bras.

— Et toi ? Tu tiens le coup ?

Je ne tiens rien du tout. Ma vie est suspendue à la sienne.

— Oui, parvint-elle à dire d'une voix étranglée. Je tiens comme je peux.

Brian eut le tact de ne pas lui demander plus de détails. Mis à part Joe, le mari de Kitt, il savait mieux que quiconque ce qu'elle endurait en ce moment.

Il lui serra encore une fois le bras, gentiment, avant de la lâcher. Pendant qu'ils se dirigeaient vers la victime, Kitt tenta de faire le vide dans son esprit, de rester objective. L'hypothèse la plus vraisemblable était que les deux enfants avaient été tuées par un seul et même individu ; mais elle devait observer ce lieu, ce meurtre, d'un œil neutre. Froid et factuel. Un bon enquêteur laissait toujours les lieux et les indices raconter les faits.

Le premier coup d'œil sur la fillette morte lui causa un choc violent.

Tout comme la première, c'était une jolie petite fille. Blonde. Yeux bleus. Abstraction faite des détails qui témoignaient de la mort — lividité, pétéchie — et de la rigidité cadavérique qui s'installait, elle avait presque l'air de dormir.

Un petit ange endormi.

Un de plus.

Composé et édité par les
*éditions*Harlequin

Achevé d'imprimer en Allemagne
par GGP Media GmbH, Pößneck
en juin 2009

Dépôt légal en juillet 2009
N° d'éditeur : 14386